Tracy Brogan
Eine zweite Chance zum Verlieben

AF177842

Das Buch

Nach ihrer Scheidung braucht Carli Lancaster unbedingt einen Neuanfang – für ihre beiden Töchter und vor allem für sich selbst. Der neue Job als Moderatorin im Fernsehen kommt da gerade recht. Auch mit dem attraktiven Nachbarn scheint sie – nach einem holprigen Start – mehr zu verbinden als nur der Gartenzaun. Denn Ben Chase ist ebenfalls getrennt und alleinerziehend.

Die gegenseitige Anziehung ist groß, aber weder Carli noch Ben wollen noch einmal in die Romantik-Falle tappen. Wie wäre es also mit einer »Freundschaft mit gewissen Vorzügen«? Geht das überhaupt, wenn man Tag und Nacht aneinander denkt?

Die Autorin

Tracy Brogan ist eine preisgekrönte US-Bestsellerautorin. Sie wurde mehrfach für den prestigeträchtigen RITA Award nominiert und ist dreifache Gewinnerin des Booksellers' Best Awards.

Die Autorin schreibt humorvolle Liebesromane über ganz normale Menschen. Ihre Romane wurden in mehrere Sprachen übersetzt und haben es auf die Bestsellerlisten von Amazon und des Wall Street Journals geschafft.

TRACY BROGAN

Eine zweite Chance zum Verlieben

Roman

Aus dem Amerikanischen
von Diana Bürgel

 Montlake

Die amerikanische Ausgabe erschien 2020 unter dem Titel
»The New Normal« bei Montlake, Seattle.

Deutsche Erstveröffentlichung bei
Montlake, Amazon Media EU S.à r.l.
38, avenue John F. Kennedy, L-1855 Luxembourg
Januar 2021
Copyright © der Originalausgabe 2020
By Tracy Brogan
All rights reserved.
Copyright © der deutschsprachigen Ausgabe 2021
By Diana Bürgel

Die Übersetzung dieses Buches wurde durch Amazon Crossing ermöglicht.

Umschlaggestaltung: bürosüd⁰ München, www.buerosued.de
Umschlagmotiv: © gibleho / Shutterstock; © boonchai sakunchonruedee /
Shutterstock; © Natia Dat / Shutterstock; © Zakharchuk / Shutterstock;
© 1981 Rustic Studio kan/ Shutterstock; © plainpicture/Franke + Mans
Lektorat und Korrektorat: VLG Verlag & Agentur, Haar bei München,
www.vlg.de
Gedruckt durch:
Amazon Distribution GmbH, Amazonstraße 1, 04347 Leipzig /
Canon Deutschland Business Services GmbH, Ferdinand-Jühlke-Str. 7,
99095 Erfurt /
CPI books GmbH, Birkstraße 10, 25917 Leck

ISBN: 978-2-49670-555-3

www.montlake.de

Für Jane, die bei der Verkündung jeder Geschichte bei mir war.

KAPITEL 1

Fehler konnten jede Form und Größe annehmen, das wusste Carli Lancaster. Einige waren winzig, unbedeutend und leicht auszubügeln. Wenn man zum Beispiel vergaß, die Wäsche aus der Maschine in den Trockner umzuschichten, oder wenn man seinen Latte macchiato zu hart abstellte und der Milchschaum über den Glasrand schwappte. Andere Fehler hingegen waren viel gewaltiger, greifbarer und unmöglich zu ignorieren. Und genau so einer stand nun mitten in ihrem Garten und lieferte sich ein Blickduell mit ihr.

»Gus«, sagte sie fest. »Aus!«

Ihr physisch überentwickelter Welpe mit der psychisch unterentwickelten Neigung zu gehorchen ließ seine Beute natürlich nicht fallen. Er blinzelte nicht einmal. Stattdessen stand der schwarz-weiße Bernedoodle einfach im Gras und wedelte mit seinem puscheligen Schwanz – einen abgewetzten Stoffpanda im Maul und mit einem Ausdruck auf seinem niedlichen Flauschgesicht, der so viel zu sagen schien wie: »Einen Schritt näher, und ich bin weg.« Eine Pattsituation, aus der Carli als Verliererin hervorgehen würde, das war ihr klar. So wie sie auch die emotional aufgeladene Diskussion mit ihren Töchtern verloren hatte, als es darum ging, ihnen einen Hund zu erlauben.

Sie hatte angenommen, ihre Töchter würden sich irgendetwas Tragbares in Handtaschengröße wünschen. So ein Tierchen, wie es Stars gern in unsinnige Pullunder mit Karomuster steckten und in ihren Shoppern mit sich herumtrugen. Doch Mia und Tess hatten sie überstimmt und ausmanövriert, und nun besaßen sie dieses Schlachtross von einem Hund. Mit seinen sechs Monaten wog Gus gut dreißig Kilo, und sein Größenwachstum glich eher einer Größenexplosion, die anscheinend überhaupt nicht wieder aufhören wollte. Genauso wenig, wie Gus jetzt den Panda loslassen wollte.

»Nicht die Schultern hängen lassen. Stehen Sie gerade. Sie müssen es schon ernst meinen«, riet ihr Mrs Marter, die neben Carli stand und ihrem Namen alle Ehre machte. Die Hundetrainerin brachte es fertig, gleichzeitig zu überlegen und genervt auszusehen. Wenn diese Dame eine Peitsche gehabt hätte, dann hätte sie jetzt sicher damit geknallt. Allerdings in Carlis Richtung, nicht in die des Hundes. Nach Mrs Marters Auffassung gab es keine bösen Hunde, nur inkompetente Besitzer. Trotz des heißen Augustspätnachmittags trug sie ein Tweedjackett und klobige, praktische Schuhe. Carli war sowohl fasziniert als auch eingeschüchtert von ihrer abrupten, humorlosen Art, aber die Trainerin war ihr von mehreren Nachbarn wärmstens empfohlen worden. Wahrscheinlich, weil sie allesamt sehr daran interessiert waren, dass dieser Koloss von einem Hund ein paar Manieren lernte. Nervöse Jogger, Mamis mit Kinderwagen und sogar die anderen Hunde in der Nachbarschaft wechselten die Straßenseite, wenn Gus durch den Garten tobte, und mehr als einmal hatte er Carli schon die Leine aus der Hand gerissen, sodass sie hinter ihm hatte herrennen müssen.

»Aus, Gus. Ich meine es ernst!«, sagte Carli, und wow, sie meinte es tatsächlich ernst. Von ganzem Herzen, denn trotz ihrer Vorbehalte – und trotz seines Benehmens – hatte sie ihn lieb gewonnen, und wenn sie diesen Wildfang nicht zähmen konnte, dann würde sie sich nach einem anderen Zuhause für ihn umsehen müssen. Was ihre Kinder ihr nie verzeihen würden. Und sie sich selbst auch nicht. Im vergangenen Jahr hatten sie alle genug verloren, und niemand wollte einen weiteren Abschied erleben müssen.

»Aus!«, zischte Carli ein weiteres Mal, leise und eindringlich. Sie wollte ihn dazu bringen, zu verstehen. Tat er nicht. Oder wenn doch, dann war es ihm einfach egal. Natürlich war er kein böser Hund. Nur jung und impulsiv. Und groß. Mein Gott, war er groß! Mit seidig weichem Fell und Pfoten so groß wie Baseballhandschuhe. Er nahm jetzt schon die komplette andere Seite ihres Betts ein. Und ja, sie wusste, dass er nachts eigentlich in seinem Körbchen schlafen sollte, aber sie sahen sich nun mal gern abends zusammen die Late Show an, und dann war sie immer zu müde, um ihn noch nach unten ins Erdgeschoss zu bringen. Außerdem mochte sie seine Gesellschaft.

Mrs Marter hielt kurz inne und gab dann einen rauen, kehligen Laut von sich, woraufhin Gus, dieser Verräter, prompt den Panda fallen ließ.

Weich landete das Stofftier auf dem Boden, und Gus setzte sich und ließ seine rosa Zunge aus dem Maul hängen.

»Ich glaube, das reicht für heute«, kommentierte die Hundetrainerin in deutlich entnervtem Tonfall und mit einem wenig subtilen Stirnrunzeln in Carlis Richtung. Es war eindeutig ihre Schuld, nicht die des Hundes. Und vielleicht stimmte das auch. Vielleicht war sie zu nachsichtig mit ihm. Oder zu inkonsequent. Oder so unklar in ihren Erwartungen. Oder vielleicht war sie auch einfach mies in Beziehungen, sogar in Beziehungen mit ihren Haustieren. Sie war noch nie gut darin gewesen, Grenzen zu setzen und diese auch aufrechtzuerhalten, und Hunde spürten so etwas intuitiv. Vielleicht war Gus ihr auf die Schliche gekommen. Vielleicht sollte sie ihn nachts doch in sein Körbchen schicken …

»Sind Sie sicher, dass wir schon aufhören sollten?«, fragte Carli. »Ich habe noch Zeit.«

»Ich bin sicher«, antwortete Mrs Marter. »Nach den vielen Leckerlis wird ihn der Drang zu defäkieren wahrscheinlich sehr bald ablenken.«

Eine erwachsene Frau sollte bei dem Wort »defäkieren« nicht zu kichern anfangen, aber das stressige Training ließ Carli emotional werden, und nach einer Dreiviertelstunde Gehorsamkeitsarbeit brauchte sie ein Ventil. Allerdings hätte es ihr sicher keine Pluspunkte gebracht, wenn sie wegen der Wortwahl der Trainerin losgeprustet hätte, also verbiss sie sich das Lachen. Trotzdem hatte sie das Gefühl, Mrs Marter könnte über ihrem Kopf eine Sprechblase sehen, in der »Ha-ha-ha-ha-ha« stand.

»Ich übe heute Abend noch mal mit ihm, nachdem er sich ein bisschen ausruhen konnte und … getan hat, was immer er tun muss«, erklärte sie mit todernster Miene.

»Gut. Ich kann am Freitagnachmittag wiederkommen. Ich denke, dass sowohl Sie als auch er von zwei Trainingseinheiten pro Woche profitieren können.«

Jep, da war sie. Die Bestätigung, dass die Schuld für die Unarten des Hundes allein auf Carlis Schultern ruhte. Tja, zumindest wusste sie jetzt, wo sie stand.

»Danke, Mrs Marter. Das wäre sehr hilfreich.«

Mrs Marter kraulte Gus hinter den Ohren, und er sah mit Plüschblick zu ihr auf, seufzte und schmiegte sich an ihre Hand. Irgendwo in dieser kastenförmigen, matronenhaften Frau musste sich also eine gewisse Sanftheit verbergen. Eine Eigenschaft, die für Hunde wahrnehmbar war, für Menschen aber vollkommen unsichtbar blieb. »Tja dann. Wir sehen uns am Freitag um drei.« Mit diesen knappen Worten stieg sie in ihren Subaru-Kombi und setzte vorsichtig rückwärts aus der Einfahrt.

Gus schnüffelte im Gras herum und wanderte durch den Garten, auf der Suche nach dem perfekten Ort für seinen Haufen, während Carli wegsah und sich fragte, wie sie ihn gleichzeitig so lieb haben und sich so über ihn ärgern konnte. Wenn er nur verstanden hätte, was sie von ihm wollte, dann hätte er es ja vielleicht auch getan. Vielleicht fand sie noch irgendwie heraus, wie sie ihn dazu ermuntern konnte. Allerdings waren ihre achtzehn Ehejahre mit Steve ganz ähnlich gewesen. Eine gnadenlose Mischung aus Liebe, Wut und unerfüllten Erwartungen, bis er schließlich vor acht Monaten aus ihrem gemeinsamen Haus ausgezogen war, sich eine Luxuswohnung gesucht und die Scheidung eingereicht hatte. Für Carli war es im Grunde nicht überraschend gekommen. In den letzten Jahren waren sie öfter bei der Paartherapie gewesen als im Restaurant, und jedes Mal schienen sie nur noch tiefer hineinzurutschen, ohne je einen Ausweg zu finden.

»Was wollen Sie mit dieser Therapiestunde erreichen?«, hatte die letzte Therapeutin sie gefragt.

»Ich würde gerne auf eine Weise mit Steve kommunizieren können, die ihm dabei hilft, zu verstehen, dass er meine Gefühle verletzt«, hatte Carli geantwortet. »Damit er sein Verhalten vielleicht ändern kann.«

Woraufhin Steve eine genervte, selbstgefällige Miene aufgesetzt und sich mit seinen ein Meter fünfundneunzig auf dem Sofa ausgestreckt hatte, sodass seine Beine praktisch das ganze winzige Behandlungszimmer einnahmen. »Und ich hätte gern, dass Carli begreift, dass sie klinisch depressiv ist und eigentlich Medikamente nehmen sollte«, hatte er geantwortet. »Jedes Mal, wenn sie zunimmt, bekommt sie miese Laune und schleppt mich zur Therapie, bis sie sich besser fühlt.«

Das war das erste und letzte Treffen mit besagter Therapeutin gewesen. Aber Carli war nicht depressiv. Sie hatte resigniert. Mit Steve zusammenzuleben war, als müsste man an jedem einzelnen Tag einen Steinbrocken einen Berg hinaufschieben, und sie war erschöpft. Jetzt, da er weg war, konnte sie sich nicht entscheiden, ob sie traurig, wütend oder erleichtert sein sollte. Vielleicht war sie alles zugleich. Außerdem war sie auch immer noch erschöpft, denn eine alleinerziehende Mutter von zwei Teenagertöchtern zu sein, war kein Zuckerschlecken. Doch es war eine andere Art der Müdigkeit. Irgendwie leichter. Entscheidungen waren einfacher zu treffen, weil Carli sie nicht erst bei Steve durchsetzen musste. Und wenn sie einen Fehler machte – wie sich einen Welpen anzuschaffen, obwohl ein Goldfisch vermutlich die bessere Wahl gewesen wäre –, tja, dann war es ganz allein ihr Fehler. Den sie auch ganz allein wieder in Ordnung bringen würde. Wenn es also nötig war, dann würde Mrs Marter eben an jedem einzelnen verdammten Tag kommen, bis Carli ihren Welpen in den treusten, gehorsamsten Hund verwandelt hatte, den es je in einer Familie, einer Nachbarschaft, einer Stadt oder auf dem ganzen Planeten gegeben hatte.

Das Rumpeln eines mittelgroßen Umzugslasters, der in die Auffahrt des Nachbarhauses einbog, weckte ihre Aufmerksamkeit, gerade als sie mit Gus ihr traditionell gebautes zweistöckiges Einfamilienhaus betreten wollte. Die geriatrischen Mortons – ihre Nachbarn seit dem Tag, als Steve und sie frisch verheiratet hier eingezogen waren – hatten ihr Heim gerade verkauft, um in eine Seniorensiedlung in Boca Raton umzuziehen, und wie es schien, würden Carlis neue Nachbarn heute eintreffen. Hoffentlich waren sie ein bisschen jünger als die Mortons. So ungefähr dreißig Jahre jünger. Und hoffentlich mochten sie Hunde.

Kurz darauf begann Carlis Handy zu vibrieren, während sich die Nachricht verbreitete, dass die neuen Besitzer des Hauses am 2525 Monroe Circle soeben angekommen waren. Es war eine kleine, geradezu inzestuös eng verstrickte Nachbarschaft, und kaum ein Ereignis, eine Marotte, ein Streich, eine Begebenheit, ein Vorkommnis oder ein Zwischenfall blieben unbemerkt und unkommentiert. Lynette Barker von gegenüber rühmte sich damit, immer als Erste über die neuesten Nachrichten, den frischesten Klatsch, jedes Getuschel und alle Skandale Bescheid zu wissen. Es war allgemein bekannt, dass sie sich auch nicht zu schade dafür war, ihre Geschichten mit erfundenen Details auszuschmücken, sollte die Wirklichkeit nicht aufregend genug sein. Das ging aber schnell! Die Mortons sind doch erst letzte Woche ausgezogen. Wusstest du, dass die Käufer schon heute ankommen?, schrieb Lynette.

Carli gab Gus frisches Wasser und führte ihn dann zu seiner Hundebox, in der er sich tagsüber glücklicherweise recht gern aufhielt. Dann tippte sie eine Antwort, während sie aus dem Fenster spähte, um sich nichts entgehen zu lassen.

Wusste ich nicht. Ist ja kein sehr großer Umzugswagen.
Vielleicht bringen sie nur schon die erste Ladung rüber.

Carli sah die drei Pünktchen über ihren Bildschirm pulsieren, bevor Lynettes Antwort erschien.

Alleinerziehender Vater. Steckt mitten in der Scheidung.
In dem Laster sind nur Klamotten und Elektrokram, wetten?

Carli musste grinsen, denn genau das hatte auch Steve bei seinem Auszug mitgenommen. Die Möbel, die Familienfotos und die Gartengeräte hatte er dagelassen. Ebenso die

Festtagsdekorationen, die sie im Laufe der Jahre angesammelt hatten. Er hatte nicht einmal das mitgenommen, was seine Eltern und Großeltern ihnen beiden irgendwann einmal geschenkt hatten. Als Carli und er sich schließlich zusammengesetzt und ruhig darüber gesprochen hatten, wie sie ihren Besitz aufteilen wollten, hatte er nur den überdimensionierten Fernseher und so viel Bargeld wie möglich haben wollen. Da sie vor allem das Haus hatte haben wollen, schien es ein fairer Handel zu sein. Nachdem sie sich nun acht Monate lang allein um alles gekümmert hatte, fragte sie sich, ob er mit diesem Deal nicht vielleicht doch besser weggekommen war, denn mittlerweile gab die Klimaanlage seltsame Kratz- und Keuchgeräusche von sich, und auch das Garagentor klapperte mehr als üblich. Eine Birke, die sie schon seit ein paar Jahren im Auge behielten, streckte ihre Äste inzwischen gefährlich nach dem Dach aus und schien nur auf den nächsten Sturm zu warten, um alles niederzureißen. Die Veranda musste neu gebeizt und alles im Garten musste zurückgeschnitten, ausgedünnt oder geharkt werden, abgesehen von den Taglilien, die gnadenlos und bis auf die Wurzeln von Kaninchen abgeknabbert worden waren. Carli hatte keine Ahnung, wie es Steve bisher gelungen war, die Biester fernzuhalten. Sie hätte ihn ja fragen können... aber sie wollte es doch lieber selbst herausfinden. Ihn etwas zu fragen bedeutete immer, sich auf eine zu lange Antwort gefasst machen zu müssen.

LOL. Da hast du wahrscheinlich recht, tippte Carli, schob ihr Handy dann in die Hosentasche und öffnete den Kühlschrank. Ihre Töchter waren beide bei Freunden (was seltsamerweise immer der Fall zu sein schien, wenn Hundetraining war), und da Carli es immer noch komisch fand, für sich allein zu kochen, schnappte sie sich einen Joghurt und ein paar Stücke der Pizza von gestern und ging nach oben, um dort aus ihrem Schlafzimmerfenster zu schauen. Von hier hatte man einen fantastischen Überblick. Nichts, was nebenan passierte, konnte ihr entgehen. Wenn sie Lynette gewesen wäre, hätte sie jetzt vermutlich ihr Fernglas ausgepackt. Aber sie war nicht Lynette. Carli stand genauso auf Klatsch und Tratsch wie alle, aber nachdem sie selbst eine Scheidung durchgemacht hatte, war sie, was die Privatsphäre anderer betraf, ein bisschen respektvoller geworden. Und wenn schon, aus seinem eigenen Fenster zu schauen konnte man ja wohl nicht als spionieren bezeichnen, oder? Das war einfach nur … aus dem Fenster schauen.

Mit der pizzafreien Hand schob sie den Vorhang beiseite und sah zu, wie ein paar Männer mit Baseballkappen und Sonnenbrillen Kartons ins Haus trugen. Sie redeten und lachten, während sie arbeiteten, was vielleicht bedeutete, dass sie eher Freunde als bezahlte Arbeiter waren. Und als schließlich einer von ihnen in dem kleinen Teil der Auffahrt, der nicht vom Laster eingenommen wurde, Basketball zu spielen begann, gesellten sich die anderen zu ihm. Die Caps blieben auf, aber die Sonnenbrillen und T-Shirts wurden abgelegt. Vielleicht sollte sie doch mal nach ihrem Fernglas suchen.

* * *

»Fünf Männer, alle ziemlich durchtrainiert«, berichtete sie ihrer Nachbarin Erin am nächsten Morgen.

»Warum bist du nicht rübergegangen und hast dich vorgestellt?«, fragte Erin und reichte ihr einen perfekten Bio-Fairtrade-Vanille-Latte aus ihrer topmodernen La-Speziale-Vivaldi-Espressomaschine. Dankbar trank Carli einen Schluck, während sich Erin auf einen der mit elfenbeinfarbenem Samt überzogenen Barhocker an ihre großzügige Kücheninsel setzte. Wie immer fiel es Carli schwer, zu glauben, dass ihr Haus denselben Grundriss hatte, denn Erin hatte einfach alles in einen Schöner-Wohnen-Trend verwandelt. Übergroße Kranzprofile,

Plüschteppiche, Armaturen in polierten Goldtönen. Alle waren sich einig, dass Erins Haus das schönste in der ganzen Nachbarschaft war, und Erin machte keinen Hehl daraus, dass sie das auch so sah. Sie war kein richtiger Snob, denn sie beurteilte die Leute nicht nach dem, was sie besaßen. Sie hatte einfach ein Faible für schöne Dinge und arbeitete als Immobilienmaklerin hart dafür, sich all das leisten zu können. Dazu hatte sie noch eine Haushälterin, eine Nanny, einen Gärtner und einen handwerklich talentierten Ehemann. Carli hätte gern einmal Erins Leben geführt, nur für einen Tag. Vor allem ihr Personal hätte sie sich gern einmal ausgeliehen. Nur den Ehemann nicht. An einem solchen hatte sie im Augenblick keinerlei Interesse, denn sie gönnte sich gerade eine wohlverdiente und dringend benötigte Testosteronpause. Allerdings hatte es sie nicht völlig kalt gelassen, die Männer nebenan mit freiem Oberkörper arbeiten zu sehen. Gut zu wissen, dass sie von der Taille abwärts noch nicht vollkommen taub war.

»Sie waren sehr beschäftigt damit, das ganze Zeug ins Haus zu schleppen, und als sie mit dem Basketballspielen angefangen haben, hatte ich schon meinen Schlafanzug an«, antwortete Carli.

»Den hast du irgendwie immer schon an.« Erin lächelte. Ihr glänzendes braunes Haar war zu einem schlichten Pferdeschwanz zusammengebunden, der bei Erin irgendwie todschick und gepflegt aussah. Carlis welliges dunkles Haar war ebenfalls zu einem Pferdeschwanz gebändigt, aber sie sah damit aus, als wäre sie gerade dabei gewesen, die Garage aufzuräumen, und hätte nicht damit gerechnet, jemandem zu begegnen.

»Wenn ich zur Arbeit gehe, trage ich richtige Klamotten.« Carli störte sich nicht einmal an Erins Bemerkung. »Das gehört zu den Vorzügen des Singledaseins – man kann anziehen, was bequem ist, und Schlafanzughosen sind eben mein Verhängnis.«

Erin lachte. »Apropos Arbeit, bitte sag mir, dass du vorhast, dich für den Moderatorenjob zu bewerben. Oder sag mir noch lieber, dass du es schon getan hast.«

Seit vier Jahren war Carli Teilzeitrezeptionistin bei Channel 7 News in der Innenstadt von Glenville und arbeitete dort von zehn bis drei, montags bis donnerstags. Im Grunde der perfekte Arbeitsplan. So konnte sie noch zu Hause sein, wenn ihre Töchter zur Schule gingen, und war am Nachmittag wieder zurück, um die zahllosen Sportveranstaltungen der beiden zu besuchen, sie zum Arzt oder zum Zahnarzt zu fahren oder sie mit spontanen Ausflügen zur Pediküre zu verwöhnen. Sie liebte diese Mädchenzeit mit ihnen, besonders seit Steve ausgezogen war. Diese Stunden gaben ihr das Gefühl, dass sie ein Team waren. Meistens gönnten sie sich am Schluss noch einen Eisbecher, bei dem die Mädchen ihr von ihrem Tag, ihren Freunden und ihren Hausaufgaben erzählten. Sie sprachen über die Scheidung und darüber, wie anders das Leben jetzt war. Dass es jetzt schwerer, aber zugleich auch ein kleines bisschen einfacher geworden war. Steve war nie sonderlich gut darin gewesen, sich um die Gefühlswelt junger Mädchen zu kümmern, und Carli hatte sich häufig dabei ertappt, wie sie versuchte, das zu kompensieren. Im Grunde tat sie das immer noch. Stichwort: unbändiges Riesenkalb im Garten.

»Ich bin nicht sicher, was diesen Job angeht«, antwortete Carli auf Erins Frage. »Seit dem College habe ich nicht mehr vor der Kamera gestanden. Keine Ahnung, ob ich das noch draufhabe.«

»Aber du hast doch Journalismus und Moderation studiert, oder? Du bist bestens qualifiziert.« Erins Blick war offen und direkt. Sie schien weder Angst noch Reue zu kennen, und sie drängte andere gern dazu, es genauso zu halten. Und wenn alles Drängen nicht half, dann schubste sie auch mal kräftig.

»Theoretisch bin ich vermutlich qualifiziert, aber ehrlich gesagt hat sich in der Branche seit damals eine Menge verändert. Und irgendwie sehen alle in mir nur die Rezeptionistin. Ist ein ganz schöner Sprung vom Empfangstresen ins Aufnahmestudio.«

»Aber die Einzige, die dich von diesem Sprung abhält, bist du selbst. Klar sehen dich alle als Rezeptionistin. Das bist du ja auch schon eine ganze Weile, aber vielleicht ist das der perfekte Moment, um ihnen zu zeigen, dass mehr in dir steckt. Das Leben fängt außerhalb deiner Komfortzone an, weißt du. Und die Bezahlung ist doch sicher besser als das, was du im Augenblick bekommst.«

Erin scheute nie davor zurück, über Geld zu sprechen, und sie war grundsätzlich der Meinung, dass alle ihre Freundinnen mehr verdienen sollten, als es der Fall war. Außerdem fand sie, dass sie alle ihre eigenen Bankkonten und ihren eigenen Namen hätten behalten sollen. Mit neunzehn hatte sie einen erfolglosen Musiker geheiratet. Die Ehe hatte gerade lange genug gehalten, um es ihm zu ermöglichen, eine Reihe von Kreditkartenkonten zu eröffnen und jeden Kreditrahmen komplett auszuschöpfen. Das hatte Spuren hinterlassen und bei Erin zu einer entschiedenen Haltung geführt, wenn es um Frauen und ihre finanzielle Unabhängigkeit ging.

»Die Bezahlung ist eindeutig besser, aber die Arbeitszeiten sind echt bescheiden. Ich müsste jeden Morgen um sieben in der Redaktion sein, von den Wochenenden und den Abendschichten ganz zu schweigen. Ich würde in mehreren Segmenten arbeiten und wäre Co-Moderatorin der neuen Morning-Show.«

»Klingt für mich nach einer echt tollen Chance. So früh morgens raus zu müssen ist bestimmt anstrengend, aber es ist ja nicht so, als müsstest du deinen Töchtern noch vor der Schule Frühstück machen oder so.«

Carli fühlte, wie ihre Wangen rot wurden.

»Nicht dein Ernst, oder?« Nun lächelte Erin wieder, doch es war eher ein nachsichtiges als ein vorwurfsvolles Lächeln. »Du machst den beiden doch nicht wirklich immer noch Frühstück. Sie sind in der Highschool.«

»Ich sehe sie morgens gern«, sagte Carli und versteckte sich hinter ihrer Kaffeetasse. »So fängt ihr Tag schon mal gut an.«

Erin nickte. »Klar. Okay. Aber weißt du, wie der Tag sogar noch besser anfängt? Mit Geld auf dem Konto. Mit einer Karriere anstelle irgendeines Jobs. Deine zwei Mädchen verschwinden schon ziemlich bald aufs College, und dann brauchst du etwas, was deinen Tag ausfüllt. Etwas anderes, als Matschpfotenspuren vom Küchenboden aufzuwischen.«

Manche hätten das vielleicht als Beleidigung betrachtet, aber Carli kannte Erin schon sehr lange, und sie war an diese Art von Gardinenpredigt gewöhnt. Sie wusste, dass es nicht persönlich gemeint war. Oder doch, persönlich war es schon, aber im Sinne von Ich-möchte-nur-das-Beste-für-dich und nicht von Warum-kriegst-du-das-nicht-besser-hin. Damit kannte sich Carli aus, denn Steves »Ratschläge« fielen stets in die zweite Kategorie.

»Ich bin zu alt, um jetzt noch eine Fernsehkarriere zu starten.« Carli hatte den Blick auf den Milchschaum in ihrer Tasse gesenkt. »Ich bin zweiundvierzig. Das Fernsehalter von Frauen berechnet sich in Hundejahren. So gesehen bin ich also um die hundert.«

»So ein Quatsch. Du siehst aus wie fünfunddreißig, und außerdem wäre es doch echt lustig, wenn du auf einmal berühmt wirst. Stell dir mal Steves Gesicht vor! ›Waaaaas? Mit der war ich verheiratet, und ich bin abgehauen?‹«

Bei der Vorstellung musste Carli lächeln, aber sie machte sich nichts vor. Selbst wenn sie den Job bekam, war sie noch lange nicht berühmt. »Glenville am Morgen« würde nur lokal ausgestrahlt werden, um acht Uhr, wenn die meisten Menschen entweder zur Arbeit fuhren oder ihre Kinder in die Schule brachten. Ihre Berichte über Obstgärten und Handwerkersendungen – nicht gerade Sensationsstoff – wären für ihr Publikum bloßes Hintergrundrauschen. Aber der Gedanke hatte sich festgesetzt. Vielleicht sollte sie es wenigstens versuchen. Und was, wenn sie es versiebte? Was, wenn sie das Aufnahmestudio betrat und der News Director sagte: »Ähm, sind Sie nicht die Rezeptionistin? Wollen Sie uns einen Kaffee bringen, bevor die nächste Kandidatin auftaucht?«

Carlis Abschluss an der Michigan State University war im wahrsten Sinne des Wortes Jahrzehnte her, und abgesehen von ein paar kurzen Praktika hatte sie im Grunde nie vor der Kamera gestanden. Sie hatte es vorgehabt, aber Steves überraschender Heiratsantrag, gefolgt von einer noch überraschenderen Schwangerschaft, hatte ihre journalistischen Ambitionen ausgebremst. Aus der Studentin mit Rucksack war binnen weniger Monate eine übermüdete Mutter mit Wickeltasche geworden. Dazwischen war gerade noch Zeit gewesen, um kurz in die Rolle der dickbäuchigen Braut zu schlüpfen. Carlis Mutter hatte während der Zeremonie fast unablässig geweint, und Carli hatte sich nicht getraut, sie zu fragen, ob dies nun Tränen der Freude oder der Enttäuschung waren. Dann war ihre Mutter wenige Jahre später einfach gestorben, ohne dass Carli ihr diese Frage jemals gestellt hatte. Auch ihren Vater hatte sie nie gefragt, und da dieser ungefähr eine Viertelstunde nach der Beerdigung ihrer Mutter wieder geheiratet hatte und mit seiner neuen Braut zum Golfspielen nach Pebble Beach gezogen war, würde sie ihn wahrscheinlich auch nie fragen. Allerdings gab es einige Hinweise darauf, wie er zu dieser ganzen Geschichte stand.

»Das hat auf jeden Fall länger gedauert, als ich gedacht hätte, Kleine. Du hast dich tapfer geschlagen«, hatte ihr Vater geantwortet, nachdem sie ihm per Mail von ihrer Scheidung geschrieben hatte. Darauf war ihre Beziehung mittlerweile zusammengeschrumpft: auf ein paar E-Mails, die obligatorischen Geburtstagskarten, die nie am richtigen Tag eintrafen, und Geschenkkörbe von Swiss Colony zu Weihnachten, sogar für ihre Töchter.

»Warum glaubt Grandpa denn, dass wir Wurst so gern mögen?«, hatte Tess einmal gefragt, eine Ein-Kilo-Salami wie ein Schwert im Anschlag.

»Weil er fest im Patriarchat verwurzelt ist und es ihm an Einfühlungsvermögen und Vorstellungskraft fehlt«, hatte Mia geantwortet. Damals war sie zwölf gewesen.

Erin musterte Carli noch einmal eingehend, dann sagte sie: »Tja, du weißt ja, dass ich hinter dir stehe, egal, wie du dich entscheidest, aber ich hoffe, dass du dir diese Chance nicht nur deshalb entgehen lässt, weil du Angst vor der Herausforderung hast. Ich glaube, du wärst eine fantastische Co-Moderatorin für die Morning-Show. Genau genommen kenne ich niemanden, der um diese frühe Stunde schon so fröhlich ist wie du. Total nervig, aber du könntest deine gute Laune durchaus für einen guten Zweck einsetzen.«

Erins Worte trafen sie wie ein Gummiband, das jemand lang gezogen und dann gegen ihre Haut hatte schnalzen lassen. Nicht wirklich schmerzhaft, aber auch nicht gerade angenehm. Denn vielleicht hatte Carli tatsächlich Angst. Seit Steves Auszug hatte sich so vieles in ihrem Leben verändert. Eine neue Herausforderung war entweder das Beste, was ihr passieren konnte, oder die totale Schnapsidee. Eine Fehlfunktion ihres Urteilsvermögens. Wie sich diesen Hund anzuschaffen oder sich von der Elternschaft den Posten aufbrummen zu lassen, die Geschenke für die Lehrer zu besorgen. Oder bei der Scheidung keine besseren Bedingungen auszuhandeln. Das Problem war, dass man in der Regel erst begriff, dass man einen Fehler gemacht hatte, wenn es zu spät war.

»Ich denke darüber nach«, sagte Carli. »Aber wenn ich jeden Morgen arbeite, dann können wir nicht mehr so oft zusammen Kaffee trinken. Und deine Angeberkaffeetassen für zweitausend Dollar das Stück werden mir fehlen. Ich spare gerade mindestens fünf Dollar pro Tag, weil ich meinen Latte bei dir bekomme. Ein gewisser Ausgleich dafür, dass ich ›nur irgendeinen Job‹ habe.«

KAPITEL 2

Seit dem College war Ben Chase nicht mehr in einem fremden Schlafzimmer aufgewacht, ohne seine Umgebung gleich zu erkennen, doch an diesem Morgen brauchte er volle fünf Sekunden, bis ihm wieder einfiel, wo er war. *Ach, ja.* Er lag in seinem *eigenen* Schlafzimmer. In seinem *neuen* Haus. Heute war der erste Tag vom Rest seines Lebens und der ganze Quatsch.

Er streckte sich gähnend und versuchte, nicht daran zu denken, dass seine Frau auf der anderen Seite der Stadt in seinem *alten* Haus gerade mit einem anderen Kerl im Bett lag. Allerdings nicht mit irgendeinem anderen Kerl. Sophia kuschelte sich vermutlich gerade an Doug, seinen Geschäftspartner. Denn seine baldige Ex-Frau schlief mit seinem baldigen Ex-Geschäftspartner. Vor vier Monaten hatten sie ihn mit der alten Leier, dass man »gegen die Wege des Herzens eben machtlos sei«, konfrontiert und ihm gestanden, dass sie schon seit Jahren eine Affäre miteinander hatten. Es sei *mehr*, hatten sie gesagt, und sie würden für immer zusammen sein wollen. Ehrlich gesagt hätte sich Ben selbst keine passendere Strafe für die beiden ausdenken können. Sie hatten einander verdient.

Ben streckte sich in die andere Richtung und lokalisierte einige schmerzende Stellen und verkaterte Muskeln nach seiner gestrigen Begegnung mit den Umzugskartons. Er hatte zwar nicht viel aus dem alten Haus mitgenommen, aber das, was er mitgenommen hatte, war ganz schön schwer. Eine Matratze und einen Bettkasten, viele Bücher, seine Hantelbank und jeden nicht niet- und nagelfesten Teil der Bar, die er gerade in seinen früheren Keller eingebaut hatte. Auch die Theke aus Granit hätte er herausgerissen und mitgenommen, wenn es denn möglich gewesen wäre. Nicht weil er so jämmerlich war, sondern weil Sophia und er stundenlang durch die Baumärkte gestreift waren, um genau die richtige Granitplatte auszusuchen. Er war verdammt stolz auf diese Bar und auf all die anderen Projekte, die er in diesem Haus verwirklicht hatte. Nach der Erkenntnis, dass seine Frau ihn die ganze Zeit darin betrogen hatte, war er allerdings lieber ausgezogen und hatte alles zurückgelassen.

Die letzten Wochen hatte er bei seiner Schwester verbracht. Er hatte vor sich hin gebrütet und versucht, Pläne zu schmieden. Und hier war er jetzt, in einem viel kleineren Haus, bei dem Versuch, ein ganz neues Leben zu beginnen, während er zum Deckenventilator aus Rattan hinaufstarrte, der wohl seit den Achtzigern da hing und gefährlich wackelig über ihm seine Kreise zog, wobei er bei jeder Drehung ein entnervendes Klickgeräusch von sich gab. Ben fühlte sich genau wie dieser Ventilator. Er drehte sich im Kreis, ohne jemals irgendwo anzukommen, in eine Staubschicht der Vergangenheit gehüllt und Geräusche von sich gebend, die niemand hören wollte. Er war sich selbst leid, er war das ganze Gebrüll in seinem Kopf leid.

Es war höchste Zeit, sein altes Leben hinter sich zu lassen, denn genau wie dieser Ventilator und das ganze Haus bedurfte er nur einiger gezielter Instandsetzungsmaßnahmen und vielleicht noch ein paar Streicheleinheiten. Er hätte sich ein größeres, besseres Haus in einer prestigereicheren Gegend leisten können, aber die Beschäftigung mit einem alten, etwas heruntergekommenen Haus würde ihm guttun. Zumindest war es einfacher, hier aufzuräumen, als dieses Chaos in seinem Leben in den Griff zu bekommen.

Ben rappelte sich hoch, und seine Füße landeten auf dem kratzigen, fleckigen Berberteppich. Es knisterte, als er aufstand. Vermutlich stand es um den Bodenbelag unter dem Teppich nicht viel besser als um den Teppich selbst.

Er duschte in Rekordzeit, weil er noch keinen Duschvorhang besaß und nicht das ganze Bad unter Wasser setzen wollte. Dann trocknete er sich mit seinem T-Shirt ab, weil seine Handtücher noch in einer der Kisten im Wohnzimmer lagen. Eigentlich hätte er gestern Abend noch ein bisschen auspacken sollen, aber seine Brüder und sein Sohn waren mehr daran interessiert gewesen, ein paar Körbe zu werfen, und er hatte, wenn er ehrlich war, dagegen auch nichts einzuwenden gehabt. Es war eine gute Möglichkeit gewesen, Dampf abzulassen, nachdem er stundenlang Kisten gepackt hatte, unter Sophias kritischem Blick, als wollte sie sichergehen, dass er auch ja nichts mitnahm, was sie nicht vereinbart hatten. Als hätte er ein Interesse daran gehabt. Aus irgendeinem Grund schien sie ihm mithilfe einer völlig verdrehten Logik die Schuld an ihrer Untreue zuschieben zu wollen. Sie hatte ihren Verrat einfach wegargumentiert, indem sie ihm vorgeworfen hatte, er wäre »nicht für sie da gewesen«. Was vollkommen absurd war, denn er war ja immer mit ihr zusammen gewesen. Abgesehen von den Stunden, die sie offenbar mit Doug verbracht hatte.

Sämtliche Muskeln in seinem Körper spannten sich an, wenn er an *diesen Kerl* dachte. Seinen alten Collegefreund, mit dem er die letzten zehn Jahre Seite an Seite gearbeitet und ein sehr erfolgreiches Unternehmen für Solarkollektoren aufgebaut hatte. Der sein Trauzeuge und Brautführer gewesen war. Welche Ironie. Ganz offensichtlich war Sophia zu dem Schluss gekommen, dass sie sich von ihm noch ganz woanders hinführen lassen wollte. Aber das war damals gewesen, und jetzt war jetzt.

Die Vergangenheit war vergangen. Zeit, nach vorn zu schauen. Ob es ihm gefiel oder nicht.

»Gut geschlafen?«, fragte Ben seinen siebzehnjährigen Sohn Ethan, der etwa eine Stunde später in die praktisch leere Küche geschlurft kam. Er trug nichts als eine marineblaue Boxershorts und sah aus, als hätte er in einem Windkanal geschlafen. Sein dunkles Haar war zerzaust und zottig und hätte dringend einen Schnitt gebraucht, aber Ben hatte gelernt, sich die Streitthemen mit seinem Sohn genau auszusuchen. Die vergangenen Monate waren für sie alle nicht leicht gewesen, und da man seine Erziehungsbemühungen im Augenblick mit »wie man's macht, macht man's verkehrt« zusammenfassen konnte, hatte Ben beschlossen, Ethan mit allem, was nicht lebensnotwendig war, in Ruhe zu lassen.

»Ganz okay«, antwortete Ethan, während sein verschlafener Blick über den Küchentresen wanderte. »Wo ist die Kaffeemaschine?«

Ben verbiss sich den schneidenden Kommentar, dass ihre Kaffeemaschine noch auf dem Küchentresen des *anderen* Hauses stand, denn seiner Schwester zufolge – die Familientherapeutin war – lag es nicht zuletzt an Ben, wie sich die ganze Situation entwickelte. Die Kinder würden sich nach dem richten, was er ihnen vorlebte, und wenn er negativ über Sophia oder die Scheidung sprach oder andeutete, dass alles allein ihre Schuld war, dann brachte er Ethan und Addie damit in eine Zwickmühle. Er wollte ihnen nicht noch zusätzlichen Druck aufbürden, also versuchte er, den Dingen immer irgendetwas Positives abzugewinnen. Manchmal gelang es ihm nicht, aber er versuchte es – was im Grunde gerade für jeden Bereich seines Lebens galt. Mehr hatte er nicht zu bieten. Er konnte es nur versuchen.

»Ich habe noch keine, aber ich habe ein paar Sachen bestellt, die eigentlich heute oder morgen ankommen sollten. Wenn dir noch etwas einfällt, was ihr braucht, wenn ihr hier seid, dann sag es mir einfach. Bis dahin müssen wir eben improvisieren.«

Ben hatte noch nie einen neuen Haushalt aufgebaut, jedenfalls nicht von Grund auf, und er hatte absolut keine Ahnung, was sein Sohn und seine vierzehnjährige Tochter so alles brauchten. Da Addie im Moment im Sommerreiturlaub war, musste er sich um ihre unmittelbaren Bedürfnisse erst einmal nicht kümmern, aber er hatte versucht, die Grundlagen abzudecken. Töpfe, Pfannen, Teller, Bettwäsche, Handtücher. Ein Toaster, eine Kaffeemaschine und Toilettenpapier. Im schlimmsten Fall konnte er sich allein mit den letzten drei Dingen ein paar Tage durchschlagen, aber er brauchte auch Lebensmittel. Ein Toaster nutzte nicht viel ohne Brot und Butter.

»Gibt's hier irgendwas zu essen?«, fragte Ethan und öffnete den avocadogrünen Kühlschrank. Die Tür schwang auf und der Griff krachte gegen den Küchentresen, wo bereits eine tiefe Delle die massive Arbeitsplatte zierte.

Ben schüttelte den Kopf. »Tut mir leid. Aber wenn du dir ein T-Shirt anziehst, dann können wir irgendwo frühstücken gehen.«

Ethan fuhr sich durch seinen Haarwust, was alles nur noch schlimmer machte. »Können wir zu McDonald's?«

Ben lachte. Nicht gerade seine erste Wahl, aber es war nur ein kleines Entgegenkommen seinerseits. Der Junge brauchte Essen, und sie brauchten eindeutig beide Koffein. »Klar. Wann immer du so weit bist.«

Sein Sohn wandte sich ab, drehte sich auf der Schwelle aber noch einmal zu ihm um. »Ähm, Dad, willst du hier eigentlich was renovieren, oder lässt du einfach alles so, wie es ist?«

Ben dachte kurz darüber nach, seinen Sohn ein bisschen auf den Arm zu nehmen, aber dafür war es definitiv noch zu früh am Morgen, und sie hatten beide zu großen Hunger. »Ich reiße alles raus und fange dann ganz von vorn an. Einverstanden?«

Ethans Lächeln wirkte erleichtert. »Sehr. In meinem Zimmer riecht es nach Fried Chicken.«

»Du liebst doch Fried Chicken.«

»Lass es mich so sagen: Es riecht nach Fried Chicken, das jemand in eine Mülltonne geworfen hat und sogar den Ratten zu eklig zum Fressen ist.«

»Mmm, köstlich.« Ben rieb sich den Bauch. Ethan rollte mit den Augen und ging.

* * *

Mit seinen fast ein Meter neunzig konnte Ethan so einiges an Essen vertragen, und Ben sah fasziniert dabei zu, wie eine doppelte Portion Toast, Rührei mit Speck und abschließend noch ein paar Muffins in Nullkommanichts in seinem Sohn verschwanden. Kein Wunder, dass der Junge jetzt schon fünf Zentimeter größer war als er. Trotzdem sahen sie sich angeblich sehr ähnlich. Beide hatten dunkles Haar und dasselbe Lächeln. Allerdings hatte Ethan die Augen seiner Mutter geerbt. Schokoladenbraun, wohingegen Bens Augen die Farbe aufwiesen, die seine dreiundneunzigjährige Großmutter immer als das »Blau der Familie Chase« bezeichnete. Niemand sonst nannte es so. Nur sie. Aber sie sagte es oft genug, dass es für die anderen reichte.

Während sie frühstückten, erzählte Ben seinem Sohn, was er mit dem Haus vorhatte. Er wollte eine der Wände herausreißen und die Küche offen gestalten. Er würde die Böden und Küchentresen herausreißen, die Wände neu streichen und die Lampen ersetzen. Ethan nickte kauend, sagte aber nichts zu diesen Plänen außer »Klingt gut«. Allerdings gefiel ihm Bens Idee, die Terrasse zu vergrößern und eine Feuerstelle im Garten anzulegen.

»Vielleicht können wir auch einen dieser Pizzaöfen für draußen bauen oder so«, schlug Ben vor. »Oder wie wär's mit einem Whirlpool?«

»Oder mit so einem Outdoor-Fernseher. Dann können wir im Whirlpool Pizza essen und dabei Football schauen.« Endlich schien sich Ethan für Bens Vorhaben zu begeistern, allerdings sah Ben nun nur noch die mit Käse verstopften Abflüsse des Whirlpools vor sich. Über diesen Plan musste er wohl noch einmal nachdenken.

»Mal sehen.«

»Cool. Aber hey, Dad, kann ich noch mit dir über etwas sprechen, bevor wir wieder auf die Baustelle zurückfahren?« Ethan wischte sich mit der zusammengeknüllten Serviette die Finger ab und warf sie dann auf sein leeres Tablett. Etwas an seinem Tonfall verriet Ben, dass es nicht nur um irgendetwas ging. Er beugte sich vor und stützte die Unterarme auf den Tisch.

»Klar. Was gibt's?«

Ethan starrte kurz auf seine Serviette, bevor er Ben in die Augen sah. Er holte rasch Luft, dann sagte er: »Ich weiß, dass du eine ganze Menge mit dem Haus und so zu tun hast und dass das ziemlich zeit- und arbeitsintensiv wird und alles, aber ich wollte dich fragen, ob … ich ganz bei dir wohnen kann. Ich möchte nicht immer zwischen zwei Häusern pendeln.«

Ben versuchte, seine Reaktion zu zügeln, weil er nicht mit einem gebrüllten »Hurra« herausplatzen wollte. Das war eine große Sache, und obwohl es ihm lieber gewesen wäre, nie wieder etwas mit Sophia besprechen zu müssen, waren sie immer noch Eltern. Über die Sorgerechtsvereinbarungen hatten sie sich noch nicht unterhalten, weil Ben bisher bei seiner Schwester gelebt hatte. Tatsächlich hatten sie noch nicht mal offiziell die Scheidung eingereicht, da sie sich darauf geeinigt hatten, zu warten, bis Ben sein neues Haus bezogen hatte. Nun, da es so weit war, würde der mit Sicherheit sehr unschöne

Prozess der Güteraufteilung stattfinden, von der Auflösung von Bens geschäftlicher Partnerschaft mit Doug ganz zu schweigen. Sobald man begann, über Geld zu sprechen, konnte es sehr schnell sehr hässlich werden und sogar noch hässlicher, sobald das Sorgerecht auf den Tisch kam.

»Das verstehe ich, Ethan«, sagte Ben ruhig. »Und ich wünschte, ich könnte dir sofort eine Antwort geben, aber das ist eine Entscheidung, über die deine Mutter und ich erst sprechen müssen. Verrätst du mir, warum du lieber ganz bei mir wohnen möchtest?«

Ethans Mundwinkel zuckten zu einem angedeuteten Lächeln nach oben, was Ben daran erinnerte, wie sein Sohn als kleiner Junge gewesen war. Spitzbübisch, rotzfrech und ein bisschen klüger, als gut für ihn war. »Du hast wieder mal mit Tante Kenzie gesprochen, hm? Man merkt immer, wenn sie ihre Therapienummer bei dir durchgezogen hat. Echt spooky.« Er wackelte mit den Fingern über seinem Tablett, als würde irgendetwas Mystisches passieren.

Ben grinste zurück, denn sein Sohn hatte den Nagel auf den Kopf getroffen. Im Moment war Kenzie seine Anlaufstelle Nummer eins, wenn es um die Scheidung oder seine Vaterrolle ging. Zum Glück hatte er sie. Kenzie war immer da, sie war auf ihrem Gebiet eine hoch angesehene Spezialistin und – was das Beste war – sie arbeitete gegen Wodka. In den Wochen, in denen er bei ihr sein Lager aufgeschlagen hatte, hatten sie mindestens drei Flaschen Tito's geleert.

»Vielleicht unterhalte ich mich ab und zu mit Tante Kenzie, aber ich bilde mir gern ein, dass mir diese Antwort auch ohne sie eingefallen wäre. Also, wie lauten deine Gründe?«

»Ich halte es mit ihr einfach nicht aus.« Ethans Lächeln verblasste, und alle Albernheit war aus seinem Ton verschwunden. Ben fühlte sich, als hätte er ein heißes Messer in den Magen bekommen. Obwohl Sophia *ihn* so furchtbar verletzt hatte, überraschte es ihn doch, dass Ethans Wangen nun rot vor Zorn wurden.

»Sie ist nicht mehr sie selbst, Dad. Seitdem du weg bist, ist sie einfach … anders. Sie zieht sich anders an. Sie geht ständig aus. Ich habe gehört, wie sie am Telefon mit diesem Arschloch geflirtet hat, mit dem sie ins Bett geht. Zum Kotzen.« Er klang angeekelt, doch Ben hörte heraus, wie verletzt sein Sohn war.

Noch ein Messer in Bens Bauch, gefolgt von einem mentalen Tritt in die Eier.

»Wie kommst du darauf, dass sie mit jemandem ins Bett geht?«

Ethan hielt inne und sah seinen Vater an. *Bist du so blöd oder tust du nur so?,* schien dieser Blick zu sagen, aber Ben beschloss, es als Teenagergehabe abzutun und sich nicht persönlich gemeint zu fühlen.

»Ach, komm, Dad, ich bin kein kleines Kind mehr, und Mom ist nicht gerade diskret. Sogar Addie ist schon draufgekommen, obwohl ich ihr nichts gesagt habe. Genau das ist doch der Grund, warum ihr euch scheiden lasst, oder? Weil sie eine Affäre hat?«

Ben wünschte, er hätte erst mal Kenzie anrufen können, denn er hatte keine Ahnung, wie ehrlich er sein sollte. Ethan war fast achtzehn, praktisch schon erwachsen, aber immerhin redeten sie hier über seine Mutter. Sie hatte Ben betrogen, aber war das etwas, was er ihrem gemeinsamen Sohn sagen sollte? Sagen durfte? Besonders weil sie ihn mit *Onkel* Doug betrogen hatte, mit dem Ben seit zehn Jahren zusammenarbeitete. Falls es für solche Situationen eine Gebrauchsanweisung gab, dann hatte er sie jedenfalls noch nicht gefunden.

»Eine Ehe scheitert normalerweise nicht an einer einzigen Sache, Ethan. Das können mehrere Dinge sein, aber …« *Ach, zum Teufel. Der Junge weiß es doch sowieso schon.* »Ja, sie ist mit jemandem zusammen.«

»Doug?«, schleuderte Ethan ihm herausfordernd entgegen, und dieses Mal konnte Ben seine Reaktion nicht schnell genug verbergen.

»Dachte ich mir« sagte Ethan und ließ sich gegen die Lehne sinken, nur um gleich darauf wieder vorzuschnellen. Blanke Wut stand ihm ins Gesicht geschrieben. »Er ist ständig da und ›hilft‹ bei irgendwas.« Er malte Anführungszeichen in die Luft. »Er ist ein Vollpfosten, und Mom ist total durchgeknallt, und deshalb will ich da nicht mehr wohnen. Tante Kenzie würde dir bestimmt sagen, dass das eine ungesunde Umgebung ist. Außerdem bin ich fast achtzehn und sollte selbst entscheiden dürfen, wo ich wohnen will.«

Ben starrte seinen Sohn an und wusste nicht, was er empfinden sollte. Zorn auf Sophia, weil sie alle in diese Situation gebracht hatte. Trauer, weil ihre Familie und ihr gemeinsames Leben vor seinen Augen zerbröckelten. Oder Respekt Ethan gegenüber, weil er mutig genug war, die Dinge beim Namen zu nennen. Eine solche Unterhaltung hätte Ben mit seinem eigenen Vater niemals geführt. Tatsächlich konnte er sich das heute noch nicht vorstellen, obwohl sein Vater inzwischen einundsiebzig war. Niemand forderte William Geoffrey Chase heraus. So was tat man einfach nicht.

Ben überlegte, er schob Gedanken herum wie Puzzleteile, ohne das fertige Bild zu kennen. Vielleicht war absolute Ehrlichkeit nicht immer die beste Strategie, aber Ethan schien sie sich in diesem Fall verdient zu haben. Ben würde die Geschichte nicht ausschmücken, aber er würde ihm die Wahrheit sagen. Zum Teufel mit den Folgen.

»Okay, hör zu. Ich würde mich unheimlich freuen, wenn du ganz bei mir wohnen würdest und Addie auch, wenn sie das möchte, aber deine Mom und ich stehen erst ganz am Anfang von diesem ganzen Einigungsmist, und der wird sicher noch eine Weile dauern. Wenn ich ihr jetzt sage, dass ich das volle Sorgerecht will, dann dreht sie durch, und am Ende bekommt niemand, was er möchte. Kannst du Geduld haben und mich die Sache regeln lassen?«

Ethans Augen leuchteten auf, als hätte er den Weihnachtsmann gesehen. »Heißt das, dass ich bei dir wohnen darf?«

»Das heißt, dass ich mein Bestes tun werde, damit es so kommt, aber bis dahin müsst ihr beide einfach versuchen mitzuspielen. Ich weiß, das ist nicht besonders fair, weil ihr euch diese Situation nicht ausgesucht habt, aber ich weiß auch, dass eure Mom euch liebt und dass sie euch so viel wie möglich bei sich haben möchte. Außerdem fängt die Schule bald wieder an, und dann spielt sich hoffentlich ein neuer Alltag ein.«

Ah, ja. Ein neuer Alltag. *Eine neue Normalität,* wie es seine Schwester in ihrem Therapeutensprech formuliert hatte. Ben war sich nicht sicher, was genau sie damit meinte, aber sie schien vorzuschlagen, dass er sich bemühen sollte, den ganzen alten Mist, der in seinem Leben nicht mehr funktionierte, hinter sich zu lassen und etwas Neues aufzubauen, das funktionierte. Und damit stand er vor der nächsten Frage. Was würde für seine Kinder und ihn funktionieren? Wie sollte er weitermachen, wenn er doch am liebsten alles um sich herum niederbrennen wollte? Kenzie hatte gesagt, dass er auch mit sich selbst Geduld haben sollte, aber was Geduld anging, war sein Vorrat ziemlich aufgebraucht.

»Ich verspreche dir, dass ich tue, was ich kann. Und jetzt nichts wie nach Hause, wir haben noch einiges auszupacken.«

»Oder …« Ethan zog das Wort in die Länge. »Wir gehen Golf spielen.«

Ben blickte aus dem Fenster. Es war ein warmer, sonniger Tag, wie geschaffen dafür, ihn draußen zu verbringen. Sein

Sohn fragte ihn nicht mehr oft, ob sie etwas gemeinsam unternehmen wollten, normalerweise war ihm die Gesellschaft seiner Freunde lieber. Nächstes Jahr würde er aufs College gehen. Tage wie dieser waren gezählt. Vielleicht konnten die Kisten warten.

»Okay, Golf. Aber ich mach dich platt, nur damit du's weißt.«

»Herausforderung angenommen.«

KAPITEL 3

Der Ölwechsel hatte sich als teures Unterfangen herausgestellt, da sie am Ende noch einen neuen Luftfilter, neue Scheibenwischer und vier neue Reifen bekommen hatte. Carli war sich nicht sicher, ob sie stolz auf sich sein sollte, weil sie die Wartung ihres Wagens so proaktiv angegangen war, oder sich dumm vorkommen, weil ihr der Mechaniker darüber hinaus noch alles Mögliche aufgeschwatzt hatte. Er hatte zwar behauptet, dass es nötig sei, aber waren Mechaniker nicht dafür berüchtigt, dass sie einem allerlei Dinge andrehten, die kein Mensch brauchte? Sie wusste es nicht. Um die Autos hatte sich immer Steve gekümmert, genauso wie um die Reparaturarbeiten am Haus. Es war frustrierend, wenn man einfach keine Ahnung von bestimmten Sachen hatte, oder wenn man körperlich nicht stark oder groß genug war, um die alltäglichsten Dinge zu bewältigen. Wie die verdammte Hecke zu schneiden. Die Forsythienbüsche an der Hauswand waren mittlerweile gut zweieinhalb Meter hoch, und obwohl Carli eine Heckenschere und eine Leiter hatte, kam sie einfach nicht überall ran. Wenn sie jemanden dafür engagierte, würde das lächerlich teuer werden, und sie konnte zwar einen der Ehemänner in der Nachbarschaft fragen, aber sie hasste es, jemanden um einen Gefallen zu bitten. Besonders wenn es kein Notfall war.

Gus rutschte auf dem Beifahrersitz neben ihr herum. Sie hatte nicht nur die Autoreparatur bezahlen müssen, sondern auch den Hundefriseur, damit er Gus ein gründliches (und dringend notwendiges) Bad verpasste, um die Spuren seiner Missetaten vom Vortag zu beseitigen. Er war abgehauen und in den Wald hinter Carlis Haus gerannt, wo er die wohl einzige Matschpfütze im Umkreis von hundert Metern gefunden hatte. Carli war zwar froh gewesen, als Gus auf ihre Rufe hin zurückgekommen war, aber er hatte sich auf seinem Streifzug genug Zeit gelassen, um sich gründlich im Schlamm zu suhlen, und bei seiner Rückkehr war er von oben bis unten verdreckt gewesen, von der Spitze seiner glänzenden schwarzen Nase bis zur entgegensetzten Spitze seines verklebten, schlickverkrusteten Schwanzes. Sie hatte ihn, so gut es ging, mit dem Gartenschlauch abgespritzt, sich selbst dabei vollkommen durchnässt und ihn dann für den Rest des Abends in seine Hundebox gesperrt, trotz seines traurigen Welpenblicks, mit dem er sie unentwegt angeschaut hatte. Sogar über Nacht hatte er in der Box bleiben müssen, aber jetzt war er wieder frisch und sauber und schien es kaum erwarten zu können, wieder nach Hause zu kommen. Allerdings schienen Hunde immer *irgendetwas* kaum erwarten zu können. Carli ließ die Scheibe herunter, und er steckte die Nase aus dem Fenster, zeigte allen seinen duftigen, schamponierten Hundekopf und bellte die anderen Autos an.

Es war später Nachmittag, als Carli in ihre Einfahrt bog, und sie seufzte, als sie die aufdringliche Nachbarin von gegenüber vor ihrem Haus stehen sah. Lynette war gerade mal einen Meter sechzig groß, und ihre teuer hergerichteten Brüste verdoppelten ihr Körpergewicht beinahe. Dazu kam ein kurzer weißblonder Haarschnitt, der »Kann ich mal mit dem Chef von dem Laden hier sprechen?« schrie und ihr leider ausgezeichnet stand. Carli hatte gerade weder Zeit noch Energie für diesen Besuch. Genauso wenig, wie sie Zeit und Energie für ihren überwucherten Garten hatte. Alles wuchs wild in die Gegend, und wenn sie sich nicht bald darum kümmerte, würde sie einen gepfefferten Brief vom Hauseigentümerverein bekommen. Vielleicht waren die Forsythien ja doch ein Notfall. Hier im Monroe Circle gab es immerhin Vorschriften. Wenn man seinen Rasen länger als drei Tage über die Fünfzehn-Zentimeter-Grenze wuchern ließ, gab es eine Mahnung. Eine vollkommen ausufernde Hecke würde mit einem persönlichen Schreiben des Vorstands geahndet werden. Dies war zum Teil der Grund, warum Carli eine immerhin lauwarme Bekanntschaft mit Lynette pflegte, denn die saß im Vorstand und schwang das Schwert ihrer Macht mit übereifrigem Enthusiasmus. Wenn Carli sie verärgerte, würde es eine fiese Benachrichtigung bezüglich des Löwenzahns geben, der beim Briefkasten wuchs. Tatsächlich ruhte Lynettes Blick in diesem Moment auf Carlis Haus, was nichts Gutes bedeuten konnte.

»Hallo, Carli!«, rief Lynette ihr von der anderen Seite der Einfahrt zu, bevor Carli das Garagentor schließen konnte. Lynette, die in Bezug auf ihre geringe Körpergröße empfindlich war, trug immer hohe Absätze. Damit war sie zwar langsamer, aber nicht langsam genug, um Carli die Chance auf ein Entkommen zu geben. Sie trug einen Tennisrock und ein weißes Top mit V-Ausschnitt, das die Tiefe ihres Dekolletés zur Geltung brachte. Was kein Zufall war. *Klicketi-klack.* Lynettes Absätze klackerten einen Morsecode auf die Pflastersteine. *Ich kriege dich,* sollte das wohl heißen.

»Hallo, Lynette«, sagte Carli und wickelte sich Gus' Leine fest ums Handgelenk. Er hatte die Angewohnheit, aus dem Auto zu springen, sobald sie die Tür öffnete, und so gern sie ihn auch hätte laufen lassen, damit er Lynette umrannte und sie auf ihr gut gepolstertes Hinterteil plumpste, tat sie es lieber doch nicht. Stattdessen stieg sie zuerst aus, und als er schließlich die Gelegenheit ergriff und lossprang, riss er sie hinter sich her auf den Rasen, wo er stehen blieb, um zu pinkeln. Lynette verzog bei seinem Anblick leicht das Gesicht, dann sagte sie ohne Einleitung: »Ich habe den neuen Nachbarn kennengelernt, und ich bin nicht gerade begeistert.«

»Nicht begeistert? Warum nicht?« Carli warf einen Blick zu seinem Haus hinüber. Das Garagentor stand offen, und sie sah, dass sich darin Kisten und alte Teppiche stapelten. Der Umzugswagen war weg, doch eine schimmernde schwarze Limousine war geblieben. Sie hatte keine Ahnung, was das für ein Auto war, aber es sah teuer aus. Und wahrscheinlich roch es darin nicht nach kalten Pommes und muffigen Fußballschuhen wie in ihrem Wagen.

»Ich finde ihn sehr unfreundlich«, fuhr Lynette fort. »Ich habe mir extra die Zeit genommen, ihm einen Apfelstrudel zu backen, und ich habe ihn rübergebracht, solange er noch warm war – noch warm, stell dir vor! Aber als ich ihm dann angeboten habe, ihm mehr über die Nachbarschaft zu erzählen, da hat er mir erklärt, er sei zu beschäftigt. Und dann, als ich ihm den Flyer für das gemeinsame Grillen zum Sommerausklang gegeben habe, hat er ihn sich kaum angesehen, bevor er mich praktisch rausgeworfen hat. Unverschämtheit! Er sieht allerdings gut aus, das muss man ihm lassen. Hast du ihn schon kennengelernt?«

»Noch nicht. Es ist ja erst sein zweiter Tag. Er hat sich bestimmt über den Apfelstrudel gefreut, aber wahrscheinlich ist er wirklich ziemlich beschäftigt mit dem Umzug und so. Sieht aus, als würde er gerade die Teppiche rausreißen.« Sie nickte zur offenen Garage hinüber.

Lynette hob eine hauchdünne auftätowierte Braue. »Tja, nett von dir, dass du ihn in Schutz nimmst, aber du warst ja nicht dabei. Er war wirklich grob. Er hat mir praktisch die Tür ins Gesicht geknallt.«

Offenbar war Lynette nicht bewusst, dass die gesamte Nachbarschaft das gern schon mal getan hätte.

»Tut mir leid«, sagte Carli und zupfte an Gus' Leine, damit er sich setzte.

»Es muss dir nicht leidtun. Du warst es ja nicht, die unfreundlich war.« Lynette funkelte das Nachbarhaus an, als wäre es seine Schuld.

Am liebsten hätte Carli noch einmal »Tut mir leid« gesagt, aber sie ließ es, denn Lynettes bohrender Blick war soeben vom Nachbarhaus zu Gus gewandert. Sie hatte ihm immer noch nicht vergeben, dass er ihre kostbare Maltipoo-Hündin vor fast zwei Monaten in ein dorniges Rosengebüsch gehetzt hatte. Obwohl diese bissige kleine Hündin wirklich die Pest war. Mitzee, vier Kilo schweres reines Gekläffe, hatte Gus so lange aus ihrem Garten heraus aufgestachelt, bis er es eben nicht mehr ausgehalten hatte. Zumindest hatte Carli beschlossen, es so zu sehen. Im Zweifel für den Angeklagten. Nun, da sie darüber nachdachte, war sie ganz froh, dass sie ihren Töchtern keinen dieser kleinen Hunde gekauft hatte, die den ganzen Tag nur »Jippeti-Jap« von sich gaben. Mitzee und Lynette hatten viel gemeinsam.

»Wie geht es mit dem Training voran?«, fragte Lynette und neigte den Kopf mit skeptischer Miene in Gus' Richtung. »Diese Mrs Marter bewirkt wirklich Wunder. Sie hat meine Mitzee so erzogen, dass sie im Garten immer nur auf dieselbe Stelle pinkelt, und wenn Besuch kommt, bleibt sie höflich neben der Tür sitzen. Aber das liegt natürlich auch an Mitzees Persönlichkeit. Mrs Marter kann schließlich auch nicht hexen.«

Lynette gab ein pseudomitfühlendes *Tss-tss-tss* von sich, aber Carli hörte nur noch *Klicketi-klack* und *Jippeti-Jap*. »Sein Training läuft gut. Er muss nur noch ein bisschen erwachsen werden. Er ist ja immer noch ein Welpe, aber das verwächst sich noch.« *Gott, bitte, bitte lass das wahr sein.*

»Hm«, sagte Lynette missfällig, während ihr Blick über den Garten wanderte. Sie suchte *tatsächlich* nach etwas, was sie beanstanden konnte. Und natürlich wurde sie fündig. »Du unternimmst doch bald mal etwas gegen diese Forsythien, oder? Soll ich Mike mal rüberschicken, damit er sie zurückschneidet? Wenn die Hecke noch größer wird, kannst du bald dein Dach nicht mehr sehen. Es gibt hier immerhin Vorschriften, weißt du.«

Carli unterdrückte ein Seufzen. Sie war sich der Vorschriften sehr wohl bewusst, und es wäre ihr sehr recht gewesen, wenn Mike Barker rübergekommen wäre und die Hecke für sie geschnitten hätte, denn er war die genaue Antithese seiner Frau: fröhlich und großzügig, und er beschwerte sich nie über irgendetwas. Aber dann hätte sie Lynette einen Gefallen geschuldet, und allein bei dem Gedanken wurde ihr ganz anders.

»Ähm, vielleicht. Ich sage dir Bescheid. Aber danke für das Angebot.«

»Natürlich. Ich kann mir gar nicht vorstellen, wie schwer es sein muss, wenn sich der eigene Ehemann einfach ohne Vorwarnung aus dem Staub macht. Wenn Mike das tun würde – was natürlich völlig undenkbar ist –, aber wenn er es tun würde, dann würde ich dafür sorgen, dass ich mir von den Unterhaltszahlungen einen Gärtner leisten kann. Einen sexy, jungen Gärtner.« Sie lachte über ihre Bemerkung, als wäre sie wahnsinnig geistreich. Was sie natürlich nicht war. Carli fragte sich, wie sie Lynettes Bemerkungen auffassen sollte. Waren sie mitfühlend gemeint? Völlig daneben? Passiv-aggressiv?

Sie räusperte sich und vergaß es einfach, denn es war Zeitverschwendung, Lynette belehren zu wollen, und während der vergangenen Monate hatte Carli gelernt, solche Kommentare nicht zu persönlich zu nehmen. Andernfalls hätte sie sich jeden Tag über die gedankenlosen Bemerkungen von Leuten den Kopf zerbrochen, die keine Ahnung hatten. Uneingeweihte wussten einfach nicht, was für einen rechtlichen und emotionalen Aufwand es bedeutete, eine Ehe zu beenden, oder wie sensibel man vorgehen musste, wenn es um Dinge wie Unterhaltszahlungen oder Sorgerecht ging. Oder wie ermüdend das alles war. Carli war sich durchaus bewusst, dass ihre Scheidung von Steve ebenso leidenschaftslos verlaufen war wie ihre Ehe, aber trotzdem war es die schlimmste Zeit, die sie je durchgemacht hatte. Ein sexy Gärtner hätte daran auch nichts geändert.

»Apropos sexy, hast du schon Erins neuen Mercedes gesehen?«, fragte Lynette und ging damit zum nächsten saftigen Thema über, ohne Carlis Desinteresse und Unbehagen auch nur zu bemerken. »Ein rotes Cabrio. Vollkommen unpassend natürlich. Ich meine, wer braucht denn ein Cabrio in Michigan? Wann wird sie das Dach hier überhaupt jemals abnehmen können? Das ist ungefähr so, als hätte man in Nevada ein Segelboot.«

Wieder lachte Lynette, und die einseitige Konversation erstreckte sich noch über weitere fünfzehn Minuten, bevor sie im Kreisbogen wieder zu ihrem neuen Nachbarn zurückkehrte. Dann folgten noch einmal fünfzehn Minuten, bis es Carli endlich gelang, der Sache ein Ende zu bereiten und ihr eigenes Haus zu betreten. Sie warf einen Blick auf die Küchenuhr und stellte fest, dass ihr gerade noch genug Zeit blieb, um sich umzuziehen und den Hund für sein Training nach draußen zu bringen, bevor die Kinder anfangen würden, nach Essen zu schreien. Oh, welch ein glamouröses Leben in Suburbia – lärmende Nachbarn, hungrige Kinder und jede Menge Hundehaufen. Jeden Tag derselbe Mist. Arbeit, Wäsche, Kinder, Tratsch. Einschäumen. Auswaschen. Und wieder von vorn.

Jep, wahnsinnig glamourös.

Kapitel 4

Bisher war Bens Tag ermüdend lang und ganz und gar unangenehm gewesen. Den Morgen hatte er damit verbracht, Kisten auszupacken und die wenigen Bestandteile seines Haushalts zu organisieren. Am Nachmittag hatte er übel riechenden alten Teppichboden herausgerissen. Ganz offensichtlich hatten die früheren Besitzer einen undichten Hund mit beträchtlichen Verdauungsstörungen besessen. Das feuchtwarme Wetter hatte den Gestank nur noch intensiviert, und nun war Ben schweißgebadet, und feine Granulatpartikel des Teppichfüllmaterials klebten ihm juckend auf der Haut. Er hatte zwar sowieso vorgehabt, den gesamten Bodenbelag im Haus zu erneuern, aber mit so etwas hatte er nicht gerechnet. Verdammt, der Anus dieses Hundes musste ein Albtraum gewesen sein.

Als eine zu gesprächige Nachbarin mit gewaltig aufgepumpten Ballonbrüsten geklingelt hatte, um ihm irgendeinen Apfelauflauf zu bringen, hatte er eine kurze Pause einlegen müssen. Sie hatte fast schon darauf bestanden, hereinzukommen, und ihm ihre Ballonbrüste praktisch gegen den Arm gedrückt, um sich an ihm vorbeizuschieben, obwohl er ihr erklärt hatte, dass er sich mitten in einem Telefonat befand. Rückblickend hätte er sie hereinbitten und den Anruf einfach beenden sollen, weil nämlich Sophia am anderen Ende der Leitung gewesen war. Das Gespräch war hitzig geworden und hatte mit einem Streit über ihre Kfz-Versicherung geendet, denn seine baldige Ex-Frau schien zu glauben, dass er ihre Versicherung bezahlen sollte. Er war allerdings der Meinung, dass sie, nachdem sie mit einem anderen Kerl geschlafen und um die Scheidung gebeten hatte, ihre verdammte Versicherung selbst bezahlen sollte.

»Ist das jetzt deine Antwort auf alles? Du drückst dich vor deiner Verantwortung, nur weil du wütend auf mich bist? Weil ich mein wahres Selbst ehre und authentisch geblieben bin?«, hatte Sophia ihm an den Kopf geknallt.

»Ich weiß wirklich nicht, was das jetzt mit der Versicherung für das Auto zu tun hat, mit dem du herumfährst, Sophia, und wer sich hier vor der Verantwortung drückt, lassen wir lieber mal beiseite, hm? Außerdem liegt die Rechnung in deinem Haus, ich wusste nicht einmal, dass die Zahlung fällig ist. Vielleicht schockiert es dich, aber ich habe gerade selbst einiges im Kopf, und dein Auto rangiert ganz weit unten auf der Liste.«

Drei Runden hatten sie durchgestanden, bis einer von ihnen endlich aufgelegt hatte. Daraufhin war ein Anruf von Bens baldigem Ex-Geschäftspartner eingegangen, der ihn beschuldigte, böswillige Gerüchte zu verbreiten, um so den Wert ihres Unternehmens zu schmälern.

»Ich habe nichts gesagt, was nicht wahr ist, Doug, und mal ganz ehrlich, mir gefällt es noch weniger als dir, was da für Geschichten die Runde machen. Ich sage unseren Kunden nur, dass das Unternehmen sein Managementteam umstrukturiert und dass wir sie auf dem Laufenden halten.«

Drei weitere brutale Runden mit Doug. Mittlerweile war es Abendessenszeit, und Ben war erschöpft und gereizt. Nach einer langen, heißen Dusche – dieses Mal mit Duschvorhang, denn immerhin den hatte er mittlerweile besorgt – wünschte er sich nur noch ein gewaltiges Steak, ein großes, kühles Bier und eine stumpfsinnige Runde vor dem Fernseher. Kühlschrank und Speisekammer waren immer noch recht leer, aber er hatte am Vortag beim Supermarkt gehalten, weshalb sich jetzt immerhin ein riesiges T-Bone-Steak im Haus befand. Ethan hing irgendwo mit Freunden rum, also war Ben allein, was ihm ganz recht war. Nach diesem spektakulär beschissenen Tag sehnte er sich nach ein wenig Ruhe und Frieden.

Er würzte das Fleisch mit Salz und Pfeffer, weil er sonst nichts dahatte, und ging danach in den Garten, wo er am Ventil des Gastanks herumschraubte, um den Grill in Gang zu kriegen. Er schaltete den Grill ein, aber nichts geschah. Das rostige alte Mistding hatte zum Hausinventar gehört und würde sehr bald ersetzt werden. Ein einziges Mal musste das verdammte Teil aber noch seinen Dienst tun. Ben rüttelte am Tank und hörte endlich, wie das Gas durch den Schlauch strömte. Sieg. Gott sei Dank. Er legte das Steak auf den Rost und hörte voller Erleichterung das Brutzeln des Fleischs, was hoffentlich bedeutete, dass der Grill noch für ein letztes Mahl durchhalten würde.

Zurück in der Küche beschloss er, dass ein Bier nicht ausreichen würde. Ein solcher Abend verlangte nach etwas Stärkerem, und obwohl es weder Brot noch Gemüse oder Soßen im Haus gab, war da diese nette Flasche Blue Label Johnnie Walker. Er gab ein paar Eiswürfel in ein Glas, das vielleicht sauber war, vielleicht aber auch nicht, und goss einen großzügigen Schluck Whisky darüber. Er lauschte auf das Knacken der Eiswürfel, während er die bernsteinfarbene Flüssigkeit im Glas kreisen ließ. Genießerisch sog er den Duft ein und trank ein Schlückchen. Er würde diesen Drink genießen, schmutziges Glas hin oder her.

Es war erstaunlich, was man alles als selbstverständlich hinnahm, wenn man verheiratet war und in einem gut ausgestatteten Haus lebte. Gewürze. Duschvorhänge. Handtücher. Kaffeemaschinen. Ein anständiges Whiskyglas.

Gesellschaft.

Sophia und er hatten ein gutes Leben gehabt. Oder zumindest hatte er das geglaubt. Geld war kein Thema gewesen, sogar nachdem er Chase Industries verlassen hatte, um sein eigenes Unternehmen zu gründen. Sie hatten den Gürtel ein paar Jahre etwas enger schnallen müssen, was Sophia nicht sonderlich gefallen hatte, aber es war auch kein echtes Problem gewesen. Sie hatten immer noch die Gesellschaft des anderen genossen. Sie hatten schöne Urlaube miteinander verbracht. Ihre Kinder waren fröhlich, gesund und klug. Mehr hatten sie sich nie gewünscht, und er hatte ehrlich geglaubt, dass Sophia glücklich war. Er hätte geschworen, dass sie glücklich war – bis er herausgefunden hatte, dass sie es eben nicht war.

Nie ein Wort darüber, dass sie vielleicht einmal zur Paartherapie gehen oder einander wieder näherkommen sollten. Daran hatte sie kein Interesse gehabt. Sie war mit ihm fertig, und damit war die Sache erledigt, und wenn er ehrlich war, hätte er ihr wahrscheinlich sowieso nie verzeihen können. Wäre sie unzufrieden mit ihrer Ehe gewesen, dann hätte er mit ihr daran arbeiten können, wenn sie denn bereit dazu gewesen wäre. Aber ihn mit seinem besten Freund zu betrügen? Das war mehr, als er ertragen konnte. Einen Moment grübelte er noch über seinem Whisky und empfand dabei das Klicken der Eiswürfel am Glasrand als seltsam tröstlich. Dann hörte er einen verzweifelten Schrei, gefolgt von einem ohrenbetäubenden Krachen.

»Gus! Verdammt noch mal, Gus. Komm her!«

Es war eine Frauenstimme, dann das Scheppern von etwas Schwerem und Solidem, das auf etwas anderes Schweres und Solides traf. Er verließ die Küche, rannte die Treppe hinunter ins Erdgeschoss und riss die Fliegengittertür zum Garten auf. Und da lag, in tausend Stücke zerbrochen, sein jämmerlicher Grill. Drei Meter weiter, auf halber Strecke zum Garten des Nachbarhauses, stand eine Frau. Ihr dunkles Haar war zu einer Frisur zusammengebunden, die man laut seiner Tochter als »Messy Bun« bezeichnete. Die Frau hatte glühende rote Wangen und wirkte extrem angespannt, wie sprungbereit. Als er ihrem Blick folgte, erkannte er auch, warum. Da stand ein Hund, nein, eher ein Mammut … mit Bens Abendessen im Maul!

»Hey!«, protestierte er. »Das ist mein Steak.« Er drehte sich zu dem Schrotthaufen um, der einmal sein Grill gewesen war. »Und mein Grill. Im Ernst jetzt?«

Die Brünette warf ihm einen Blick zu, ihr Gesicht war eine Studie an schuldbewusster Verzweiflung. »Ich weiß. Es tut mir so leid. Er ist noch ein Welpe.«

»Ein Welpe? Dann gehört er vielleicht an die Leine, damit er nicht mehr in meinem Garten Amok laufen kann.« Ben mochte Hunde, aber er hatte Hunger und miese Laune, und er pfiff aus dem letzten Loch. Und Hunde, die ihm nicht sein Abendessen stahlen, waren ihm lieber.

»Ich weiß. Ich versuche gerade, ihn auf den Elektrozaun zu trainieren, aber er hat das bratende Fleisch gerochen und ist einfach weggerannt, und jetzt versuche ich, ihn wieder einzufangen. Normalerweise lässt er sich mit … Leckerlis locken …« Ihre Stimme verklang, also blieb es Ben überlassen, das Offensichtliche auszusprechen.

»Er braucht keine Leckerlis, er hat ein T-Bone-Steak.«

»Ein T-Bone? Das ist doch gefährlich für ihn, oder? Daran kann er ersticken.«

»Tja, diesen Fehler macht er dann jedenfalls nur einmal.«

Letzteres hatte er eigentlich nicht laut aussprechen wollen, und erst, als sie empört nach Luft schnappte, begriff er, dass er es doch getan hatte. Es war ein mieser Witz, und er meinte es eigentlich nicht so, aber er wollte auch nicht, dass dieser Drecksköter sein Essen fraß. Er wollte nicht, dass sein

Schrottgrill in Scherben auf seiner Terrasse lag. Er wollte keinen weiteren Tag damit verbringen, alte, ekelhafte Teppichböden herauszureißen oder mit Sophia über ihre Autoversicherung zu streiten oder sich vor Doug wegen irgendwelcher Gerüchte zu verteidigen, über die er keine Kontrolle hatte. Und vor allem wollte er nicht, dass seine verdammte Frau seinen verdammten Geschäftspartner bumste.

Dieser Tag wurde einfach immer besser. Er ballte die Hände zu Fäusten und entdeckte, dass er immer noch sein Whiskyglas hielt, also trank er es in einem Zug aus, dankbar für die Ablenkung, die ihm das Brennen in seiner Kehle und kurz darauf in seinen Eingeweiden bescherte, dicht gefolgt von warmer Erleichterung. Er blickte auf sein nun leeres Glas. Sein Drink war weg. Sein Steak ganz eindeutig auch. Von diesem Hund würde er jedenfalls nichts mehr zurückkriegen. Gerade trabte der Köter mit hoch erhobenem Schwanz in den entlegensten Winkel seines Gartens. Ben sah zu der Frau hinüber, die ihn anstarrte, als müsste *er* irgendetwas unternehmen. Aber was in aller Welt sollte er denn tun? Es war nicht sein Hund.

Der Abend war gelaufen. Tatsächlich war der ganze verdammte Tag eine einzige Katastrophe gewesen, aber nach ein paar weiteren Gläsern Whisky würde er ja vielleicht darüber lachen können. Zumindest würde er schlafen können. Eine Weile. Er wandte sich ab.

»Wohin gehen Sie denn jetzt?«, rief die Frau.

»Ähm … in mein Haus.«

»Wollen Sie mir denn nicht helfen?«

Er sah sie an, registrierte ihre großen, dunkelbraunen Augen und ihre halb flehende Miene. Sie war attraktiv, und diese Shorts standen ihr gut. Zu gut. Irgendwo in seinem Kopf flüsterte etwas: »Warnung! Kompliziert!« Von seiner Maklerin hatte er erfahren, dass nebenan eine alleinstehende und erst kürzlich geschiedene Mutter wohnte. Und Ben hatte mit seiner eigenen

Scheidung schon alle Hände voll zu tun. Hände, die nun mit kleinen Rissen und Schnitten übersät waren, weil er den ganzen Tag Teppiche hatte herausreißen müssen, nachdem sich ein weiterer Hund nicht hatte benehmen können. Von wegen der beste Freund des Menschen. Bens Fingerspitzen waren so wund wie sein Herz. Es war einfach ein bisschen zu viel. Wahrscheinlich sollte er ihr helfen. Es wäre gutnachbarlich. Es wäre ehrenhaft und ritterlich und höflich, aber im Augenblick konnte er das einfach nicht. Er wollte einfach nur noch einen weiteren Schluck Whisky – oder fünf Schlucke Whisky – und dann in einen traumlosen Schlaf fallen. Für heute hatte er die Nase voll von Menschen. Und von ihren Hunden.

»Tut mir leid, Ma'am, das ist Ihre Sache.« Er drehte noch schnell das Ventil des Gastanks wieder zu, denn auch wenn der Schlauch nun mit nichts mehr verbunden war, würde bei seiner derzeitigen Pechsträhne vermutlich doch irgendein Funke überspringen und sein Haus in Brand stecken. Er hörte ihr leises, aber eindeutiges Schnauben, als er ins Haus trat, sah sie aber nicht noch einmal an. Mit einem lauten Klicken zog er die Terrassentür zu und machte sich auf die Suche nach seinem Freund Johnnie Walker.

* * *

»Tja, ich habe gerade unseren neuen Nachbarn kennengelernt«, sagte Carli und betrat die Küche, wo ihre Töchter an der Kücheninsel saßen und auf dem iPad »Queer Eye« schauten. Als sich Gus endlich im Gras niedergelassen hatte, um sein ergaunertes Steak zu verschlingen, hatte sie ihn ohne großen Aufwand einfangen können. Widerwillig hatte er auch seine Beute hergegeben, und sie hatte erleichtert festgestellt, dass der Knochen noch vollständig war. Nichts, was ihm in der Kehle stecken bleiben konnte. Allerdings würde er ihr vermutlich die Küche vollkotzen, bevor der Abend vorüber war.

Die dunkelhaarige Mia richtete sich, ganz gegen ihre sonstige Gewohnheit, auf ihrem Stuhl auf. »Der neue Nachbar? Wie ist er denn so?«

Carli schnaubte und ging zur Spüle, um sich die Hände zu waschen. »Ziemlich unfreundlich. Wahrscheinlich hungrig. Wahrscheinlich betrunken.«

Tess lachte und grinste breit. »Wow, Mom, du bist ja stinkig. Ist er wenigstens heiß? Ich meine, für einen alten Mann? Lauren hat gesagt, ihre Mutter hat gesagt, er ist heiß.« Sie biss in die rote Lakritzstange in ihrer einen Hand und streckte die andere aus, um Gus zu streicheln.

»Ich hatte keine Zeit, darauf zu achten, ob er heiß ist, weil ich damit beschäftigt war, mir Sorgen um sein T-Bone in Gus' Maul zu machen.« Doch, sie *hatte* darauf geachtet. Und er *war* heiß. Genau das war ja der Grund für ihre Enttäuschung darüber, dass er sie einfach im Garten hatte stehen lassen, ohne sie auch nur nach ihrem Namen zu fragen.

Mia wandte sich an ihre Schwester. »Sie meint ein Steak, oder? T-Bone ist kein Euphemismus für irgendwas, oder?«

Mit achtzehn war Mia zwei Jahre älter als Tess, aber manchmal entgingen ihr die feineren Nuancen einer Unterhaltung. Sie war das, was man im Allgemeinen einen Bücherwurm nannte, klug, aber nicht sonderlich alltagstauglich. Sie hatte keine Ahnung von den neuesten Trends oder den angesagtesten Themen des Tages, sie steckte die Nase lieber in ihre Bücher und stand mit beiden Beinen fest in den Wolken. Eine alte Seele. Diese Woche war sie vegan, und sie war von ihren Klassenkameraden an der Glenville High School zu der Schülerin gewählt worden, die vermutlich am ehesten die Welt retten würde. In ein paar Wochen würde ihr letztes Schuljahr beginnen, eine Tatsache, die Carli ebenso verblüffte wie schockierte.

Tess rollte als Antwort auf Mias Frage mit den Augen, warf ihrer Mutter jedoch vorsichtshalber einen schnellen Blick zu, nur um ganz sicherzugehen. »Es ist ein Steak, oder? Bitte sag, dass es ein Steak ist.« Die blondierten Strähnchen ihres hellen Haars schimmerten in den letzten Strahlen der Sonne. Sie war gerade sechzehn geworden und hatte ihren Führerschein bekommen. Eine weitere Tatsache, die Carli sowohl verblüffte als auch schockierte.

»Ja, es ist ein Steak, und der blöde Hund ist einfach durch den Elektrozaun gerannt, hat sich das Teil geschnappt und dabei den Grill umgeschmissen. Der ist kaputt. Totalschaden. Jetzt muss ich dem Typen einen neuen Grill kaufen.«

Von allen Dingen, für die sie kein Geld ausgeben wollte, stand ein Grill für den Idioten von nebenan ganz an erster Stelle. Besonders in Anbetracht der Tatsache, wie wenig hilfsbereit er gewesen war. Noch schlimmer war die Art gewesen, wie er sie einfach »entlassen« hatte und zurück ins Haus geschlendert war, so als wäre die Szene mit Gus und ihr irgendein Werbespot, den er einfach vorspulen konnte, weil er keine Lust hatte, ihn sich anzusehen. Demütigend. Dieses eine Mal war sie Lynettes Meinung. Der Typ war grob.

»Weißt du wenigstens, wie er heißt?«, fragte Tess.

Wusste sie. Aber nicht von Prince Charming selbst, sondern weil Lynette es ihr eine Stunde zuvor verraten hatte, irgendwann zwischen ihren Kommentaren darüber, dass Gus mit den Unmengen an Urin, die er von sich gab, Carlis Rasen ruinieren würde, und der Bemerkung, dass Carli unbedingt einmal ihre Windbretter streichen musste.

»Er heißt Ben Chase«, antwortete Carli. »Er hat zwei Kinder an der Glenville High. Addie und … Nathan oder so? Nein, das stimmt nicht. Aber er hat einen Sohn, der dieses Jahr in die Abschlussklasse geht.«

»Aber doch nicht Ethan Chase?« Tess' Schultern hoben sich, ihre blauen Augen wurden groß und eine feine Röte überzog die hellen Sommersprossen auf ihren Wangen.

Carli schnippte mit den Fingern. »Genau, so heißt er. Ethan. Warum? Kennt ihr ihn?«

»O mein Gott, Mom. Ethan Chase ist der Hammer. Total deluxe. Er ist richtig groß und hat so tolle Haare.« Sie packte eine Handvoll ihres eigenen Haars, wie zur Demonstration.

Mias Miene zeigte nichts von der Verzückung ihrer Schwester. Sie wirkte eher angesäuert. »Ethan Chase ist vielleicht der Hammer, aber er ist außerdem ein komplett verblödeter Fuckboy. Und er ist mies in Mathe.«

»Bitte sag nicht ›Fuckboy‹ in meiner Anwesenheit«, rügte Carli die schlechte Ausdrucksweise, obwohl sie wusste, dass ihre Töchter den Großteil der Schimpfwörter von ihr hatten. »Fuckboy« war allerdings ein neuer Ausdruck. Eindeutig nicht von ihr.

»Er ist kein Fuckboy«, gab Tess zurück, ohne auf ihre Mutter zu achten. »Die Typen, mit denen er abhängt, vielleicht, aber er nicht. Und mies in Mathe heißt nicht, dass man ein schlechter Mensch ist.«

»Nein.« Nun stieg auch Mia die Röte in die Wangen. »Wenn man schlecht in Mathe ist, heißt das, dass man *dumm* ist, aber wenn man mit komplett verblödeten Fuckboys rumhängt, dann heißt das *durchaus,* dass man ein schlechter Mensch ist. Diese ganzen Vollpfosten, die glauben, sie wärn's. Ich kann's echt kaum erwarten, die mal in zehn Jahren wiederzusehen, wenn sie zu der tragischen Erkenntnis gelangt sind, dass sie den Höhepunkt ihres Lebens leider schon auf der Highschool überschritten haben.« Ihre Ausführungen wurden von einem gekonnten Augenrollen untermalt, und Carli musste lachen, weil sie selbst genügend solcher Jungen kennengelernt hatte. Hübsch. Anziehend. Immun gegen die Fallstricke der Jugend.

Genau genommen … war Steve einer dieser Jungen gewesen. Er war durchs Leben gerauscht, angetrieben von Charme und beflügelt von seinem guten Aussehen. Er hatte unterwegs Menschen gesammelt, als wären es Besitztümer. Es hatte Jahre gedauert, bis sie begriffen hatte, dass sie für ihn nichts weiter als ein abgehakter Punkt auf seiner Lebensliste gewesen war. Nicht besonders oder einzigartig. Nicht seine Seelengefährtin. Nur eine willige Frau, die zur richtigen Zeit am richtigen Ort gewesen war und die er sich ausgesucht hatte, weil er dachte, es wäre *an der Zeit,* zu heiraten. Und sie hatte die Anforderungen erfüllt. Eine Frau, die ihn vergötterte? Check. Zwei wunderschöne Kinder? Check und check.

Midlife-Crisis? Check.

»Wer hat Hunger?«, fragte Carli laut, da sie der Meinung war, dass die allgemeine Laune durch Pasta und Marinarasoße nur gewinnen konnte. Allerdings hatte sie keine Lust zu kochen. »Ich bin am Verhungern. Gehen wir essen.«

Gus bellte, als wollte er verkünden, dass er für seinen Teil zu allem bereit war.

»Tut mir leid, Kleiner«, sagte Carli und führte ihn zu seiner Hundebox. »Du hast schon gegessen.«

»Können wir nach dem Essen noch zur Maniküre?«, fragte Tess und hopste von ihrem Hocker. »Meine Hände sehen aus wie Klauen, und nächste Woche geht die Schule wieder los.«

Carli unterdrückte ein Seufzen. Sie hatte gerade einen lächerlichen Haufen Geld für neue Autoreifen und für Gus' Termin im Hundesalon ausgegeben, und jetzt schuldete sie dem Nachbarn anscheinend auch noch einen neuen Grill. Dreimal Maniküre bedeutete eine weitere Belastung für ihr Konto, und obwohl Steve regelmäßig eine angemessene Unterhaltszahlung für die Kinder leistete, war dieses Geld für Kleidung und Essenzielles bestimmt. War eine Maniküre etwas Essenzielles? Für manche sicher schon. Und Carlis Ego konnte definitiv ein paar Streicheleinheiten vertragen nach ihrer Begegnung mit dem Gollum von nebenan. Trotzdem musste sie unbedingt anfangen, ihre Ausgaben strategischer zu planen. Sie war nur einen kaputten Wasserboiler von einer Katastrophe entfernt.

»Vielleicht«, antwortete sie absichtlich vage. »Wahrscheinlich ist es dann schon ein bisschen spät, aber wir können es versuchen. Aber jetzt erst mal, wo sollen wir essen? Mia, bist du noch vegan?« Die Frage war durchaus berechtigt, denn es war nicht ganz leicht, mit Mia Schritt zu halten. Mal war sie Vegetarierin, mal Veganerin, mal Pescetarierin oder was ihr sonst noch so einfiel, um das, was Carli gekocht hatte, als inakzeptabel zurückzuweisen. Im Kern war Mia nämlich vor allem Querulantin.

»Natürlich bin ich noch vegan. Findest du denn, dass Tiere leiden sollten, damit wir sie essen können?«

»Hübscher Ledergürtel, den du da trägst, Mia«, gab Tess sarkastisch zurück. Sie war auch eine ziemliche Querulantin. Teenager-Mädchen waren die reine Freude. Aber das hier war immerhin Carlis Zirkus, und diese beiden waren ihre Affen, ob es ihnen nun gefiel oder nicht.

KAPITEL 5

Das achte jährliche Monroe-Circle-Sommerabschlussgrillen, das von Renee Belmont ausgerichtet wurde, war in vollem Gang, als Carli, Mia und Tess die Sackgasse hinuntergingen. Rote, weiße und blaue Ballons und glitzernde Fahnenbänder schmückten jeden Briefkasten. Eine aufblasbare Hüpfburg füllte einen kompletten Vorgarten aus, und daneben erhob sich ein Zelt voller langer Tische mit fröhlichen rot-weiß karierten Tischdecken, auf denen sich alle Büfettgerichte türmten, die jemals auf Pinterest gepostet worden waren. Darunter auch eine Wassermelone in Form eines Piratenschiffs mit kleinen Marshmallow-Piraten und mit Zuckerguss überzogene Rice-Krispie-Lollis. Renee machte keine halben Sachen, und obwohl Carli dem, was sie hier auf die Beine gestellt hatte, durchaus Respekt zollte, fragte sie sich auch, ob Renee nicht vielleicht ein kleines bisschen zu viel Zeit hatte.

Ihr einziges Kind, ein Junge, studierte bereits im zweiten Semester an der University of Michigan Medizin, und ihr Gatte war Feuerwehrmann und mehr unterwegs als zu Hause. Renee beschwerte sich nicht über seine Abwesenheit, und Carli hatte sich schon das eine oder andere Mal gefragt, ob dies das Geheimnis ihrer glücklichen Ehe war. Wenn Steve weniger zu Hause gewesen wäre, dann hätten sie vielleicht mehr Gelegenheit gehabt, einander zu vermissen, und nicht alles für selbstverständlich genommen.

»Wow«, murmelte Tess, von dem ausladenden Büfett wie hypnotisiert. »Mrs Belmont hat's mal wieder gerissen. Das ist echt krass.«

»Ist da Speck drin?«, fragte Mia, als Carli versuchte, ihren bescheidenen Brokkolisalat in eine Lücke zwischen einer dekorativen Platte voller Tomaten-Mozzarella-Basilikum-Spießchen und einer Sammlung von Minimarmeladengläsern mit Tex-Mex-Dip und jeweils einem perfekt ausgerichteten dreieckigen Mais-Chip in der Mitte zu quetschen.

»Nein, kein Speck«, antwortete Carli und fragte sich, ob sie sich mit ihrer Büfettzugabe vielleicht etwas mehr Mühe hätte geben sollen. Schon mehr als einmal hatte sie versucht, irgendein Fertiggericht als etwas selbst Gemachtes zu verkaufen, aber Renee hatte sie jedes Mal erwischt. Diesen Salat hatte sie zwar ganz ehrlich in ihrer eigenen Küche zubereitet, aber er wirkte etwas jämmerlich neben den Minisandwiches in Buchstabenform, die den Schriftzug »MONROE CIRCLE« bildeten, und den Keksen, die aussahen wie Fußbälle.

»Speck fehlt mir«, sagte Mia sehnsüchtig.

»Probier's doch mal mit diesem Sojaspeck. Du weißt schon, das Zeug, das Dad immer ›Dreckspeck‹ genannt hat«, schlug Tess vor. »Garantiert tierfrei.«

»Aber auch garantiert lebensmittelfrei. Das Zeug ist chemisch veränderte Pappe«, gab Mia verächtlich zurück, woraufhin Tess mit den Augen rollte.

Es war der letzte Samstag der Sommerferien, und Mia und Tess waren nur unter Zwang mitgekommen. Eigentlich hatten sie beide etwas Besseres vorgehabt. Carli wusste, dass sie überall lieber gewesen wären als hier, weil sie einerseits zu jung waren, um mit den Erwachsenen zu plaudern, und andererseits zu alt, um noch mit den Kindern zu spielen. Trotzdem hatte Carli die beiden dabeihaben wollen. Immerhin war es das alljährliche Sommergrillen. Eine *Tradition*. Aber ihre Töchter wirkten in etwa so begeistert wie vor einer Grippeimpfung.

War es selbstsüchtig von ihr, dass sie die zwei hergeschleppt hatte, anstatt sie zu ihren Freunden gehen zu lassen? In letzter Zeit war alles ein reiner Balanceakt. Einerseits drängte ihr Herz sie dazu, ihren Töchtern die Freiheit zu geben, die sie als Teenager eben brauchten, andererseits wollte sie die Mädchen bei sich haben. Nun, da sie einen Teil ihrer Zeit bei Steve verbrachten, war Carli besonders bedürftig, was ihre Gesellschaft anging. Sie wusste, dass eine Gruppe von Jugendlichen schließlich das Spielgerüst in Renees Garten entern und sich dort gegenseitig texten würde, wie lahm diese Party war, aber das war schon okay. Solange ihre Mädchen nur *in der Nähe* waren.

»Auf jeden Fall sieht das Essen schon mal ziemlich lecker aus«, kommentierte Carli in der Hoffnung, etwas Interesse bei ihren Töchtern zu wecken. Vielleicht konnte sie zumindest an ihre Bäuche appellieren.

Tess beugte sich vor und schob einige der Tex-Mex-Gläser beiseite, um mehr Platz für Carlis Salat zu schaffen. Ihr blondes Haar war zu zwei Zöpfen geflochten, mit denen sie eher wie zwölf als wie sechzehn aussah. Ein wehmütiger Stich fuhr durch Carlis Herz.

»Sieht echt gut aus«, stimmte Tess ihr zu. »Und dein Salat ist wirklich hübsch, Mom.«

Carli sah sie an und fragte sich, ob ihr ihre Gefühle so deutlich anzusehen waren, aber Tess war mit ihrer Aufmerksamkeit längst schon wieder woanders. Nämlich bei dem Jungen, der ihnen gerade am nächsten stand. Kurz darauf verschwanden Tess und Mia in einer Traube von jungen Leuten, die sich alle einig waren, wie grässlich es war, dass die Schule am Montag wieder anfing. Und weg waren sie.

»Und, hast du ihn schon kennengelernt?« Gerade als Mia und Tess im nächstbesten Garten verschwanden, tauchte Carlis Nachbarin Dee-Dee neben ihr auf.

»Wen?« Sie wusste genau, wen. Sie stellte sich nur ahnungslos. Mittlerweile waren auf ihrem Handy Dutzende von Textnachrichten eingegangen, in denen sich diverse Nachbarschaftsfraktionen darüber erkundigt hatten, ob der Neue tatsächlich so gut aussah, wie *alle* behaupteten, und ob er so unfreundlich war, wie Lynette sagte. Kurz und bündig: Jep. Beides.

»Den neuen Nachbarn«, antwortete Dee-Dee. »Ich hab ein paar Fotos von ihm auf Facebook gesehen, und ich muss sagen, Mama gefällt's.« Sie strich sich mit beiden Händen über den Oberkörper bis zu den Hüften hinab. Dee-Dee war zweimal geschieden und ständig auf der Suche nach ihrem zukünftigen Ex-Mann, wobei sie so viel Zeit im Fitnesscenter verbrachte, dass viele glaubten, sie würde dort arbeiten. Ihr Haar trug sie als kurzen Pixie, in einem Rotton, der in der Natur nicht zu finden war.

Carli schüttelte den Kopf. »Tja, dann gehört er ganz dir, mir gefällt's nämlich überhaupt nicht. Der Typ ist ein Arschloch.«

Dee-Dee seufzte. »Ach, du weißt das vielleicht noch nicht: Arschlöcher sind mein Kryptonit. Komm, wir holen uns was zu trinken, und du erzählst mir von ihm.«

Zwei Gläser Pinot Grigio später hatten Dee-Dee, Erin und Lynette jedes Detail der Geschichte mit dem Hund, dem Steak und dem kaputten Grill vernommen. Sie saßen mittlerweile auf Klappstühlen, so weit wie möglich von der Hüpfburg entfernt, und Renee legte alle paar Minuten bei ihnen einen Zwischenstopp ein, um ihre Gläser aufzufüllen, bevor sie wieder davonflitzte, um sich anderen Aufgaben zu widmen.

»O mein Gott, der Typ ist ein echter Rom-anti-ker«, sagte Erin lachend, nachdem Carli die Hundegeschichte ein drittes Mal erzählt hatte. »Ein Rom-ANTI-ker, verstehst du?«

»Zum Totlachen«, kommentierte Carli, ohne die Mundwinkel zu verziehen. »Und dann ist er einfach wieder in sein Haus zurückmarschiert. Und er hat mich ›Ma'am‹ genannt.« Der Wein stieg ihr zu Kopf, und jedes Mal, wenn sie die Geschichte ein weiteres Mal erzählte, wurde sie noch wütender, weil keine Frau der Welt »Ma'am« genannt werden wollte, besonders nicht von jemandem in ihrem Alter. Von einem Eintüter im Supermarkt oder von einem Pfadfinderjungen, der Kekse an der Tür verkaufte, war das vielleicht noch entschuldbar, aber wenn ein erwachsener Mann eine Frau »Ma'am« nannte, dann konnte er genauso gut »Sie sind unattraktiv und vorzeitig gealtert« sagen.

»Siehst du?«, warf Lynette ein. »Habe ich doch gesagt. Grob. Mir ist auch egal, dass er ein Chase ist.« Diesen Kommentar begleitete sie mit einer gekonnt abfälligen Geste aus dem Handgelenk.

»Ein Chase? Was soll das denn heißen?« Carli spähte in ihr Glas und erkannte, dass es Zeit für einen Refill war. Wo zum Teufel blieb Renee?

Lynette sah sie an, als wäre sie komplett verblödet. »Du weißt schon. Er ist ein Chase, also, na, *ein Chase* eben. Chase Industries. Oder die Chase-Stiftung. Die Wallace-Chase-Arena. Habe ich das neulich nicht erwähnt?«

Hatte sie nicht. Daran hätte sich Carli erinnert. »Wirklich? So ein Chase ist er? Was in aller Welt will ein Kerl mit so viel Geld denn in unserer kleinen bescheidenen Nachbarschaft?« Ganz so bescheiden war die Nachbarschaft zwar gar nicht, aber auch nicht gerade passend für einen Chase. In Glenville waren die Chases so etwas wie die Medici in Florenz. Ihr Name prangte auf Gebäuden in der ganzen Stadt. Es gab eine

Lila-Chase-Kinderkrebsklinik, einen Saundra-Chase-Reitverein und die Chase-Kunstgalerie, in der Carli sogar einmal gewesen war. Dort gab es eine Menge seltsamer Skulpturen von einem Künstler, der sich schlicht »Alex« nannte.

»Man munkelt, er hätte das Haus in bar bezahlt, aber ich habe auch gehört, dass seine Scheidung ... so richtig ... teuer wird«, erklärte Lynette und beugte sich vor. Die Worte »richtig« und »teuer« sprach sie voller Genuss aus.

»Kann ich mir vorstellen, wenn er so reich ist«, sagte Dee-Dee und trommelte mit ihren manikürten Fingernägeln gegen ihr Weinglas. »Trotzdem hat er bestimmt noch genug übrig, um mir den Lebensstil zu ermöglichen, an den ich mich gern gewöhnen würde.«

Erin lachte. »Tja, unfreundlich oder nicht, wenn sich rumspricht, dass hier ein Chase zu haben ist, werden die Frauen kilometerlang Schlange stehen.«

Carli schüttelte den Kopf, ihr war ein wenig schwummrig vom Wein. »In der Schlange stehe ich ganz sicher nicht. Vielleicht ist er reich, aber leider auch ein Arschloch.«

* * *

Etwas Lautes, Karnevalsähnliches ging am Ende von Bens Straße vor. Er erinnerte sich vage an seine wichtigtuerische Nachbarin, die ihm neben diesem Apfeldings auch einen Flyer in die Hand gedrückt hatte. Den hatte er allerdings unbesehen auf den Poststapel geworfen. Vielleicht sollte er ihn doch lesen, um herauszufinden, warum eine Völkerwanderung von Familien mit Kühltaschen und Kinderwagen vor seinem Haus eingesetzt hatte. Er ging den Stapel durch, warf die Werbung in den Müll und fand schließlich den sonnengelben Zettel, auf dem in Schnörkelschrift die Worte »Achtes jährliches Monroe-Circle-Sommerabschlussgrillen« prangten. Offenbar sollte er einen Beitrag fürs Büfett, seine eigenen Getränke und einen Klappstuhl mitbringen.

Oder er konnte einfach nicht hingehen, was wohl die bessere Entscheidung gewesen wäre. Die Kinder waren bei Sophia, und Ben hatte jede Menge Arbeit zu erledigen. Er hatte die Wand zwischen Küche und Wohnzimmer herausgerissen und alles war voller Staub. Sein Kühlschrank bildete nun den Mittelpunkt der Küche. Außerdem waren die Dinge, die er bestellt hatte, endlich eingetroffen und mussten ausgepackt werden. Neben dem Kamin stapelten sich Pakete voller Schüsseln, Gläser, Töpfe, Pfannen, Bettlaken und Handtücher. Das Beste daran war, dass er nun eine Kaffeemaschine besaß. Momentan stand sie allerdings noch in seinem Badezimmer, damit sie bei der Renovierung der Küche keinen Schaden nahm. Alles in allem sollte er vermutlich weitermachen … aber vom Ende der Straße schallten Musik, Stimmen und Gelächter herüber.

Ben war gerne allein, aber seit Tagen hatte er mit niemandem mehr gesprochen außer mit seiner Familie, seinem Anwalt und ein paar Kunden, und da er keine Ahnung hatte, wie lange er hier wohnen würde, war es vielleicht eine gute Idee, ein paar seiner Nachbarn kennenzulernen. Zweifellos würden sie ihm Fragen stellen. Unangenehme Fragen über so ziemlich alles, was den katastrophalen Zustand seiner Ehe oder seines Unternehmens betraf oder seines neuen und fast noch leeren Hauses … aber damit würde er klarkommen. Na und? Wie schlimm konnte es schon werden?

Er öffnete den Kühlschrank und holte eine Packung Trauben heraus. Kein sonderlich üppiger Beitrag zum Büfett, aber es musste genügen. Dann sah er sich um und begriff, dass er keine Kühltasche hatte. Ein weiterer Eintrag auf seiner länger werdenden Liste an Dingen, die er besorgen musste, aber für den Moment schnappte er sich einfach ein Bier und nahm sich vor, wieder nach Hause zu gehen, nachdem er es getrunken hatte. So hatte er auch gleich eine gute Entschuldigung parat, wenn es nötig werden sollte.

Er kam sich ein bisschen komisch dabei vor, mit einem offenen Bier in der einen und einer Plastiktüte voller frisch gewaschener Trauben in der anderen Hand seine Straße hinunterzugehen, aber als er sich der Menschenmenge näherte, lächelte und winkte man ihm freundlich zu. Ein Dutzend neuer Nachbarn stellte sich ihm vor. Und er versuchte, sich die Namen so gut wie möglich zu merken, aber er würde sie trotzdem alle wieder vergessen. Normalerweise war er gut mit Namen, aber das hier war einfach ein bisschen viel.

»Hallo, hallo, ich bin Renee. Sie müssen Carlis neuer Nachbar sein«, rief eine Frau mit komplizierter Flechtfrisur und einem so strahlenden Lächeln, dass er unwillkürlich zurücklächelte.

»Carli?«, wiederholte er, dann dämmerte es ihm. »Ach, ist das die Frau mit dem Hund?«

Renees Lachen war genauso ansteckend wie ihr Lächeln. »Ja, das ist Carli. Mit Gus. Er ist eher eine wuschelige Katastrophe als ein Hund, aber sie arbeitet daran.«

Ben schüttelte den Kopf. »Als ich sie kennengelernt habe, hatte sie damit nicht viel Glück.«

»Na ja, da ist noch Luft nach oben, aber sie strengt sich an, und wo wir gerade von Anstrengen sprechen, wie geht es mit dem Auspacken voran? Haben Sie sich schon eingerichtet?«

»Da ist auch noch Luft nach oben. Eigentlich sollte ich ja weitermachen, aber ich habe gehört, dass es hier etwas zu essen gibt.«

»Allerdings. Sie können Ihre …« Ihr Blick fiel auf die Tüte in seiner Hand. »Ähm, Trauben, da drüben auf den Tisch stellen und sich einfach nehmen, was Sie möchten. Die Männer zünden gerade den Grill an. Es gibt Würstchen und Frikadellen. Lassen Sie es mich einfach wissen, wenn Sie noch etwas brauchen.« Sie deutete auf ein weißes Zelt voller Tische, und Ben blinzelte überrascht. Dort türmten sich Berge von Essen. Auf einmal kamen ihm seine Trauben sehr armselig vor. War das da ein Piratenschiff?

Er ging auf das Zelt zu und kam dabei hinter einer Gruppe Frauen vorbei, die auf Klappstühlen im Gras saßen. Er stockte, als er eine von ihnen sagen hörte: »Tja, unfreundlich oder nicht, wenn sich rumspricht, dass hier ein Chase zu haben ist, werden die Frauen kilometerlang Schlange stehen.« Woraufhin die Frau neben ihr kommentierte: »In der Schlange stehe ich ganz sicher nicht. Vielleicht ist er reich, aber leider auch ein Arschloch.«

Na toll. Wirklich ganz toll. Er wich einen Schritt zurück, stieß dabei um ein Haar mit jemandem zusammen. Die Frauen auf den Stühlen drehten sich zu ihm um, und Ben erkannte das einzige vertraute Gesicht auf der ganzen Party. Seine Nachbarin mit dem unordentlichen Haarknoten und dem sehr ungezogenen Hund.

Immerhin besaß sie so viel Anstand, zu erröten, als sie ihn sah. Rasch drehte sie sich wieder weg. Ihre Freundinnen musterten ihn etwas länger, und er hatte das deutliche Gefühl, taxiert zu werden, mit welchem Ergebnis wusste er allerdings nicht. Es war nicht das erste Mal, dass ihn jemand ein Arschloch nannte, aber es war das erste Mal, dass eine fast fremde Frau ihn so betitelte. Normalerweise musste man sich eine solche Bezeichnung erst verdienen, aber dieser Frau hatte er nichts weiter getan, als sie mit ihrem blöden Hund allein zu lassen.

Er sah, wie sie kurz den Kopf senkte, dann stand sie auf, umrundete ihren Stuhl, streckte ihm die Hand hin und bedachte ihn mit dem freudlosesten Lächeln, das er jemals gesehen hatte.

»Hi, ich bin Carli von nebenan. Wir haben uns neulich Abend ja schon irgendwie kennengelernt. Äh … Willkommen in der Nachbarschaft?«

Er hob Bier und Weintrauben, um ihr zu zeigen, dass er beide Hände voll hatte, und setzte eine Miene auf, die ihr vermittelte, dass er keinerlei Interesse daran hatte, ihr die Hand zu schütteln. Jedenfalls sollte seine Miene ihr das vermitteln.

»Ich nehme Ihnen mal was ab«, sagte eine der anderen Frauen, sprang auf und entwand ihm die Trauben. »Ich bin Dee-Dee. Das Haus da drüben ist meins, und wenn Sie irgendetwas brauchen, *egal was,* dann lassen Sie es mich einfach wissen.« Sie deutete auf ein zweistöckiges beiges Gebäude, das zum Großteil von einer gewaltigen Hüpfburg mitsamt mindestens dreißig Kindern im Vorgarten verdeckt wurde. »Willkommen beim Monroe-Circle-Grillen.«

Er ließ sich vom Tatort fortführen, vor allem, weil er vor einer Traube von Menschen, die er nicht kannte, keinen Aufstand machen wollte. Die kurzhaarige Frau lehnte sich beim Gehen gegen ihn, und wenn er es nicht besser gewusst hätte, dann hätte er geglaubt, dass ihre Brust nicht zufällig seinen Arm streifte. »Beachten Sie Carli gar nicht«, sagte sie. »Das sollte nur ein Witz sein, und dieser Hund ist eben ihr wunder Punkt. Alle wollen, dass sie ihn loswird, aber sie ist wild entschlossen, ihn zu erziehen.«

Dass seine voreingenommene Nachbarin einen Steaks klauenden, Grills zerstörenden Köter besaß, gab ihr noch lange nicht das Recht, ihn ein Arschloch zu nennen, besonders nicht vor mehreren Frauen, die ihn überhaupt nicht kannten. Dank Sophia hatte er genug Folgen von »The Real Housewives of Beverly Hills« gesehen, um zu wissen, wie das ausgehen würde. Sie würden sich eine feste Meinung über ihn bilden, und er würde die kommenden Jahre damit verbringen, Wiedergutmachung zu leisten, weil er sich dieses eine Mal unfreundlich verhalten hatte. Wenn er jetzt versuchte, sich zu verteidigen, wäre das jedoch nur ein weiterer Nagel in seinem Sarg. Er konnte nicht mehr tun, als freundlicher zu sein als jeder andere auf dieser

Party, damit alle sahen, dass er kein Arschloch war. Er hätte doch mehr als ein Bier mitbringen sollen.

Glücklicherweise schienen die Gäste großzügig gestimmt zu sein, und im Laufe des restlichen Nachmittags gewann Ben den Eindruck, dass seine übrigen Nachbarn ihn durchaus leiden konnten. Die Männer boten ihm Bier an und fragten, welche Sportmannschaft er mochte, und die Frauen boten ihm Essen an und fragten, wie es mit dem Auspacken voranging. Er war gesprächig und interessiert und beantwortete alle Fragen freundlich, wenn auch vage. Er lächelte den kleinen Kindern zu und verbreitete die Information, dass Addie unheimlich gern babysittete. Dieses Grillen mitsamt den üblichen oberflächlichen Unterhaltungen war gar nicht so anders als die Galas und Benefizveranstaltungen, zu denen er hatte gehen müssen, als er noch für seinen Vater gearbeitet hatte. Und auch nicht anders als die Partys, die Sophia und er besucht hatten. Niemand stellte zu persönliche Fragen, obwohl ihn diese Rothaarige, die ihm seine Trauben weggenommen hatte, für seinen Geschmack etwas zu vertraulich musterte.

Carli, die Frau mit dem schlimmen Hund, blieb auf Abstand. Ein- oder zweimal fingen sie zufällig den Blick des jeweils anderen auf, woraufhin sie ihm schwach zulächelte, was er mit einem ebenso lahmen Lächeln erwiderte. Als wären sie Politiker, die sich eine Fahrstuhlkabine mit einer Gruppe Reporter teilen mussten. Schließlich und nach reichlichem Biergenuss beschloss er, dass der Klügere nun mal nachgab, und ging zu ihr hinüber. Ihre Wangen waren gerötet und ihr Haarknoten war unordentlicher denn je. Inzwischen war es später Abend, und Wein und Bier flossen seit Stunden. Vielleicht war sie ein wenig beschwipst. Er war es jedenfalls. Nicht richtig betrunken oder so, aber mit so vielen Leuten reden zu müssen hatte ihn eben durstig gemacht.

»Hi«, sagte er.

»Hi«, sagte sie.

Argwöhnisch sahen sie einander an, wie zwei Katzen, die einen nur wissen lassen wollten, dass sie da waren, damit sie einen danach geflissentlich ignorieren konnten. Schließlich sagte sie: »Amüsieren Sie sich gut?«

»M-hm. Und Sie?«

»Jep.« Sie nippte an ihrem Wein. Eine weitere Pause entstand, bis sie endlich hinzufügte: »Es tut mir leid, dass ich …«

»Es tut mir leid, dass ich nicht …«, begann er im selben Moment. Dann mussten sie beide lachen, und die Spannung zwischen ihnen zerplatzte wie eine Seifenblase.

»Okay, Sie zuerst«, sagte er.

Sie seufzte tief, und er konnte nicht umhin, ihre Brüste zu bemerken, die sich unter dem rosa T-Shirt hoben und senkten. Sie war nicht sonderlich vollbusig, aber es war alles da, was da sein sollte, und das gefiel ihm. Sie hatte etwas von dem »Mädchen von nebenan«, was den anderen Frauen in seiner neuen Nachbarschaft zu fehlen schien. Nichts gegen die anderen, aber die Rothaarige war für seinen Geschmack doch etwas zu aufdringlich. Als er eben an ihr vorbeigegangen war, hätte er schwören können, dass sie sich die Lippen geleckt hatte.

»Tut mir leid, dass Sie gehört haben, wie ich Sie ein Arschloch genannt habe«, sagte Carli schließlich.

Es dauerte einen Moment, bis dies den Biernebel in seinem Hirn durchdrungen hatte. »Tut es Ihnen leid, dass Sie es *gesagt* haben, oder tut es Ihnen nur leid, dass ich es *gehört* habe?«

Ihre Mundwinkel zuckten kaum merklich nach oben. »Es tut mir auf jeden Fall leid, dass Sie es gehört haben, und … ja, es tut mir auch leid, dass ich es gesagt habe.« Auf einer Skala von eins bis zehn war ihre Entschuldigung eine Zwei. Aber er nahm sie trotzdem an.

»Und mir tut es leid, dass ich Ihnen nicht mit Ihrem Hund geholfen habe. Geht es ihm gut? Er hat sich doch nicht verschluckt, oder?« Seine Entschuldigung war eine glatte Acht.

Sie schüttelte den Kopf, wobei ihr Haarknoten hin und her floppte. »Nein, ihm geht's prima. Ich arbeite wirklich mit ihm. Ich verspreche Ihnen, dass er bald ein gut erzogener Hund ist.«

»Da bin ich sicher. Ist schon gut.« Und in diesem Moment meinte er es ernst.

Wieder trank sie ein Schlückchen von ihrem Wein und seufzte ein weiteres Mal. »Ich werde Ihnen den Grill natürlich ersetzen. Sagen Sie mir einfach, was Sie dafür bekommen.«

Lachend schüttelte er den Kopf. »Das Steak war mehr wert als dieser Grill, also vergessen Sie es einfach. Sie schulden mir gar nichts.«

Ihre Erleichterung war fast greifbar, und ihr Lächeln kam so unvermittelt, dass ihm kurz der Atem stockte. Warum, wusste er selbst nicht. Lag bestimmt am Alkohol.

»Sind Sie sicher? Mein Hund hat das Ding kaputt gemacht.«

»Ich bin sicher. Nur … versuchen Sie einfach, ihn in Zukunft in Ihrem Garten zu behalten.«

»Mache ich. Versprochen.« Nach einer weiteren peinlichen Stille und einem weiteren Schluck Wein fügte sie hinzu: »Ich glaube, Ihr Sohn war letztes Jahr mit meiner Tochter im Mathekurs.«

»Ach, wirklich? Wie heißt sie denn?«

»Mia Lancaster. Aber sie ist ein recht stilles Mädchen. Wahrscheinlich ist sie ihm nicht aufgefallen.«

»Sieht sie Ihnen ähnlich?«

»Ja.«

»Dann ist sie ihm sicher aufgefallen.« Ethan bemerkte jedes hübsche Mädchen. Und auch jedes nicht ganz so hübsche Mädchen. Seine Teenagerhormone wüteten und verwandelten sein Gehirn in ein Radar. Als Carli daraufhin den Blick abwandte, begriff Ben plötzlich, wie das geklungen haben musste. Als würde er mit ihr flirten, und das sollte er wirklich nicht tun. Denn trotz allem, was diese Frauen hier dachten, war er nicht zu haben. Noch nicht. Und jetzt hielt sie ihn wahrscheinlich wieder für ein Arschloch. Oder schlimmer noch, sie glaubte, dass er offen mit ihr flirtete, und das konnte er in seinem Leben gerade überhaupt nicht gebrauchen.

Er sollte wohl besser gehen. Er war müde und hatte seine Zunge nicht mehr richtig im Griff, und da er sein Ziel, zu allen nett und freundlich zu sein, erreicht hatte, inklusive der Frau, die ihn wüst beleidigt hatte, sollte er den Abend lieber beenden, bevor er noch anfing, tatsächlich mit ihr zu flirten. Sie war nämlich süß und er dank der zahlreichen Biere, die man ihm in die Hand gedrückt hatte, reichlich lädiert.

»Ich glaube, ich muss jetzt mal nach Hause«, sagte er. »Wir sehen uns.«

»Gute Nacht«, hörte er sie noch leise sagen, als er sich abwandte, und zum ersten Mal seit langer Zeit fragte er sich, ob es vielleicht tatsächlich ein Leben nach der Scheidung für ihn geben könnte.

KAPITEL 6

Wie an jedem ersten Schultag im Jahr bereitete Carli für ihre Töchter Pfannkuchen zu, mit Grinsegesichtern und Haaren aus Schlagsahne, mit Schokolinsen als Augen und einer roten Maraschinokirsche als Nase. Natürlich waren die beiden eigentlich zu alt für solchen Unsinn, aber es war eine Tradition, und zwar eine, die ohne Steve auskam. Also wollte Carli daran festhalten. Weihnachten würde dieses Jahr seltsam werden. Das erste Familienfest, das sie getrennt feiern würden, aber der Beginn des neuen Schuljahrs war etwas, was so bleiben konnte wie immer. Diese Beständigkeit war tröstlich, und trotzdem musste Carli Tränen der Wehmut zurückblinzeln. Mia würde nächstes Jahr aufs College gehen, und alles würde anders sein. Auch Tess würde bald fort sein, aber daran durfte Carli jetzt nicht denken. Das wäre einfach zu viel gewesen.

Heute würde sie Pfannkuchen mit ihren beiden Lieblingsmädchen essen, und sie würden über das kommende Schuljahr orakeln. Dann würden die zwei einen Aufstand wegen des Fotos anzetteln, auf dem Carli jedes Jahr bestand, bevor die Mädchen das Haus verließen. Genau wie immer.

»O, Mom«, rief Tess, während sie in vollem Lauf um die Ecke kam. »Tut mir leid, ich habe keine Zeit zum Frühstücken. Becca holt mich ab. Jetzt.«

Carlis Herz zerschellte auf dem Küchenboden. »Becca? Fährst du denn nicht mit Mia?«

Tess schüttelte so heftig den Kopf, dass ihr das wellige blonde Haar um die Schultern flog. Sie trug Jeansshorts und ein T-Shirt der Glenville High School, dazu rosa Tennisschuhe. Wären da nicht die Kurven und der Mascara gewesen, hätte sie als Achtklässlerin durchgehen können. »Nein, hab ich dir das nicht gesagt? Becca hat zum Geburtstag ein Auto bekommen, und sie hat angeboten, mich mitzunehmen. Aber diese Pfannkuchen sind total lustig. Du bist süß, Mom.« Sie flitzte herüber und küsste Carli auf die Wange, dann gab sie Gus, der in der Hoffnung auf einen Ausflug an der Tür wartete, einen – ebenso liebevollen – Kuss. Und fort war sie.

Reglos stand Carli in der Küche und starrte auf die Stelle, wo eben noch ihre Tochter gewesen war. Hatte sie die Tradition etwa vergessen?

Kurz darauf kam Mia herunter, von Kopf bis Fuß in Schwarz gekleidet. Abgeschnittene schwarze Leggins, ein schwarzes Shirt, schwarze Flip-Flops, sogar das Zopfband, das ihr Haar in einem hohen Pferdeschwanz zusammenhielt, war schwarz. Schwer zu sagen, ob sie nun in die Schule oder zu einem Bankraub wollte. Sie betrat die Küche, den Blick fest auf ihr Handy gerichtet.

»Guten Morgen, Schatz«, sagte Carli fröhlich. Zu fröhlich.

Mia sah auf, ihr Blick wanderte erst zu Carli, dann weiter zu den Pfannkuchen. »Danke fürs Frühstück, Mom, aber das kann ich nicht essen. Voller Eier und Milch und Zucker und Kohlenhydrate. Ich hole mir einfach einen veganen Proteinriegel in der Schule.«

Tränen stiegen Carli in die Augen, und rasch drehte sie sich weg, um sie zu verstecken. Ihre überschäumenden Gefühle waren ihr selbst peinlich. Es waren doch nur Pfannkuchen. Nichts, weswegen man heulen musste. Aber es waren eben nicht nur Pfannkuchen. Es war eine Tradition. Es war ein verbindender Moment mit ihren Töchtern, bevor sie alle getrennte Wege gingen. Und das hier war ein großer Tag! Der erste Tag von Mias Abschlussjahr. Carli blinzelte die albernen Tränen weg. Die ganze Zeit hatte sie geglaubt, sie würde das für ihre Töchter machen, um ihnen etwas Trost und Sicherheit zu geben, bevor sie sich der harten, kalten Welt da draußen stellen mussten, aber in diesem Moment wurde ihr klar, dass sie es in Wahrheit für sich selbst tat. Sie war es, die sich nach dieser Verbindung sehnte. Besonders jetzt, da sich so viele Aspekte ihres Lebens veränderten. Doch ihre Töchter schienen kein Problem damit zu haben, ihr Nest zu verlassen. Das schmerzte mehr, als es sollte.

»Kann ich dir ein Pausenbrot machen?« Sie versuchte, ihrer Stimme einen festen Klang zu geben, aber Mia starrte bereits wieder auf ihr Handy.

»Was? Äh, nein, danke. Ein paar Eltern bringen der Abschlussklasse an ihrem ersten Tag Mittagessen in die Schule und machen einen Riesenwirbel. Ziemlich albern.«

»Eltern? Was für Eltern?« Warum wusste sie nichts davon? Das war Wasser auf ihre Mühlen. So etwas war nicht albern. Es war freundlich und mitfühlend und großzügig. Das waren wirklich nette Eltern!

Mia zuckte mit den Schultern und steckte das Handy in ihren (natürlich schwarzen) Rucksack. »Keine Ahnung. Irgendwelche Eltern eben. Eine ganze Gruppe, die jeden Monat irgendetwas für die Abschlussklasse organisiert. Du kannst ja mal Mrs Tully fragen. Die ist doch immer irgendwie dabei.«

Elizabeth Tully war eine Fulltime-Mom auf Speed. Sie rannte zu jeder Spendensammelaktion und zu jeder Veranstaltung, sie backte Kekse und schrieb sich die Namen der Anwesenden auf. Einmal hatte sie Carli gerügt, weil sie bei Mias Geburtstagsparty gekaufte Brownies aufgetischt hatte. Seitdem stellte Elizabeth sie jedes Mal für irgendwelchen Papierkram ab, wenn Carli anbot, bei einem Schulfest zu helfen. Jeder wusste, dass man nur dann für den Papierkram eingeteilt wurde, wenn man es als offiziell geprüfte Köchin und Bäckerin eben nicht draufhatte.

»Okay, gut … kann ich ein Foto von dir machen? Tess ist schon rausgerannt, bevor ich Gelegenheit hatte, eins von euch beiden zu schießen.«

Mia tat ihr den Gefallen, aber ihr Lächeln wirkte so unaufrichtig, dass es auch ein Fahndungsfoto hätte sein können. Carli schoss noch ein Foto. Etwas besser. Dieses Mal wirkte es wie ein Passbild. Mehr war nicht drin. Sie umarmte ihre Tochter. Mia erwiderte die Umarmung zwar, war dabei aber schon halb aus der Tür.

»Ich muss los, Mom. Danke für das Frühstück. Tut mir leid, dass ich es nicht essen kann.«

»Schon gut. Ich liebe dich. Einen wunderschönen ersten Tag im Abschlussjahr.«

Mia erwiderte ihr Lächeln. »Danke, Mom. Ich liebe dich auch.«

Dann war auch ihre zweite Tochter verschwunden, und Carli war ganz allein. Abgesehen von Gus, der nun vor der Tür auf und ab lief. Er musste sich dringend die Beine vertreten, und sie musste die plötzliche Melancholie abschütteln, die sie an diesem Morgen überkommen hatte. Aber zuerst brauchte sie mehr Kaffee.

Sie goss sich eine zweite Tasse ein und setzte sich auf das geblümte Sofa im Wintergarten, ihrem Lieblingsraum im Haus, von wo aus man die Bäume im Garten betrachten konnte. Sie gestattete sich, in Trübsal zu schwelgen, bis die Kaffeetasse leer war, dann würde sie die Sache abhaken. Das war ein Trick, den sie im Laufe der Jahre für sich entdeckt hatte, besonders in der Zeit nach Steves Auszug. Manchmal stellte sie sich sogar einen Timer und versank dann in ihrer Trauer. Doch sobald der Alarm losging, war Schluss. Sonst wäre der ganze Tag verschwendet, und für so etwas hatte sie einfach keine Zeit.

Gus gesellte sich zu ihr aufs Sofa, offenbar hatte er begriffen, dass sein Spaziergang noch ein Weilchen warten musste. Ganz langsam schlich er sich hinauf, eine tollpatschige Pfote nach der anderen, damit sie nicht bemerkte, dass plötzlich ein Hunderiese neben ihr saß. Sie kraulte ihn hinter den großen Schlappohren, und er ließ ein gedämpftes »Wuff« hören, als die Nachbarskinder am Haus vorbeirannten. Dann ertönte das kurze Hupen des abfahrenden Schulbusses und Carli seufzte. Das Geräusch der verrinnenden Zeit. In diesem Augenblick wurde ihr klar, dass sie etwas unternehmen musste, wenn sie nicht den Rest ihres Lebens nichts Interessantes mehr zu tun haben wollte. Ihre Kinder wurden erwachsen, und Erin hatte recht. Carli brauchte einen besseren Job. Einen größeren Job. Etwas Herausforderndes, Lohnenswertes. Etwas Neues und Aufregendes. Etwas, womit sie sich beschäftigen konnte, um nicht den ganzen Tag dem sprichwörtlichen Ticken der Uhr zu lauschen und sich mit Dingen zu beschäftigen wie der Frage, wer wohl die neueste Staffel von »Survivor« gewinnen würde. Die Stelle als Co-Moderatorin der Morning-Show bei Channel 7 war immer noch zu haben, also sollte sie es vielleicht, nur vielleicht, doch einmal versuchen. Sie sah auf die Uhr.

Die anderen Mütter der Nachbarschaft würden sich bei Renee versammeln, um mit ein paar Mimosas – oder Momosas, wie Renee die Cocktails nannte – auf die Rückkehr der Kinder in die Schule anzustoßen, aber danach war Carli heute nicht zumute. Sie musste einiges erledigen und Pläne schmieden, und später würde Mrs Marter vorbeikommen. Wenn sie Gus noch vor die Tür bringen wollte, musste sie es jetzt tun. Sie kippte den letzten Schluck Kaffee hinunter, schob Gus beiseite und stand auf. Zeit loszulegen.

»Wie wär's mit einem Spaziergang, Gus?«

Er spitzte die Ohren, und sie wusste, dass die frische Luft ihnen beiden guttun würde. Bewegung hob ihre Laune immer. Vielleicht nicht während sie sich bewegte, aber danach fühlte sie sich auf jeden Fall immer gut! Sie blickte auf das alte Wonder-Woman-Shirt hinunter, das sie trug. Es hatte länger gehalten als ihre Ehe und war genauso vom Leben gezeichnet wie Carli, aber schließlich waren alle anderen bei Renee, und wenn die morgendliche Cocktailrunde vorbei war, wäre Carli längst wieder zurück. Niemand würde sie sehen.

KAPITEL 7

Ben saß zwischen Schutt und Werkzeug in der Küche. Der Laptop stand aufgeklappt auf dem Tisch, und Ben bereitete sich auf ein Meeting vor, das für diesen Morgen angesetzt war. Da ging Carli von nebenan mit ihrem Höllenhund an seinem Haus vorbei. Der Hund zog an der Leine, aber Carli hielt stand. Was schon etwas heißen sollte, denn wenn Gus beschloss, sie bis nach Florida zu schleifen, dann konnte er das wahrscheinlich sogar. Ben sah ihnen durch das Fenster nach, während sie auf die Sackgasse zusteuerten. Widerwillig musste er zugeben, dass sie in den Shorts und dem verblichenen roten Shirt schon wieder ziemlich süß aussah. Sie trug ein Basecap und ihr Pferdeschwanz schwang hinter ihrem Rücken hin und her. Sie sah selbst ein bisschen wie ein Teenager aus, nicht wie eine Mutter von zwei Töchtern.

Die Erinnerung an ihre kurze Unterhaltung am Samstagabend ließ ihn lächeln, und er beschloss, diese Reaktion nicht zu hinterfragen. Es war nicht falsch, wenn man lächelte. Das schadete niemandem. Außerdem war die Unterhaltung wirklich witzig gewesen. Es war ihr so schwergefallen, sich dafür zu entschuldigen, dass sie ihn ein Arschloch genannt hatte. Was ihm vermutlich zu denken geben sollte, aber das tat es nicht.

Man hatte ihn schon Schlimmeres genannt. Immerhin hatte er drei Brüder und eine Schwester, darüber hinaus führte er ein Unternehmen mit zweihundert Angestellten und musste sich vor einem Verwaltungsrat rechtfertigen. Alle möglichen Menschen bedachten ihn mit Schimpfworten, weil seine Entscheidungen nun mal nicht jedem gefielen. Man konnte es nicht allen recht machen und gleichzeitig wirtschaftlich erfolgreich sein. Nein, das brachte ihn nicht aus der Ruhe.

Was ihn während der frühen Morgenstunden an diesem Tag aber sehr wohl aus der Ruhe gebracht hatte, war die Tatsache, dass er in der vergangenen Nacht nicht hatte schlafen können. Und auch nicht in der Nacht davor. Weil ihm nämlich das Bild von Carli in ihrem rosa Top nicht mehr aus dem Kopf gehen wollte. Jep, um zwei Uhr morgens war so etwas richtig nervig, aber jetzt war helllichter Tag. Ben war nicht dumm. Er war auch nicht naiv. Er hatte sein ganzes Leben mit Frauen zusammengearbeitet. Er wusste, dass es ein Urinstinkt war, der dafür sorgte, dass er sich zu ihr hingezogen fühlte, was aber nicht bedeutete, dass er diesem Instinkt folgen würde. Es war reine Biologie, nichts Schicksalhaftes. Und es führte nirgendwo hin. Außer an einen sehr steilen, steinigen Abgrund. Klar, sie war Single und er praktisch auch – wen kümmerten schon die Formalitäten –, aber alles an dieser Situation schrie geradezu: richtig miese Idee. Sie war seine *Nachbarin,* und diese Nähe war kein Vorteil, sondern ein No-Go. Außerdem würde sie ihn wahrscheinlich zum Teufel jagen, wenn er irgendwelche Annäherungsversuche bei ihr wagte. Sie hatte eindeutig keine Probleme damit, ihn wüst zu beleidigen.

Eine halbe Stunde später, als es ihm endlich gelungen war, die Gedanken an Carli aus seinem Kopf zu vertreiben, sah er sie wieder. Dieses Mal marschierte sie direkt an seinem Fenster vorbei und war dann kurz darauf einfach weg. Wie vom Erdboden verschluckt. Er stand vom Küchentisch auf, um der Sache nachzugehen, und da war sie ... auf Händen und Knien suchte sie in seinen Hortensien herum.

Warum zum Teufel durchwühlte Carli von nebenan seine Blumenbüsche? Wollte sie ... Unkraut jäten? Sah nicht so aus. Eine volle Minute lang sah er ihr zu, weil er seine Neugier einfach nicht beherrschen konnte. Er öffnete die Tür, trat hinaus auf die Veranda und beugte sich gerade weit genug vor, um sie besser sehen zu können. Und ja, da war sie, immer noch auf Händen und Knien, und strich über den Boden zwischen seinen Blumenbeeten.

Er machte einen Schritt nach vorn, und als sie ihn immer noch nicht bemerkte, räusperte er sich. »Ähm ... Was machen Sie da?«

Carli ließ sich auf die Fersen zurücksinken und seufzte übertrieben. Stirnrunzelnd blinzelte sie gegen die Sonne zu ihm hoch und beschattete mit einer Hand ihre Augen. »Ich suche nach meinem Haustürschlüssel.«

Er lehnte sich gegen das Geländer. »Sie glauben, Sie haben Ihren Schlüssel in meinem Blumenbeet verloren?«

»Nicht verloren. Als die Mortons noch hier gewohnt haben, habe ich einen Ersatzschlüssel in einem dieser Ziersteine aufbewahrt, falls ich mich mal ausschließe, aber jetzt finde ich ihn nicht mehr.«

»Warum haben Sie diesen Zierstein denn nicht in Ihrem eigenen Garten aufgestellt?«

Sie zuckte mit den Schultern und riss entnervt die Hände hoch. »Keine Ahnung. Die Mortons und wir haben einfach vor ewigen Zeiten mal die Schlüssel ausgetauscht, und als sie dann weggezogen sind, habe ich das einfach vergessen. Übrigens habe ich einen Schlüssel zu Ihrem Haus. Den bringe ich Ihnen gleich.«

»Danke. Das weiß ich zu schätzen.« Er glaubte zwar nicht, dass sie bei ihm einbrechen würde, aber im Augenblick machte sie nicht gerade den stabilsten Eindruck. Da war es besser, wenn er seine Schlüssel selbst verwahrte.

»Haben Sie hier irgendwelche Ziersteine gesehen? Ich glaube nicht, dass die Mortons ihn weggeräumt haben, bevor sie ausgezogen sind.«

Bens Telefonkonferenz würde gleich beginnen, aber offenbar durchlebte Carli von nebenan mal wieder eine persönliche Krise, die seine Anwesenheit erforderte. Kein Wunder, dass die Mortons weggezogen waren. Sie war nervig – aber süß.

»Wie sieht der Stein denn aus?« Es schien eine legitime Frage zu sein, aber ihr Stirnrunzeln vertiefte sich, und ihr Tonfall wurde noch ärgerlicher.

»Wie ein Stein. Mit einem Schlüssel drin.«

Echt jetzt? Sie war genervt von ihm, obwohl sie diejenige war, die in seinen Büschen herumkroch? Der Telefontermin mit seinem Kunden war wichtig, aber wenn er jetzt hineinging, ohne ihr suchen zu helfen, würde sie ihn wieder für ein Arschloch halten.

»Tja, so ein Ding ist mir jedenfalls nicht aufgefallen, aber ich habe auch nicht darauf geachtet. Ich bin bisher nicht auf die Idee gekommen, dass jemand was auf meinem Grundstück versteckt haben könnte.« Er hatte absichtlich neutral gesprochen, aber nun wurde ihre Miene finster, und sie funkelte ihn einen Moment lang an, bevor sie wieder seufzte.

»Ganz toll«, sagte sie.

Eindeutig nicht.

»Haben Sie denn keinen Ersatzschlüssel?«

»Das war mein Ersatzschlüssel. Eigentlich war es der Ersatzschlüssel für meinen Ersatzschlüssel. Ich bewahre nämlich einen in der Garage auf und einen im Handschuhfach in meinem Auto, aber ich komme nicht in die Garage, weil die Tür kaputt ist. Weshalb ich überhaupt ausgesperrt bin. Normalerweise gehe ich von der Garage direkt ins Haus, aber weil ich ja nicht in die Garage komme, komme ich auch nicht zu der unverschlossenen Tür. Ich muss also die Haustür nehmen. Die aber abgeschlossen ist.«

Ben war verwirrt. Er hatte schon bei »Ersatzschlüssel für meinen Ersatzschlüssel« den Faden verloren. Das alles klang zwar ganz nach einem Carli-Problem, nicht nach einem Ben-Problem, aber dieses Mal würde er nicht einfach ins Haus zurückgehen.

»Haben Sie irgendwelche Fenster offen gelassen?«

»Nur das in meinem Schlafzimmer, und das ist ganz da oben.« Sie deutete auf ihr Haus, aber er wusste schon, wo sich ihr Schlafzimmer befand, weil sie am vergangenen Abend im Nachthemd darin herumgelaufen war und offenbar geglaubt hatte, ihre hauchdünnen Vorhänge seien ein ausreichender Sichtschutz. Von der Straße aus konnte man diesen Teil ihres Hauses nicht sehen, und auch vor den anderen Nachbarhäusern war er abgeschirmt, aber wenn sich Ben in seinem Schlafzimmer befand und sie sich in ihrem … tja. Er war kein Spanner. Er hatte sie nicht *angestarrt*. Aber er hatte sie *sehen* können. Und nachdem er bemerkt hatte, dass sie nur ein Nachthemd trug, hatte er vielleicht ein- oder zweimal öfter hingeschaut. Er war auch nur ein Mensch. Auch das hatte ihn in der vergangenen Nacht wach gehalten.

»Haben Sie denn schon nachgesehen, ob unten wirklich alle Fenster zu sind?« Ben hoffte immer noch, dass sich das Problem schnell und einfach lösen ließ.

Als Antwort auf seine impertinente Frage rollte sie mit den Augen. »Ich habe sie alle gestern Abend zugemacht, bevor ich ins Bett gegangen bin. Wie schon gesagt, das einzige offene Fenster ist das in meinem Schlafzimmer. Ich glaube, ich muss den Schlüsseldienst anrufen …«

Er wartete und sah zu, wie auf ihrer entschlossenen Miene eine Erkenntnis zu dämmern begann. Er ahnte, was als Nächstes kommen würde. »Kann ich mir Ihr Handy leihen? Meins liegt auf dem Küchentresen. In meinem verschlossenen Haus.«

Das war ein richtig mieser Start in den Tag, und er musste unwillkürlich lachen. Nicht über sie natürlich, sondern weil er solche Tage kannte. Tatsächlich hatte er vier Monate hinter sich, in denen sich solche Tage aneinandergereiht hatten wie Perlen an der Schnur. »Haben Sie eine Ausziehleiter?«, fragte er.

»Vielleicht? Aber wenn, dann ist die in der Garage. Bei meinem Auto und meinem Ersatzschlüssel.«

»Vielleicht? Wie kann man denn nicht wissen, ob man eine Leiter hat oder nicht?« Das war eigentlich nicht der Punkt, aber er war trotzdem neugierig. Immerhin ging es ja nicht um einen Füller oder eine Büroklammer. Wenn man etwas so Großes besaß wie eine Leiter, dann wusste man das doch meistens auch.

»Mein Ex-Mann hat die Angewohnheit, vorbeizukommen und sich Dinge auszuleihen, ohne mich vorher zu fragen. Ich bin ziemlich sicher, dass ich mal eine Leiter hatte, weiß aber wirklich nicht, ob die noch da ist. Haben Sie vielleicht eine?«

Hatte er. Im Augenblick wäre es ihm fast lieber gewesen, er hätte keine gehabt, dann hätte er einfach für sie den Schlüsseldienst anrufen können und fertig. Aber sie sah so mitleiderregend aus, wie sie da im Gras kniete mit dem Wonder-Woman-Shirt und dem Basecap. Sein Seufzen stand dem ihren in nichts nach. Eine ganze Wagenladung Arbeit wartete im Haus auf ihn, aber er konnte ihr auch nicht *nicht* helfen.

»Jep. Ich hole sie.«

Er schrieb seinem Kunden, dass er das Telefonat verschieben müsse, dann ging er in seine Garage. Es war gar nicht so einfach, die Leiter von der Wand zu holen, weil immer noch alles mit Kisten und alten Teppichrollen vollstand, aber er bekam es hin. Gus bellte, als Ben die Leiter in Carlis Garten trug. Sie hatte den Hund an einen Baum gebunden, was ihm gar nicht zu gefallen schien.

»Vielleicht hat ja der Hund Ihren Zierstein gefressen«, sagte er, woraufhin sie errötete.

»Noch mal Entschuldigung deswegen. Sind Sie sicher, dass ich Ihnen den Grill nicht bezahlen soll?«

»Ganz sicher. Wie wäre es, wenn Sie mir einfach bei ihrem nächsten Einkauf ein Steak mitbringen, dann sind wir quitt.« Ihre schlechte Laune schien sofort zu verrauchen, und beim Anblick ihres plötzlichen strahlenden Lächelns zog sich ihm die Brust zusammen. Was nicht hilfreich war.

»Ich kann Ihnen gar nicht sagen, wie sehr ich das zu schätzen weiß. Danke, dass Sie so großzügig sind.«

Er hielt einen Augenblick inne, nur um den Moment auszukosten. »Ich glaube, da verwechseln Sie mich. Ich bin ein Arschloch, schon vergessen?«

Sie lief dunkelrot an. »Dafür habe ich mich schon entschuldigt.«

»Stimmt, und ich habe die Entschuldigung angenommen. Also, dann brechen wir mal in Ihr Haus ein, okay?«

»Klingt gut. Wie lang kann Ihr Teil denn werden?«, fragte sie vollkommen unschuldig, und er ließ sich diese Steilvorlage entgehen, weil er bei den Frauen der Nachbarschaft vermutlich immer noch auf Bewährung war. Stattdessen zog er die Leiter zu ihrer vollen Länge aus, was glücklicherweise seine ganze Aufmerksamkeit forderte. So bemerkte sie bestimmt nicht, wie nervös ihn ihr ganzes Erröten machte. Jedenfalls schien sie vollkommen ahnungslos zu sein, als sie ihm dabei half, die Leiter an ihr Haus zu lehnen, direkt neben ihrem Schlafzimmerfenster.

Da der Garten abschüssig war, befand sich das Fenster gut zwei Stockwerke über ihnen, aber bevor Ben den Fuß auf die erste Sprosse setzen konnte, fragte sie: »Wie bekomme ich das Fenster denn auf, wenn ich da oben bin? Ich meine, das Fenster ist zwar offen, aber wie bekomme ich das Fenstergitter raus, damit ich reinklettern kann?«

»Das kann ich für Sie machen«, bot er an, aber sie schüttelte den Kopf.

»Nein, das ist mein Problem. Ich kann es lösen. Wenn Sie mir verraten, wie ich das Fenstergitter rausbekomme. Oder soll ich es einfach mit irgendwas zerschneiden?«

Er verbiss sich ein Lachen. Sie war wild entschlossen, das schon, aber vielleicht fehlte es ihr etwas an Finesse. »Sie können einen Schraubenzieher nehmen. Schieben Sie das Gitter einfach ein bisschen hoch und klemmen Sie den Schraubenzieher drunter. Eigentlich sollte es dann einfach rausspringen.«

Sie holte tief Luft und starrte hinauf. »Okay. Verstanden.« Dann wirkte sie auf einmal kleinlaut. »Haben Sie zufällig einen Schraubenzieher?«

Er lächelte. »Habe ich. Bin gleich wieder da.« Es lag einer auf seinem Küchentisch, weil Ben das Ding in den letzten Tagen ständig in Gebrauch hatte. Als er zurückkehrte, konnte er ihr den Zwiespalt vom Gesicht ablesen. Sie wollte, dass er das machte, aber sie würde ihn nicht darum bitten. Seine Meinung von ihr wuchs ein wenig. Vielleicht weil Sophia bei solchen Gelegenheiten immer so betont hilflos gewesen war. Seit er sie kannte, hatte sie kein einziges Mal ein Bild aufgehängt, eine Batterie gewechselt oder eine Glühbirne ausgetauscht. Sie hatte auch nie eine Spinne umgebracht. Einmal hatte sie ihn mitten in der Nacht aufgeweckt, weil sie eine Spinne im Bad gesehen hatte. Niemals, in einer Million Jahre nicht, wäre sie auf diese Leiter geklettert.

»Sind Sie sicher, dass ich das nicht lieber machen soll?«, fragte er, nachdem sie ein weiteres Mal tief durchgeatmet hatte.

»Nein, danke. Das schaffe ich schon. Natürlich schaffe ich das.«

Sie schaffte es nicht.

Zu ihrer Verteidigung musste gesagt werden, dass sie die Leiter bis ganz nach oben kletterte, aber als sie beim Fenster war, bekam sie das Fliegengitter nicht heraus. Nachdem sie volle fünf Minuten daran herumgewerkelt hatte, hörte er sie »Scheißding« murmeln. Dann lauter: »Ich komme wieder runter und hole eine Schere, dann kann ich das blöde Gitter einfach aufschneiden.«

Er sah zu, wie sie langsam wieder herunterkletterte, und versuchte dabei, seinen Blickwinkel nicht auszunutzen. Diese Shorts wollten ihn wohl wirklich ärgern. Denn Carli von nebenan hatte lange, muskulöse Beine, die ihm einfach auffallen mussten. Besonders weil sie sich nun direkt auf Augenhöhe befanden. Endlich gelang es ihm, den Blick von ihnen loszureißen. Er räusperte sich. Diese unpraktische Anziehung, die sie auf ihn ausübte, kratzte und pikte wie Kätzchenkrallen in seinem Bauch. Er rief sich in Erinnerung, dass es nur die Umstände waren, sonst nichts. Nichts, dem man Beachtung schenken musste. Seine Gefühle waren während der letzten Monate so durcheinandergewirbelt worden, er hätte sich genauso gut zu einer pockennarbigen, zahnlosen Kirmesclownin hingezogen fühlen können, wenn sie ihn nur lange genug angelächelt hätte. Mehr war es nicht. Nur seine Natur, die ihn wissen ließ, dass da eine hübsche Frau neben ihm war. Ganz nah neben ihm.

Carli kam am Boden an, aber sie klammerte sich noch einen Moment lang an der Leiter fest. Sie war blass und atmete flach. Da erst begriff er. Verdammt. Sie hatte da oben Angst gehabt. Kein Wunder. Eine solche Höhe nahm man nicht auf die leichte Schulter, und nur ein ausgewachsenes Arschloch hätte sie ein weiteres Mal da hinaufgejagt.

»Wie wäre es, wenn Sie mir den Schraubenzieher geben?«, schlug er vor. »Dann versuche ich es mal.«

Sie schnappte kurz und schwach nach Luft. »Nein, schon gut. Mit der Schere kriege ich das schon hin. Ich muss mir nur schnell eine holen.«

»Aber es wäre doch besser, wenn wir das Gitter nicht zerschneiden müssten. Macht es Ihnen etwas aus, wenn ich es wenigstens mal versuche?«

Sie wollte gern, dass er es tat. So viel war klar. Weniger klar war, warum sie diese Sache unbedingt selbst machen musste. Immerhin war er da und relativ hilfsbereit. Vielleicht hatte es etwas damit zu tun, dass er ihr mit ihrem Hund nicht geholfen hatte, weshalb er nun schon wieder ein schlechtes Gewissen bekam. »Ich glaube wirklich, ich kriege das hin«, bekräftigte er.

Widerstrebend reichte sie ihm den Schraubenzieher. »Es tut mir leid, dass ich Sie darum bitten muss. Eigentlich kann ich mich selbst um meinen Kram kümmern.«

»Klar können Sie das. Aber vielleicht kann ich so wiedergutmachen, dass ich Ihnen neulich nicht geholfen habe.«

»Das war ja auch nicht Ihre Sache. Mein Hund war in Ihrem Garten, und er hat Ihnen Ihr Abendessen gestohlen.«

»Auch wieder wahr. Also, wie wäre es, wenn ich Ihnen das Fenster aufmache, damit Sie in Ihr Haus kommen und einkaufen gehen können, um mir mein Steak zu besorgen? Klingt das gut?«

Sie nickte und wischte sich einen leichten Schweißfilm von der Stirn.

Er erklomm die Leiter ein bisschen schneller, als er es normalerweise getan hätte, weil er eben ein Mann war und ihr zeigen wollte, dass ihn so etwas überhaupt nicht kratzte. Sobald er oben war, gelang es ihm glücklicherweise, das Fliegengitter ohne große Mühe zu entfernen. Nach wenigen Sekunden sprang es aus dem Rahmen.

»Soll das ein Scherz sein?«, rief Carli von unten herauf. »Wieso habe ich das dann nicht hingekriegt?«

»Kommt alles aus dem Handgelenk«, rief er zurück. In diesem Augenblick wurde ihm bewusst, dass er durch das Fenster klettern musste, um sie in ihr eigenes Haus einzulassen. »Ich gehe jetzt rein.«

»Im Haus herrscht totales Chaos. Bitte verurteilen Sie mich nicht.«

Er lachte über ihre Sorgen, denn wenn da drinnen keine Tatortfotos an den Wänden hingen oder irgendwo eine Leiche herumlag, dann hatte er mit Sicherheit schon Schlimmeres gesehen. Sophia war furchtbar schlampig, und obwohl einmal wöchentlich eine Haushälterin und eine Putzfrau kamen, war es unbeschreiblich, wie viel Unordnung Sophia in der Zwischenzeit produzieren konnte. Vor ein paar Jahren war er dazu übergegangen, das Gästebad zu benutzen, damit er irgendwo seine Zahnbürste ablegen konnte. Ethan und Addie taten ihr Übriges, was das allgemeine Chaos anging, also würde er sicher damit zurechtkommen, was Carli und ihre Töchter so anrichteten.

Er kippte das Fliegennetz nach innen und schob es ins Haus, dann ließ er es auf den Boden ihres Schlafzimmers fallen und zog sich durch den Fensterrahmen. Keine leichte Aufgabe, und irgendwie fegte er dabei versehentlich ihren Nachttisch leer. Sobald er sich im Haus befand, setzte er schnell das Fliegengitter wieder ein und versuchte dann, alles wieder auf dem Nachttisch zu arrangieren. Erst die Lampe, dann das Ladekabel für ein iPhone. Eine leere Wasserflasche, einen Bücherstapel und schließlich ein gerahmtes Foto. Er warf einen Blick darauf. Carli, flankiert von zwei Teenager-Mädchen, ganz offensichtlich ihre Töchter. Eine von ihnen hatte dichtes, dunkles Haar und braune Augen mit langen Wimpern, genau wie Carli. Die andere war blond, blauäugig und hatte Grübchen. Er hatte die beiden beim Grillen kurz gesehen. Gefährlich hübsche Mädchen. Irgendwie musste er es fertigbringen, dass Ethan auf seiner Seite der Grundstücksgrenze blieb. Ben nahm sich noch einen Moment, um auch Carli auf dem Foto zu bewundern.

Den Schwung ihres Mundes und die winzigen Lachfältchen in den Augenwinkeln. Dann stellte er das Foto wieder auf den Nachttisch, etwas zu nachdrücklich, weil er Carli wirklich nicht anstarren sollte. Das hätte nur zu Problemen geführt. Wo war diese pockennarbige Kirmesclownin, wenn man sie einmal brauchte?

* * *

»Vielen, vielen Dank«, sagte Carli, als Ben ihr ihre eigene Haustür öffnete. Um ein Haar wäre sie ihm um den Hals gefallen, aber zuletzt entschied sie sich dann doch lieber dagegen. »Ich schulde Ihnen einen riesigen Gefallen. Sie bekommen das dickste, saftigste und zarteste Steak auf der ganzen Welt. Versprochen.«

Er lachte und trat beiseite. »Keine Einwände. Es war nämlich gar nicht so leicht, durch das Fenster zu klettern.«

»Kann ich mir vorstellen.« Es hatte auch nicht leicht ausgesehen. Schon beim Erklimmen der Leiter hatte Carli einen heftigen Anflug von Höhenangst verspürt. Selbst wenn es ihr gelungen wäre, das Gitter herauszuhebeln, hätte sie sich vielleicht nicht getraut, durch das Fenster einzusteigen. Dankbarkeit durchflutete sie erneut. Vielleicht war sie, was Ben Chase betraf, doch ein wenig voreilig gewesen, denn allmählich häuften sich die Anzeichen, dass er vielleicht doch kein Arschloch war. Tatsächlich war er ihr beim Grillen wie ein ganz netter Kerl vorgekommen. Freundlich und großzügig, er hatte sogar ein bisschen mit ihr geflirtet. Zugegeben, sie hatte bereits fünf Gläser Wein intus gehabt, und die Unterhaltung mit ihm war nicht gerade glasklar in ihrem Gedächtnis verhaftet, aber zumindest war er viel netter gewesen als an dem Abend, an dem Gus ihm sein Essen geklaut hatte. Und heute war er buchstäblich über sich hinausgewachsen, um ihr zu helfen. Über sich hinaus, bis in den ersten Stock und durch ihr Fenster.

Gus bellte, und als sie sich umdrehte, sah sie, wie er auf dem Rücken im Gras lag, alle viere in die Luft gestreckt, und sich genüsslich schubberte. Die Sonne strahlte vom Himmel, und es war ziemlich warm. Auf einmal wurde ihr klar, wie durstig er nach dem Spaziergang sein musste.

»Ach herrje. Ich muss ihm was zu trinken holen. Kann ich Ihnen etwas anbieten? Ein Glas Wasser? Eistee? Ein Bier?«

Ben lächelte, und sie musste zugeben, dass an den Gerüchten etwas dran war. Er sah wirklich gut aus. Sehr gut sogar, mit dem dunklen, etwas zu langen Haar und den fast schon saphirblauen Augen. Er war groß und breitschultrig, dabei aber schlank, beinahe schon etwas zu schlank. Nicht dünn, aber auch nicht bullig und imposant wie Steve. Einfach auf angenehme Weise muskulös. Das war ihr aufgefallen, als er die große schwere Leiter an ihr vorbeigetragen hatte. Kurz vor ihrer wirklich sehr unglücklichen Bemerkung über die Größe der Leiter, die ganz so geklungen hatte, als würde sie ihn nach seinem Penis fragen.

»Es ist neun Uhr morgens, also lasse ich das mit dem Bier lieber«, antwortete er. »Gern ein anderes Mal. Wenn Sie sonst nichts brauchen, dann hole ich mir jetzt meine Leiter und gehe nach Hause. Da wartet nämlich eine Telefonkonferenz auf mich.«

»Oh, ja, natürlich. Tut mir leid, dass ich Sie aufgehalten habe. Wie geht es denn mit dem Auspacken voran? Kann ich Ihnen bei irgendetwas helfen? Ich glaube, ich schulde Ihnen was.«

Er ging zu Gus hinüber und kraulte ihm den Bauch. Offensichtlich hatte er dem Hund sein Fehlverhalten verziehen. Davon sollte sich Lynette eine Scheibe abschneiden. »Falls ich mich mal ausschließe, dann sage ich Ihnen Bescheid. Man munkelt, dass hier irgendwo ein Schlüssel in einem Stein versteckt ist.«

Sein gutmütiger Spott verursachte ein Prickeln in ihren Adern. Etwas, was sie schon viel zu lange nicht mehr gefühlt hatte. Sie sollte eindeutig öfter ausgehen. »Den bringe ich Ihnen, sobald ich ihn gefunden habe. Ich glaube, er ist irgendwo hinter den Fliederbüschen da drüben.«

»Das hat keine Eile.« Er stand auf. »Ich hoffe, Sie haben noch einen … ereignislosen Tag.«

»Ich auch. Und nur damit Sie es wissen, ich arbeite mit einer Hundetrainerin. Mrs Marter kann angeblich Wunder wirken.« Allerdings würde sie Carli und Gus wohl zu drei Sitzungen pro Woche verdonnern, wenn sie von dem Vorfall mit dem kaputten Grill erfuhr.

Ben schüttelte den Kopf und ließ ein warmes Schmunzeln sehen. »Das ist wirklich kein Problem. Ich hatte neulich nur einen echt miesen Tag und war … nicht gesellschaftsfähig. Wenn ich so daran denke, finde ich es eigentlich eher lustig.«

»Wirklich?« *Lustig? Im Ernst?*

»Schon irgendwie. So was ist hinterher ja meistens lustig.« Er deutete auf die Seite des Hauses, wo immer noch die Leiter stand – gerade als der Wind auffrischte und die Haustür krachend ins Schloss warf.

»Nein!«, keuchte Carli. Mit einem Satz war sie auf der Veranda, um das Schlimmste zu verhindern. Aber sie war nicht schnell genug, und das Herz rutschte ihr bis in die Turnschuhe. Sie packte den Türknauf und wollte ihn drehen, aber er rührte sich nicht. Langsam ließ sie das Kinn auf die Brust sinken. Geschlagen.

»Sagen Sie jetzt nicht, dass die Tür immer noch abgeschlossen ist.« Bens Ton verriet, dass er die Antwort bereits kannte.

Sie sah ihm in die Augen. In seine wirklich hübschen, dunkelblauen Augen. »Wenn man den kleinen Nupsi am Schloss nicht umlegt, dann ist die Tür von außen verschlossen. Aber alles gut. Dieses Mal klettere ich schon selbst da hoch.«

Seufzend hob Ben den Blick zum Himmel, als hoffte er, irgendeine göttliche Fügung werde ihn erlösen. Dann sah er wieder sie an. »Nein, ich mache das schon.« Niedergeschlagen ging er zurück zur Leiter. »Aber vergessen Sie, dass ich gerade behauptet habe, so etwas wäre lustig.«

KAPITEL 8

Die Sendeleiterin von Channel 7, Marlow Rees, empfing Carli mit einem strahlenden, freundlichen Lächeln am Studioeingang. Ihr verwegener roter Lippenstift passte perfekt zu ihrem kirschroten Kleid, dem dicken Lidstrich und den glänzenden Lacklederpumps, die ihren Retro-Look abrundeten. Ihr blond gefärbtes Haar strich ihr so federleicht über die Schultern wie in einer nie endenden Shampoowerbung. Marlows Style hatte schon fast etwas Comichaftes, aber sie war gut und meisterte ihren Job voller Schwung und Elan. Seit fünf Jahren war sie nun schon beim Sender und leitete die Entwicklungsabteilung für neue Sendungen. Alle mochten sie. Sogar Jessica Jackson, ihres Zeichens News Director und offenbar sonst auf niemanden gut zu sprechen.

»Ich finde es super, dass du es versuchst«, sagte Marlow und umarmte Carli voller Wärme. »Ich bin ja so stolz auf dich, und das meine ich wirklich.«

»Danke.« Carlis Stimme war kaum mehr als ein Flüstern. »Aber ich bin furchtbar nervös, und ich möchte nicht, dass irgendjemand etwas davon erfährt.«

Marlows fröhliche Miene geriet leicht ins Wanken. »Tja, diese Katze ist wohl schon aus dem Sack. Es ist Sonntag, und ich musste ein paar Leute fragen, ob wir das Studio für die Probeaufnahmen benutzen dürfen. Floyd möchte auch ein paar Standbilder von dir, aber keine Sorge, alle drücken dir ganz fest die Daumen.«

Alle? Alle wussten, dass sie ein Probetape aufnahm?

Nach ein paar weiteren Sticheleien von Erin und einem langen Gespräch mit ihren Töchtern darüber, was diese Veränderung für ihren Familientagesplan bedeuten konnte, hatte Carli schließlich beschlossen, es zumindest einmal zu *versuchen*. Es war unwahrscheinlich, dass sie diesen Job in einer Livesendung bekommen würde, weil es sicherlich qualifiziertere und erfahrenere Kandidatinnen gab, aber einen Versuch war es wert. Nicht wahr? Zumindest hatte sie sich genau das an diesem Morgen selbst vor dem Spiegel vorgebetet, nun kam ihr allerdings der Gedanke, dass sie sich die ganze Sache vielleicht noch einmal hätte überlegen sollen. Und dann noch einmal und noch einmal.

»Mit ›alle‹ meinst du wirklich, na ja, alle?« Am liebsten wäre Carli rückwärts wieder hinausgegangen, doch da packte Marlow sie am Arm und zog sie in den Eingangsbereich.

»Du machst das schon. Versprochen. Aber jetzt müssen wir schnell in die Maske und ein bisschen zaubern. Die Kamera macht dich sonst zu blass, besonders wenn du neben Troy sitzt. Er ist schon wieder unter dem Solarium eingeschlafen und sein Gesicht ist knallrot.«

»Troy? Wir nehmen das Probetape mit Troy auf?«

Marlow nickte und führte Carli einen schmalen Gang entlang, als wäre sie noch nie hier gewesen.

»Jep, das war Jessicas Idee. Sie möchte sehen, wie gut ihr beide zusammenpasst, weil er nämlich schon den Job als zweiter Co-Moderator bekommen hat. Denk einfach dran: Er kann nur on-air-freundlich oder off-air-unpassend. Etwas anderes kennt er nicht. Aber weil das hier nur Probeaufnahmen sind, ist er wahrscheinlich eher ungebremst unverschämt. Spiel einfach mit. Ich weiß, er ist unausstehlich, aber harmlos.«

Troy Buckman war so etwas wie der Rudelführer auf Channel 7, immer auf Sendung und ein echter Lokalheld dank seines längst vergangenen Ruhms als Eishockeyspieler der Detroit Red Wings. Allerdings war seine Karriere damals schon vorbei gewesen, bevor sie überhaupt richtig angefangen hatte, wegen einer Knieverletzung. Trotzdem genoss er ein gewisses Maß an Berühmtheit, dank seiner Arbeit beim Sender. Und dank seiner zahlreichen Ex-Frauen. Eine von ihnen war eine Strip... äh, eine exotische Tänzerin namens Tallulah DeFleur.

Marlow schubste Carli in den Schminkstuhl in dem winzigen Raum, in dem die Maske untergebracht war, dann musterte sie ihr Gesicht so, wie es wahrscheinlich ein Dermatologe tun würde, der gerade eine seltsame Wucherung an ihrem Augenlid entdeckt hatte. Kein gutes Gefühl.

»Du machst mich nur noch nervöser. Sehe ich so schlimm aus?«

»Nein, du siehst toll aus. Nur ein bisschen ...«

»Müde?«, schlug Carli vor. Das wäre immerhin etwas gewesen, was man wieder hinbekommen konnte.

»Reif.«

»Reif? Das ist ein anderes Wort für alt, oder?« Erin hatte behauptet, sie würde aussehen wie fünfunddreißig. Hatte sie da nur nett sein wollen?

Marlow lachte und betupfte Carlis Schläfe mit Puder. Vermutlich, um dort irgendeinen Altersfleck zu überdecken. »Du siehst nicht alt aus, aber High Definition schmeichelt niemandem, und wenn jemand winzige Fältchen um die Augen hat, dann müssen wir aufpassen, dass sich kein Make-up in ihnen sammelt. Das ist aber kein Problem. Da gibt es Tricks.«

»Marlow, das ist alles nicht sonderlich förderlich für mein Selbstbewusstsein.« Carlis Brust fühlte sich an, als würde sie sich mit Zement füllen. Das hier war ein Fehler. Ein noch größerer Fehler, als sich einen Megahund anzuschaffen. Sie war Rezeptionistin, keine Livemoderatorin. »Wir müssen es aber auch nicht machen. Ich möchte niemandes Zeit verschwenden.«

Marlow drückte ihr die Schulter. »Entspann dich und vertrau mir.«

»Dir vertrauen? Du hast gesagt, dass ich alt aussehe.«

Marlow kicherte. »Habe ich nicht, und außerdem ist Troy siebenundfünfzig, obwohl er allen erzählt, er sei erst einundfünfzig. Neben ihm wirkst du wie die Abschlussballkönigin. Außerdem geht es ehrlich gesagt sowieso nur darum, ob ihr miteinander harmoniert, und das kommt von ganz allein, ihr kennt euch ja.«

»So würde ich das nicht unbedingt nennen«, korrigierte Carli sie. »Er kommt jeden Nachmittag beim Hinausgehen an meinem Empfangstresen vorbei und nennt mich entweder Sheila oder Gretchen. Er hat keine Ahnung, wer ich bin.«

»Ja, mit Namen hat er es nicht so. Mich nennt er Margo, aber das ist wenigstens näher dran als Gretchen. Egal, sei einfach so charmant wie immer und lach über seine miesen Witze, dann wird das super.«

Eine Viertelstunde später führte Marlow eine leicht benommene Carli in das frisch umgebaute Studio zu einem hell erleuchteten Bereich mit einem glänzenden weißen Tisch und einem Hintergrund aus königsblauen Wandpaneelen, durchsetzt von Nickel- und Chromelementen. Der ultramoderne Look wurde von fenstergroßen Fotos lokaler Wahrzeichen aufgelockert. Die gedeckte Monroe-Brücke. Das historische Museum von Glenville. Die neue Wallace-Chase-Arena. Neben dem Aufnahmebereich, auf der anderen Seite eines rollbaren Wandschirms, befand sich das Hauptstudio, wo die Nachrichten und der Wetterbericht aufgezeichnet wurden.

Durch einen Türspalt sah Carli, wie der Wochenendmoderator ein Schwätzchen mit der Wetterfee Allie Winters hielt.

»Wenn wir mit dem Tape fertig sind, möchte Floyd noch ein paar Testaufnahmen von dir machen, dann schicken wir alles zu Jessica rüber, und sie entscheidet dann, ob sie mit dir sprechen möchte oder nicht.«

»Klingt fantastisch«, sagte Carli, aber eigentlich meinte sie das genaue Gegenteil von fantastisch, was auch immer das war. Grässlich? Schrecklich? Übelkeit erregend? Sie war gerade so was von nicht in ihrem Element. Eigentlich sollte sie nicht nervös sein. Es war ein Vorsprechen für einen Job, den sie wahrscheinlich eh nicht wollte. Ja, das zusätzliche Geld wäre schon nett. Damit hätte sie endlich die dringend notwendigen Reparaturen am Haus durchführen lassen können, und vielleicht wäre es auch genau der Schubs, den sie brauchte, um aus der Komfortzone ihres langweiligen Lebens herauszukommen, aber wer wollte schon jeden Tag um fünf Uhr morgens aufstehen? Und sich regelmäßig mit Troy Buckman herumschlagen müssen?

»Was genau mache ich hier an einem Sonntag?«, fragte Troy, der gerade ins Studio geschlendert kam. Er trug ein dunkelblau-hellgrün kariertes Sportsakko. Sein weißes Hemd stand am Kragen offen und entblößte die übermäßig gebräunte Haut darunter. Er konnte allgemein als attraktiv durchgehen, wie ein Soap-Opera-Star oder so, mit seinen perfekt gestylten Haaren und den etwas zu weißen Zähnen. Alles an ihm war einfach eine Spur zu viel.

»Du nimmst ein Probetape mit einer unserer potenziellen Co-Moderatorinnen für ›Glenville am Morgen‹ auf«, antwortete Marlow geduldig. »Das wird fantastisch.«

Carli wandte sich an ihn und streckte ihm lächelnd die Hand hin. Sie konnte wenigstens so tun, als wäre sie professionell, zumal sie Troy gerade zum ersten Mal offiziell vorgestellt wurde. Er musterte sie übertrieben, als wäre sie ein Armani-Anzug, bei dem er sich nicht sicher war, ob er ihm stehen würde. Ein flüchtiger Ausdruck des Wiedererkennens huschte über sein Gesicht. »Sie kommen mir bekannt vor. Haben wir schon mal miteinander geschlafen?«

Ein nervöses Prusten entkam Carli. Die gesamte #MeToo-Bewegung war offensichtlich komplett an Troy vorbeigegangen.

»Nein, wir haben noch nie miteinander geschlafen.«

»Würden Sie gern?« Er grinste breit.

»Troy!«, bellte Marlow. »Irgendwann werden wir deinetwegen noch verklagt, und dann zerhackt Jessica deinen Leichnam und verfüttert ihn an ihre Katzen. Benimm dich.«

»Tut mir leid.« Troy bot einen Anblick amüsierter Unaufrichtigkeit. »Aber Sie kommen mir trotzdem bekannt vor. Bei welchem Sender haben Sie bisher gearbeitet? Neun? Elf? Sind Sie das freche Mädel von Channel 4, das immer die Staus vorliest?«

Sollte sie ihm sagen, dass sie Carli/Sheila/Gretchen vom Empfangstresen war?

»Troy, das hier ist Carli Lancaster, und wir sind schon ein bisschen spät dran«, mischte sich Marlow ein, bevor Carli antworten konnte. »Wir verkabeln euch jetzt, damit wir loslegen können.«

Der Tontechniker Lester kam aus dem Regieraum, reichte Carli ein dünnes Kabel und zeigte ihr, wie sie es hinten durch ihr Kleid führen sollte. Dann gab er ihr etwas, was aussah wie ein breites Stirnband.

»Das sind deine Moderatorenstrapse«, erklärte Marlow, weil Carlis Verwirrung wohl offensichtlich war. »Das streifst du fest über deinen Oberschenkel, und dann wird das Mikro daran befestigt. Wenn du ein Jackett trägst oder einfach nur am Tresen sitzt, dann brauchst du das nicht, aber wir wollen, dass du dich viel bewegst, die Show soll fließend und energiegeladen wirken. Fast so, als wärst du mit ein paar Freunden bei einer Cocktailparty und würdest ihnen Geschichten über die vielen tollen Dinge erzählen, die in Glenville so los sind.«

Marlow gab ihr weiter Ratschläge, und Troy machte weiter dumme Bemerkungen, während Lester sie mit technischen Instruktionen versorgte und Carli selbst sich am liebsten ein bisschen hingelegt hätte. Das war eine ganze Menge, die sie sich merken musste. Die Lichter waren grell und heiß, ihre Spanx waren zu eng (waren sie das nicht immer?), und die beiden Kameratürme waren verdammt noch mal gewaltig. Wieso war ihr das bisher noch nie aufgefallen? Die Dinger waren wie Roboter, die sich durch den ganzen Raum bewegten. Ein einziges dickes Kabel verband sie mit Lesters Kontrollpult im Regieraum. Zwischen ihnen standen ein Teleprompter und eine digitale Countdown-Uhr, nach der sich die Moderatoren richten konnten. Sie war schon öfter im Studio gewesen, und theoretisch kannte sie das alles, aber es war das erste Mal, dass diese Monsterkameras auf sie gerichtet waren, und zum ersten Mal wurde von ihr erwartet, dass sie das digitale Skript ablas.

»Fangen wir beim Tisch an«, schlug Lester vor. »Ich will sehen, ob die Stühle richtig eingestellt sind, damit Troy nicht kleiner aussieht als Carli.«

»Ich habe kein Problem mit meiner kompakten Statur«, sagte Troy und zupfte seine Aufschläge zurecht.

»In der Horizontalen ist das sowieso egal, stimmt's?«, rutschte es Carli heraus.

Troy sah sie an und hob eine Braue, dann lächelte er breit. »Ich mag dich, Kleine. Ich mag deine Art zu denken. Wir werden uns gut verstehen.«

KAPITEL 9

Fast ein Monat war vergangen, seit Ben in sein bescheidenes neues Heim am Monroe Circle gezogen war, und er hatte einige Fortschritte gemacht. Auch wenn man das beim Anblick des demolierten Hauses vielleicht nicht ohne Weiteres glauben würde. Er hatte die Wand zwischen Küche und Wohnraum vollständig entfernt und jedes Fitzelchen des alten Bodenbelags herausgerissen – auch das abblätternde Linoleum in den Bädern. Morgen würden seine Brüder anrücken und ihm dabei helfen, die alten Küchenschränke zu entfernen, damit er neue einbauen konnte. Der ranzige Fried-Chicken-in-der-Mülltonne-Mief war verschwunden und der ganze Mörtelstaub weggeputzt. Es blieb zwar noch eine Menge zu tun, aber Ben fühlte sich doch, als hätte er etwas erreicht.

An diesem Tag war es etwas kühler, und das nutzte Ben, um ein paar Arbeiten im Freien zu erledigen. Der erste Punkt auf der Tagesordnung war das Aufstellen seines brandneuen Gasgrills, für den er viel zu viel Geld ausgegeben hatte. Das Ding war ein Ungeheuer mit mehr Knöpfen und Reglern und Smokern und Brennern und Drehspießen, als irgendjemand brauchte. Allerdings hatte er sich diesen Mach-deine-Nachbarn-neidisch-Grill ja auch nicht gekauft, weil er ihn *brauchte,* sondern weil er ihn *wollte*. Normalerweise warf er sein Geld nicht mit vollen Händen zum Fenster hinaus, aber er hatte das Gefühl, es sich verdient zu haben, und das war für ihn nicht selbstverständlich. Er war zwar umgeben vom Reichtum der Familie Chase aufgewachsen, dennoch hatten seine Geschwister und er den Wert eines Dollars zu schätzen gelernt. Als Ben damals einen Sega Mega Drive hatte haben wollen, hatte ihm sein Vater Aufgaben im Haushalt gegeben, bis er genug verdient hatte, um sich die Konsole kaufen zu können. Damals hatte Ben auch gelernt, was Steuern waren, denn die hatte ihm sein Vater gleich vom Lohn abgezogen. Als Teenager hatte ihn das furchtbar aufgeregt, aber jetzt war er dankbar dafür.

Na ja, hauptsächlich dankbar. Wie auch immer, er beabsichtigte, sich an dieser wunderbaren Neuanschaffung zu erfreuen, die gut zu der Szenerie aus Pizzaofen, Whirlpool und Outdoorfernseher passen würde, die Ethan sich erhoffte. Das Urteil darüber stand noch aus, aber der Garten musste dringend überarbeitet werden. Im Augenblick bestand die Terrasse im Wesentlichen aus einem rechteckigen Betonblock mit ein paar Felsbrocken an den Rändern. Eher ein Schandfleck als eine Freizeitoase. Nun würde er jedoch erst einmal seinen Monstergrill im Garten aufstellen.

Gerade hatte er den letzten Knopf festgedreht, als er durch das offene Fenster seine Türklingel hörte. Anstatt durch das Haus zu gehen, stieg er den Hang hinauf und bog um die Hausecke. Vor der Tür stand seine Schwester.

»Hey«, rief er, woraufhin sie erschrocken zu ihm herumfuhr.

»O Mann, hast du mich erschreckt.« Kenzie lachte.

Er musste lächeln, und da erst merkte er, wie sehr sie ihm gefehlt hatte. Kenzie konnte ihn immer zum Lächeln bringen, und sie war eine der wenigen, auf deren Rat er etwas gab. Nicht nur weil sie Therapeutin war, sondern weil er wusste, dass sie immer ehrlich sein würde. Manchmal sogar brutal ehrlich, aber ohne ihre Unterstützung während der letzten Monate wäre er jetzt ein jämmerliches Häuflein Elend ohne die geringste Idee gewesen, wie es weitergehen sollte, nachdem Sophia ihn so enttäuscht hatte.

Kenzie trat einen Schritt auf ihn zu und breitete die Arme aus. Sie trug mindestens ein Dutzend verschiedener Geschenktüten.

»Zur Einweihung«, sagte sie. »Ich wollte dir die Sachen eigentlich schon letzte Woche bringen, aber bei der Arbeit war es total verrückt.«

Ben grinste. »Interessante Wortwahl für jemanden, der tatsächlich mit Verrückten arbeitet.«

Wieder lachte sie. »Ich arbeite eigentlich sehr selten mit Verrückten. Meine Patienten sind meistens gestresst und deprimiert und manchmal auch verwirrt.«

»Das erklärt wahrscheinlich, warum du mir so gut helfen konntest. Komm rein.«

Er gab ihr eine schnelle Tour durchs Haus und zeigte ihr erst sein Zimmer, das abgesehen von dem Bett, einer Lampe und ein paar Wäschekörben, in denen er seine Kleider aufbewahrte, immer noch leer war. Dann kamen sie in Ethans Zimmer, das immerhin über ein Bett, eine Lampe *und* einen zerschrammten alten Schrank verfügte, den Ben als Kind gehabt hatte, und schließlich in Addies, das noch völlig leer war.

»Mir gefällt dieser Industriefußboden-Look, den du hier hast«, neckte sie ihn, nachdem sie ins Wohnzimmer zurückgekehrt waren, und deutete auf den freigelegten Unterboden. »Sehr innovatives Design.«

»Danke. Ich bin nicht sicher, ob sich das durchsetzen wird, aber zumindest muss man keine Angst davor haben, etwas zu verschütten.«

»Praktisch.« Sie nickte. »Was halten die Kinder vom Haus?«

»Addie hat es noch gar nicht gesehen. Ich hoffe aber, dass sie dieses Wochenende kommt. Ethan scheint es ganz gut zu gefallen. Genau genommen ...« Er hielt zugunsten des dramatischen Effekts kurz inne. »... möchte er ganz bei mir wohnen.«

Kenzie hob langsam die Brauen. »Wirklich? Und was hältst *du* davon?«

Er dachte fast pausenlos darüber nach, aber bisher hatte er das Thema Sorgerecht Sophia gegenüber noch nicht angeschnitten. Er wollte warten, bis sie gute Laune hatte, aber allmählich dämmerte ihm, dass das vielleicht nie geschehen würde. Für eine Frau, die im Grunde alles bekam, was sie wollte, war sie ganz schön mies drauf.

»Ich fände es toll, wenn die Kinder bei mir wohnen, aber ich weiß nicht, ob es auch das Beste für sie wäre. Ethan ist stinksauer auf Sophia, und wenn er immer bei mir ist, dann kommt er vielleicht nie darüber weg. Andererseits hätte er so genügend Abstand, um sich zu beruhigen und sich erst mal an die Situation zu gewöhnen. Was meinst du?«

Sie sah sich im Raum um, bevor ihr Blick zu ihm zurückkehrte. »Ehrlich gesagt bin ich nicht sicher. Ich glaube, es ist wichtig, dass die beiden weiterhin Zeit mit ihrer Mutter verbringen, aber nach deinen Erzählungen zu schließen scheint Doug ziemlich oft dort zu sein. Es ist hart für die beiden, einen Elternteil in einer romantischen Beziehung mit einem anderen zu sehen, zumal sie nicht einmal Zeit hatten, um das zu trauern, was sie verloren haben. Um eure Familie, wie ihr sie bisher gekannt habt. Du und deine Kinder, ihr müsst jetzt eine neue Einheit bilden, und Sophia muss dasselbe mit ihnen tun. Aber wenn Doug schon dabei ist, dann verändert das die gesamte Dynamik.«

Ben fühlte, wie seine Laune sank. Aus der Begeisterung über seinen neuen Grill wurde die Sorge um das derzeitige Drama mit seiner Frau. »Ja, genau das denke ich auch, und ich drehe mich da im Kreis. Ich habe versucht, mit Sophia darüber zu reden, aber sie meint, ich wäre nur eifersüchtig. Und ich kann nicht abstreiten, dass es mir missfällt, wenn er in Addies Gegenwart dort ist. Ich meine, sie hat immer schon Onkel Doug zu ihm gesagt, also weiß ich, dass sie ihn grundsätzlich mag. Aber die Kinder wissen doch genau, was da hinter geschlossenen Türen läuft. Ethan sagt, dass Sophia nicht besonders diskret ist.«

Langsam rollte Kenzie mit den Augen. »So eine Schlampe.«

Ironischerweise musste Ben lächeln. »Ist das deine professionelle Meinung?«

»Ja.« Sie nickte. »Ja, ist es.«

Lachend holte er ihnen zwei Bier aus dem Kühlschrank, der immer noch mitten in der Küche stand. Dann sprachen sie weiter über die Kinder und die Scheidung und Sophia und darüber, was für ein zickiges Miststück sie war. Die Grenze zwischen professioneller Familientherapeutin und unterstützender Schwester war eindeutig verwischt, aber Ben wusste es zu schätzen, dass Kenzie einerseits seine gescheiterte Ehe mit ihm durchhecheln und ihm andererseits gute Ratschläge geben und ihn auch noch zum Lachen bringen konnte.

»Möchtest du mit rauskommen?«, fragte er später. »Dann zeige ich dir meinen neuen Grill.« Ihm fiel durchaus auf, dass er klang wie ein kleiner Junge mit einem neuen Spielzeug, aber es war ihm egal. Sie traten auf die Terrasse hinaus und holten sich auf dem Weg jeder ein zweites Bier.

»Na, was haben wir denn hier«, verkündete er in bester Spielshowassistentinnenmanier. »Das absolute Nonplusultra, der Genesis Napoleon Prestige PRO 825, mit Infrarot-Drehspieß und Nebenbrennern. Auf dem Ding kann ich ein ganzes Thanksgiving-Festmahl kochen und habe immer noch Platz, um nebenbei ein paar Burger zu grillen.«

Kenzie nickte, allerdings zeigte ihre Miene weder Ehrfurcht noch den Respekt, den dieser Machogrill verdiente. »Klar, wer möchte nicht gern im November in Michigan im Garten stehen und darauf warten, dass der Truthahn durch ist? Guter Plan. Das Ding ist sein Geld total wert.«

»Ich habe ja nicht gesagt, dass ich das Thanksgiving-Festessen da drauf kochen *werde,* sondern nur, dass ich es *könnte.* Genau darum geht es doch.«

Kenzie lächelte und nippte an ihrem Bier, während sie sich im Garten umsah. »Hier hinten ist es wirklich hübsch. Der Ort hat Potenzial.«

»Ethan hat vorgeschlagen, dass wir hier eine Whirlpool-Pizzaofen-Outdoorfernseher-Kombi aufstellen. Das wäre doch was, oder?«

»Kein Wunder, dass er hier wohnen möchte.«

* * *

»Hallo?« Carli hörte Stimmen aus Bens Garten kommen. Eine männliche und eine weibliche, und sie hoffte, dass sie nicht drauf und dran war, in irgendeine romantische Begegnung zu platzen. Das wäre in vielerlei Hinsicht unangenehm gewesen. Allerdings war es vier Uhr nachmittags, also war das, was auch immer da hinten vorging, wahrscheinlich jugendfrei.

»Hier hinten«, hörte sie Ben rufen, während sie den leicht abfallenden Hang zum Garten hinablief. Sie fand ihn auf seiner Terrasse neben einem gewaltigen, glänzenden Grill und einer Frau, die ihm sehr ähnlich sah mit ihrem dunklen Haar und den saphirblauen Augen. Wenn sie nicht seine Schwester war, dann jedenfalls irgendeine Verwandte.

»Hi«, sagte Carli, die sich auf einmal ein wenig atemlos fühlte, wenn sie auch nicht wusste, warum. Jedenfalls nicht von dem kurzen Gang und auch nicht davon, dass sie einen großen Korb in den Armen trug. Sie war irgendwie ... nervös? Hibbelig? Eifrig? Sie hatte sich darauf gefreut, etwas verspätet diesen Korb abzuliefern, auf dem »Willkommen in der Nachbarschaft und hier ist Ihr versprochenes Steak« hätte stehen können, aber auf einmal war ihr die Sache ein bisschen peinlich. Weil Ben nicht allein war? Oder weil er seit ihrer ersten Begegnung mit Steve der einzige Mann war, von dem sie sich angezogen fühlte? Ein durchaus zweischneidiges Schwert, wie sie fand. Es war gut, zu wissen, dass ihre Libido, die sich so lange im Dornröschenschlaf befunden hatte, nicht endgültig erledigt war. Doch von ihrem attraktiven Nachbarn nur durch das Bild, das er bei der Gartenarbeit abgab, auf Touren gebracht zu werden, war auch nicht sonderlich befriedigend. Wobei alles, was über Zusehen hinausging, nicht infrage kam.

»Hi«, sagte er, als sie die Terrasse erreichte. »Was haben Sie denn da?«

Sie hielt den Korb hoch. »Nur ein kleines Dankeschön dafür, dass Sie in mein Schlafzimmer eingebrochen sind. Zweimal.«

Die Frau neben ihm legte den Kopf schief und ein breites Lächeln erschien auf ihrem Gesicht. Carli wurde rot, als sie begriff, wie das klang. »Ich hatte mich ausgeschlossen.«

Ben grinste und nahm den Korb entgegen. Er begutachtete ihn, während er sich leicht der Frau zuneigte. »Wow, das ist ja toll. Danke, Carli. Das hier ist übrigens meine Schwester. Kenzie, das ist Carli. Sie wohnt nebenan, und sie hat einen sehr großen Hund.«

»Hallo, Carli. Schön, Sie kennenzulernen.« Das Lächeln seiner Schwester war warm, ihr Blick ein wenig neugierig, aber das war nach der Schlafzimmerbemerkung ja auch kein Wunder. *Ganz toller erster Eindruck, Carli.*

»Freut mich auch«, antwortete Carli. »Wohnen Sie auch in der Gegend?«

»Nicht weit von hier, drüben in Elmwood Springs.«

Elmwood Springs war die exklusivste Gegend im exklusivsten Stadtviertel in East Glenville. Wahrscheinlich lebten dort sämtliche Mitglieder der Familie Chase. Nicht hier, in irgendeiner Mittelklassestraße in der Vorstadt. Wenn sie Ben irgendwann einmal besser kannte, würde sie ihn fragen, warum er hier wohnte und nicht unter seinesgleichen. Besonders weil er offenbar schon vor seiner Scheidung in diesem Schulbezirk gelebt hatte.

»Was ist denn das alles?«, fragte Ben, stellte den Korb auf einem Liegestuhl ab und begann, darin herumzukramen. »Da ist ja eine ganze Menge drin.«

»Ach, nichts weiter«, antwortete Carli. »Nur ein paar Craftbiere und Käse. Das passt gut zum Steak. Das ist übrigens auch da drin. Es ist in Plastik eingewickelt, in der weißen Tüte da. Vielleicht legen Sie es lieber in den Kühlschrank. Wie ich sehe, haben Sie einen neuen Grill.« Ein wenig verdutzt betrachtete sie die riesige, schimmernde Edelstahlminiküche hinter ihm. Wenn Gus das Ding umwarf, dann würde sie ihr Auto verkaufen müssen, um ihn zu ersetzen. Der Grill musste ein Vermögen gekostet haben. Es war der größte, modernste Grill, den sie jemals gesehen hatte, und er wirkte auf der winzigen Terrasse lächerlich unpassend.

»Jep, ich habe einen neuen Grill. Möchten Sie ihn mal sehen?« Er klang hoffnungsvoll, also nickte sie und trat zu ihm, woraufhin er den Deckel hob, um ihr das höhlenartige Innere zu zeigen. Jep. Es war ein Grill. Abgesehen davon, dass er brandneu und gewaltig war, sah er im Grunde aus wie jeder andere Grill. Sie brachte es allerdings nicht übers Herz, das zu sagen, weil Ben offensichtlich so stolz auf ihn war.

»Sehr hübsch«, sagte sie. »Ich versuche alles, um Gus davon fernzuhalten.«

»Ich bezweifle, dass er den da umwerfen kann, aber ich rücke ihn lieber an die Hauswand, nur für alle Fälle.«

»Wer ist Gus?«, fragte seine Schwester.

»Mein Hund«, antwortete Carli seufzend. »Er hat den letzten Grill kaputt gemacht. Meine Hundetrainerin kommt heute Abend noch vorbei und hilft mir, ihn an den Elektrozaun zu gewöhnen. Sie kann mich nicht ausstehen, aber zum Glück mag sie meinen Hund, und alle sagen, sie könnte Wunder wirken.«

»Warum kann sie Sie nicht ausstehen?« Kenzies Frage war sehr direkt, und Carli fühlte, wie ihre Wangen heiß wurden, denn eigentlich hatte sie das gar nicht sagen wollen. Es war ein Scherz gewesen. Mehr oder weniger. Jetzt, wo sie so darüber nachdachte, war es allerdings durchaus möglich, dass Mrs Marter sie wirklich nicht ausstehen konnte …

Sie trat von einem Fuß auf den anderen. »Ähm, ich glaube, sie kann Menschen im Allgemeinen nicht ausstehen.«

»Ah, verstehe.« Kenzie trank einen Schluck.

»Tja, dann, genießen Sie das Steak und das Bier, Ben. Ich wusste nicht, was Sie gern mögen, deshalb habe ich Ihnen eine kleine Auswahl zusammengestellt.«

Wieder betrachtete er den Korb. »Danke. Das war zwar vollkommen unnötig, aber ich freue mich darüber.«

»Gern geschehen. Ach, und hier ist Ihr Schlüssel. Ich habe ihn in meinem Fliederbusch gefunden, genau da, wo ich ihn vermutet habe.« Sie griff in die Tasche ihrer Shorts und zog den Schlüssel hervor. Den Zierstein hatte sie behalten. Er konnte sich schließlich selbst einen besorgen.

Seine Finger strichen über ihre, als er ihr den Schlüssel aus der Hand nahm. Eine ganz unschuldige Berührung, die allerdings ein ganz und gar unvernünftiges Prickeln durch ihren Körper jagte.

»Danke«, wiederholte er. »Wenn ich Ihren jemals finde, sage ich Ihnen Bescheid.«

»Haben Sie Kinder?«, platzte Kenzie beinahe überfallartig heraus.

Carli nickte. »Zwei. Mia ist achtzehn und Tess ist vor ein paar Wochen sechzehn geworden.«

»Oh, wie interessant. Bens Sohn ist auch fast achtzehn. Die beiden müssten sich eigentlich kennen.«

Carli nickte. »Sie hatten ein paar Fächer zusammen.« Sie ließ unerwähnt, dass Mia ihn für dumm und eingebildet hielt und dass Tess es sich in jüngster Zeit zur Gewohnheit gemacht hatte, im Vorgarten herumzutrödeln, um vielleicht einen Blick auf ihn zu erhaschen. Zuerst hatte Carli schon geglaubt, ihre Tochter habe sich nun doch dazu durchgerungen, ihr mit dem Hund zu helfen, aber dann war sie ziemlich schnell dahintergekommen, was Tess' eigentliche Absicht war.

»Oh, gut. Es ist bestimmt schön für Ethan, ein paar bekannte Gesichter in der Nachbarschaft zu sehen. Leben die beiden immer bei Ihnen?« Carli wunderte sich ein bisschen über die Frage. Entweder war Kenzie von selbst darauf gekommen, dass Carli geschieden war, oder Ben hatte es ihr erzählt. War ja nicht gerade ein Geheimnis, aber war die Frage vielleicht doch etwas persönlich? Ein bisschen übergriffig? Oder vielleicht wünschte sich Ethans Tante ja auch einfach nur, dass ihr Neffe ein paar Freunde in der Nähe hatte.

»Nicht immer. In den Sommerferien waren sie auch eine Weile bei ihrem Vater, aber jetzt, da die Schule wieder angefangen hat, sehen wir einfach, wie sich alles entwickelt. Wir passen das immer wieder neu an.«

Kenzie nickte. »Es ist gut, flexibel zu bleiben, solange die Kinder wissen, was sie zu erwarten haben.«

»Meine Schwester ist Familientherapeutin«, erklärte Ben. »Sie verteilt gern ungefragt Ratschläge, also ignorieren Sie sie einfach, wenn Sie keine Lust darauf haben.«

Ah, okay. Jetzt kamen ihr die Fragen immerhin nicht mehr ganz so komisch vor, auch wenn sie sich im Grunde ein wenig überrumpelt fühlte. Carli lächelte. »Ich bin immer offen für Ratschläge. Nur zu.«

Kenzie lachte. »Tja, dann schlage ich vor, dass Sie bleiben und ein Bier mit uns trinken.«

Carli warf Ben schnell einen Blick zu. Eigentlich stand es seiner Schwester nicht zu, sie einzuladen, und sie wollte nicht bleiben, wenn sie nicht willkommen war. Immerhin war sie nicht Lynette. Aber Ben lächelte und zog eine der Bierflaschen aus dem Korb.

»Offenbar reichen die für alle«, sagte er. »Wie wär's?«

»Mrs Marter kommt später noch. Wenn sie Alkohol in meinem Atem riecht, ist das vermutlich ihr nächster Punkt auf der Liste meiner Unzulänglichkeiten, aber ehrlich gesagt ist ein Bier vor dem Hundetraining vielleicht genau das Richtige.«

»Mrs Marter?« Kenzie grinste. »Das ist aber ein unglücklicher Name.«

»Passt aber zu ihr«, antwortete Carli und nahm das Bier entgegen.

KAPITEL 10

»Ich würde ja gern sagen, dass ich eine Stelle für dich habe, Ben, aber es war deine eigene Entscheidung, das Unternehmen zu verlassen. Du kannst nicht einfach zehn Jahre später wieder zurückkommen und erwarten, dass du stellvertretender Geschäftsführer wirst.«

William Chase senior saß hinter einem imposanten Mahagonischreibtisch in einem hochlehnigen Ledersessel. Er trug einen Nadelstreifenanzug und eine gediegene burgunderrote Krawatte, und das, obwohl es Sonntagnachmittag war und sie sich in seinem Arbeitszimmer bei ihm zu Hause aufhielten. Der Raum war verschwenderisch groß und verschwenderisch eingerichtet, aus den deckenhohen Fenstern hatte man einen atemberaubenden Blick in den Rosengarten, den Bens Mutter höchstpersönlich mit allergrößter Sorgfalt angelegt hatte. Auf einem ausladenden Bücherbord aus glänzendem Teakholz stand eine Sammlung von Auszeichnungen diverser Unternehmen und Wohltätigkeitsvereine aus der ganzen Stadt. William sah sich selbst gern als Philanthropen, aber tief in seinem Herzen war er Kapitalist. Er erwartete eine Gegenleistung für seine Investitionen – und eine der Investitionen, die sich erst noch auszahlen mussten, war Ben.

»Ich habe auch nicht darum gebeten, stellvertretender Geschäftsführer zu werden, Dad. Ich habe dich nur um einen Job gebeten. Du kennst meine Situation und meine Qualifikationen. Ich möchte keine Gefälligkeiten. Ich möchte nur wissen, ob es im Unternehmen derzeit eine Stelle gibt, die passend für mich wäre.«

William legte die Zeigefinger aneinander, während seine Ellbogen auf der Tischplatte ruhten, eine Pose, die Ben nur zu gut kannte. Damit wollte er sein Gegenüber einschüchtern, und das klappte verdammt gut. Genau das hatte Ben erwartet. Seit er das Familienunternehmen vor zehn Jahren verlassen hatte, um mit Doug sein eigenes Unternehmen zu gründen, galt er als das schwarze Schaf der Chases. Zumindest in den Augen seines Vaters. Er war ein dummer, undankbarer Sohn. Sogar Sophia hatte seine Entscheidung für kurzsichtig und unausgegoren gehalten. Ihr hatte die Sicherheit gefallen, die seine Stelle im Unternehmen seines Vaters bedeutet hatte. Und das Prestige und das Geld, aber Ben hatte zur Abwechslung mal sein eigener Chef sein wollen. Er war es leid gewesen, der Angestellte seines Vaters zu sein.

»Hast du einen Lebenslauf dabei?«, fragte sein Vater.

Ben biss die Zähne zusammen. »Im Ernst? Ich habe einen MBA der Harvard Business School, Dad, und ich habe zehn Jahre lang mein eigenes Unternehmen geleitet. Wir haben beinahe sofort Gewinn gemacht und diesen Gewinn im Laufe der Jahre immer weiter gesteigert. Das sollte als Lebenslauf reichen.«

»Hast du nicht gesagt, du willst keine Gefälligkeiten? Jeder andere Bewerber würde einen Lebenslauf vorlegen müssen.«

Jetzt war sein Vater einfach nur ein Arsch. Ben hätte ihn gar nicht erst fragen sollen, aber nun war er hier, also konnte er genauso gut mitspielen.

»Also gut, Dad, ich besorge dir einen Lebenslauf, wenn du das möchtest. Oder ich rufe einfach Dave Price an und frage ihn, ob es bei Talbott Industrial Designs vielleicht etwas für mich gibt. Vielleicht wäre das sowieso besser.«

William runzelte die Stirn. »Du musst nicht gleich beleidigt sein, Ben. Ich versuche nur zu verhandeln, um zu sehen, wie ernst es dir ist. Ehrlich gesagt möchte ich dir nicht wieder einen Platz in unserem Unternehmen schaffen, nur damit du uns dann ein zweites Mal verlässt wegen irgendwelcher wilder Pläne. Was wird eigentlich aus deiner Partnerschaft mit Doug?«

Diese Frage hatte er kommen sehen.

»So ziemlich dasselbe wie aus meiner Partnerschaft mit Sophia. Ich bestehe darauf, dass die beiden mich auszahlen. Er gibt mir die Hälfte des Unternehmenswerts und sie gibt mir die Hälfte unserer ehelichen Besitztümer.«

»Sie hat die Hälfte nicht verdient, weißt du«, sagte William und lehnte sich in seinem Sessel zurück. »Deine Mutter findet, sie ist raffgierig.«

Ben nickte langsam, und obwohl er noch nie in seinem Leben mit seinem Vater über etwas so Nebulöses und Banales wie »Gefühle« gesprochen hatte, sagte er ihm jetzt am besten einfach die Wahrheit.

»Ich bin geneigt, dem zuzustimmen, aber ich habe keine Lust, mit ihr zu streiten. Genauso wenig wie mit Doug. Wir lassen das einfach über unsere Unternehmensanwälte laufen, und da wir uns im Vorfeld über die Abwicklung geeinigt hatten, falls einer von uns aus dem Unternehmen aussteigen würde, sollte das einigermaßen fair über die Bühne gehen. Jedenfalls auf dem Papier. Nur den Teil, dass er auch meine Frau bekommt, hatten wir so nicht vereinbart.«

Ben war klar, dass seine Familie bei allem, was seine Ehe betraf, auf dem neuesten Stand war – einer der Nachteile, wenn die eigene Therapeutin gleichzeitig auch die eigene Schwester war. Kenzie nahm es mit der ganzen Vertraulichkeitsgeschichte nicht so genau, wenn es um ihre Brüder ging, und wenn man eines der Sonntagsessen verpasste – was Ben recht oft tat –, dann wurde man sehr wahrscheinlich zum Gesprächsthema.

»Im Augenblick möchte ich nur einen stabilen und vorhersagbaren Job, Dad«, fuhr Ben fort. »Einen Job, der mich beschäftigt hält und sicherstellt, dass ich meine Rechnungen bezahlen kann.«

William runzelte leicht die Stirn. »Das ist das Verkehrteste, was man zu einem potenziellen Arbeitgeber sagen kann. Im Grunde verrätst du mir damit, dass du keinerlei Ehrgeiz hast.«

Bens leises Lachen klang eher wie ein Seufzen. »Ich bin ehrgeizig, Dad. Das weißt du genau, aber im Augenblick jongliere ich mit einem Dutzend Kettensägen und versuche, sie alle in der Luft zu halten, damit mir keine davon auf den Kopf fällt. Oder meinen Kindern. Sophia hat uns allen den Boden unter den Füßen weggezogen, und im Augenblick ist mein Bankvermögen praktisch eingefroren, bis die Verhandlungen vorüber sind. Dasselbe gilt für meine Geschäftskonten. Ich bin nicht pleite, aber auch nicht flüssig. Ich brauche Einnahmen, damit ich mein neues Haus renovieren kann. Außerdem wäre alles, was ich mit einer Stelle bei Chase Industries von jetzt an verdiene, ganz zweifelsfrei mein Geld. Die Einnahmen meines Unternehmens werden bei der Gütertrennung berücksichtigt. Ein klarer Schlussstrich ist einfach leichter, obwohl es mir nicht gefällt, mein eigenes Unternehmen aufzugeben.«

William betrachtete ihn einen Moment lang, und Ben wusste, dass sein Vater nachdachte. Er wappnete sich. »Was, wenn wir es kaufen?«

»Es kaufen?« Damit hatte Ben nicht gerechnet, und es überraschte ihn, dass sein Vater ihn immer noch überraschen konnte.

»Was, wenn Chase Industries dein Unternehmen kauft? Dann könntest du es weiterhin leiten. Es wäre dein Unternehmen, unter dem Schirm von Chase Industries.« Es schien seinem Vater ernst damit zu sein. Seine Haltung entspannte sich, und Bens Überraschung wuchs immer weiter. »Wir holen Terrance ins Boot«, fügte William hinzu. »Vorher müssen wir die Zahlen prüfen, um sicherzustellen, dass es eine sichere Investition ist. Ich nehme an, es würde dir nichts ausmachen, deine Finanzen vor ihm offenzulegen?«

»Nein, natürlich nicht.«

Terrance war Bens jüngerer Bruder und Finanzvorstand von Chase Industries, während sein älterer Bruder Bill junior leitender Geschäftsführer war und die Projektentwicklung führte. Und dann war da noch Alex, das Ups-Baby, das elf Jahre nach Ben auf die Welt gekommen war. Alex schlug ganz und gar aus der Art, er war Künstler geworden und erschuf Skulpturen. Niemand in der Familie war ganz sicher, welchen Ruf er in der Kunstwelt wirklich genoss, da all seine Skulpturen in der Chase-Kunstgalerie und in Gebäuden ausgestellt wurden, die irgendwie mit der Familie in Verbindung standen. Ben wusste nicht recht, wie es seinem Bruder gelungen war, nicht den Zorn seines Vaters auf sich zu ziehen, als er abgelehnt hatte, für ihn zu arbeiten. Vielleicht lag es daran, dass Alex nie irgendeine wirtschaftliche Begabung gezeigt hatte. Kenzie dagegen war entkommen, weil sie eine Frau und ihr Vater ein Chauvinist war, der glaubte, dass Frauen in der Geschäftswelt nichts zu suchen hatten.

William warf einen Blick auf seine Tauchuhr. Die Rolex war ein Geschenk von Bens Mutter, obwohl William nach allem, was Ben wusste, noch nie tauchen gewesen war. »Dann ist das abgemacht. Und jetzt lass uns zum Essen gehen, deine Mutter wartet schon.«

Das ging Ben gegen den Strich. Nichts war abgemacht. Es war ein großzügiges Angebot, das sein Vater ihm da gemacht hatte, aber es gab immer noch eine Menge zu bedenken. Er war sich nicht einmal sicher, ob er das Unternehmen überhaupt behalten wollte. Viele Erinnerungen waren daran gebunden, und einige davon wollte Ben im Grunde lieber hinter sich lassen. Außerdem war er ganz und gar nicht sicher, ob er Doug diesen Geldregen bescheren wollte, aber sein Vater war bereits aufgestanden und ging zur Tür. William Chase tat das gern – er traf eine Entscheidung im Alleingang und nahm einfach an, dass alle Beteiligten mitspielten, wobei er seinem Gegenüber auch noch das Gefühl vermittelte, er würde ihm nur einen Gefallen tun. Obwohl er sicherlich selbst von der Sache profitierte.

Trotzdem war es ein veritabler Rettungsring, den sein Vater ihm da zuwarf. Eine Chance, sein Unternehmen zu halten, wenn er es wollte. So oder so würde er am Ende wieder für seinen Vater arbeiten. Das war zwar nicht gerade seine Wunschvorstellung, aber vielleicht wurzelten seine Gefühle mehr in seinem Ego als in gesundem Menschenverstand. Er hatte Kenzie einmal gefragt, ob er vielleicht einen Knacks hatte, wenn es um ihren Vater ging.

»Klar hast du den«, hatte sie geantwortet. »Haben wir alle. Aber nur, weil Dad uns eben alle angeknackst hat.«

* * *

»Ich weiß nicht mal, warum wir uns das Fairfield College überhaupt anschauen, Mia«, sagte Steve, während er das lederbezogene Lenkrad seines brandneuen Ford Expedition mit nur einem Finger durch den dichten Verkehr manövrierte. »Deine Noten sind sicher gut genug, dass du es an die University of Michigan schaffen kannst, und jeder weiß, dass das die bessere Uni ist.«

Carli saß im weichen Beifahrersitz des neu riechenden Wagens ihres Ex-Manns und durchlebte einen Flashback nach dem anderen. Zahllose Male hatte sie bereits neben ihm gesessen und sich gewünscht, er würde vorsichtiger fahren. Steve war ein zu dicht auffahrender Bleifuß, der seine Blinker nur manchmal und seine Bremse praktisch nie benutzte. Hätte sie für jedes Mal, wenn ihn jemand anhupte, ihm den Stinkfinger zeigte oder ihm reifenquietschend auswich, einen Penny bekommen, dann hätte sie mit den ganzen Pennys alles reparieren können, was an ihrem Haus kaputt war.

Sie waren unterwegs zu einer Collegebesichtigung, ganz im Norden der oberen Halbinsel Michigans. So weit nördlich, dass die Fahrt dorthin sechs Stunden dauerte, was bedeutete, dass sie am Abend ankommen, am nächsten Tag die Führung mitmachen und dann wieder zurück nach Hause fahren würden. Volle vierundzwanzig gemeinsame Stunden, und schon nach fünfundvierzig Minuten waren die kurzen, in den vergangenen acht Monaten immer wieder eintretenden Zweifel, ob sie es nicht doch vermisste, mit Steve verheiratet zu sein, genauso vom Winde verweht wie die Verpackung des Take-aways, die Steve soeben aus dem Fenster geworfen hatte.

Sie hätte Mia vorne sitzen lassen sollen. Auf dem Rücksitz hätte sie die sich unablässig im Kreis drehende Diskussion über Mias Entscheidungsfindungsprozess wenigstens ausblenden können. Ihre hyperanalytische Tochter wollte sämtliche Vor- und Nachteile jeder infrage kommenden Universität sorgfältig abwägen. Dies war die letzte Campusführung, die sie mitmachen würden, damit war die Liste, die Mia nach stundenlanger Onlinerecherche zusammengestellt hatte, abgearbeitet. Schon vor Steves Auszug hatten sie ein Dutzend Universitäten besucht, diese Führung war die einzige, die nach der Scheidung stattfand. Im Grunde stimmte Carli ihm zu, aber wie immer weckte seine übliche väterliche Holzhammermethode Mias Widerstand. Gut, eigentlich weckte alles und jeder Mias Widerstand, aber Steve konnte ihre Knöpfe schneller und gezielter drücken als jeder andere.

»Besser ist relativ, Dad. Ich hoffe zwar auch, dass ich an der University of Michigan angenommen werde, aber ich sollte mir zumindest noch ein paar der anderen, kleineren Hochschulen anschauen. Fairfield hat vielleicht Dinge zu bieten, die andere Unis nicht haben.«

»Das ist doch lächerlich. An einer kleineren Hochschule gibt es weniger Wahlmöglichkeiten, nicht mehr, also würdest du deine Möglichkeiten mit dieser Wahl aktiv eingrenzen.«

»Ich habe auch nicht gesagt, dass Fairfield *mehr* zu bieten hat, sondern *andere* Dinge. Du verstehst nicht, was ich meine.«

»Nein, du verstehst nicht, was ich meine. In einer größeren Institution gibt es auch mehr Auswahl. Mehr AGs, mehr Hauptfächer, bessere Sportmannschaften. Wenn du also nach etwas anderem suchst, dann wirst du das an einer größeren Hochschule viel leichter finden. Das ist doch wohl offensichtlich.«

So ging es seit fünfundzwanzig Kilometern, aber Carli wusste, dass es keinen Sinn hatte, sich in diese Diskussion einzumischen. Nichts, was sie sagte, würde irgendeine Wirkung haben, denn Steve hielt jede Meinung, die nicht zu seiner eigenen passte, für minderwertig, aber trotzdem wollte sie Mia nicht im Stich lassen. Ihre Tochter hielt sich bisher wacker, aber Carli spürte, wie ihre Frustration wuchs. Mit Steve zu streiten fühlte sich an, als würde man mit Kieselsteinen beworfen. Einer allein war gar nicht so schlimm, aber alle zusammen hinterließen insgesamt einen ziemlich großen blauen Fleck.

»Es geht nicht nur um die Größe der Uni, Steve«, sagte Carli schließlich. »Sondern auch um die Atmosphäre und die Umgebung. Mia muss einen Ort finden, an dem sie sich wohlfühlt. Du weißt doch, dass jeder Campus seine ganz eigenen Schwingungen hat, und da das Passende zu finden ist mindestens genauso wichtig wie die Größe.«

Persönlich war Carli der Meinung, dass es Mia auf einer kleineren Hochschule besser gehen und dass sie auf der University of Michigan einfach untergehen würde. Ihre älteste Tochter war eher schüchtern, und in einem Vorlesungssaal mit mehr als zweihundert anderen Kids würde sie sich vielleicht anonym und überwältigt fühlen. Andererseits war Mia stur genug, um bei allem Erfolg zu haben, was sie sich in den Kopf setzte. Egal, auf welche Hochschule sie ging, sie würde klarkommen.

Steve runzelte die Stirn hinter seiner Aviator-Sonnenbrille. Er war groß und sehr breit in der Brust, sein kurz geschorenes Haar war mittlerweile eher silbern als blond. »Man kann sich seine Hochschule doch nicht nach etwas so Schwammigem wie ›Schwingung‹ aussuchen, Carli. Das ist doch lächerlich. Da geht es hauptsächlich um die Wissenschaft. Man geht aufs College, um dort die beste Bildung zu erlangen, die man für sein Geld bekommen kann, und ich werde keine Unsummen an Studiengebühren zahlen, damit Mia auf irgendeine zweitklassige Uni gehen kann, nur weil sie sich da so warm und wohlig fühlt. Sie muss auf die Hochschule gehen, die sie am besten auf ihre Zukunft vorbereitet.«

Vielleicht war dies der richtige Zeitpunkt, um Steve an die zahllosen Collegepartys und Studentenvereinigungsstreiche seiner eigenen Studienzeit zu erinnern. An die vielen schlaflosen Nächte, die er hatte einlegen müssen, weil er nicht früh genug mit dem Lernen angefangen hatte. Damals hatte er weder an seine Ausbildung noch an seine Zukunft gedacht, sondern nur an seinen Spaß. Er hatte die Schwingungen genossen. Leider hatte es keinen Sinn, damit anzufangen, denn er würde dieses Argument nur so lange verdrehen, bis Carli das Gefühl hatte, sie wäre hier diejenige, die einfach unnötig auf stur geschaltet hatte. Darin war er richtig gut. Renee hatte einmal darüber gescherzt, dass Steve am liebsten auch noch seine eigene Grabrede halten würde, nur um das letzte Wort zu haben. Seit dem Tag, an dem Carli ihm begegnet war, hatte sie jedenfalls nie wieder das letzte Wort gehabt.

»Ich weiß doch noch nicht mal genau, was ich studieren möchte, Dad, wie soll ich also herausfinden, welche Uni mich am besten ausbildet?« Finster musterte Mia seinen Hinterkopf.

»Dann solltest du erst recht auf eine große Universität gehen. Wenn nicht die University of Michigan, dann wenigstens die Michigan State, wo es viele unterschiedliche Hauptfächer gibt, aus denen du wählen kannst. Außerdem dachte ich, du willst Anwältin werden. Wann hat sich das denn geändert?«

»Es hat sich eigentlich nicht wirklich geändert, aber ich glaube, ich sollte mir alle Möglichkeiten offenhalten.«

Er seufzte tief und schwer und missfällig. »Ich wusste schon mit fünfzehn, dass ich Wirtschaft und Finanzwesen studieren wollte. Ihr Millenials oder Generation Z oder wie auch immer ihr euch gerade nennt, glaubt wohl, dass ihr alle Zeit der Welt habt, um euch zu entscheiden, aber so funktioniert das nicht. Während du dir noch Gedanken darüber machst, was du vielleicht werden willst, wenn du groß bist, schnappen dir andere Leute alle guten Chancen vor der Nase weg. Wer trödelt, verpasst das Leben, Mia.«

Das war zu viel für Carli. Sie hatte sich daran gewöhnt, dass Steve auf ihr herumhackte, aber sie würde nicht zulassen, dass er das auch mit ihrer Tochter tat. »Sie trödelt nicht, Steve. Sie ist sorgfältig und wohlüberlegt, und sie versucht herauszufinden, was das Beste für sie ist. Diese Entscheidung ist wichtig, und sie nimmt sich die Zeit, um so viele Informationen wie möglich zu bekommen, damit sie die richtige Entscheidung für sich treffen kann. Wie wäre es, wenn du mal einen Gang runterschaltest, hm? Vielleicht lässt du ihr noch ein bisschen Freude an dem Entscheidungsprozess?«

Aus dem Augenwinkel sah sie, wie Mia ihr den hochge-reckten Daumen zeigte, und sie triumphierte, obwohl sich die Muskeln an Steves Kiefer sichtbar spannten.

»Ja, Carli. Diese Entscheidung ist wichtig. Genau deshalb will ich ja nicht, dass sie sich auf immateriellen Blödsinn kon-zentriert. Sie muss sich an die Fakten halten, an die akademi-schen Programme der Unis und an die Erwerbstätigkeitsrate der Alumni.«

»Das vergesse ich schon nicht, Dad«, mischte sich Mia wie-der ein. »Im Grunde habe ich alles, was du erwähnst, auch auf meiner Liste berücksichtigt. Können wir jetzt zur Abwechslung mal über was anderes reden? Morgen auf der Rückfahrt können wir ja meinetwegen weiterstreiten.«

»Wir streiten nicht, Mia. Wir diskutieren. Das ist ein Unterschied«, sagte er. Nur Steve konnte darüber streiten, ob etwas ein Streit war oder nicht.

»Ach, da gibt es einen Unterschied? Wirklich? Irgendwie klingt es bei dir immer so, als würdest du streiten, Dad.«

Er schwieg ein paar Sekunden, bevor er murmelte: »Und du klingst langsam sehr nach deiner Mutter.«

Carli lächelte und beschloss, dies als Kompliment zu nehmen.

Danach herrschte nachdrückliche Stille, und sie fuhren etwa eine halbe Stunde lang schweigend weiter. Carli betrach-tete die vorbeiziehende Landschaft, und ihre Gedanken wand-ten sich anderen Dingen zu: Gus und den Trainingseinheiten mit Mrs Marter, Ben und seiner Begeisterung über den neuen Grill, ihren Karrieremöglichkeiten. Oder besser ihrem Mangel an Karrieremöglichkeiten. Sie trank einen Schluck aus dem Channel-7-Thermokaffeebecher, den Marlow ihr nach den Aufnahmen zur Belohnung für ihre Tapferkeit überreicht hatte, und hatte das Gefühl, dass sie keinen Schritt weitergekommen war. Über eine Woche war vergangen, seit das Tape an News

Director Jessica Jackson weitergereicht worden war. Carli hatte in der vergangenen Woche von Montag bis Donnerstag gearbeitet, wie immer, aber es hatte keine Nachricht, kein Memo und auch keine E-Mail gegeben – nichts, was darauf hinwies, dass Jessica auch nur das kleinste bisschen Interesse daran hatte, mit Carli über den Job zu sprechen. Troy ging weiterhin jeden Nachmittag an ihrem Empfangstresen vorbei, so wie immer. Dabei lächelte und winkte er und sagte: »Bis bald, Sheila.« Es war, als wäre das alles nie passiert. Als hätte sie es sich nur eingebildet. Carli war aus ihrer Komfortzone hinausgetreten, genau wie Erin und Marlow und sogar ihre Kinder es ihr geraten hatten, aber am Ende hatte ihr das nichts weiter eingebracht als einen neuen Kaffeebecher. Hatte sie vielleicht zu lange getrödelt und ihre Chance verpasst?

»Gott, er ist so frustrierend!«, sagte Mia fünf Stunden später, nachdem sie ihren Rucksack auf das Hotelbett geworfen und sich daneben hatte fallen lassen. »Warum muss er immer auf allem herumhacken, was ich sage?«

Darauf hatte Carli keine Antwort außer der offensichtlichen: weil Steve eben eine egomanische Nervensäge war. Morgen würde ein harter Tag werden.

»Wenn es dich tröstet: Er denkt, dass er dir damit hilft.«

»Wie kann er das denken, wenn er alle meine Ansichten komplett untergräbt? Ich bin diejenige, die in dem College wohnen muss, das ich aussuche. Ich bin diejenige, die mit den Professoren klarkommen muss und mit den Hausaufgaben und Kommilitonen und …« Da brach die sonst so stoische Mia in Tränen aus.

Jep. Morgen würde ein wirklich knallharter Tag werden, wenn Carli nicht irgendetwas unternahm. Sie setzte sich neben Mia aufs Bett und bettete den Kopf ihrer Tochter in ihren Schoß, um ihr über das Haar zu streicheln, so wie sie es früher immer getan hatte, als Mia noch klein gewesen war.

»Das wird schon morgen, Mia. Lass dich von Dad nicht aus der Ruhe bringen, okay? Ich bin mir hundertprozentig sicher, dass es dir an der Uni gefällt, ganz egal, welche du dir aussuchst. Du findest schon das Richtige, so wie du es immer tust. Und du wirst wunderbare neue Freunde finden.«

»Vielleicht wohne ich lieber einfach weiter bei dir und gehe aufs Community College, bis ich weiß, was ich wirklich studieren möchte.« Mia schniefte an Carlis Oberschenkel, und sosehr ihr einsames Mutterherz ihr auch sagen wollte, dass das eine ganz fantastische Idee sei, behielt das vernünftige Mutterherz doch die Oberhand.

»Du solltest wirklich auf einem Campus leben, Schatz. Auf welchem, ist mir egal, aber ich glaube, das Leben im Studentenwohnheim gehört einfach dazu. Ich habe ein paar meiner besten Freundinnen damals in meinem ersten Jahr auf dem College kennengelernt.«

Noch ein Schniefen. »Ich habe dich noch nie über deine Collegefreunde reden gehört.«

»Nicht? Ich habe dir doch bestimmt ein paar Geschichten erzählt. Ich hatte eine tolle Zeit auf dem College.« Allerdings. Aber die Erinnerungen daran waren verstaubt und eingemottet wie alte Fotos, die verloren und vergessen in einem Schuhkarton auf irgendeinem Dachboden herumlagen. »Du hast mich doch bestimmt schon mal mit Mary Ann telefonieren hören, oder? Oder mit Kristi oder Jill?«

Mia schüttelte den Kopf, und Carli versuchte, sich daran zu erinnern, wann sie tatsächlich das letzte Mal mit einer der drei *gesprochen* hatte. Diese Frauen waren einmal ein so großer und wichtiger Teil ihres Lebens gewesen, aber sie hatte die Freundschaften davontreiben lassen, als erst Steve und dann Mia und Tess zum Mittelpunkt ihres Universums geworden waren. Mittlerweile wusste sie nur noch dank Facebook, was die drei gerade taten, welche Urlaube sie machten und was ihre Kinder erreicht hatten. In diesem Moment beschloss sie, dass sie einige der alten Freundschaften wieder neu aufleben lassen würde. Vielleicht würden Gespräche mit früheren Collegefreundinnen ihr dabei helfen, sich zu erinnern, wer sie gewesen war, damit sie herausfinden konnte, wer sie werden wollte.

Doch erst einmal beschloss sie, Mia mit ein paar Geschichten über ihre eigene Zeit auf dem College abzulenken, und als es Zeit war, schlafen zu gehen, lachte und kicherte Mia und freute sich wieder auf die Tour am nächsten Tag. Nachdem sie ihre Tochter wie ein kleines Kind zugedeckt hatte, behauptete Carli, sie werde noch schnell in die Lobby hinuntergehen, um ein paar Ibuprofen zu besorgen. Stattdessen ging sie zu Steves Zimmer. Die Überraschung auf seinem Gesicht, als er die Tür öffnete, war unbezahlbar.

»Ist es das, was ich denke?«

»Ach, Herrgott noch mal, wenn du meinst, dass das hier irgendetwas mit Sex zu tun hat, dann aus ganzem Herzen nein. Ich bin hier, weil ich dir sagen wollte, dass du dich mit deiner ständigen Kritik an Mias Collegekram zurückhalten sollst. Sie ist ein kluges Mädchen mit einem guten, vernünftigen Kopf auf den Schultern, aber du machst ihr so viel Druck, dass sie gar nicht mehr klar denken kann.«

Seine verwirrt überraschte Miene wurde finster. »Du klopfst nachts um elf Uhr an meine Tür, nur um mir zu sagen, was ich tun und lassen soll? Außerdem kritisiere ich sie nicht. Sie ist siebzehn Jahre alt, und sie braucht ein wenig erwachsene Führung.«

»Sie ist achtzehn, du Vollidiot, und sie hat reichlich erwachsene Führung. Sie hat sich angehört, was du zu sagen hast, und sie nimmt es sich zu Herzen, aber von jetzt an hältst du den Mund und lässt sie die Fakten selbst durchgehen. Ich will, dass du morgen lächelst und nickst und Mia diese verdammte Tour

120

machen lässt, ohne dass sie sich ständig deine Kommentare anhören muss. Verstanden?«

Er rieb sich mit der flachen Hand über sein kurz geschorenes Haar, und Carli fragte sich, wie sie ihn nur je hatte attraktiv finden können. »Hättest du mir das nicht einfach texten können?«

Seine mangelnde Emotionalität ließ Carli beinahe lächeln. Sie hatte sich auf eine viel heftigere Debatte gefasst gemacht. »Du antwortest nie auf meine Nachrichten, und ich wollte sicherstellen, dass du es dieses Mal begriffen hast. Ist das angekommen?«

»Laut und deutlich.«

»Gut. Dann sehen wir uns morgen früh um acht in der Lobby.«

»Jawohl, Sir!« Er salutierte mit dem Mittelfinger, aber wenigstens widersprach er nicht.

Carli hüpfte fast den Gang entlang, nachdem Steve die Tür wieder geschlossen hatte.

»Hast du Ibuprofen bekommen?«, murmelte Mia, als Carli wieder zurück in ihrem Zimmer war.

»Was? Ach, ich hatte ganz vergessen, dass ich noch Tabletten in der Handtasche habe. Brauchst du eine?«

Mia schenkte ihr ein verschlafenes Lächeln. »Nein, aber morgen Abend nach einem ganzen Tag mit Dad brauchen wir bestimmt beide eine.«

»Vielleicht überrascht er uns ja auch«, antwortete Carli. Sie griff nach ihrem Handy, das sie zum Laden auf dem Nachttisch hatte liegen lassen, und stellte fest, dass sie einen Anruf von Marlow verpasst hatte. Warum sollte Marlow sie so spät abends noch anrufen? Es sei denn … Das musste irgendetwas mit dem Job zu tun haben. Sie starrte das Display an. Sie wollte die Nachricht abhören, weil sie immer noch auf dieser fragilen, optimistischen Blase balancierte, nachdem sie Steve angeordnet hatte, die Klappe zu halten. Aber was, wenn Marlow ihr nur hatte sagen wollen, dass die Stelle schon vergeben war? Dann würde ihre Blase zerplatzen.

Carli putzte sich die Zähne, wusch sich das Gesicht und zog sich den Schlafanzug an. Dann stellte sie den Wecker auf ihrem Handy, regulierte den Thermostat, überprüfte, ob die Tür auch wirklich verschlossen war, und ging ins Bett. Erst als es absolut nichts mehr zu tun gab außer einzuschlafen, hörte sie die Nachricht endlich ab.

»Hey, Carli! Ich weiß, du treibst dich gerade irgendwo in Timbuktu oder so herum, aber ich dachte, du wüsstest gern, dass Jessica mit dir sprechen möchte. Sie hat mir keine Details verraten, aber ich soll einen Termin mit dir vereinbaren. Kannst du übermorgen etwas früher kommen? Schreib mir zurück, sobald du kannst. Ich gehe jetzt ins Bett, aber du kannst mich auch morgen anrufen, wenn das besser ist. Viel Glück, Kleine! Wir drücken weiter die Daumen.«

Sie hörte sich die Nachricht noch dreimal an, bevor sie schließlich mit einem Lächeln auf den Lippen einschlief.

KAPITEL 11

»Guten Morgen, Carli. Vielen Dank, dass Sie so früh kommen konnten.« Jessica Jackson begrüßte Carli mit einem milden, aber ehrlichen Lächeln und deutete auf den Sessel aus Chrom und schwarzem Leder auf der anderen Seite ihres makellos aufgeräumten Schreibtischs. »Bitte, setzen Sie sich.« Ihre Stimme war sanft, aber bestimmt. Das lackschwarze Haar hatte sie zu einem strengen Knoten im Nacken gebunden. Bei einer anderen Frau hätte diese Frisur wahrscheinlich bieder gewirkt, aber bei Jessica sah sie elegant und gepflegt aus. Ihr cremefarbenes Kostüm mit dem hellrosa Halstuch unterstrich ihren dunklen, rosigen Teint und weckte in Carli den Wunsch, sie hätte sich etwas Extravaganteres aus dem Kleiderschrank ausgesucht. Sie trug einen marineblauen Hosenanzug mit einer schlichten weißen Bluse. Sie hatte professionell wirken wollen, aber nun kam sie sich ein wenig farblos vor. Sie musste unbedingt ihre Tuchsammlung updaten.

Nervös hockte sie am Rand des Stuhls, hielt den Rücken gerade und umklammerte ihre Handtasche, damit man nicht sah, wie ihre Hände zitterten. Sie hätte eigentlich nicht nervös sein sollen. Jessica kannte sie. Nicht gut, aber gut genug.

Außerdem hatte sie sich das Tape angesehen, also hatte sie nun entweder gute oder schlechte Nachrichten.

Zum Glück kam sie gleich zur Sache. »Carli, ich glaube, wir wissen beide, dass Ihre fehlenden Referenzen und Ihre minimale Erfahrung vor der Kamera Sie zu einer echten Risikokandidatin für diesen Job machen.«

Carli hatte das Gefühl, als würde alle Luft aus dem Raum gesogen, und ihre Sicht geriet leicht ins Wanken, als Jessica fortfuhr: »Aber Ihr Probetape mit Troy hatte Flair. Troy ist eine raumgreifende Persönlichkeit, und nicht jeder kann sich einen Bildschirm mit ihm teilen. Ich finde, Sie sind geschickt mit ihm umgegangen, und Ihre Darbietung war natürlich und einnehmend, ich glaube, das Publikum würde auf Sie ansprechen. Trotzdem frage ich mich, ob Sie der Herausforderung gewachsen sind. Glauben Sie, dass Sie es sind?«

Das fragte Jessica *sie*? Gute Güte. Niemand fragte sie je nach irgendwas. Sollte sie bei der Wahrheit bleiben und »Ähm, wahrscheinlich nicht« sagen? Oder sollte sie ein weiteres Mal ihre Komfortzone verlassen und lügen wie ein Teenager, der zu spät nach Hause kam? Sie entschied sich für Option B.

»Ich bin der Herausforderung absolut gewachsen«, verkündete sie kühn. »Ich habe einen Abschluss in Journalismus, und obwohl ich seit meinen Praktika auf dem College nicht mehr vor der Kamera gestanden habe, arbeite ich doch seit Jahren für den Sender. Ich kenne mich hier aus. Ich kenne die Leute und ich kenne Glenville. Ich glaube, ich bin die Richtige für diesen Job. Genau genommen bin ich mir da sogar sicher.«

Omeingottomeingottomeingott! Erin wäre ja so verdammt stolz auf sie gewesen. Was für ein Bluff.

Jessica hob eine dunkle Braue und nickte. »Ihr Selbstvertrauen gefällt mir. Genau diese Energie brauchen Sie, um neben Troy zu bestehen. Gut, ich würde Ihnen gern ein Angebot machen. Wie Sie ja wissen, ist es eine brandneue

Show. Es wird sicher noch ein paar Stolpersteine geben, während wir die Feineinstellung vornehmen, das eliminieren, was nicht funktioniert, und auf dem aufbauen, *was* funktioniert. Trotzdem erwarte ich, dass jeder zu jeder Zeit sein Bestes gibt.«

»Absolut«, stimmte Carli ihr zu und fragte sich gleichzeitig, ob sie nicht lieber still sein und einfach zuhören sollte.

Jessica fuhr fort: »Wir haben beschlossen, Allie Winters zu besonderen Gelegenheiten als zusätzliche Co-Moderatorin ins Boot zu holen. Das gibt uns mehr Flexibilität, wenn wir vor Ort drehen.«

Allie Winters war die neueste Meteorologin bei Channel 7, und sie hatte eine großartige Persönlichkeit. Carli mochte sie sehr, denn im Gegensatz zu Troy kannte Allie sämtliche Namen und sie hatte es sich zur Gewohnheit gemacht, Muffins für alle mit zur Arbeit zu bringen. Es würde Spaß machen, mit ihr zusammenzuarbeiten, und vielleicht würde das nun doppelt vertretene Östrogen ja Troys übermächtiges, heftig mit Rasierwasser besprengtes Testosteron etwas dämpfen können. Was eine Erleichterung wäre.

»Wir haben schon eine sehr gute Liste an lokalen Gästen für die Interviews zusammengestellt«, fügte Jessica hinzu. »Das Marketingteam wird im Laufe der nächsten Wochen ein paar Werbespots erarbeiten. Sollten Sie sich entscheiden, die Stelle anzunehmen, werden wir bald ein paar Werbeaufnahmen von Ihnen, Troy und Allie drehen, nur, um sie unserer Testgruppe zu zeigen. Danach sollen so schnell wie möglich die offiziellen Werbespots starten. Wir müssen ein bisschen Spannung aufbauen. Nächste Woche beginnen die Proben, und wir werden auch einige vollständige Durchgänge drehen, auch wenn die Liveshow erst in ein paar Wochen startet.«

Das war eine Erleichterung. Carli brauchte Übung. Eine Menge Übung. Jessica zog ein paar Papiere aus einem Ordner und schob sie Carli über den Tisch hinweg zu. Es waren Fotos.

Das erste zeigte eine schicke, attraktive Frau um die dreißig, die ein schwarzes, enges Cocktailkleid und Riemchenpumps trug. Auf einem Arm hielt sie ein bezauberndes Baby, am anderen hing eine Sporttasche. Auf dem zweiten Bild war ein Mann abgebildet, der in Anzug und Krawatte Golf spielte. Und das dritte Foto war das einer soliden Durchschnittsfrau in Jeans und hellblauem Pulli. Ihr Haar war schulterlang und braun, ihre Ethnizität nicht klar zuzuordnen. In einer Hand hielt sie einen Starbucks-Becher, in der anderen ihr Handy, auf dessen Display sie blickte.

»Dies sind unsere demografischen Zielprofile«, erklärte Jessica und reihte die Fotos vor Carli auf. »Allie spricht unsere jüngeren Zuschauer an. Die jungen Karrierefrauen, die frischgebackenen Mütter, die in dem Selbstverständnis aufgewachsen sind, sie könnten alles gleichzeitig haben, und die jetzt daran arbeiten, ihr Leben und ihre Karriere auszubalancieren. Troy ist für unsere männlichen Zuschauer. Ehrlich gesagt sind sie für uns eher zweitrangig, aber wir schauen einfach mal, wie er sich schlägt. Aus irgendeinem Grund spricht er offenbar die über Fünfundsechzigjährigen beider Geschlechter an. Und dann sind da noch Sie.« Wieder lächelte Jessica, aber Carli gefiel das Foto, das für sie stehen sollte, im Grunde nicht. »Sie sollen den weiblichen Zuschauern von vierzig bis sechzig gefallen. Die Frau, die sich vor mehreren Veränderungen in ihrem Leben sieht. Der Menopause, dem leeren Nest, alternden Eltern. Frauen, die eine neue Karriere beginnen oder allmählich in den Ruhestand gehen. Das Publikum stammt aus der Mittelklasse und hat studiert. Das sind Sie.«

Die Worte an sich waren eigentlich nicht beleidigend, denn ja, Carli passte durchaus in dieses Schema. Trotzdem versetzte es ihrer Freude darüber, als Co-Moderatorin auserwählt worden zu sein, einen Dämpfer. Ein Übelkeit erregendes Drehen setzte in ihrem Magen ein, und sie versuchte, es niederzuringen. Sie war zu empfindlich. Es war nichts verkehrt daran, eine Frau Mitte vierzig zu sein. Ihr Nest *würde* schon bald leer sein. Sie *würde* eine neue Karriere beginnen. Also warum machte ihr dieses Foto so zu schaffen? Vielleicht lag es an der Mama-Jeans und dem langweiligen Haarschnitt. Die Vorstellung, dass sie diesen Job nur deswegen bekommen hatte, weil sie in das Raster gepasst hatte, das der Sender brauchte. Nicht weil sie außergewöhnlich oder talentiert oder auf irgendeine Weise einzigartig war. Sondern im Grunde genau im Gegenteil. Man hatte sie eingestellt, weil sie absoluter Durchschnitt war. Ein verlässlicher Irgendjemand. Genau wie Steve, der sie damals nur gefragt hatte, ob sie ihn heiraten wollte, weil sie nun mal zur richtigen Zeit am richtigen Ort gewesen war, hatte Jessica Jackson ihr diesen Job nur gegeben, weil sie gewöhnlich und kein bisschen provokativ war.

Jessica erzählte ihr noch ein wenig mehr über das Format der Sendung und die Werbung und die Zuschauer, die sie anzulocken hofften. Sie sprach über Zeitpläne und Training und eine ganze Menge weiterer Details, und Carli versuchte, sich alles zu merken und gleichzeitig die negative Stimme in ihrem Kopf auszublenden. Diese Aufmerksamkeit heischende, kritische Stimme, die ganz nach Steve klang. Doch zwanzig Jahre, in denen einem die eigene Unzulänglichkeit eingetrichtert worden war, ließen sich nun mal schwer abschütteln. Sie wollte wegen ihrer Art und ihres überzeugenden Probetapes eingestellt werden. Nicht wegen ihres Alters und ihrer Allgemeinverträglichkeit.

Doch dann begann Jessica, über Gehälter und Bonuszahlungen und Überstunden zu sprechen, und Carlis Stimmung schwang um von »Warum wollen die mich eigentlich?« zu »Verdammte Scheiße, ist das viel Kohle!«. Eine Vollzeit-Livemoderatorin zu sein war auf jeden Fall lukrativer als das Dasein als Teilzeit-Rezeptionistin. Also würde sie die Minderwertigkeitskomplexe am besten einfach beiseiteschieben und sich darauf konzentrieren, allen zu zeigen, dass sie *doch* jemand Besonderes war. Auch wenn sie das selbst noch nicht richtig glaubte.

»Im Großen und Ganzen war's das«, erklärte Jessica schließlich. »Nachdem ich Ihr Tape gesehen habe, bin ich zu dem Schluss gekommen, dass Sie haben, wonach wir suchen. Sie werden hart arbeiten und sofort alles im Griff haben müssen, aber wenn Sie den Job wollen, dann gehört er Ihnen. Also, was für Fragen haben Sie?«

Carli hatte mindestens ein Dutzend Fragen, traute sich aber nur, eine einzige zu stellen: »Wann kann ich anfangen?«

KAPITEL 12

»Also, nachdem du jetzt einen fantastischen neuen Beruf hast – übrigens Glückwunsch und gern geschehen –, hast du mal darüber nachgedacht, hier umzudekorieren?«, fragte Erin, die auf Carlis Schlafzimmerboden saß und halbherzig mit Gus spielte. Er versuchte, ihr ein Spielzeugseil zu entwinden, während Carli im Badezimmer stand und Mascara auftrug, weil sie mit Dee-Dee und Renee zum Brunch gehen wollten.

»Umdekorieren?«, fragte Carli geistesabwesend. Sie hatte nur mit einem Ohr zugehört, weil sie in Gedanken damit beschäftigt war, über ihren neuen und verbesserten Job nachzudenken und sich zu fragen, ob sie ihren ersten neuen und verbesserten Gehaltsscheck wohl für einen neuen und verbesserten Staubsauger auf den Kopf hauen sollte, da ihr derzeitiger allmählich den Geist aufzugeben schien. Wahrscheinlich hatte er einfach zu viele Hundehaare einsaugen müssen.

»Ja, umdekorieren«, wiederholte Erin. »Ich möchte nicht unsensibel sein oder so« – was eine echte Premiere gewesen wäre – »aber in diesem Haus riecht immer noch alles nach Steve. Besonders dein Schlafzimmer. Meinst du nicht, das könnte eine kleine Auffrischung vertragen? Zeit für deinen eigenen Stil hier.«

Carli hielt inne, die Mascarabürste auf halbem Weg zum Auge, und sah Erin an. »Wie kommst du drauf, dass das hier nicht mein Stil ist?«

»Ähm, wegen dem da?« Erin deutete auf einen Golfpokal auf der Kommode. »Den hat Steve vor sechs Jahren gewonnen. Warum ist der noch hier? Und was ist damit?« Wieder deutete sie auf etwas, und Carli folgte ihrem Blick auf ein gerahmtes Foto, auf dem ihr Ex und seine Freunde zu sehen waren, sie alle trugen Smokings und rauchten Zigarren.

»Das ist ein Hochzeitsfoto«, sagte Carli.

»Okay, aber du bist nicht mehr verheiratet, und du bist auch nicht auf diesem Bild.«

Carli runzelte die Stirn und richtete ihren Blick wieder auf den Spiegel. »Ich verstehe, was du meinst, und grundsätzlich stimme ich dir zu, aber ich wollte nicht alles verändern, sobald Steve weg war. Ich hatte das Gefühl, dass es besser für die Kinder ist, erst einmal alles zu lassen, wie es ist, damit sie nicht denken, ich würde ihn ausradieren wollen.«

Erin gab ein sehr undamenhaftes Schnauben von sich und ließ das Spielzeugseil fallen, um dafür Gus' Bauch zu kraulen. Der Hund wand sich vor Freude. »Es geht doch nicht darum, ihn auszuradieren, obwohl auch das in Ordnung wäre. Es geht darum, dass du dein eigenes Territorium für dich beanspruchst. Ich weiß wirklich nicht, wie du hier schlafen kannst, mit seinen Bildern an der Wand. Seit wann ist er jetzt schon weg? Seit … neun, zehn Monaten? Es ist Zeit, loszulassen.«

Carli warf einen Blick auf das Familienporträt, das über dem Bett hing. Es war vor mehreren Jahren aufgenommen worden. Das Bild zeigte Steve und sie mit Tess und Mia in der Mitte, lächelnd standen sie auf einer Sanddüne in Bell Harbor. Das goldgerahmte Foto hing dort schon so lange, dass sie es gar nicht mehr wahrnahm. Oder vielleicht doch, aber die Erinnerung an diesen Tag war ihr immer noch wichtig. Das war ein weiterer Bereich einer Scheidung, durch den man sich nur schwer hindurchnavigieren konnte – wie sollte man sich an die guten Zeiten erinnern, ohne in die Falle zu tappen und sich danach zurückzusehnen? Es *hatte* gute Zeiten gegeben. Magische Zeiten sogar, aber wenn sie sich den Erinnerungen daran zu lange hingab, dann wurde sie nur traurig und begann zu zweifeln. Nicht weil sie glaubte, dass Steve und sie immer noch ein Paar sein sollten, sondern weil sie sich wünschte, sie hätten es geschafft, diese magischen Zeiten länger andauern zu lassen. Dann fiel ihr wieder ein, was für ein Höllentrip ihre jüngste gemeinsame Collegeführung gewesen war, und sie begriff, dass Erin recht hatte. Diese Erinnerungen gehörten in eine Kiste auf den Dachboden.

»Ich könnte vielleicht wirklich alles ein bisschen umstellen«, räumte sie ein.

»Von wegen umstellen«, fuhr ihr Erin in die Parade. »Das hier ist ein Fall für eine Kernsanierung. Veranstalte einen großen Garagenflohmarkt oder schenk am besten gleich alles einem Wohltätigkeitsverein und fang ganz neu an. Streich die Wände, besorg dir neue Bettwäsche. Kauf dir ein paar Kissen. Und der ganze Krimskrams im Wohnzimmer? Das ist alles Steves Zeug. Zeit für eine Säuberungsaktion.«

Stirnrunzelnd sah Carli sie an, und allmählich regte sich Trotz in ihr. Manchmal konnte Erin durchaus ein bisschen penetrant sein, auch wenn sie behauptete, sie sei *nur ehrlich.* »Und wie genau soll ich das bezahlen? Ich habe meine neue Stelle noch nicht einmal angetreten, und irgendwie ist es mir doch wichtiger, die kaputte Klimaanlage zu reparieren, als die Wände zu streichen.«

Erin errötete. »Du weißt doch, dass du mich immer fragen kannst, wenn du Geld brauchst.«

Nun errötete auch Carli. »Ich brauche kein Geld. Ich weiß das Angebot zu schätzen, aber darum geht es nicht. Ich kann meine Rechnungen bezahlen, aber ich habe eben nicht sonderlich viel für Deko übrig. Das Geld gebe ich dann doch lieber für meine Kinder aus.«

»Aber …«, fuhr Erin langsam fort. »Vielleicht ist es gar nicht schlecht, wenn du deinen Töchtern vorlebst, dass es okay ist, wenn man als Frau ab und zu auch mal die eigenen Wünsche an die erste Stelle setzt. Du verdienst ein hübsches Haus und ein hübsches Schlafzimmer. Ich sage ja nicht, dass du dein Konto sprengen und tonnenweise neues Zeug anschaffen sollst, aber ein Eimer Farbe kostet was? Vierzig Dollar? Wie wäre Folgendes: Nach dem Brunch fahren wir beide ins Möbelhaus. Ich habe noch kein Geburtstagsgeschenk für dich, also wie wäre es, wenn ich dir eine neue Tagesdecke und neue Bettwäsche schenke? Okay?«

Carli fühlte einen sehnsüchtigen Stich und verzieh ihrer Freundin das Gedrängel. Neue Bettwäsche war wirklich eine gute Idee. Im Augenblick besaß sie nur eine aus brauner Mikrofaser mit gemustertem Fleece auf einer Seite. Sie war mindestens zehn Jahre alt und die einzige, auf die Steve und sie sich hatten einigen können, weil er sich geweigert hatte, irgendwelchen *geblümten Mädchenkram* in seinem Schlafzimmer zu dulden. »Ich habe aber erst im Dezember Geburtstag.«

»Okay, dann ist es eben ein Glückwunschgeschenk zu deiner neuen Stelle. Und wenn du nicht weißt, wie du dir ein paar neue hübsche Sachen leisten kannst, dann verkauf doch einfach deinen alten Kram im Internet. Ich habe so ein nettes Sümmchen zusammenbekommen.«

Carli lachte und trug Lippenstift auf. Ihr Ärger war nun vollends verflogen. »Ich schätze mal, deine ausrangierten Stücke waren ein bisschen weniger abgeliebt, zerfetzt, angelaufen und abgeschlagen als meine, aber ich denke mal drüber nach.«

Genau das tat sie auch. Im Grunde sprachen sie alle vier beim Brunch über nichts anderes. Nachdem die unvermeidlichen und sehr willkommenen Glückwünsche zu ihrem Job-Upgrade eingegangen waren, verbrachten sie die nächsten zwei Stunden damit, Carlis wohnliche Verbesserungsoptionen zu planen.

»Die Sachen, die du nicht loswirst, kannst du einfach wieder herrichten«, schlug Renee vor. »Schleif die Stühle ab, lackier den Kleiderschrank neu und schmück die Lampenschirme.«

Carli lachte. »Meine Lampenschirme werde ich ganz bestimmt nicht schmücken. Das passt einfach nicht zu mir.« Sie saßen in einer Nische im Café Chrysantheme, einem hippen kleinen Bistro in der Innenstadt von Glenville.

»Sag das nicht, bevor du es nicht probiert hast«, entgegnete Renee. »Ich bin unschlagbar mit der Klebepistole, und ich verschnörkele mit Freude alles, an das du mich ranlässt. Ich finde, wir sollten einen Mädchentag daraus machen. Ich helfe dir dabei, alles durchzusehen und die Sachen zu verkaufen, die du loswerden willst. Im Augenblick habe ich kein anderes Projekt, also bitte lass mich dir helfen. Du würdest mir damit wirklich einen Gefallen tun. Rob übernimmt gerade zusätzliche Schichten, und RJ antwortet mir nie auf meine Nachrichten. Ich langweile mich zu Tode. Lass mich dir beim Ausmisten und Umgestalten helfen.«

»So langweilig ist dir?«, fragte Dee-Dee. »Meine Güte, kommst du dann zu mir, sobald du mit Carlis Haus fertig bist? Das Einzige, was ich offenbar gut loswerden kann, sind Ehemänner. Ich habe viel zu viel Zeug in meinem Haus, und ich würde gern mal richtig ausmisten.«

Renees Augen leuchteten auf. »Wirklich? Du würdest mich das machen lassen?«

Dee-Dee lachte. »Dich lassen? Verdammt, na klar!«

Nach dem Essen kehrte Carli nach Hause zurück und unternahm einen strategischen Streifzug durch ihr Haus, wobei sie alles kritisch (und größtenteils objektiv) musterte. Sie begriff, dass Erin recht hatte. Sie hatte ja so recht! Die Bilder an den Wänden, die Staubfänger auf den Regalen, sogar die Möbel und die Farben – alles schrie geradezu nach Steve. Ihm gefielen Erdtöne wie Rost und Beige und Schokoladenbraun. Während sie nun ihr Wohnzimmer betrachtete, als würde sie es zum ersten Mal sehen, hatte Carli eine Offenbarung. Oder vielleicht gestand sie sich auch nur endgültig ein, was sie tief in sich schon sehr lange wusste: Sie hasste Erdtöne. Zuerst hatte es ihr nicht so viel ausgemacht, außerdem wollte sie damals ein guter Kumpel und eine unterstützende Ehefrau sein, also hatte sie die meisten Entscheidungen Steve überlassen. So war es einfach leichter gewesen. Doch jetzt war es ihr Haus. Ganz allein ihres, und es war Zeit, ein paar Dinge zu verändern.

Als die Mädchen aus der Schule heimkamen, stand bereits der ganze Esstisch voller Dinge, die Renee durchsehen, verkaufen oder spenden sollte, darunter auch ein Set angelaufener Messingkerzenleuchter, die Steves Großmutter ihnen zur Hochzeit geschenkt hatte. Carli hatte immer gefunden, dass sie wie Waffen aus dem Spiel Cluedo aussahen, aber Steve hatte darauf bestanden, sie aufzustellen, weil sie teuer wirkten. Daneben stapelten sich die Biografien toter Präsidenten, die Steve gekauft, aber nie gelesen hatte. Diese Bücher hatten niemanden täuschen können, alle wussten, dass Steve nichts las außer seinem Golfmagazin. Dann waren da noch die Statue eines Büffels, die er auf einer seiner Geschäftsreisen nach South Dakota gekauft hatte, die Metallreplik einer Boeing B-17, die er im Alter von zwölf Jahren gebaut hatte, und ein Set Buchhalter in Form von Pfauen, das seine Mutter ihnen im ersten Jahr ihrer Ehe zu Weihnachten geschenkt hatte. Carli hatte es noch nie leiden können.

Sie sammelte alle rostbraunen und beigen Dekokissen und die braune Decke ein, die immer über der Rückenlehne des Sofas hing, und nahm die meisten Bilder von den Wänden. Die Fotos der Mädchen ließ sie hängen und nahm sich vor, sie durch ein paar neuere zu ersetzen, aber die Gemälde von fliegenden Gänsen waren Geschichte. Carli geriet richtig in Fahrt und war nicht mehr zu bremsen. Sie konnte es kaum erwarten, endlich mit dem Schlafzimmer anzufangen und das Bild über dem Bett abzuhängen. Dieses Haus war nicht mehr Steves Zuhause. Es war Carlis Zuhause.

»Wow, Mom«, rief Tess am Nachmittag, als sie das Wohnzimmer betrat, sich langsam einmal um die eigene Achse drehte und die Abwesenheit der Dinge erfasste, die einmal da gewesen waren. »Was treibst du denn hier?«

»Nur ein bisschen umdekorieren.«

Mia folgte hinter Tess und ließ den Blick durch das nun fast leere Zimmer schweifen. »Cool, aber ich glaube, du übertreibst das mit dem Minimalisten-Look vielleicht ein bisschen, Mom.«

»Ich streiche die Wände neu und besorge dann Ersatz«, antwortete sie. »Vielleicht ein paar neue Kissen und Teppiche. Das macht euch doch nichts aus, oder?« Auf einmal hatte sie ein schlechtes Gewissen. Hätte sie die beiden vorher nach ihrer Meinung fragen sollen? Natürlich war es ihr Haus, aber es war auch das Zuhause der Mädchen. Vielleicht hingen sie an dem Billigkunstdruck neben der Haustür, auf dem eine Gans über eine steinerne Brücke flog.

»Etwas ausmachen?« Tess lachte. »Ich bin begeistert. Hier hat es immer ausgesehen wie bei Oma und Opa.« Sie errötete. »Ich meine, tut mir leid. Das war jetzt nicht nett.«

Carli musste lachen. Tess hatte recht, es sah wirklich aus wie im Haus von Steves Eltern, bis hin zu den schweren Protzvorhängen und dem falschen Perserteppich unter dem Kirschholzesstisch. Es war alles andere als ihr Geschmack. Wie war das passiert? Wie hatte ihre Persönlichkeit in ihrem eigenen Haus dermaßen untergraben werden können? Warum hatte sie das zugelassen?

»Manchmal ist es in einer Ehe, als würde man zwei Ballons in einen Schuhkarton stecken«, hatte eine ihrer Eheberaterinnen einmal bei einer Einzelsitzung zu Carli gesagt, kurz bevor Steve ausgezogen war. »Der Schuhkarton hat eben nur eine gewisse Größe, und wenn ein Ballon größer wird, dann muss der andere Ballon schrumpfen, sonst zerplatzt einer der beiden. So wie ich Sie und Steve kennengelernt habe, ist er einer dieser überlebensgroßen Menschen, die anderen keinen Raum geben wollen, weder physisch noch emotional. Sie haben sich dazu entschieden zu schrumpfen, um ihm Platz zu machen.«

Carli hatte sich damals geärgert und erwidert: »Ich glaube nicht, dass ich mich wirklich dazu *entschieden* habe.«

Doch die Therapeutin hatte es weiter ausgeführt: »Wahrscheinlich wirkt es auf Sie nicht so, weil Sie die Entscheidung nicht bewusst getroffen haben, aber Sie haben es zugelassen, und das soll nicht verurteilend klingen. Sie haben es zugelassen, weil Sie gelernt haben, im Rahmen Ihrer Beziehung zu funktionieren. Sollte einmal der Tag kommen, an dem Sie sich entschließen, zu wachsen und zu gedeihen, statt nur zu überleben, dann wird Steve sich anpassen müssen. Wenn er kann.«

Damals hatten ihre Worte geschmerzt und in Carli Schrecken statt Hoffnung geweckt, also war sie nicht mehr zu dieser Therapeutin gegangen. Nun begriff sie, dass die Frau ihr Geld wert gewesen war. Jedes Mal, wenn Carli versucht hatte, sich zu behaupten, wenn sie größer oder auch nur ebenbürtig hatte werden wollen, hatte Steve sie zerquetscht. Einmal, als die Mädchen noch klein gewesen waren, hatte Carli ein neues Fahrrad gewollt. Ein hübsches türkisblaues Rad mit einem Flechtkorb. Steve hatte darauf bestanden, dass sie ein Zehn-Gang-Fahrrad bekam. Damit sie die Gänge wechseln und leichter in die Pedale treten konnte. Aber Carli war damals achtundzwanzig gewesen, und wenn sie dieses türkisblaue Fahrrad mit dem Flechtkorb haben wollte, dann würde sie es verdammt noch mal auch kaufen. Es hatte einen wüsten Krach gegeben, mitten im Fahrradladen unter den neugierigen Augen aller Verkäufer, bis Steve schließlich in voller Lautstärke verkündet hatte: »Okay. Weißt du was? Dann kauf doch das blaue Fahrrad. Ich habe beschlossen, dich diesen Fehler machen zu lassen, damit du siehst, wie daneben du damit liegst.«

Diese Beleidigung hatte sie so erschreckt und gedemütigt, dass sie den Laden ohne ein weiteres Wort verlassen hatte. Und ohne Fahrrad.

Ein paar Monate später hatte Steve ihr zum Geburtstag das Zehn-Gang-Rad geschenkt, begleitet von der Versicherung, dass dies das Richtige für sie sei. Sie hätte das Rad mit ihrem Auto überfahren und Steve den Schrotthaufen zu *seinem* Geburtstag schenken sollen, aber er hatte ihr das Ding mit viel Pomp und vor den Kindern überreicht, also hatte sie es großzügig angenommen. Damals hatte sie geglaubt, sie würde sich erwachsen verhalten. Trotzdem hatte sie jedes Mal, wenn sie mit dem blöden Teil gefahren war und die Gänge gewechselt hatte, daran gedacht, wie sie sich in dem Laden vorgekommen war. Dumm. Klein. Ohne Mitspracherecht.

Doch das alles war sie nicht, und Steve war nicht mehr hier, und nun konnte sie so groß werden, wie sie es verdammt noch mal wollte. Und wenn sie eine Tagesdecke mit Blumenmuster haben und ihr Schlafzimmer rosa oder orange oder limetten-grün streichen wollte, dann war das ihre Entscheidung. Sie verschränkte die Arme und betrachtete das fast leere Wohnzimmer. So gefiel ihr das Haus schon besser.

»Also, Mädchen«, verkündete sie, als sie die Küche betrat. »Wir fahren am Wochenende in den Baumarkt. Und in ein Möbelgeschäft. Und vielleicht auch in einen Stoffladen.«

»Gefällt mir, was dein neuer Job mit dir macht, Mom«, sagte Tess. »Kann ich mein Zimmer auch neu streichen?«

»Natürlich«, antwortete Carli, ohne zu zögern. »Mia, was ist mit dir? Möchtest du auch eine neue Wandfarbe?«

Mia zuckte mit den Schultern und holte sich einen Sojajoghurt aus dem Kühlschrank. »Warum nicht? Nur gehe ich nächsten Herbst aufs College. Ist das denn noch die Mühe wert?«

Carli wollte sich von diesem Dämpfer nicht die Laune verderben lassen. Damit würde sie sich später befassen. »Natürlich ist das die Mühe wert. Bis dahin ist es noch fast ein Jahr, und ich glaube, wir könnten alle ein bisschen frische Farbe hier drin gebrauchen.«

»Ich will meine Wände passend zu meinem Nolan-Hart-Poster streichen«, erklärte Tess kichernd. »Und dann hänge ich das Poster an die Decke.«

Carli lächelte. »Wer ist Nolan Hart?«

»Weißt du nicht mehr? Er war bei Disney Channel, und dann hat er letztes Jahr ein Album rausgebracht. Du kennst doch den Song ›Love you forever‹?« Sie summte eine Melodie, aber Carli schüttelte den Kopf.

»Tut mir leid, da klingelt immer noch nichts.«

»Alexa«, sagte Mia laut, die in der Küche stand und ihren Joghurt aß. »Spiel ›Love you forever‹.« Kurz darauf erfüllte Musik den Raum.

»Ach, dieser Song«, sagte Carli. »Ja, der gefällt mir. Aber bei dem Poster an deiner Decke bin ich mir noch nicht so sicher.«

Tess zog ihr Handy hervor und tippte auf dem Display herum. »Ich zeig dir mal Bilder von ihm. Dann änderst du deine Meinung bestimmt. Er ist so heiß, dass Ethan Chase neben ihm wie Shrek aussieht.«

Carli lachte, und während die Musik spielte und ihre Töchter begannen mitzusingen, empfand sie eine neue Form von Frieden. Sie fühlte sich, als würde sie wieder auf dieser Optimismusblase schweben und alles wäre richtig auf der Welt.

Dieses Gefühl würde wahrscheinlich nicht andauern, aber sie beschloss, es zu genießen, so lange es ging. Dann zeigte Tess ihr ein Foto des berüchtigten Nolan Hart, und, zum Teufel, der Junge sah wirklich gut aus. Wenn es für eine Frau ihrer *demografischen Gruppe* nicht so unpassend gewesen wäre, hätte sie sich selbst ein Poster von ihm an die Decke gehängt.

Kapitel 13

»Und das hier ist dein Zimmer«, sagte Ben zu Addie, als sie das Ende des Gangs erreicht hatten. »Du kannst dir eine Wandfarbe aussuchen. Die Teppiche kommen nächste Woche rein, und dann holen wir dir einen Schreibtisch und natürlich auch ein Bett. Ich hätte dir schon längst eins geholt, aber ich dachte, du möchtest es dir vielleicht selbst aussuchen. Das Haus sieht immer noch aus wie eine Baustelle, aber ich arbeite daran.«

Er war nervös. Er wollte, dass es ihr hier gefiel, allerdings lief ihr Besuch bisher nicht so gut. Das wellige hellbraune Haar fiel seiner Tochter bis halb über den Rücken. Sie war im Sommer gewachsen, und trotz ihrer Größe – oder gerade deswegen – war sie gertenschlank wie immer. Dafür aber weit weniger gesprächig. Bisher hatte seine Vierzehnjährige noch kein Wort über das Haus gesagt. Oder über irgendetwas anderes. Vor fast einer Stunde hatte er sie bei Sophia abgeholt, und bisher wusste er nur, dass es in der Schule »ganz okay« war, dass ihre Freunde »nett« waren und dass es ihr »gut« ging. Dabei war ihm durchaus bewusst, dass »gut« bei jeder Frau, auch wenn sie erst vierzehn war, alles andere bedeutete als »gut«. Natürlich war ihm klar, dass es schwer für sie werden konnte, sein neues Haus zu sehen. Kenzie hatte ihn davor gewarnt, sie könne es als Beweis dafür betrachten, dass Sophia und er nicht wieder zusammenkommen würden.

»Väter und vierzehnjährige Töchter sprechen kaum einmal dieselbe Sprache«, hatte Kenzie ihm erklärt. »Also versuch es nicht mit deiner Logik bei ihr. Das wird sie nicht akzeptieren. Hör ihr einfach zu und nicke und frag sie immer wieder, wie es ihr mit allem Möglichen geht. Vielleicht kann sie ihre Empfindungen nicht gut artikulieren, aber sie muss nur wissen, dass du bereit bist, ihr zuzuhören. Und sei nicht überrascht, wenn sie dich als den Feind sieht.«

»Mich? Ich bin der Feind?« Das konnte nicht stimmen.

Kenzie erklärte es ihm. »Für sie bist du derjenige, der ausgezogen ist. Du bist derjenige, der Sophia enttäuscht hat. Das ist Quatsch, ich weiß, aber Addie kann ihre Gefühle noch nicht von ihrem Wunsch trennen, dass alles wieder so wird, wie sie es gern haben möchte. In ihrem Alter – ach was, in jedem Alter – ist es schwer für Kinder, die Vielschichtigkeit der Situation zu verstehen. Lass ihr Zeit. Sei geduldig.«

So endeten die Unterhaltungen mit seiner Schwester in letzter Zeit immer. Mit ihrer Erinnerung daran, er solle geduldig sein. Also versuchte er es, aber Addie machte es ihm nicht gerade leicht. Seit über einem Monat lebte er nun schon in diesem Haus, aber erst jetzt hatte er sie dazu überreden können, es sich anzusehen.

»Also«, begann er. »Was hältst du davon? Du hast das Zimmer mit dem schönsten Blick in den Garten bekommen, damit du die Bäume sehen kannst. Und wenn du willst, hänge ich da draußen ein paar Vogelhäuschen auf. Vielleicht können wir ja ein paar Kolibris anlocken.«

Ihre Miene deutete an, dass *sie* es im Moment war, die Geduld mit *ihm* hatte.

»Ich stehe nicht mehr so auf Kolibris, Dad. Schon seit etwa einem Jahr nicht mehr.«

Er nickte. »Okay, und worauf stehst du dann?«

Ihr Schulterzucken war kaum wahrnehmbar, ein visueller Indikator für ihre vollkommene Gleichgültigkeit. Geduld, hatte Kenzie gesagt. Er brauchte Geduld.

»Wie wär's mit einem Eis? Stehst du auf Eis?«

»Kann sein. Ich weiß nicht, was das mit meinem Zimmer zu tun hat.«

»Gar nichts, aber du hast mir wirklich gefehlt, also finde ich, wir sollten unser Wiedersehen ein bisschen feiern.« Er konnte förmlich sehen, wie sich hinter ihrer Stirn die Zahnrädchen drehten, und er war nicht sicher, ob es richtig war, sie mit Süßigkeiten zu locken. Immerhin war sie vierzehn, nicht vier, aber wenigstens konnte er ihr ein Nicken entlocken.

»Eis ist okay.«

»Klasse. Hier in der Nähe gibt es eine Eisdiele. Und gleich daneben ein Kino. Sollen wir uns einen Film anschauen? Hast du schon den neuen Avengers gesehen? Der soll ziemlich gut sein.«

»Ähm, ja. Ich habe ihn vor ein paar Tagen mit Mom und Doug gesehen.«

Ihm zog sich der Magen zusammen, als hätte er einen Schlag in den Bauch bekommen. Sofort fügte Addie hinzu: »O mein Gott, das hätte ich nicht sagen sollen. Tut mir leid, Dad.«

»Schon gut.« *Herrgott noch mal, nichts ist gut.*

»Nein, ist es nicht«, widersprach Addie und berührte ihn am Arm. »Mom sollte nicht ständig mit ihm rumhängen. Ich wollte gar nicht mit ins Kino, aber … ich wollte die Avengers so gern sehen.« Ihre Miene wirkte schuldbewusst und traurig.

Er legte seine Hand auf ihre, wobei ihm auffiel, wie zart und klein diese Hand war. Addie war ein starkes Mädchen, aber sie würde immer sein Baby bleiben. »Du musst dich nicht entschuldigen, Schatz. Und du musst auch nichts vor mir verheimlichen. Du steckst in etwas mit drin, für das du keine

Verantwortung und über das du auch keine Kontrolle hast. Ehrlich gesagt hat im Moment keiner von uns sonderlich viel Kontrolle darüber. Wir schlagen uns einfach irgendwie durch und versuchen, geduldig zu bleiben.« Da war es wieder, dieses Wort. Addie schien es auch nicht sonderlich zu gefallen.

»Ich mag Doug nicht. Ich meine, früher schon, aber ich verstehe nicht, warum er die ganze Zeit bei uns ist. Ich meine« – wiederholte sie – »natürlich verstehe ich, warum er bei uns ist, und das ist so eklig. Einfach nur eklig.«

Da stimmte Ben ihr zu. Es war eklig. Und unangemessen und unfair. Und es weckte in ihm den Wunsch, mit der Faust gegen die Wand zu schlagen und gleichzeitig seine Tochter so fest zu umarmen, wie seit der Erfindung der Umarmungen noch nie jemand umarmt worden war. Er entschied sich für Letzteres, und es war ein bittersüßes Gefühl, sie an sich zu drücken.

»Es tut mir so leid, Schatz. Ich wünschte, ich könnte das alles in Ordnung bringen.«

»Du könntest nach Hause kommen«, schniefte sie in sein Shirt.

»Es wäre schön, wenn das funktionieren würde, aber damit würde ich nichts erreichen.«

Sie seufzte so tief, als lasteten Jahrzehnte der Trauer auf ihren Schultern, obwohl sie erst vierzehn war. »Ich weiß. Mom hat alles kaputtgemacht. Ich liebe sie trotzdem, aber ich verstehe einfach nicht, warum sie so dumm ist.«

Vielleicht hätte Ben ihr sagen sollen, dass es respektlos war, seine Mutter dumm zu nennen, aber möglicherweise war dies eine der Gelegenheiten, bei denen er einfach nur zuhören sollte. Außerdem konnte er mit seiner Tochter nicht über etwas streiten, bei dem er im Grunde derselben Meinung war. Sophia verhielt sich dumm. Und sie hatte alles kaputtgemacht. Vielleicht war er nicht der perfekte Ehemann gewesen – genau genommen wusste er, dass er es nicht gewesen war –, aber ab dem Tag, an

dem er ihr begegnet war, hatte er keine andere Frau mehr angesehen. Er hatte immer nur sie gewollt. Nun wollte er nur, dass
Addies schönes, unschuldiges Lächeln wieder auf ihrem Gesicht
erschien.

»Mom tut auch nur, was sie kann, schätze ich.« Ben streichelte über das weiche Haar. »Ich verstehe es im Grunde auch
nicht, aber ich weiß, dass sie dich sehr liebt. Genau wie ich.«

Wieder schniefte Addie. »Kann ich ein Bett mit einem
gepolsterten Kopfteil bekommen?«

Er lehnte sich zurück und sah sie an. »Mit einem gepolsterten Kopfteil?«

»Ja, aus Stoff. Und kann ich auch eine neue Deckenlampe
haben? Die da ist nämlich echt hässlich.« Sie deutete auf die
Lampen-Ventilator-Kombi in demselben hässlichen Rattanstil
aus den Achtzigern wie das Ding in Bens Schlafzimmer.

»Natürlich kannst du ein gepolstertes Kopfteil haben und
einen neuen Ventilator und ein paar coole Poster. Was immer
du willst. Wir können jetzt gleich zum Baumarkt oder ins
Möbelhaus fahren, wenn du möchtest. Lust auf ein bisschen
Shopping?«

Ihr winziges Lächeln fühlte sich wie ein großer Sieg für ihn
an. »Glaub schon.«

* * *

»Ist das da nicht Ethans Dad?«, flüsterte Tess und beugte sich zu
Carli vor, als sie in der Farbabteilung des Baumarkts am Tresen
standen und sich ihre Wandfarben abfüllen ließen.

Carli drehte sich um, und tatsächlich schlenderte dort
Ben durch die Abteilung, neben einem bildhübschen jungen
Mädchen mit dichtem braunem Haar und blauen Augen. Sie
sah eindeutig aus wie eine Chase.

»Ben?«, rief Carli überraschter, als es angemessen war. Tess schnappte nach Luft, weil ihre Mutter ihr peinlich war. Mias Aufmerksamkeit war ganz bei dem Farbmischgerät, das gerade fleißig seine Arbeit tat.

Beim Klang seines Namens drehte sich Ben um, und langsam breitete sich ein aufrichtiges Lächeln auf seinem Gesicht aus.

»Carli. Hi. Sind Sie hier, um sich ein paar Ersatzschlüssel machen zu lassen? Oder brauchen Sie mehr Dekosteine?« Er kam zu ihnen.

»Nein, aber danke, dass Sie mich daran erinnern. Das sollte ich wohl, aber eigentlich wollten wir nur Farbe kaufen.« Sie deutete auf die Dose mit Paradiesveilchenblau, das sich Tess für ihr Zimmer ausgesucht hatte, als der Verkäufer den Behälter mit einem vernehmlichen Knall auf den Tresen stellte.

Ben sah hinüber und nickte. »Aha, wir auch. Jede Menge Farbe, jede Menge Lampen, jede Menge von allem.« Das Mädchen neben ihm berührte ihn, und er legte ihr den Arm um die zarten Schultern. »Das ist übrigens Addie. Meine Tochter.«

Addie lächelte scheu und zögerlich und senkte nach einem kurzen Augenkontakt wieder den Blick.

»Hi, Addie. Wie geht's dir?«, fragte Carli.

»Gut, danke«, murmelte sie und errötete.

»Hi, Addie. Ich bin Tess, und das ist Mia.« Carlis Tochter deutete über die Schulter auf Carlis andere Tochter. »Gehst du auf die Glenville High?«

»So ungefähr. Ich bin auf der Middle School.« Die Glenville High School und die Middle School gehörten zum selben Campus, waren aber in unterschiedlichen Gebäuden untergebracht. Sie teilten sich das Mediencenter, den Sportplatz und die Mensa, aber die Klassenräume waren getrennt voneinander.

»Cool«, antwortete Tess. »Habt ihr Mr Evans in Geschichte? Er ist der beste Lehrer überhaupt, weil er immer nur Filme zeigt, über die wir dann ungefähr zehn Minuten reden und das wars.«

Carli wandte sich an Tess. »Er zeigt nur Filme?«

Mia gesellte sich zu ihnen. »Allerdings. Den hatte ich auch mal. Viele Filme.«

Carlis Wangen wurden heiß. Nicht, dass sie Grund hatte, sich deshalb zu schämen, aber irgendwie hatte sie das Gefühl, sie hätte das wissen sollen. Jetzt wirkte sie wie eine nachlässige Mutter. Obwohl sie das nicht war, und aus irgendeinem unerklärlichen Grund wollte sie nicht, dass Ben sie dafür hielt. Er hielt sie ja immerhin schon für eine lausige Hundeerzieherin und eine unzuverlässige Wächterin ihrer Schlüssel.

»Mein Sohn hatte ihn auch«, sagte Ben. Offenbar war ihm Carlis Unbehagen aufgefallen. »Von den Filmen wusste ich auch nichts, aber das erklärt vermutlich, wie Ethan an sein A gekommen ist.«

Nun wurden Tess' Wangen rosa. »Ach ja, richtig. Ethan ist Ihr Sohn.« Was für eine unverfrorene Lügnerin sie doch war. Als ob sie im vergangenen Monat nicht ständig aus dem Fenster gestarrt oder mit Gus im Garten herumgelungert hätte, um einen Blick auf ihn zu erhaschen. Immer noch keine Sichtungen. Er war wie Bigfoot.

Ben nickte. »Jep, er geht dieses Jahr in die Abschlussklasse. So wie du, Mia, oder? Deine Mom sagt, ihr zwei hättet letztes Jahr ein paar Unterrichtsfächer zusammen gehabt. Mathe, stimmt's?«

Das brachte Mia ebenfalls zum Erröten, und damit war das Trio komplett. Sie nickte und antwortete nur: »Ja.«

»Habt ihr dieses Jahr auch Fächer gemeinsam?«

Sie nickte. »Ein paar. Physik und Spanisch.«

»Wenn er mal eine Mitfahrgelegenheit zur Schule braucht, können wir ihn mitnehmen«, mischte sich Tess ein. »Das machen wir gern.«

Carli verbiss sich ein Lächeln. Wäre Ethan Chase ein pickliger, schlaksiger Nerd gewesen, dann hätte Tess dieses Angebot nicht gemacht. Genau deshalb wuchsen reiche, hübsche Jungs in dem Bewusstsein auf, dass sie eben ein kleines bisschen besser waren als die anderen. Sie bekamen alles auf dem Silbertablett serviert. Wenn Ethan aber tatsächlich so ein Aufreißer war, wie ihre Töchter sagten, dann war sich Carli nicht sicher, ob sie den Umgang guthieß. Na ja, jedenfalls nicht mit Tess. Mias Mauern waren stabil und intakt, wenn es um Jungs ging. Es war zwar nicht so, als könnte sie Jungs generell nicht leiden, aber die meisten fand sie nicht sonderlich unterhaltsam. Tess dagegen …

»Vielen Dank«, antwortete Ben. »Ich richte es ihm aus. Er hat ein eigenes Auto, aber vielleicht könnt ihr ja eine Art Fahrgemeinschaft gründen, wenn ihr zur selben Zeit Schulschluss habt.«

»Super.« Tess lächelte.

»Ja, total super«, brummte Mia, aber so leise, dass nur Carli sie hören konnte.

Der Verkäufer knallte eine weitere Farbdose auf den Tresen. Ein hauchzartes Rosé mit dem klangvollen Namen »Frischer Neuanfang«. Die perfekte Wahl für Carlis Schlafzimmer, denn niemals, in einer Milliarde Jahre nicht, hätte Steve zugelassen, dass sie die Schlafzimmerwände rosa strich. Sie war sich nicht einmal sicher, ob Rosa wirklich ihre erste Wahl war, aber es war ein Akt reiner Selbstermächtigung, dass sie sich ihren Raum so mädchenhaft wie nur irgend möglich gestaltete. Sie hatte sich in einem anderen Geschäft vorher sogar ein paar Fellkissen gekauft. Fellkissen! Und Lampenschirme mit kleinen Kristallanhängern am Saum. Renee würden sie gefallen.

»Möchten Sie die hier in Seidenglänzend oder Seidenmatt?«, fragte der Verkäufer und deutete auf die letzte leere Dose. Carlis Einkaufswagen war bereits ziemlich voll.

»Seidenmatt, bitte«, antwortete Carli.

»Tja, dann wollen wir mal, wir haben noch einiges vor uns«, sagte Ben. »Hat mich gefreut, euch kennenzulernen, Mädels.«

»Hat uns auch sehr gefreut«, antwortete Tess fröhlich, während Carli lächelte und Mia nur beiläufig winkte. Sie senkte die Hand gar nicht erst wieder, und nachdem Ben und seine Tochter um die nächste Ecke gebogen waren, versetzte sie Tess damit einen Klaps auf den Hinterkopf.

»Au, wofür war das denn?«, wollte Tess wissen und knuffte sie zurück.

»Dafür, dass du Ethan Chase angeboten hast, bei uns mitzufahren. O Mann, was stimmt nicht mit dir?«

»Mit mir stimmt alles. Ich wollte nur nett sein.«

»Pfffff. Von wegen nett.«

»Mädels!«, warf Carli ein. »Reißt euch zusammen. Und Mia, hör auf, deine Schwester anzuschnauzen, wo sie doch nur nett sein wollte.«

Carli wusste genau, dass Tess nicht nur nett gewesen war. Wenn dieser Ethan seinem Vater auch nur entfernt ähnlich sah, tja, dann hatte »nett sein« jedenfalls überhaupt nichts damit zu tun.

KAPITEL 14

Nach tagelangen Proben hatte Carli allmählich eine Vorstellung davon, wie es im Studio lief. Zu Troys Gunsten musste gesagt werden, dass er sich überraschenderweise als guter Mentor erwies, der sich wirklich auskannte, wenn es um Liveübertragungen und Aufnahmewinkel ging. Er wusste, wie man auf seinem Stuhl die perfekte Pose einnahm, damit man weder stocksteif wirkte noch so, als würde man gleich vornüberkippen. Er brachte Carli bei, ihr Sprechtempo anzupassen, damit es natürlich und nach Plauderton klang. Es gelang ihm sogar, mit ihr Atemübungen zu machen, ohne dass es anzüglich wirkte. Sie entwickelten sich zu einem guten Team, und er nannte sie immer öfter »Carls«, was ihr aus irgendeinem Grund das Gefühl gab, jetzt zu den coolen Kids zu gehören. Wenigstens sagte er nicht mehr Sheila oder Gretchen zu ihr.

An diesem Tag lernte sie wieder etwas Neues. Sie war mit Allie Winters unterwegs, der reinste Crashkurs in Dreharbeiten vor Ort. Carli war voller Ehrfurcht für Allies Natürlichkeit vor der Kamera. Die Wetterfee und Co-Moderatorin war freundlich und umgänglich. Bei ihr wirkte alles ganz leicht. Irgendwie brachte sie es sogar fertig, auch ihre jeweiligen Interviewpartner gut dastehen zu lassen, was häufig die größte Herausforderung war. Im Augenblick befanden sie sich im Museum von Glenville, wo eine neue Ausstellung mit dem Titel »Die Wissenschaft des Wetters« anlaufen sollte. Marlow war ebenfalls anwesend, gemeinsam mit der Videografin Hannah.

»Vielen Dank, dass wir heute kommen durften. Was können Sie uns über die neue Ausstellung erzählen?«, fragte Allie gewandt, bevor sie das Mikrofon einer Frau mit dicken Augenbrauen hinhielt, die einen kurzen Laborkittel und ein T-Shirt mit der Aufschrift »Liebes Wetter, wir müssen reden!« trug.

»Wir hier im Museum freuen uns sehr auf die Ausstellung, und wir sind sicher, dass sie auch bei unseren Besuchern gut ankommt.« Steif deutete die Frau auf ein Wandbild mit diversen Wettererscheinungen. »Es ist eine Kombination aus visuellen und interaktiven Ausstellungsbeiträgen, damit sich alle Altersgruppen angesprochen fühlen.« Genauso steif deutete sie in die entgegengesetzte Richtung. Ganz offensichtlich machte es sie nervös, vor der Kamera zu stehen. »Dort drüben befinden sich ein paar historische Artefakte wie die erste Doppler-Wetterradar-Konsole, ein paar tragbare Tornado-Ortungsgeräte und einige Gegenstände, die durch Wirbelstürme beschädigt wurden. Aber das ist noch lange nicht alles. Wir haben als Leihgabe einen Tornado-Wirbelgenerator, einen Windtunnel und ein Wolkenzimmer.« Ihre Stimme wurde um eine Oktave höher, und Carli vermutete, dass es wohl ziemlich aufregend sein musste, auch wenn sie keine Ahnung hatte, was es mit allen diesen Dingen auf sich hatte.

»Wirklich toll«, sagte Allie und nickte bekräftigend, als die Frau fortfuhr.

»Auf der anderen Seite der Halle findet man Informationen über Forschungsflugzeuge und Wetterradarantennen. Außerdem gibt es einen Greenscreen für die Kinder, damit sie ihre eigene

Wettervorhersage vor einer Kamera aufnehmen können. Das finden sie super.«

»Carli und ich kennen uns mit dem Greenscreen auch bestens aus, was, Carli?«, wandte sich Allie an sie.

Eigentlich wusste Carli überhaupt nichts über Greenscreens. Natürlich konnte sie mit dem Begriff etwas anfangen, aber sie hatte noch nie vor einem gestanden. Zu diesem Teil waren sie bei den Proben noch nicht gekommen.

»Allerdings«, antwortete sie trotzdem und hoffte, erfahren und überzeugend zu klingen, statt unsicher und wie ein bluffender Frischling.

»Vielleicht spricht da ja der Wetterfan aus mir, aber ich glaube auch, dass die Kinder das super finden werden«, fuhr Allie fort. »Was befindet sich denn dort drüben?« Sie deutete auf eine breite Flügeltür, über der ein Schild prangte, auf dem stand: »Das Museum von Glenville präsentiert.«

»Das ist unser neues IMAX-Kino, in dem in Endlosschleife ein fünfzehnminütiger Film mit Bildaufnahmen historischer Wetterereignisse gezeigt wird«, erklärte die Frau. »Außerdem gibt es noch ein paar Sonderveranstaltungen, bei denen echte Sturmjäger zu uns kommen und über ihre Arbeit sprechen werden. Die Leute lieben Sturmjäger.«

»Ich liebe Sturmjäger auf jeden Fall«, antwortete Allie, und ihr Lächeln wurde breiter. Auch Carli musste unwillkürlich lächeln. Bei Channel 7 wussten alle, dass Allie im vergangenen Frühling zum Sturmjagen aufgebrochen und mit einem Verlobten wieder heimgekehrt war.

»Im Fernsehen sieht das immer so aufregend aus«, sagte Allie später, als sie nach dem Interview zum Mittagessen im Café des Museums saßen. »Es gibt tatsächlich Momente, die so intensiv sind, dass man es gar nicht fassen kann, wirklich da zu sein, aber die meiste Zeit fährt man einfach nur durch die Gegend auf der Suche nach dem besten Standort und hofft, dass sich die Wetterelemente tatsächlich zu einem perfekten Sturm zusammensetzen.«

»Diese Woche vergesse ich jedenfalls bestimmt nicht«, warf Hannah ein. »Die Hälfte der Zeit wäre ich fast gestorben vor Angst, aber die andere Hälfte war wirklich unterhaltsam. Dylan und dir beim Turteln zuzuschauen, war echt spannend.«

»Ihr seid innerhalb einer Woche zusammengekommen?« Eigentlich hatte Carli nicht so schockiert klingen wollen, aber ihre derzeitige Einstellung zur Romantik machte es ihr schwer, sich so etwas auch nur vorzustellen. Natürlich hatte sie die Gerüchte aufgeschnappt, aber nun hörte sie die Geschichte zum ersten Mal von Allie selbst. Sie hatte angenommen, dass die Realität ziemlich anders aussah. Niemand konnte sich so schnell verlieben. Ganz ehrlich, wie verliebte sich denn überhaupt irgendwann irgendjemand? Sie konnte sich nicht einmal mehr an dieses Gefühl erinnern. Ja, klar genoss sie das gelegentliche Flattern, wann immer Ben Chase zufällig in ihrem Sichtfeld erschien, aber das hatte nichts mit Romantik zu tun. Das waren nur Hormone.

»Ich weiß, es klingt ziemlich überstürzt, aber wir waren schon davor ein paarmal miteinander ausgegangen, und irgendwie hat sich in dieser Extremsituation, in der wir uns befanden, für mich herauskristallisiert, was ich in meinem Leben will«, erklärte Allie. »Als Dylan dann wiederaufgetaucht ist, habe ich plötzlich begriffen, dass ich mein Glück am falschen Ort gesucht hatte. Jetzt kann ich mir ein Leben ohne ihn überhaupt nicht mehr vorstellen. Er ist der Richtige.« Tränen schimmerten in ihren Augen, und sie errötete.

Carli sah sie an und fühlte eine Welle aus Eifersucht, Ehrfurcht und Traurigkeit in sich aufsteigen. Wie es wohl war, sich so sicher zu sein, dass es ein Happy End geben würde? Das Gefühl des Verliebtseins zu genießen und so optimistisch in die Zukunft zu blicken. Hoffnung zu haben und daran zu glauben, dass man den Menschen gefunden hatte, der für einen da war, für immer. Sie hoffte, dass Allie recht hatte. Denn in jenen langen, schweren Momenten mitten in der Nacht, in denen Carli schonungslos ehrlich zu sich selbst war, wusste sie, tief in ihrem Innern, dass Steve nie der Richtige für sie gewesen war. Irgendwie hatten sie die Rollen von Mann und Frau gespielt, ohne wirklich so zu empfinden. Sie hatten all die Dinge getan, die Verheiratete nun einmal taten. Sie hatten Sex, sie versicherten sich gegenseitig ihre Liebe und trafen sich zu Spieleabenden mit Freunden. Sie bekamen Babys, fuhren miteinander in den Urlaub und kauften ein Haus. Sie stritten über Belanglosigkeiten und versöhnten sich dann wieder. Aber irgendwie hatte sich Carli die ganze Zeit so ... allein gefühlt. Als würde sie ihre eigene Ehe durch eine beschlagene Glasscheibe betrachten. Sie hatte schon sehr lange gewusst, dass irgendetwas nicht stimmte, aber je mehr sie sich anstrengte, alles richtig zu machen, desto verschwommener wurde alles. Wie heranrollender Nebel, der sie einhüllte. Sie konnte ihren Weg einfach nicht mehr klar sehen.

Manchmal hatte sie sich, während sie das Abendessen kochte, vorgestellt, dass Steve mit Blumen nach Hause kam, einfach so, weil er an sie *gedacht* hatte. Dann würden sie sich bei Wein und Käse angeregt unterhalten und schließlich miteinander schlafen, intuitiv und zur Freude beider Seiten. Dann war Steve tatsächlich nach Hause gekommen, hatte die Haustür aufgestoßen, sein ganzes Zeug im Flur abgeworfen und gerufen: »Gott, Carli, die Haare in meinen Ohren sind schon das reinste Gebüsch. Warum hast du mir das nicht gesagt? Du musst sie mir schneiden. Ich komme zu spät zum Fantasy Football ...«

Seufz ...

Also hatte sie ihm die Haare in den Ohren geschnitten und zugesehen, wie er das Essen, das sie gerade gekocht hatte, hinunterschlang, ehe er wieder aufsprang und eilig das Haus verließ, um seine ganze Aufmerksamkeit seinen Freunden zu widmen statt ihr. Sie hatte die Kinder gebadet, ihnen eine Gutenachtgeschichte vorgelesen und sie ins Bett gesteckt, bevor sie sich selbst ein Glas Wein einschenkte und bis zwölf Uhr nachts irgendwelche Heimwerkersendungen schaute. Manchmal hatte sie sich noch ein zweites Glas genehmigt, wenn sie geglaubt hatte, dass Steve bei seiner Rückkehr möglicherweise amouröse Gelüste hegen könnte, aber meistens war sie einfach unter die Decke gekrochen und hatte so getan, als würde sie schlafen, wenn er heimkam, damit er sie in Ruhe ließ. Einmal hatte er eine Bemerkung darüber gemacht, dass sie ja kaum wachzukriegen sei. Er hatte nie bemerkt, dass sie meistens gar nicht geschlafen hatte.

* * *

»Eine Pythonschlange«, sagte Dee-Dee später am Abend. »Er hat versprochen, unserer Tochter ein Kätzchen zu kaufen, aber dann hat er ihr stattdessen eine verdammte Python geholt. Was soll mein zehnjähriges kleines Mädchen denn mit einer verdammten Python?«

An jedem dritten Donnerstag im Monat trafen sich die Damen des Monroe Circle bei irgendjemandem zu Hause, tranken Cocktails, klatschten und tratschten und spielten Bunco. Eigentlich unterschied sich der Abend nicht groß von den zahlreichen anderen, an denen sie tranken und redeten, aber am dritten Donnerstag im Monat gab es eben auch noch Würfelspiele. Und wie an den meisten anderen Abenden unterhielt Dee-Dee die Frauen mit weiteren Verfehlungen eines ihrer beiden Ex-Ehemänner, den jeweiligen Vätern ihrer vier Kinder.

»Was hat Maisy denn dazu gesagt?«, fragte Erin, griff nach den Würfeln und schleuderte sie über den Tisch. »Mag sie Schlangen überhaupt?«

»Nein, sie mag Kätzchen, und genau so eins hat er ihr ja auch versprochen, aber jetzt sagt er auf einmal, er sei gegen Katzen allergisch, und wenn ich wollte, dass sie eine bekäme, dann müsste ich ihr schon selbst eine holen. Aber die ganze Haustiersache war ja auf seinem Mist gewachsen, ich wollte überhaupt nie eins. Wisst ihr, wer dann am Schluss die Haarbälle aufputzt? Ich. Da mache ich nicht mit. Dieses Mal falle ich nicht drauf rein. Er macht mich so wütend, ich brauche wirklich eine Selbsthilfegruppe. Ihr wisst schon, so was wie die Anonymen Arschlochiker oder so.«

Gelächter erfüllte Renees makellos eingerichtetes Wohnzimmer, in dem zwölf Frauen um die mit cremefarbenen Leinentischtüchern bedeckten Kartentische saßen. Niemand sonst hatte extra Tischtücher zum Buncospielen. Als Carli das letzte Mal Gastgeberin gewesen war, hatte sie vermutlich nicht einmal die Tische abgewischt, aber bei Renee sah es wie immer aus wie auf einem Pinterest-Foto. Auf der Kücheninsel stand eine Sammlung dekorativer Schälchen, gefüllt mit diversen Dips, Aufstrichen und Chutneys. Es gab Cracker in allen Formen und Größen und in unterschiedlichen Knusprigkeitsgraden. Natürlich stand dort auch eine glutenfreie Variante, denn Renee wäre niemals so nachlässig gewesen, die Bedürfnisse ihrer zöliakiegeplagten Gäste außer Acht zu lassen. Für die Naschkatzen unter ihnen gab es außerdem Kekse, die aussahen wie Würfel.

»Vielleicht wollte er sich nur dafür rächen, dass du seinen Netflix-Account gehackt und seine Merkliste mit Nicholas-Sparks-Filmen zugemüllt hast«, warf Lynette ein.

Dee-Dee schmunzelte. »Ich habe gar nichts gehackt. Wenn er zu blöd ist, sein Passwort zu ändern, warum sollte ich dann für meinen eigenen Account bezahlen? Er soll lieber froh sein, dass ich dem Hund nicht wieder mit seiner Zahnbürste die Zähne geputzt habe.«

Weiteres Gelächter. Dee-Dees subtile Racheakte an ihren früheren Ehemännern waren größtenteils nur Urban Legends. Carli war sich nie sicher, was sie wirklich getan und worüber sie nur nachgedacht hatte, aber es kursierte eine recht überzeugende Geschichte davon, wie sie eine alte Toilette in der Einfahrt eines ihrer Ex-Männer aufgestellt und sie mit schnell trocknendem Zement gefüllt hatte. Als er rückwärts aus der Garage gefahren war, hatte er die Toilette nicht gesehen. Angeblich war der Schaden an der Stoßstange seines Wagens beträchtlich, aber niemand konnte beweisen, dass es Dee-Dee gewesen war, die den Unfall verursacht hatte. Sie hatte ein wasserdichtes Alibi und war demnach nicht einmal in der Nähe des Tatorts gewesen, aber Carli argwöhnte, dass sie Helfer gehabt haben könnte.

Ganz sicher aber hatte sie Helfer gehabt, als sie eine Schachtel voller Grillen in den Keller von Ex-Mann Nummer eins geworfen, den Wassertank seines Kaffeeautomaten mit Essig gefüllt und einen Stinkekäse in einem seiner Lüftungsschächte deponiert hatte. Ex-Mann Nummer zwei war Ziel ihres Technologiekriegs geworden. Sie hatte ihn für jeden digitalen Newsletter angemeldet, den sie online hatte finden können, und sie hatte sein Alexa-Passwort geändert, damit sie über ihr Handy Zugriff darauf hatte. Wann immer sie sich wegen irgendetwas über ihn ärgerte, ließ sie wahlweise »Eye of the Tiger« oder »The Piña Colada Song« in voller Lautstärke abspielen. Manchmal wünschte Carli, sie hätte die Energie und den Einfallsreichtum, Steve auch so zu quälen, wie es Dee-Dee mit ihren Ex-Männern tat, aber Erin meinte, es sei selbstdestruktiv, an einer solchen Bitterkeit festzuhalten. Wenn man sich an die negative Energie der Wut klammere, dann sei das so, als würde man Gift trinken und dann erwarten, dass es dem anderen schlecht ginge. Das klang logisch. Trotzdem dachte Carli jedes Mal darüber nach, ob sie nicht Steves E-Mail-Adresse angeben sollte, wenn sie einen Newsletter sah.

KAPITEL 15

Offenbar war es an der Zeit, den Herbst zu feiern. Das wusste Ben, weil ihm jemand einen Flyer in den Briefkasten gesteckt hatte, auf dem das »Sechste jährliche Herbstfest« zur Feier des Herbstes bei Renee angekündigt wurde. Es würde Kekse und Popcorn und Apfelsaft geben und ... einen Blätterpustewettbewerb? Der letzte Teil hatte ihn ernstlich verwirrt, bis Carli ihm erklärt hatte, dass es ein Spiel sei, bei dem jedes kleine Kind versuchen würde, ein Herbstblatt durch einen in der Einfahrt aufgebauten Parcours und über die Ziellinie zu pusten.

Das klang zwar nach einem Heidenspaß, aber Ben würde trotzdem passen. Er hatte einen Termin mit seinem Bruder Terrance, der die Finanzen seines Unternehmens prüfen und entscheiden sollte, ob Chase Industries ein Angebot machen würde. Ehrlich gesagt klang auch das nicht sonderlich spaßig, aber Ben musste endgültig eine Entscheidung fällen, damit Sophia und er mit ihren Verhandlungen weiterkamen. Jep, Spaß an allen Fronten.

»Das ist alles recht eindeutig und klar«, schloss Terrance, als sie beide in seinem Büro in der Innenstadt von Glenville saßen. »Ich halte es für eine sichere Investition, und dein

Solarpaneelunternehmen würde auch gut in unser Portfolio passen, aber ich muss dich noch fragen, ob du dir denn wirklich sicher bist, dass du es behalten willst. Wäre es nicht vielleicht besser, dieses Kapitel abzuschließen?«

Ben schlug ein Bein über das andere und dachte über diese Frage nach, die schon seit dem Treffen mit seinem Vater pausenlos in seinem Kopf hin und her hüpfte wie ein Pingpongball.

»Ich weiß es nicht. Es war Dads Vorschlag. Einerseits scheint es eine gute Lösung zu sein. Ich kann mein Unternehmen behalten, und Doug muss es aufgeben. Ich habe ein paar großartige berufliche Verbindungen und einen treuen Kundenstamm in einem Bereich, in dem ich mich gut auskenne. Andererseits hat die Vorstellung, sich einfach umzudrehen und als freier Mann davonzugehen, auch etwas für sich. Ich könnte das Geld nehmen und etwas Neues beginnen oder wieder in irgendeinem Bereich für Dad arbeiten. Es wäre eine angenehme Entschleunigung, mal nicht der Boss zu sein.«

Terrance spielte mit seinem Kugelschreiber und tippte ihn dann ein paarmal rasch auf die Tischplatte, bevor er fragte: »Willst du meine Meinung dazu hören?«

»Klar.«

»Okay, ich denke Folgendes: Du wolltest beweisen, dass du auf eigene Faust ein erfolgreiches Unternehmen aufbauen kannst. Das hast du getan. Du hast erreicht, was du wolltest, also lass dich von Doug auszahlen. Dann investierst du das Geld, kommst zurück und arbeitest wieder für Dad. Er ist einundsiebzig, Ben. Er spricht davon, in den Ruhestand zu gehen, und dann würden du, ich und Bill den Laden schmeißen. Der Wahnsinn, oder? Genau wie früher. Die Chase Brothers wieder vereint.«

Ben lachte. »Dad wird nie in den Ruhestand gehen, und er wird auch nie sterben. Er wird sich kryogen einfrieren lassen und in einer Tiefkühltruhe in seinem Büro darauf warten, dass die Medizin so weit ist, ihm noch einmal fünfzig Jahre zu garantieren.«

Der Stift rutschte Terrance aus der Hand, und er beugte sich vor, um ihn aufzuheben. »Mom wird ihn schon dazu bringen, irgendwann in den Ruhestand zu gehen. Sie sagt, sie möchte eine Villa in der Toskana kaufen und ihre goldenen Jahre mit Spaghetti essen verbringen.«

»Jetzt redest du Mist. Mom isst nie Spaghetti.«

»Na gut, dann trinkt sie eben Champagner und überlässt das Spaghetti essen Dad, aber auf jeden Fall neigt sich Dads Zeit bei Chase Industries dem Ende zu, und sowohl Bill als auch ich würden uns freuen, wenn du zurückkommst. Im Augenblick ist eine Beraterin dabei, unser Managementteam umzuorganisieren. Du brauchst es nur zu sagen, wenn du einen Job willst, dann hast du einen.«

»Toll, dann sieht es so aus, als ob irgendein armer Kerl seine Stelle verliert, nur weil ich wieder heimkommen wollte. Nicht so toll. Außerdem hat Dad ziemlich deutlich gemacht, dass ich nicht einfach nach zehn Jahren wieder hereinschneien und erwarten kann, dass ich stellvertretender Geschäftsführer werde. Das ist ein Zitat.«

»Er hat nur versucht, dir Angst einzujagen. Du weißt doch, wie er ist. Du könntest Leiter der neuen Produktentwicklung werden, oder du führst die Abteilung für grüne Technologie. Sag es einfach, dann fällt uns schon was ein.«

»Wir haben doch gar keine Abteilung für grüne Technologie, oder?«

»Noch nicht. Scheint so, als müsstest du die dringend aufbauen. Sehr innovativ. Voll im Trend. Total umweltbewusst.«

»Das perfekte Zuhause für ein Solarpaneelunternehmen.«

Terrance zuckte mit den Schultern. »Stimmt, aber ich glaube trotzdem, dass du dich auszahlen lassen solltest. Schließ mit dem Alten ab, komm zurück und fang ganz neu an. Wir können das Konzept deiner Paneele ein bisschen abwandeln und sie bei Chase produzieren. Dann drängen wir Doug einfach aus dem Markt, wenn du willst.«

»Klingt verlockend, aber mir wäre es doch lieber, wenn meine derzeitigen Mitarbeiter nicht alle ihre Jobs verlieren.«

»Die stellen wir einfach bei uns ein. In unserer Abteilung für grüne Technologie, deren Leiter du wirst. Ich weiß wirklich nicht, warum du dich so sträubst. Langsam nehme ich das persönlich.« Sein entspanntes Lächeln strafte seine Worte Lügen.

»Und du bist sicher, dass Dad da mitmacht? Als ich das letzte Mal mit ihm gesprochen habe, wollte er meinen Lebenslauf sehen. Ich weiß wirklich nicht, ob er mich überhaupt wieder bei Chase Industries haben möchte.«

Ein seltsamer Ausdruck huschte über Terrance' Gesicht, und er tippte wieder mit dem Kugelschreiber auf den Schreibtisch. Sein Bruder vermied es, ihm in die Augen zu sehen.

»Terrance? Du verschweigst mir doch irgendwas, ich seh's dir an.«

»Nein«, antwortete sein Bruder schnell. Zu schnell. »Ich meine, eigentlich nicht.«

»Eigentlich nicht? Was genau heißt denn ›eigentlich nicht‹?«

Tapp, tapp, tapp machte der Kugelschreiber.

»Lass den blöden Stift los, sonst ramme ich ihn dir in die Nase. Und jetzt sag mir, was los ist.«

Terrance blickte sich im Büro um, wie um sicherzustellen, dass sie nicht belauscht wurden, obwohl sich nur sie beide im Raum befanden.

»Hör zu, Dad möchte wirklich gern, dass du zurückkommst, aber das würde er nie zugeben. Er ist immer noch sauer, weil du einfach gegangen bist. Das hat er persönlich genommen. Allerdings wird er langsam älter, und er hatte ein paar gesundheitliche Probleme. Kenzie sagt, dass Mom denkt, dass Dad sich Sorgen macht, dass du überhaupt nicht zurückkommst, wenn du es jetzt nicht tust.«

»Gesundheitliche Probleme? Was denn für gesundheitliche Probleme?«

»Nichts Großes. Nur das Übliche, wenn man älter wird. Vor ein paar Monaten ist er beim Golfspielen gestürzt, und Mom war überzeugt, dass das ein schlimmes Vorzeichen ist. Ich persönlich glaube, dass es ihm bestens geht, aber ich glaube auch, dass er einen Teil seiner beruflichen Verantwortung abgeben sollte. Wenn du wieder ins Spiel kommst, dann könnte er sich zurückziehen, ohne dabei seine Würde zu verlieren und zugeben zu müssen, dass er auch nur ein Mensch ist.«

Bens Gedanken kreisten immer noch um den Teil mit den gesundheitlichen Problemen, aber er musste einfach fragen: »Wenn er mich unbedingt zurückhaben will, warum hat er es mir dann vor ein paar Wochen so schwer gemacht, als ich ihn um einen Job gebeten habe?«

Terrance schmunzelte. »Weil er eben Dad ist. Du weißt doch, dass er einem nichts schenkt. Ich glaube, er denkt, dass du das Geld nehmen und irgendetwas anderes anfangen wirst, wenn Doug dich ausbezahlt, also hat er vorgeschlagen, dein Unternehmen zu kaufen, damit du auch ganz sicher wieder zurückkommst.«

»Meinst du wirklich, dass das für ihn so wichtig ist?« Es fiel ihm schwer, zu glauben, dass sich sein Vater so viele Gedanken darüber machte. Zugegeben, es gab zwischen ihnen keine harten Gefühle, und sie sahen sich zu den Feiertagen und bei den Sonntagsessen, wenn sich Ben die Zeit nahm, daran teilzunehmen. War es möglich, dass sein Vater ihn … vermisste?

»Es ist wichtig für ihn«, versicherte Terrance. »Keine Ahnung, warum. So toll bist du auch nicht.« Da war es wieder, dieses Lächeln, und auf einmal begriff Ben, dass es kein Zeichen von Versagen war, wenn er zu Chase Industries zurückkehrte.

Es war weder ein Kompromiss noch eine Notlösung. Er konnte sich innerhalb des Familienunternehmens ebenso gut beweisen wie überall sonst. Außerdem wäre es vielleicht wirklich schön, seine Brüder öfter zu sehen. Und seinen Vater. Terrance hatte nämlich recht. Sein Vater wurde nicht jünger, und wenn ihn die Scheidung etwas gelehrt hatte, dann, dass Zeit kostbar war und man niemals etwas als selbstverständlich betrachten sollte.

»Doch, ich bin so toll«, antwortete Ben und erwiderte das Lächeln. »Und ihr könnt froh sein, mich zurückzuhaben.«

Terrances Miene hellte sich auf und er hob die Brauen. »Heißt das, du kommst zurück? Oder heißt das, wir sollen dein Unternehmen kaufen?«

Ben dachte noch volle fünfzehn Sekunden darüber nach, dann hob er beide Hände.

»Scheiß auf mein Unternehmen. Doug kann es haben. Und mir gefällt dein Vorschlag, mich auszahlen zu lassen und das Geld zu investieren. Nächstes Jahr geht Ethan aufs College, und ein Stipendium bekommt er ganz sicher nicht. Also muss ich seine Studiengebühren in voller Höhe bezahlen und kann jeden Penny gebrauchen.«

Als Ben das Büro betreten hatte, war er nicht sicher gewesen, was er von dem Treffen erwarten sollte, aber diese spontane Entscheidung fühlte sich vollkommen richtig an. Die Vergangenheit war vergangen, und Ben blickte in die Zukunft. Erleichterung durchflutete ihn, als ein neues Gefühl von Sinnhaftigkeit in ihm zu wachsen begann. Mit seinen Brüdern zusammenzuarbeiten würde gut sein. Er tat es nicht nur des Prestiges oder der Sicherheit wegen oder weil es bequem war. Er tat es, weil er etwas zu bieten hatte. »Mir gefällt auch dein Vorschlag, ich könnte die Abteilung für grüne Technologie leiten. Merk mich mal dafür vor. Ist da ein Parkplatz bei der Stellenausschreibung dabei?«

»Ja, aber nur, wenn du ein Elektroauto fährst.« Terrance grinste. Dann stand er auf und streckte Ben die Hand hin. »Schlag ein, dann bringe ich den Ball ins Rollen.«

Ben stand auf und schlug ein. Sein Bruder beugte sich vor und umarmte ihn.

»Willkommen zu Hause«, sagte Terrance. »Wurde aber auch Zeit, verdammt noch mal.«

Als Ben eine Stunde später vor seinem Haus hielt, entdeckte er Ethans Auto, das am Straßenrand geparkt war. Er bog in die Garage ein und stieg aus, als sein Sohn gerade auf seinem Skateboard in die Einfahrt rollte.

»Hey, Kumpel. Ich dachte, du wärst heute Abend bei deiner Mutter.«

»Bin ich auch. Ich meine, war ich auch, aber kann ich vielleicht hier schlafen? Mom ist nicht mal zu Hause.«

»Wo ist denn deine Schwester?«

»Bei Mom. Sie sind zu so einem Gesichtscremedings gegangen.« Er wischte sich ein paar Strähnen aus der Stirn. Immer noch kein Haarschnitt.

»Gesichtscremedings?«

»Ja, du weißt schon. So eine Party, die Mütter schmeißen und bei denen man Cremes und Gesichtsmasken und Make-up und so ausprobieren kann und dann kaufen muss. Mädchen sind komisch.«

Ben lachte, widersprach aber nicht. »Für mich ist das in Ordnung, solange deine Mutter weiß, wo du bist. Hast du sie gefragt?«

»Nein, aber ich texte ihr und frage sie.«

»Klingt gut. Hast du Hunger?«

»Bin am Verhungern.« Natürlich. Wann war Ethan einmal nicht am Verhungern?

»Ich weiß nicht, ob ich was dahabe. Steig ein, dann holen wir uns irgendwo was.«

»Ich hab gehofft, dass du das sagst.«

Fünf Minuten später waren sie unterwegs, und Ben dachte darüber nach, wie gut es sich anfühlte, seinen Sohn bei sich zu haben. War es das, was sein Vater empfand? War das der Grund, warum es William so zugesetzt hatte, als Ben das Familienunternehmen verlassen hatte? Das hatte er nie verstanden. Aber nun begann er allmählich, es doch zu verstehen.

KAPITEL 16

Carlis Herz schlug ihr so heftig gegen den Brustkorb, dass sie sicher war, ihr Mikrofon würde das wilde *Bumm, Bada-Bumm, Bada-Bumm* aufschnappen. Es war der erste Tag ihrer Liveshow, und sie hatte den Bauch so voller Schmetterlinge, dass diese, wären sie echt gewesen, Carli einfach hätten hochheben und davontragen können. Tatsächlich wünschte sich Carli fast, die Schmetterlinge würden sie hochheben und davontragen.

Ihr Atem ging flach, sie bekam kaum Luft.

»Du machst das schon, Carls. Stell dir einfach vor, es wäre eine Probe. Wir kriegen das hin. Übrigens gefällt mir deine neue Frisur. Hoffentlich macht es dir nichts aus, wenn ich das sage.« Troy tätschelte ihr Knie, was aber keineswegs anzüglich, sondern ermutigend und beruhigend gemeint war. Er hatte seine Anspielungen und schlechten Witze weit zurückgefahren, und trotz seiner offensichtlichen Fehler hielt Carli ihn mittlerweile für einen arglosen Kerl, der einfach versuchte, eine unterhaltsame Morning-Show auf die Beine zu stellen. Außerdem hatte sie so eine Vermutung, dass Jessica ihn an eine sehr kurze Leine genommen hatte. Trotz seiner langjährigen Erfahrung stand Troy mit dieser Show ebenso auf dem Prüfstand wie sie alle. Und er brauchte den Job. Schließlich musste er mehrere Ex-Frauen durchfüttern.

»Einsatz Troy, in fünf, vier, drei …« Die letzten beiden Zahlen wurden stumm mit den Lippen geformt, und Carli hielt den Blick fest auf Lester gerichtet, während er zählte.

»Guuuuuuuuten Morgen, Glenville!«, donnerte Troy, woraufhin Carli loskicherte und um ein Haar die Kontrolle über sich verloren hätte, doch sie riss sich gerade noch rechtzeitig zusammen und lächelte in die Kamera, während er fortfuhr. »Willkommen zur Jungfernfahrt der neuesten und, wenn Sie mich fragen, auch besten Ergänzung unseres Herbstprogramms bei Channel 7. ›Glenville am Morgen‹ läuft live an jedem Wochentag. Wir werden Sie über alles auf dem Laufenden halten, was so in der Gegend passiert, angefangen bei Heuwagenfahrten in der Apfelweinmühle bis hin zur Neueröffnung der Wallace-Chase-Arena. Von mir und meiner bezaubernden Co-Moderatorin Carli Lancaster hören Sie es als Erstes.«

Das Licht von Kamera eins erlosch, das Licht von Kamera zwei blinkte auf und dann war Carli live auf Sendung, einfach so. Sie erstarrte, und es fühlte sich an, als würden Stunden vergehen, während sie sich nicht rühren konnte, doch sie konnte den Countdown-Zähler sehen, und in Wahrheit war gerade mal eine Sekunde verstrichen, bis sie ausatmete und mit ihrer Einleitung begann.

»Genauso ist es, Troy. Wir hier bei ›Glenville am Morgen‹ freuen uns schon darauf, Teil Ihrer Morgenroutine zu werden, und wir können es kaum erwarten, Sie näher kennenzulernen. Wir versorgen Sie live mit den aktuellsten Informationen und sind außerdem auf Facebook, Twitter, Instagram und Snapchat zu finden. Besuchen Sie uns einfach auf Channel7. com, dort finden Sie sämtliche Links. Sie können uns Fragen stellen, Kommentare schreiben oder Fotos schicken. Und weil heute unser erster Tag auf Sendung ist, wollen wir ein bisschen Geburtstag feiern. Schicken Sie uns Ihr süßestes Babyfoto, und am Ende der Woche werden wir ein paar der niedlichsten, apfelbäckigsten und hinreißendsten Fotos zeigen. Apropos Fotos, diejenigen unter Ihnen, die ein Kind auf der Highschool haben, möchten wir daran erinnern, an die Porträts für die Abschlussfeier zu denken.«

Carli leitete zu einem Segment mit einem lokalen Fotografen über, und der Schweiß rann ihr über den Rücken. Was für ein Glück, dass es Puder und Werbepausen gab, denn sie war sicher, dass ihr Gesicht von der Hitze glänzte. Aber sie war hier! Im Fernsehen. Lester hielt die Hand hoch und zeigte damit an, dass sie zu dem aufgezeichneten Beitrag gewechselt hatten, den Carli ein paar Tage zuvor im Studio des Fotografen aufgenommen hatte. Bei diesem Beitrag war sie ganz auf sich allein gestellt gewesen, ohne die Hilfe von Allie Winters.

»Und wir sind raus, erste Sahne«, kommentierte Troy.

»Habe ich zu schnell gesprochen?«, fragte Carli. »Ich hatte das Gefühl, ich habe wirklich schnell geredet.«

Troy lächelte, und sein Haarlack glänzte im grellen Scheinwerferlicht. »Du warst perfekt.«

Sie erwiderte das Lächeln und empfand eine Woge der Dankbarkeit für diesen Job und diesen Moment. Zum ersten Mal seit einer Ewigkeit war sie stolz auf sich. Richtig stolz. Sie tat etwas, was nichts mit ihrer Rolle als Ehefrau oder Mutter zu tun hatte. Das hier war sie – sie wuchs über sich hinaus. Und sie machte es gut.

Nach Abschluss der Dreharbeiten hielt dieses Hochgefühl noch genau eine Viertelstunde an.

»Herzlichen Glückwunsch an euch alle zur ersten Sendung. Jetzt machen wir uns an den Feinschliff«, rief Jessica abrupt, nachdem sie sich zu einer Nachbesprechung im Konferenzzimmer versammelt hatten. »Da hat es eindeutig noch etwas geholpert.

Troy, Sie können nicht einfach derartig vom Skript abweichen, und Carli, wenn er es doch tut, dann ist es Ihre Aufgabe, ihn wieder auf Kurs zu bringen. Allie, Ihr Außenbeitrag war gut. Reden wir über die morgige Sendung.«

Sofort prickelte es hinter Carlis Augen, aber sie blinzelte die drohenden Tränen rasch fort. Während der vergangenen Woche hatte sie bereits gelernt, dass Jessica streng mit ihren Anweisungen und sparsam mit ihrem Lob war. Die Kritik hätte viel schlimmer sein können. Sie befand sich eben unvermeidlich in einer Lernkurve, und sie sollte dazu in der Lage sein, sich Kritik anzuhören und aus ihr zu lernen, anstatt ihr Selbstvertrauen davon untergraben zu lassen. Das war lebensnotwendig. Es war ihre erste Sendung gewesen, und Jessica hatte sie vorgewarnt, dass es Stolpersteine geben würde. Carli musste ihr einfach zuhören und es beim nächsten Mal besser machen. Und nicht heulen. Sie sollte ganz definitiv nicht heulen.

Als sie später an diesem Tag zu Hause ankam, heulte sie dann doch, wenn auch glücklicherweise aus einem ganz anderen Grund. Irgendjemand hatte einen riesigen Strauß Ballons an ihren Briefkasten gebunden, auf dem außerdem ein Teller voller Chocolat Chip Cookies stand, und vor ihrer Eingangstür erwartete sie ein Arrangement aus Sonnenblumen mit einer grünen Schleife. Zwischen den Blumen steckte ein Kärtchen. »Wir sind so stolz auf dich! Können wir ein Autogramm von dir haben? Alles Liebe, Erin, Dee-Dee & Renee.«

Tränen stiegen ihr in die Augen, aber es waren gute Tränen, weil sie so wunderbare Freundinnen hatte. Was für ein Glück, dass es sie gab und dass Carli diesen freudigen Augenblick genießen durfte, denn die emotionale Achterbahnfahrt des Tages war noch nicht beendet. Als sie ihr Haus betrat, erwartete sie dort eine Katastrophe von biblischem Ausmaß. Erde aus zerbrochenen Pflanzentöpfen war gleichmäßig über Boden und Möbel verteilt. Die Sofakissen lagen auf einem Haufen, und die Füllung war aus diversen Rissen im Stoff herausgeplatzt. Eine Porzellanlampe lag zerbrochen auf der Seite neben einem Beistelltischchen, und überall waren dunkle Pfotenabdrücke. Auf dem Boden. Auf den Möbeln. Sogar an den Wänden.

Gus kam auf sie zugesprungen, wedelte mit dem Schwanz und vor Begeisterung auch gleich mit dem ganzen Körper, als könnte er es kaum erwarten, ihr sein künstlerisches Meisterwerk zu zeigen. Da begriff sie, dass sie an diesem Morgen vor lauter Nervosität vergessen haben musste, den Riegel seiner Hundebox zu schließen.

So hatte sie sich den Abschluss dieses Tages eigentlich nicht vorgestellt. Der heutige Tag hätte glamourös und fantastisch werden und ihr das Gefühl geben sollen, endlich irgendwo *angekommen* zu sein. Doch so war das Leben nun mal – mit der einen Hand reichte es einem ein Geschenk, während es einem mit der anderen Hand eine schallende Ohrfeige verpasste. Man musste das Wunderbare eben mitsamt dem Schrecklichen nehmen. Yin und Yang. Sie ließ sich auf den Teil des Sofas sinken, auf dem noch ein unversehrtes Kissen lag, und fragte sich, wo sie nur mit dem Aufräumen anfangen sollte. Gus stolzierte auf und ab und leckte ihr die Hand. Seufzend kraulte sie ihn hinter den Ohren. Es war nicht seine Schuld, aber, o Mann, sie wäre so gern wütend auf ihn gewesen.

Allerdings brachte dieses Chaos auch etwas Positives mit sich. Nun war mit den verfügbaren Mitteln auch ihre Motivation enorm gestiegen, einen Maler anzuheuern. Eigentlich hatte sie vorgehabt, alles selbst zu streichen, um ein paar Dollar zu sparen, aber vielleicht war dies ja ein Zeichen des Universums, dass sie lieber einen Profi ans Werk lassen sollte.

Dann tat Carli das, was auf der Hand lag. Sie rief Renee an. Für dieses Zerstörungswerk war sie genau die Richtige.

KAPITEL 17

Ben war gerade dabei, seine hoffnungslos wuchernden und ungebärdigen Büsche vor dem Haus zurückzuschneiden, als Carlis weißer SUV nebenan in die Garage fuhr. Kurz darauf tauchte sie mit Gus an der Leine wieder auf. Nachdem der Hund getan hatte, was er eben tun musste, ging Carli mit ihm langsam am Rand ihres Gartens entlang, wo noch ein paar Fähnchen steckten, um anzuzeigen, wo der Elektrozaun verlief. Das tat sie mehrmals am Tag, und allmählich schien es der Hund zu begreifen. Wie es aussah, waren Bens zukünftige Abendessen wohl gerettet.

»Braver Gus«, sagte Carli und tätschelte ihm den Kopf. An diesem Tag trug sie ihr Haar offen, und sie hatte immer noch dasselbe eng anliegende, ärmellose rote Kleid an wie am Morgen im Fernsehen. Das wusste er, weil er ihre Sendung seit gut einer Woche täglich schaute. Warum er das tat, wusste er nicht so genau, denn eigentlich war er eher der Typ für die Nachrichten, den Börsenbericht und die Wettervorhersage, aber Addie war vor ein paar Tagen mit Mia nach Hause gefahren und wusste daher von Carlis Sendung. Also hatte Ben beschlossen, seiner Neugier nachzugeben.

Bei »Glenville am Morgen« lernte er eine ganz andere Carli Lancaster kennen. Die normalerweise leicht zerstreute Frau von nebenan war verschwunden. Diese Carli war geschliffen und gefasst und dabei kein bisschen künstlich. Sie schien ein bemerkenswertes Talent dafür zu haben, mit diesem Idioten zurechtzukommen, mit dem sie sich den Moderatorentresen teilte, und das, obwohl der Kerl wirklich ein Armleuchter war. Ben kannte ihn aus dem Glenville Estates Country Club, wo ihn alle Trottel-Troy nannten, weil er sogar beim Golfspielen betrügen musste.

Carli schien auch mit ihrer blonden Kollegin ein entspanntes und freundschaftliches Verhältnis zu haben, aber abgesehen von ihrer Kompetenz als Moderatorin war sie auch verdammt hübsch anzusehen. Das war ihm natürlich schon vor ein paar Wochen aufgefallen, aber auf dem Fernsehschirm wurde es noch offensichtlicher. Etwas an der TV-Carli war anders. Etwas Urtümliches und Biologisches, das Bens tief vergrabene Sehnsüchte weckte und unablässig und auf sehr unbequeme Art an ihm nagte.

Beherzt schnitt er einen dicken Zweig des Busches ab, eine physische Geste, mit der er die Sache abhaken wollte. Dann musste er über sich selbst lachen. Ja, Carli war attraktiv, aber er hatte genug gesunden Menschenverstand, um zu begreifen, dass das, was sich da in ihm regte, weniger mit ihr und dafür umso mehr mit der Tatsache zu tun hatte, dass ihm der Sex fehlte. Sophia war trotz ihrer Ausflüchte und Beschwerden doch oft genug für ihn da gewesen, um diese Leere zu füllen. Vielleicht sollte er einfach mal wieder ausgehen. Oder sich auf die Suche nach einem One-Night-Stand machen. Mit jemand anderem als seiner Nachbarin. Es gab eine ganze Reihe von Frauen, die sich bei ihm gemeldet hatten, nachdem sich die Nachricht seiner bevorstehenden Scheidung verbreitet hatte. Woher sie alle davon gewusst hatten, war ihm schleierhaft, aber sie hatten sich um ihn geschart, als würde er eine Art Bat-Signal aussenden. Eine von denen konnte er doch sicher anrufen, oder? Genau deshalb hatten sie sich doch bestimmt gemeldet. Oder? Vielleicht war ein bisschen lockerer Sex ohne Verpflichtungen genau das, was er brauchte.

»Hi.« Carlis Stimme schnitt durch seine Gedanken, und seine Wangen begannen zu brennen, so als könnte sie irgendwie sehen, dass er sich gerade beim Büscheschneiden darüber Gedanken gemacht hatte, wie er sich flachlegen lassen könnte.

»Hi.« Seine Stimme kippte. Er räusperte sich.

»Darf ich Sie um einen Gefallen bitten?«

Herrgott. Wenn sie ihn jetzt nach Sex fragte, dann würde das der beste Tag aller Zeiten werden.

Gus saß geduldig neben ihr, die Zunge hing ihm aus dem Maul und er blinzelte hechelnd in die Nachmittagssonne. Da begriff Ben, dass dieser Gefallen wohl nicht auf so viel Spaß hinauslaufen würde, wie er gehofft hatte.

»Äh, klar.« Er ließ die Heckenschere ins Gras fallen und ging zu ihr. »Bitte sagen Sie nicht, dass Sie sich ausgesperrt haben.«

Ihr Lächeln wirkte warm, und dieses Ziehen in seinem Bauch wurde stärker. »Ich habe mich nicht ausgesperrt. Ich versuche nur, Gus an den Elektrozaun zu gewöhnen, aber ich brauche jemanden, der ihn an der Leine hält, damit er nicht einfach durchrennt. Er muss lernen, dass ich den Garten verlassen kann, er aber nicht. Mrs Marter sagt, dass ich für jeden Fehlversuch mindestens zehn Erfolge verbuchen muss. Also, würde es Ihnen etwas ausmachen, ihn kurz festzuhalten?«

»Mrs Marter?«

»Die Hundetrainerin. Sie macht mir Angst.«

»Ach ja, von der haben Sie schon mal erzählt. Ist das die Frau im Tweedjackett?« Er hatte sie im Garten gesehen, mit Carli und Gus. Sie war wirklich angsteinflößend.

»Ja. Und ich zahle ihr ein Vermögen dafür, dass sie mir dabei hilft, Gus zu einem nutzbringenden Mitglied der Gesellschaft zu machen.«

»Soll ihn das nach seiner Vergangenheit als Fleischdieb rehabilitieren?«

»Genau.«

»In diesem Fall helfe ich gern.« Das würde zwar nicht so lustig werden wie eine Runde Nachmittagssex, aber dafür würde es auch viel weniger Komplikationen nach sich ziehen. Ben trat in Carlis Garten hinüber, und Gus wand sich vor Freude, weil er jemanden begrüßen durfte. Ben ging vor dem Hund in die Hocke und streichelte ihn mit beiden Händen, wofür er gleich mehrere Hundeküsse bekam.

»Vielen Dank«, sagte Carli. »Das weiß ich wirklich zu schätzen. Die Mädchen sollten mir eigentlich beim Training helfen, aber irgendwie sind sie nie da, wenn ich sie brauche.«

»Das kenne ich. Vor drei Tagen habe ich Ethan gebeten, die Spülmaschine auszuräumen. Er ist immer noch dabei, sich an den Gedanken zu gewöhnen.«

»Kommt mir bekannt vor. Wie geht es Ethan denn? Gefällt ihm das neue Haus?«

Ben richtete sich auf und wischte sich Erde vom Shirt. Er war schmutzig von der Gartenarbeit und wünschte, er wäre es nicht. Carli war es sicher egal, aber Ben war von einem Mann großgezogen worden, der immer Anzüge trug. Auch sonntags.

»Er mag das Haus ganz gern. Ich meine, es ist nicht ganz das, woran er gewöhnt ist, aber seit der Kühlschrank voll ist und das Internet funktioniert, ist er zufrieden.« Ben hätte gern erzählt, dass Addie immer noch nicht bei ihm übernachtet hatte, aber irgendwie wäre ihm das komisch vorgekommen. Zu persönlich vielleicht. Oder möglicherweise machte er sich auch Gedanken, diese Aussage könnte ihn nicht sonderlich gut dastehen lassen. Die Möbel, die sie bestellt hatten, würden morgen kommen, und er hoffte, dass Addies Zimmer bis zum Wochenende eingerichtet war. Er war gerade dabei, die neuen Böden zu verlegen und die Teppiche in den oberen Räumen. Es gab Sofas und ein paar Stühle, und die neuen Küchenschränke standen schon. Jeden Tag wurde es ein kleines bisschen wohnlicher bei ihm. Für Freitagabend hatte er sogar Kenzie, ihren Mann und ihre Kinder zum Abendessen eingeladen, in der Hoffnung, dass sich sein Zuhause dann etwas familiärer anfühlen würde. Auch das hatte er als Selbstverständlichkeit empfunden, wie er nun begriff: das Gefühl, zu einer Familie zu gehören. Es würde noch eine Zeit dauern, bis aus ihm und seinen Kindern eine neue Familie geworden war.

»Und wie steht's mit Addie?«, fragte Carli, als hätte sie seine Gedanken gelesen. »Mia hat sie neulich mit nach Hause genommen und fand sie sehr nett.«

»Danke. Das finde ich auch, aber es ist immer schön zu hören, dass andere das auch so sehen. Und bitte sagen Sie Mia danke fürs Mitnehmen. Addie fährt nicht gern mit dem Schulbus, aber ich hatte an dem Tag ein Meeting.«

Carli nickte und streichelte den Hund. »Jederzeit gern wieder. Und wenn Sie einmal, Sie wissen schon, über diese ganze Alleinerziehendengeschichte sprechen wollen, dann gern. Das ist eine ganz neue Welt.«

Ben hielt inne und dachte, dass es wirklich schön wäre, sich zur Abwechslung mal jemand anderem als seiner Schwester anzuvertrauen. »Sie sagen es. Während der letzten Wochen hatte ich Gespräche mit meinen Kindern, von denen ich nie gedacht hätte, dass ich sie jemals führen würde.«

»Jep. Jeder Tag ist ein neues Abenteuer. Also dann, vielen Dank dafür, dass Sie mir mit Gus helfen.«

»Kein Problem. Immerhin ist es ja in meinem Interesse, dass er in seinem eigenen Garten bleibt.«

Carli reichte ihm die Leine, und sie liefen eine Weile einfach herum, dann betrat sie seinen Garten. Gus wurde nervös und wollte ihr folgen, aber jedes Mal, wenn er dem Elektrozaun zu nahe kam, gab sein Halsband einen hohen Pfeifton von sich. Nach ein paar Minuten setzte sich der Hund einfach und wartete. Dieses Spielchen führten sie noch mehrmals durch, und jedes Mal schien es Gus weniger auszumachen, dass Carli nicht mehr an seiner Seite war.

»Hey, übrigens waren Sie toll heute Morgen«, sagte Ben, als Carli wieder aus seinem Garten in ihren eigenen zurückkehrte.

»Heute Morgen?«

»Ja, im Fernsehen. Das war wirklich toll.«

Überrascht hob sie die Brauen. »Sie haben die Sendung gesehen?«

»Ähm, sie lief im Fernsehen. Ich glaube, ein Haufen Leute hat sie gesehen.«

»Ja. Natürlich. Ich meine, ich hoffe doch, dass ein Haufen Leute sie gesehen hat. Ich wollte nur … Na ja, danke. Ich bin aber eigentlich noch ziemlich grün hinter den Ohren. Das ist mein erster Job, bei dem ich live auf Sendung bin, und das macht mich ganz schön nervös.«

»Wirklich? Sie wirken überhaupt nicht nervös.«

»Ich atme während jeder Werbepause in eine Papiertüte.«

»Wenn das stimmt, dann können Sie es gut verbergen. Ich bin tief beeindruckt. Ich hatte ja keine Ahnung, dass ich neben einem Star wohne.«

Carli brach in Gelächter aus. Es war, als hätte jemand eine Konfettikanone abgefeuert, und Ben musste mitlachen, auch wenn er selbst nicht so recht wusste, warum. Genauso wenig wusste er, warum ihr Anblick ihm so gefiel, aber so war es nun mal. Also beschloss er, rasch das Thema zu wechseln. »Hey, übrigens, hatten Sie nicht neulich Maler hier? Ich bräuchte auch jemanden, der meine Wände streicht.«

175

Carlis Lachen verklang, aber ihr Lächeln blieb. »Ich hatte jemanden da, der mir meine Küche und das Wohnzimmer gestrichen hat. Sie kommen noch mal und erledigen den Rest. Ich möchte mehrere Zimmer renovieren, aber ich habe mit Wohnzimmer und Küche angefangen, weil der hier« – sie gab Gus einen Klaps auf den Kopf – »vor ein paar Tagen meine Zimmerpflanzen zerstört und meine Wände und Böden mit der Hundeversion von Fingermalerei vollgeschmiert hat.«

»Böser Hund.«

»M-hm. Das Sofa und die Küchenschränke hat's auch erwischt. Und seine Hundehaufen bestehen seit ein paar Tagen hauptsächlich aus Sofakissenfüllung.«

»Sehr böser Hund.«

»Wenigstens klappt es mit dem Elektrozaun so langsam, und außerdem hat er mir damit den passenden Vorwand geliefert, um endlich die Maler kommen zu lassen.«

»In dem Fall guter Hund?«

»Das Urteil steht noch aus, aber wenn Sie die Nummer der Maler haben möchten, dann gebe ich sie Ihnen gern.«

»Das wäre wunderbar. Vielen Dank.«

»Mein Handy liegt in der Küche. Kommen Sie doch mit rein, dann suche ich Ihnen die Nummer raus.« Dann lachte sie wieder leise, als sie sich abwandte. »Ein Star«, murmelte sie vor sich hin und schüttelte den Kopf.

* * *

»Das ist die größte Hundebox, die ich in meinem ganzen Leben gesehen habe«, verkündete Ben, als er Carli in ihr Haus folgte. Er streifte die Schuhe ab und stellte sie auf die neue Türmatte, die Carli gekauft hatte. Sie war hellgelb mit einem großen Schmetterling darauf. Steve hätte sie grässlich gefunden, weshalb sie ihr nur umso besser gefiel. Sie hatte die Matte an dem

Tag nach dem Topfpflanzenzwischenfall gekauft, zusammen mit ein paar neuen Kissen und noch einigen anderen Dingen, da ihr das Universum ganz offensichtlich durch Gus zu verstehen geben wollte, dass es Zeit für ein paar Neuanschaffungen war.

Gus trottete ungefragt in seinen Korb und ließ sich zufrieden seufzend darauf nieder. Offenbar waren nur ein paar Zurechtweisungen vom Elektrozaun nötig, und schon war der Hund müde.

»Ich weiß«, sagte sie zu Ben. »Ich hätte genauer auf die Maße achten sollen, als ich das Ding bestellt habe, aber nachdem ich es dann schon aufgebaut hatte, war es mir einfach zu viel Arbeit, es wieder zu verpacken und zurückzuschicken. Hoffen wir, dass Gus nicht noch hineinwächst.«

Gus' Hundebox nahm eine ganze Ecke ihres Wohnzimmers ein, und daneben stand ein Wäschekorb voller riesiger Kauspielsachen und Kuscheltiere. »Ich versuche ihm beizubringen, dass er abends seine Sachen wieder in den Korb legt, aber er holt immer nur noch mehr Spielzeug raus. Als hätte man wieder ein Kleinkind.«

Sie betrat die Küche mit Ben an ihrer Seite und fragte sich, was er wohl von ihrem Haus hielt. Ihre neuen Farben waren eine Mischung aus sanften Pastelltönen und Elfenbeinweiß, und nirgends war auch nur ein einziger verdammter Erdton zu sehen. Sie hatte einen cremefarbenen Überzug für ihr Sofa und den Sessel gefunden, und jetzt sah beides brandneu aus. Und niemand merkte, dass eines der Sofakissen einen gewaltigen Riss in der Mitte hatte. Darauf verteilt lagen einige Dekokissen in Zartrosa und Rotkehlcheneierschalenblau und eine hellgraue Kuscheldecke mit Zopfstrickmuster. Im Augenblick gab es noch keinerlei Ziergegenstände – oder Topfpflanzen –, aber trotzdem spiegelte der Raum bereits jetzt viel besser ihre Persönlichkeit wider. Einfach nur durch die veränderte Farbpalette. Vielleicht machte sie der Gedanke, was Ben wohl davon hielt, deshalb so nervös. Weil das Haus nun für *sie* stand, und weil die co-abhängige Harmoniesüchtige in ihr sich wirklich wünschte, es würde ihm gefallen. *Sie* würde ihm gefallen. Nicht in romantischer Hinsicht, denn das wäre ein Rohrkrepierer gewesen, ganz egal, wie attraktiv Ben war. Nein, nur als gute Nachbarin. Vielleicht auch als Freundin.

»Ist das alles neu?«, fragte er und sah sich um. Sie nickte, und er fuhr fort: »Gefällt mir. Ich fühle mich gleich weniger gestresst.«

»Danke. Genau das wollte ich bewirken. Die Farbe hier heißt Ruheoase.«

Ben nickte. »Das erklärt es natürlich.«

Carli grinste und nahm ihr Handy vom Tisch. »Wie ist Ihre Handynummer? Dann kann ich Ihnen den Kontakt der Malerfirma schicken.«

Nachdem sie Nummern ausgetauscht und einander das Du angeboten hatten, wiederholte er sich: »Deine Farben hier gefallen mir wirklich. Meinst du … würdest du vielleicht mal zu mir rüberkommen und dir die Farben anschauen, die ich ausgesucht habe? Eigentlich dachte ich, die wären ganz okay, aber Addie sagt, die Proben, die ich mit nach Hause gebracht habe, sehen aus wie Bohnenmus und Babykacke.«

»Wolltest du das denn?« Sie hob eine Braue.

Er lachte. »Nein, stell dir vor. Und ich will auch keine Babykacke, nachdem das Baby Bohnenmus gegessen hat. Ich könnte wirklich eine objektive Meinung gebrauchen. Außerdem schuldest du mir doch einen Gefallen. Oder zwei.«

»Tja, da hab ich wohl keine Wahl. Wann soll ich rüberkommen?«

»Ähm, wie wäre es mit jetzt gleich?« In seiner Stimme schwang derselbe optimistische und erwartungsvolle Ton mit wie an dem Nachmittag, an dem er ihr seinen neuen Grill gezeigt hatte. Das war irgendwie süß und fast schon jungenhaft, obwohl er sonst überhaupt nichts Jungenhaftes an sich hatte. In der Nachbarschaft wohnten durchaus einige Ehemänner, die wie zu groß gewachsene Kinder wirkten, aber Ben schien einer der wenigen Erwachsenen unter ihnen zu sein.

»Klar, gib mir nur ein paar Minuten, damit ich mich umziehen kann. Ich stecke seit fünf Uhr morgens in diesem Kleid, und ich kann's kaum erwarten, es loszuwerden.«

Er lächelte und wandte sich unvermittelt ihrem Kamin zu. Dann räusperte er sich und sagte: »Okay. Möchtest du dann einfach rüberkommen?«

»Bin in einer Viertelstunde da.«

Sobald er aus der Tür war, rannte sie die Treppe hinauf, schälte sich aus dem Kleid, genoss einen Moment lang die spanxlose Freiheit und schlüpfte dann in eine Jeansshorts und ein gepunktetes Top. Sie putzte sich die Zähne und frischte ihr Make-up auf, denn ja, sie ging zwar nur rüber, um sich seine Farbproben anzusehen, aber sie wollte trotzdem hübsch aussehen. Er hatte sie schließlich schon oft genug in verwahrlostem Zustand zu Gesicht bekommen. Sie wollte den Eindruck ein bisschen ausgleichen.

Kurz darauf öffnete er ihr die Tür, bevor sie überhaupt hatte klopfen können. Auch er hatte sich umgezogen. Die Baseballshorts und das schlichte weiße Shirt mit den Schmutzflecken waren verschwunden, dafür trug er nun Kakishorts und ein blaues T-Shirt, das seine Augen sogar noch blauer leuchten ließ als zuvor. Wie dunkle Saphire. Sehr verwirrend. Aber daran würde sie sich eben gewöhnen müssen. Und auch daran, wie schön er war. Es gab sicher Schlimmeres, als einen attraktiven Nachbarn zu haben.

»Wow, hier sieht es ja jetzt schon viel besser aus«, sagte sie, als sie sein Haus betrat. »Es fällt echtes Sonnenlicht herein.«

Der Einrichtungsstil der Mortons war traditionell geriatrisch gewesen, mit dicken Paisley-Vorhängen und großen, ausladenden Volants vor allen Fenstern, Möbeln aus dunklem Walnussholz und Lampen, die vom Angebotstisch des örtlichen Einrichtungshauses stammten. Doch nun war es Bens Haus, und die Vorhänge waren verschwunden. Genau wie der fleckige Berberteppich, den der arme alte, inkontinente Hund der Mortons so unzählige Male beschmutzt hatte.

»Und es stinkt nicht mehr«, ergänzte sie und wurde sofort rot, weil dieser Kommentar wirklich ziemlich geschmacklos war.

»Was für einen Hund hatten die Mortons denn?«, wollte Ben wissen, den ihr Kommentar über den Geruch kein bisschen zu stören schien. »Dem alten Teppich nach zu schließen, hat hier ein ganzes Rudel durchfallgeplagter Hyänen gehaust.«

Carli schüttelte den Kopf. »Nur ein kleiner Hund, aber der war mindestens hundert Jahre alt, und nachdem Mrs Morton nur noch am Rollator laufen konnte, sind sie vielleicht auch nicht mehr mit ihm rausgegangen, wer weiß. Und sein Name war Mr Pipi, was durchaus als Hinweis gewertet werden kann.«

»Fantastisch. Tja, wie du siehst, ist der Teppich jedenfalls raus, und die Farbproben sind da drüben.«

Er führte sie weiter ins Wohnzimmer, wo eine Palette durch und durch scheußlicher Farbproben in groben Rechtecken an die Wand gemalt war.

»Hmm«, sagte sie. »Was für eine Stimmung möchtest du denn erzeugen?«

»Stimmung?«

»Ja, die Farben bei mir drüben stehen zum Beispiel für Entspannung und Seelenfrieden, aber bei den Farben da denke ich ehrlich gesagt an … Schlammlawinen.«

»Schlammlawinen?«

»Ja, tragische, alles mitreißende Schlammlawinen. Verlorene Leben. Zerstörte Häuser.«

Bens erst zögerliches Grinsen wurde immer breiter, dann brach er in schallendes Gelächter aus. »Das ist ja furchtbar.«

»Ja, genau wie diese Farben.« Sie deutete auf die Flecken an seiner Wand. »Hier hätten wir ›Tragische Schlammlawine‹. Da drüben ›Pfütze an einem Wolkentag‹. Und das ist ›Schneematsch an einem Märztag auf den Straßen Michigans‹. Das dort muss das ›Bohnenmus‹ sein, das Addie gemeint hat. Oh, und da ist ›Leichenhaut‹. Tut mir leid, Ben, aber das sind echt grässliche Farben.« Vielleicht hätte sie es ein bisschen freundlicher ausdrücken sollen, aber er hatte sie schließlich um ihre Meinung gebeten. Sein Lächeln verriet, dass er mit der Kritik umgehen konnte.

»Okay, zugegeben, aber zu meiner Verteidigung muss gesagt werden, dass diese Farben eigentlich ›Morgenkaffee‹ und ›Wüstensand‹ und so weiter heißen. Nicht Leichenhaut. Sonst hätte sogar ich begriffen, dass das eine ganz schlechte Wahl ist.«

»Hast du noch andere Farbproben?«

»Nein.«

»Na ja, die Farbtöne, die ich mir für mein Haus ausgesucht habe, sind vielleicht ein bisschen zu feminin für dich, aber ich habe noch mindestens zehn andere Proben mit nach Hause gebracht. Möchtest du sie mal sehen? Da sind auch ein paar Grautöne dabei und Pfirsich und Blau.«

Ben starrte die Wand des Grauens noch eine Weile an. »Sind die da wirklich so schlimm?«

Sie nickte. »Jep. Aber das ist nur meine Meinung. Es ist dein Haus, und wenn dir die Farben gefallen, dann ist das die Hauptsache.«

Er schüttelte den Kopf. »Vielleicht probiere ich wirklich lieber noch ein paar andere aus, wenn es dir nichts ausmacht, deine Proben mit mir zu teilen. Ich würde gern etwas nehmen, bei dem sich Addie nicht gruselt.«

Während er sprach, ging die Haustür auf, und eine jüngere, größere, dünnere Version von ihm selbst kam herein. Jetzt begriff Carli, warum Ethan Chase ihre Tochter so durcheinanderbrachte. Er war Filmstar-Mädchenschwarm-Material, gepaart mit Teenager-Nonchalance und strategisch verwuscheltem Haar. Er schlenderte in die Küche und ließ seinen Rucksack auf den Boden fallen.

»Hey«, sagte er und nickte ihnen beiden zu, bevor er den Kühlschrank öffnete.

»Selber hey. Wie wär's, wenn du mal herkommst und deine neue Nachbarin begrüßt?«, rügte Ben, wenn auch nicht sonderlich streng.

Ethan drehte sich um. »Hallo, Nachbarin. Sind Sie Mias Mom?«

»Ja, und du bist Ethan, richtig?«

»Jep. Schön, Sie kennenzulernen. Mia ist echt gut in Mathe. Gibt sie Nachhilfe?«

»Ähm, keine Ahnung. Jedenfalls hat sie so was nie erwähnt.«

»Also, na ja, wenn sie will, ich könnte ein bisschen Hilfe gebrauchen.« Damit wandte er sich wieder dem Kühlschrank zu und holte einen Apfel und eine Packung Schinken heraus. »Ich habe einen ganzen Berg Hausaufgaben, Dad. Ist es okay, wenn ich das hier einfach mit hochnehme und mich gleich dransetze?«

»Klar, mach nur. Ach, hey, welche Wandfarbe möchtest du für dein Zimmer?«

Ethan sah ihn an, als hätte Ben ihn gefragt, ob er lieber Toast oder … Toast wollte. Als wäre ihm das völlig egal. »Äh, weiß nicht. Blau? Braun? Was stimmt denn nicht mit der Farbe, die es jetzt hat?«

»Welche Farbe hat es denn?«, fragte Ben. »Ich weiß es nicht mehr.«

Ethan biss von seinem Apfel ab und antwortete etwas verspätet: »Ich auch nicht. Ich geh mal nachschauen.«

Carli grinste, als er sich abwandte. »Jungs sind so anders als Mädchen. Tess hat eineinhalb Stunden gebraucht, um sich zwischen zwei Veilchentönen zu entscheiden, die eigentlich genau gleich aussehen.«

Bens Blick ruhte wieder auf den Farbvierecken, aber er schien sie gar nicht richtig wahrzunehmen. »Ich bin mit Addie ins Möbelhaus gefahren, und wir haben mindestens drei Stunden gebraucht, bis sie sich ein Bett und einen Schreibtisch ausgesucht hatte, und ich bin mir ehrlich gesagt nicht mal sicher, ob sie mit ihrer Wahl wirklich zufrieden ist. Ich glaube, sie wollte es einfach nur hinter sich bringen. Sie ist nicht …« Er zögerte kurz, dann fuhr er fort: »Sie ist nicht sonderlich begeistert davon, zwischen zwei Häusern hin und her zu wechseln. Bis jetzt hat sie noch nie hier übernachtet.« Nun blickte er zu Boden.

Carli nickte, als sie seine niedergeschlagene Miene bemerkte. »Die Umgewöhnungszeit ist hart. Meine Kinder müssen sich ein Schlafzimmer teilen, wenn sie bei ihrem Vater sind, und man könnte fast meinen, dass er ihnen am liebsten auch nur eine Zahnbürste zubilligen und das Klopapier rationieren würde. Allerdings hat er einen Pool, also waren die beiden den Sommer über trotzdem ganz gern bei ihm. Inzwischen haben sie aber auch beide einen Führerschein und können selbst hin- und herfahren, das macht es einfacher. Trotzdem ist es … einfach schwer. Es dauert eine Weile, bis es sich normal anfühlt.«

»Normal«, sagte er. »Was würde ich für ein bisschen Normalität geben.«

»Ja, ich auch. Die Feiertage werden … eine Herausforderung.«

»Seit wann bist du denn geschieden?«, fragte er.

»Mein Ex-Mann ist im Januar ausgezogen. Offiziell geschieden sind wir seit Juli, aber getrennt seit Januar. Und du?«

Er schwieg einen Moment, und sie dachte schon, er würde ihre Frage abblocken, aber das tat er nicht. »Ich stecke gerade mittendrin, und es wird noch eine Weile dauern. Meine ... Frau – theoretisch ist sie das ja immer noch – lebt gerade in wilder Ehe mit meinem Geschäftspartner zusammen, also gibt es da so einiges, was aufgedröselt werden muss, bevor wir zu einer endgültigen Einigung kommen, wie du dir sicher vorstellen kannst.«

Carli verzog mitfühlend das Gesicht. »Autsch«, sagte sie. »Das ist ja ätzend.«

Wahrscheinlich hätte sie etwas Empathischeres und Elaborierteres sagen sollen, aber Ben lächelte über ihre Antwort.

»Ja, oder? Finde ich auch. Echt ätzend. Für mich, für meine Kinder, für die Angestellten in meinem Unternehmen, für meine Kunden. Aber hey, wenigstens ist meine Frau glücklich.«

Sein Sarkasmus konnte die darunterliegende Verletztheit nicht vollständig kaschieren.

»Es tut mir leid, dass du das durchmachen musst«, erwiderte sie. »Wenn es dich tröstet, ich finde, du hältst dich erstaunlich gut. Nachdem Steve gegangen ist, habe ich ganze Tage im Bett verbracht und mich unter der Decke versteckt. Ich habe mich irgendwie durchgeschleppt, wenn die Kinder da waren, aber wenn sie bei Steve übernachtet haben, war ich im Bett. Ich habe nicht mal den Fernseher eingeschaltet. Aber es ging vorbei, und ich habe meinen Weg zurück gefunden. Mit der Zeit wird es leichter.«

Tja, das war jetzt eindeutig ein bisschen zu viel Information. Peinlich. Eigentlich war Carli nicht der Typ, der praktisch wildfremden Leuten erzählte, dass sie mehrere Wochen fast ausschließlich im Bett verbracht hatte.

Doch Ben nickte. Er schien es zu verstehen. »Bevor ich hierhergezogen bin, habe ich im Gästezimmer meiner Schwester übernachtet, aber weil es gleichzeitig auch ihr Trainingsraum war, konnte ich nicht im Bett bleiben. Außerdem ist sie ja Therapeutin und hat mich dazu gebracht, über alles zu sprechen. Aber es hat Zeiten gegeben, in denen ich einfach ins Auto steigen und nie wieder zurückkommen wollte. Daran habe ich jetzt schon seit einer ganzen Weile nicht mehr gedacht, also wird es wohl tatsächlich besser. Ich meine, ich merke natürlich, dass es besser wird. Mir wäre es nur lieber, wenn es noch schneller noch besser werden würde.«

Dann lächelte er sie an, und sie fragte sich, ob er wusste, wie attraktiv dieses Lächeln war.

KAPITEL 18

Ein neuer Tag, ein neuer Flyer in Bens Briefkasten, der ein nachbarschaftliches Ereignis ankündigte, zu dem Ben entweder eingeladen wurde oder bei dem er in irgendeiner Weise mitwirken sollte. Die fünfte jährliche Wasserballonschlacht an der Bushaltestelle zur Feier des Schulbeginns hatte er ausgelassen, weil seine Kinder nicht mit dem Bus fuhren. Er hätte wie ein Perverser gewirkt, wenn er hingegangen wäre. Irgendein alter Sack, der an der Bushaltestelle rumhing. Nein, danke. Auch zum dritten jährlichen Autowaschtag zugunsten des Schulchors war er nicht erschienen, weil er auf keinen Fall zulassen wollte, dass eine Horde übereifriger Teenager seinen Lexus mit Spülmittel einschäumte und dann mit dem Gartenschlauch abspritzte. Dem Herbstfest war er ebenfalls ferngeblieben. Also standen die Chancen recht gut, dass er auch das, was der neue Flyer ankündigte, schwänzen würde.

»Das kannst du nicht schwänzen«, erklärte ihm Carli am Nachmittag. Sie hatte mit Gus spazieren gehen wollen, aber ihr Hund hatte beschlossen, seinen gewaltigen Haufen lieber genau vor Bens Haus zu platzieren. Zum Glück kamen Carli und er mittlerweile gut miteinander aus, sonst hätte er vielleicht angenommen, dass sie ihren Hund absichtlich dort hatte hinmachen lassen.

»Als ich das Haus gekauft habe, hat mir niemand gesagt, dass ich in einen Drehort für einen Disneyfilm ziehen würde«, beschwerte er sich.

»Wie meinst du das, ein Disneyfilm?«

Er zog den orangeroten Zettel in Form eines Kürbisses aus der Hosentasche und entfaltete ihn. Ganz oben stand: »Zehnte jährliche Monroe-Circle-Halloween-Heufahrt«. Er hielt den Flyer hoch und winkte ein bisschen damit hin und her.

»Das da. Da steht, es gibt eine Heufahrt durch die Nachbarschaft am Samstag vor Halloween und dass ich ›nachdrücklich dazu aufgefordert‹ werde, meinen Vorgarten zu dekorieren, aber ich habe weder Zeit noch Lust, meinen Garten mit Geistern oder Gnomen oder Grabsteinen oder was auch immer zuzumüllen. Wer steckt eigentlich hinter diesem ganzen Kram?«

»Wir haben ein Nachbarschaftskomittee.«

»Das ist echt krass.«

Sie musterte ihn stirnrunzelnd. »Du bist aber mies drauf. Welche Laus ist dir denn über die Leber gelaufen?«

Er war mies drauf, weil seine diversen Verhandlungen zum Stillstand gekommen waren, nachdem sich Sophia geweigert hatte, eine Liste der Dinge aufzustellen, die sie nach Bens Auszug angeschafft hatte, und weil sich Doug, was die Wertbestimmung ihres Unternehmens betraf, anhand derer der Auszahlungsbetrag für Ben festgesetzt werden sollte, aufführte wie der letzte Arsch. Um dem Ganzen noch die Krone aufzusetzen, hatte seine Mutter ein Treffen mit einer langjährigen Freundin der Familie für ihn arrangiert, obwohl er wirklich keine Lust auf belangloses Geplauder mit irgendeiner Frau hatte, die er seit zwanzig Jahren nicht gesehen hatte. Besonders nicht, wenn besagte Frau zuvor von seiner Mutter gründlich abgeklopft worden war.

»Ich habe nur eine ganze Menge Mist an der Backe, und Kürbisse aushöhlen brauche ich nicht auch noch.«

»Aber der Heuwagen fährt genau an deinem Haus vorbei. Dann bleibt er am Ende der Straße stehen, und es gibt Apfelsaft und Donuts bei Renee. Die kleinen Kinder tragen alle ihre Kostüme und sind so lächerlich niedlich, dass nicht mal du ihnen widerstehen kannst.«

»Doch, kann ich. Tue ich schon. Genau das versuche ich dir ja zu sagen. Das klingt alles kein bisschen verlockend.«

Ihre Augen wurden schmal, und er fühlte sich durch und durch abgeurteilt. Was bei Carli nicht ungewöhnlich war. Das hatte er gelernt, als sie ihm bei der Auswahl der richtigen Wandfarben geholfen hatte. Außerdem hatte sie ihm zur Seite gestanden, als es um die Entscheidung hinsichtlich der Teppiche und sogar einiger Bilder für Addies Zimmer gegangen war, denn Carli zufolge musste er auf jeden Fall farbenblind sein und wahrscheinlich auch in anderer Hinsicht ziemlich blind.

»Als es noch das Haus der Mortons war, haben sie hier immer unglaublich viel Zeug aufgestellt, das war wirklich beeindruckend. Die Kinder werden erwarten, dass du wenigstens *irgendetwas* machst. Mr Pipi hatte sogar ein kleines Skelettkostüm.« Ihre vorwurfsvolle Miene wich einem Grinsen.

»Du machst mich fertig«, sagte er und wedelte wieder mit dem Kürbisflyer, aber sie lachte nur über seine Misere, und er spürte, wie sich seine Laune ein wenig hob. Diese Wirkung schien sie irgendwie auf ihn zu haben.

»Besorg dir wenigstens so ein aufblasbares Dings oder so«, ließ Carli nicht locker. »So was ist in zehn Minuten aufgestellt. Bist du immer so ein Halloweenmuffel oder nur dieses Jahr?«

Ben schnaubte und steckte den Flyer wieder in die Tasche. »Ich bin kein Halloweenmuffel. Ich habe immer beim Süßigkeiten verteilen geholfen. Reicht das nicht? Einfach Süßigkeiten verteilen, wenn dann wirklich Halloween ist?«

»Na ja, natürlich musst du an Halloween Süßigkeiten verteilen.« Es klang, als wäre das doch wohl so offensichtlich, dass man es nicht extra noch aussprechen musste. »Ich gebe dir mal einen Tipp, weil du neu im Monroe Circle bist. Verteil die großen Schokoriegel, nicht die Miniversionen, und dazu Limodosen. Das finden die Kids super, und daran denken sie dann und lassen dich in Frieden, wenn sie mal Lust haben, jemanden mit Eiern zu bewerfen. Vertrau mir, die Investition zahlt sich aus.«

»Große Schokoriegel? Von wie vielen Kindern reden wir denn hier?« Die Maklerin hatte ihm erklärt, dass dieses Viertel fast hundertfünfzig Häuser umfasste, und wenn man die durchschnittlichen zweieinhalb Kinder pro amerikanischer Familie zugrunde legte, dann kam man … auf verdammt viele Schokoriegel. Das musste ein Scherz sein.

»Rechne mal mit zweihundert.«

»Zweihundert? Bei mir werden zweihundert Kinder klingeln? Das ist doch irre. In meiner früheren Nachbarschaft waren es etwa fünfzig Kinder.« Er hatte jetzt schon Kopfschmerzen. Vielleicht würde er am Halloweenabend einfach alle Lichter ausschalten und in die nächste Kneipe gehen.

Carli lächelte ihn strahlend an, wie um sein Gefluche auszugleichen. »Was soll ich sagen? Es ist eine sehr fruchtbare Nachbarschaft. Wenn du außerdem noch Weinschorle und Bier bereithältst für die Eltern, die mit den Kindern mitlaufen, dann gibt das Pluspunkte. Natürlich ist das kein Muss, wird aber immer gern gesehen.«

»Jetzt weiß ich, dass du mich verarschst.«

»Nein, ich verarsche dich nicht. Aber weißt du was, ich habe einen ganzen Berg Halloweendeko, und ich wollte sie eigentlich am Wochenende durchsehen und einiges von dem Zeug aussortieren. Wenn du möchtest, kannst du alles haben, was ich nicht mehr brauche, und dafür hilfst du mir, meine Riesenspinne in den Vorgarten zu hängen.«

Er wollte Nein sagen. Er wollte nicht dazu überredet werden, sein Haus zu dekorieren, und er wollte seine Zeit auch nicht damit verschwenden, aber Carli stand da vor ihm mit diesem breiten, albernen Grinsen im Gesicht, als wollte sie ihn herausfordern. Gottverdammt, diese Frau ging ihm wirklich unter die Haut.

»Ach, komm schon, Ben«, zog sie ihn auf. »Jetzt sei nicht so ein Kürbiskopf.« Dann lachte sie sich selbst über ihren dummen Witz kaputt, und da wusste er, dass er nachgeben würde. Sie war sehr überzeugend, und sie hatte etwas Unwiderstehliches an sich, wie sie da vor ihm stand in ihren zerrissenen Jeans, dem übergroßen Pulli, während ihr Haar sanft im Wind wehte. Sie war das personifizierte Mädchen von nebenan. Außerdem lachte sie viel, was er gern hörte, auch wenn sie über ihn lachte.

»Du bist nicht witzig«, sagte er vollkommen ungerührt. Er deutete auf den Hund, der sich umblickte und dabei aussah wie ein drolliger alter Mönch. »Siehst du?«, fragte er und deutete auf Gus. »Nicht mal dein Hund findet dich witzig.«

* * *

»Du findest mich zum Brüllen komisch, oder, Gus?«, fragte Carli abends, als sich ihr Vierzig-Kilo-Hund an sie kuschelte. Sie hätte ihn nie bei sich im Bett schlafen lassen sollen. Als er erst zwanzig, dann fünfundzwanzig, dann dreißig Kilo gewogen hatte, war es schon schlimm genug gewesen, aber jetzt nahm er eine komplette Hälfte ihres Kingsize-Bettes ein. Wenigstens war er mittlerweile hoffentlich ausgewachsen. Eigentlich war es ja sogar schön, ihn hier zu haben, damit er auf sie aufpasste. Besonders an einem Abend wie diesem, wenn sie allein zu Hause war und der Wind um die Dachtraufen heulte. Es war tröstlich, ein weiteres warmes, liebevolles Wesen im Haus zu wissen, und falls tatsächlich einmal jemand versuchen würde, bei ihr einzubrechen – wofür die Chancen bei etwa 0,000001 Prozent lagen, wenn man bedachte, in welcher Gegend sie wohnte –, dann würde Gus ganz sicher jeden Kriminellen in die Flucht schlagen. Wahrscheinlich würde er die Einbrecher zu Tode lecken, wenn er sie erwischte, aber kein Gauner der Welt würde erst mal abwarten, um herauszufinden, ob so ein Riesenvieh freundlich war oder nicht, bevor er das Weite suchte.

Gus drängte sich noch ein bisschen enger an sie und tat so, als wäre er ein Schoßhündchen, während Carli die Kissen hinter sich zurechtklopfte. Es war schon fast elf und sie musste am nächsten Morgen früh zur Arbeit, aber aus irgendeinem Grund fühlte sie sich rastlos und nervös. Jedenfalls lag es nicht mehr an ihrem Schlafzimmer. Die Wände erstrahlten jetzt in jenem lieblichen hellen Rosaton, und sie hatte eine flauschige neue Tagesdecke und frische, geblümte Bettbezüge. Alles, was noch an Steve erinnert hatte, war verschwunden. Sie hatte sich sogar in Unkosten für eine neue Matratze gestürzt, weil es ihr einfach richtig vorkam. Renee hatte ihre Kommode aus dunklem Kirschholz umlackiert und auf alt gemacht, und Carli liebte den Shabby Chic, den sie nun ausstrahlte. In neuen, glänzenden Bilderrahmen prangten Bilder von ihr und den Mädchen. In diesem Raum ging es nun nur noch um sie und ihre Kinder und ihr neues Leben. Es war nicht perfekt, aber es war ihres.

Sie streckte den Arm aus, um die Nachttischlampe auszuschalten, als ein Auto nebenan in die Einfahrt bog. Aus reiner Gewohnheit spähte Carli hinaus, um zu sehen, was Ben so trieb. Aus ihrem dunklen Zimmer beobachtete sie, wie er ausstieg, um das Auto herumging und die Beifahrertür öffnete. Ein seltsam hohles Gefühl breitete sich in Carlis Magen aus, als eine Frau ausstieg und sich gegen ihn lehnte. Eigentlich fiel sie eher gegen ihn. Entweder war sie ein bisschen betrunken oder sehr vertraut mit ihm und seinem Körper. Oder beides. Er nahm sie am Arm, und Carli konnte die Frau lachen hören.

Anscheinend hatte Ben Chase eine Freundin. Was allein seine und ganz sicher nicht ihre Sache war, also war es vollkommener Quatsch, dass sich ihre Glieder plötzlich so schwer anfühlten. Er war ihr Nachbar, nicht ihr Liebhaber. Meine Güte, sie waren ja kaum Freunde. Ja, sie hatten sich im Laufe der vergangenen Wochen ein paarmal über die bittersüße Last der Kindererziehung unterhalten und sich auch allgemein und ganz unspezifisch über die Schrecken einer Scheidung ausgetauscht, aber meistens sprachen sie über Belanglosigkeiten und halfen einander, wenn es um Farbentscheidungen oder Möbelrücken ging. Alles rein nachbarschaftlich. Sie konnte nicht einmal behaupten, dass sie miteinander geflirtet hatten, obwohl sie vielleicht ein-, zweimal ein anerkennendes Funkeln in seinen Augen gesehen hatte. Oder zumindest hatte sie sich das eingeredet. Offenbar hatte sie sich da geirrt.

Sie versuchte, das Gefühl abzuschütteln, was auch immer es war, das so an ihr zehrte. Eigentlich war es doch etwas Gutes, dass Ben wieder eine Frau in seinem Leben hatte. Gut für ihn. Sie sah weiter aus dem Fenster, beobachtete, wie die Frau auf den Eingangsstufen ins Stolpern geriet und Ben ihr einen Arm um die Taille schlang, um ihr hineinzuhelfen. Sie verschwanden im Haus, und kurz darauf ging das Küchenlicht an. Carli begriff, dass es nun an der Zeit war, mit dem Spionieren aufzuhören.

Jep. Gut für Ben.

KAPITEL 19

»Muss ich wirklich hierbleiben, Mom? Ich könnte jetzt auch lernen.«

Mia war kein Sportfan. Sie mochte auch keine Menschenmengen. Oder Schulveranstaltungen. Was sie anging, war es grausam und unmenschlich, sie dazu zu zwingen, einem Volleyballturnier in der Sporthalle der Glenville High School beizuwohnen. Jedes Mal, wenn der Sprecher sprach oder der Buzzer buzzte, zuckte Mia zusammen, als hätte ihr jemand einen Stoß mit einem Viehtreiber versetzt.

»Ja, du musst hierbleiben. Es ist das erste Spiel deiner Schwester, und sie hat unsere Unterstützung verdient.« Auch wenn ihr Team unterirdisch war. Vielleicht musste Tess deshalb nur umso mehr angefeuert werden. Obwohl Carli selbst eigentlich auch nicht hier sein wollte. Sie hatte sich noch immer nicht ganz daran gewöhnt, wieder Vollzeit zu arbeiten, und in aller Herrgottsfrühe aufzustehen war anstrengend. In der Sporthalle war es heiß und es roch nach dieser ganz einmalig ekligen Sporthallenmischung aus muffigen Turnschuhen, miefenden Jungs und Popcorn. Die Sitze auf den Tribünen waren ungepolstert, und Carli tat schon nach fünfzehn Minuten der Rücken weh. Wenigstens war es nicht sehr voll. Mädchenvolleyball zog nicht viele Zuschauer an. Im Grunde waren nur die Eltern der Spielerinnen da, dazu noch ein paar engagierte Großeltern und mürrische Geschwister, die man genau wie Mia gegen ihren Willen hergeschleift hatte.

»Möchtest du was essen?«, fragte Carli. »Hol dir doch eine Brezel oder so.« Das Einzige, was noch schlimmer war als eine gelangweilte Mia, war eine hungrige gelangweilte Mia.

»Äh ... da ist Dad«, sagte Mia plötzlich, und auf einmal war Carlis steifer Rücken ihre geringste Sorge.

»Ach, wie nett von ihm, dass er auch kommt«, erklärte sie in etwa dem Tonfall, in dem man einen Gerichtsmediziner bei der Obduktion willkommen heißen würde. »Tess freut sich bestimmt, ihn zu sehen.«

Sie ließ den Blick zum Eingang schweifen, wo sie Steve entdeckte, der gerade durch die Flügeltür hereingekommen war. Sie hob die Hand, um ihm zu winken, aber dann erstarrte sie mitten in der Bewegung und ließ den Arm wieder sinken.

Dieser Mistkerl hatte eine Frau dabei.

Er hatte eine Frau zu Tess' allererstem Volleyballturnier mitgebracht.

Da erblickte Steve sie und lächelte breit, fast schon jovial. Warum auch nicht? Er winkte rasch und legte die Hand dann an die Taille der Frau, um sie die Tribüne hinaufzuführen. Also ... so wollte er das durchziehen? Er würde seiner Ex-Frau die Neue in seinem Leben bei einer Schulsportveranstaltung vorstellen? Während der vierzehnstündigen Fahrt nach Fairfield College hatte er das nicht erwähnen können? Und er hatte Carli auch vor dem Spiel keine Nachricht schicken können, in der stand: »Ach, übrigens ...« Nein, stattdessen machte er es so. Vor allen Leuten.

Okay, so viele Leute waren es nicht, weil es ... eben Mädchenvolleyball war, aber die Leute, die da waren, kannten sie. Sie wussten, dass Steve und Carli geschieden waren, und todsicher beobachteten sie nun, wie sich die Situation entwickelte. Ihr Herz begann zu hämmern, und sie wünschte, sie hätte sich etwas Hübscheres angezogen als das Glenville-Raiders-Sweatshirt. Wirklich, was dachte er sich dabei? Er hätte sie warnen müssen. Allerdings war es eben einfach nicht seine Art, sich in andere hineinzuversetzen. Und selbst wenn er auf die Idee gekommen wäre, dass dies hier ein bisschen unangenehm für Carli werden könnte, dann hätte er sich darauf verlassen, dass Carli schon keine Szene machen würde. Carli machte nie eine Szene. Was sowohl ein Segen als auch ein Fluch war. Sie konnte unter allen Umständen die Ruhe bewahren, aber wenn sie vielleicht ab und zu mal eine Szene hingelegt hätte, dann wäre Steve möglicherweise etwas motivierter gewesen, ein besserer Ehemann zu sein. Wahrscheinlich war das nicht, aber immerhin möglich.

Als die beiden näher kamen, atmete Carli tief durch, und Mia griff nach ihrer Hand und drückte sie.

»Hi, Dad«, sagte Mia, blieb aber sitzen, sodass sich Steve zu einer ungeschickten Umarmung über sie beugen musste.

»Hey, Schätzchen. Dich habe ich hier nicht erwartet. Ich dachte, du lernst.«

»Na ja, es ist Tess' erstes Spiel, also dachte ich, dass es wichtig ist herzukommen, um sie zu unterstützen«, wiederholte Mia, was Carli zuvor gesagt hatte.

Carli erwiderte den Händedruck. Ein stilles Versprechen, dass diese kleine Lüge unter ihnen bleiben würde, als hätte sich Mia nicht gerade eben noch darüber beschwert, hier sein zu müssen.

»Ja. Natürlich. Genau deshalb sind wir auch hier. Um unser Mädchen zu unterstützen.«

Carli spürte die Blicke der anderen und hörte leises Getuschel. Steve sprach wie immer so laut, dass es alle hörten. Ein weiterer Punkt auf der langen und umfangreichen Liste der

Dinge, die sie nicht vermisste. »Das hier ist übrigens Jade«, sagte er. »Jade, das ist meine ältere Tochter Mia.«

Jade? Im Ernst?

Jade war groß, mit rotbraunem Haar, das an den Spitzen fast blond war. Diesen Style nannte man wohl Ombré, aber für Carli sah es einfach schlecht gefärbt aus. Sie war dünn wie ein Schilfhalm *(waren sie das nicht immer?)* und hatte eine falkenartige Nase, die von einer dickrahmigen Hipsterbrille noch betont wurde. Sie trug ausgestellte Jeans zu klobigen Ankle Boots und einen Schal, der so lang war, dass er sich einmal um ihren Hals wand und trotzdem noch an beiden Seiten bis über ihre Hüfte fiel. Sie musste um die dreißig sein. Von zehn Frauen in einer Reihe wäre sie die letzte gewesen, von der Carli geglaubt hätte, dass sie Steve gefallen könnte. Sie war nicht einmal annähernd sein Typ, und Carli kannte seinen Typ. Immerhin war sie fast zwanzig Jahre mit ihm verheiratet gewesen. Ihm gefielen kurvige Blondinen mit großen Brüsten. Im Grunde das genaue Gegenteil von Carli, aber auch von diesem myopischen Strich in der Landschaft.

»Hallo«, sagte Mia zu der Frau. »Könnt ihr beide ein Stück zur Seite rücken? Ich kann das Spiel nicht sehen.«

»Klar«, antwortete Steve und sah dabei Carli an. Sie erwiderte seinen Blick und blinzelte langsam und nachdrücklich, wie um ihm zu sagen, dass er es ja nicht wagen sollte, sie vorzustellen. Leider gab es kein Entkommen.

»Jade, das ist Carli.«

»Hi«, sagte die Frau und wirkte dabei weder freundlich noch eingeschüchtert. Sie schien auch keinerlei Interesse daran zu haben, ihrer Begrüßung noch etwas hinzuzufügen. Gute Idee.

»Hi«, gab Carli zurück. *Schön, Sie kennenzulernen,* lag ihr schon auf der Zunge, weil man das nun mal sagte, wenn man jemandem vorgestellt wurde, aber es war nicht schön, sie kennenzulernen. Trotzdem musste sich Carli sehr beherrschen, um es nicht doch zu sagen. Einfach, um höflich zu sein. Sie lächelte auch nicht. Sie war ein Fels.

Steve und seine Freundin nahmen zwei Reihen vor ihnen Platz, und die Frau, *Jade,* zog sofort ihr Smartphone hervor und begann, irgendjemandem zu schreiben. Mia warf Carli einen Blick zu. Sie zuckte nur mit den Schultern und schüttelte den Kopf, aber ihre Eingeweide schienen in Flammen zu stehen. Nicht weil sie eifersüchtig war – nicht wirklich –, sondern weil es so respektlos war, einfach mit einer Frau aufzutauchen, von der weder sie noch die Mädchen irgendetwas wussten. Wie musste sich Tess dabei fühlen? Wie musste sich Mia dabei fühlen? Langsam und tief atmete sie durch die Nase ein und blickte stur geradeaus, denn mit Sicherheit waren im Moment zahllose Augenpaare auf sie gerichtet.

Sie dachte darüber nach, ihm eine Flut gehässiger Nachrichten zu schicken, aber wozu? Sie wollte nicht, dass er wusste, wie wütend sie war. Diese Genugtuung gönnte sie ihm nicht. Er hätte sie doch nur als hysterisch und irrational bezeichnet und irgendetwas ausgesprochen Dämliches von sich gegeben wie: »Wir sind geschieden. Das geht dich nichts an.«

Vielleicht stimmte das ja. Sie waren geschieden. Und es ging sie nichts an, mit wem er sich traf. Trotzdem war es eine Sache des Respekts. Und der Rücksicht darauf, wie sich wohl die Mädchen dabei fühlten, dass es eine neue Frau in seinem Leben gab. Eine Frau, die offenbar wichtig genug war, um sie zu einer Schulveranstaltung mitzubringen.

»Warum? Warum tut er so was?«, fragte sie Erin und Dee-Dee an diesem Abend. Sie hatte einen Weinnotfallabend ausgerufen, und sie hatten sich bei Dee-Dee zu Hause getroffen. »Und warum heule ich jetzt? Ich will nicht mal eine Träne an ihn verschwenden.«

In den Monaten nach Steves Auszug hatte sie eimerweise Tränen vergossen. Nicht weil sie etwas Wunderbares verloren hatte, sondern weil das Ende einer Ehe nun mal traurig war. Sogar das Ende einer miesen Ehe. Sie hatte sich überwältigt gefühlt, sie hatte sich gefürchtet und kein bisschen liebenswert gefunden. Sie war wütend und verletzt und hilflos und verloren gewesen. An jenen Tagen, an denen die Mädchen fort gewesen waren und sie sich unter der Bettdecke versteckt hatte, hatte sie sich gefragt, ob sie sich wohl jemals besser fühlen würde. Aber langsam, ganz langsam war sie wieder aus dem Nebel aufgetaucht. Sie hatte geduscht und Abendessen für die Kinder gemacht, sie hatte sich ihre Nägel richten lassen und sich lustige Filme angesehen. Sie hatte mit ihren Freundinnen Wein getrunken und jeden Aspekt ihrer Ehe und ihr letztliches Scheitern analysiert, bis sämtliche Details wieder und wieder durchgekaut worden waren und es schlicht und einfach nichts mehr zu sagen gab. Nachdem sie monatelang zurückgeblickt und sich »Was wäre, wenn« gefragt hatte, konnte sie schließlich Abschied von der Vergangenheit nehmen. Sie hatte sich geschworen, in die Zukunft zu blicken. Es war ihr gleichgültig, dass er eine andere gefunden hatte, warum also fühlte sie sich, als würde es ihr etwas ausmachen?

Dee-Dee tätschelte ihren Arm. »Wenn es dich tröstet, Süße, mein Ex-Mann hat seine Neue zur Beerdigung meines Vaters mitgebracht, aber wein ruhig, wenn du möchtest. Du hast es dir verdient. Die erste Freundin ist immer am schwersten zu verkraften. Es ist ein Schock für dein ganzes System, aber irgendwann kommst du darauf, dass diese Frauen wie Herpesbläschen sind. Sie tauchen in den ungelegensten Momenten auf und geben dir das Gefühl, hässlich zu sein.«

Carli schniefte in ein frisches Taschentuch. »Sie ist nicht mal sein Typ. Sie ist nicht hübsch oder glamourös, und sie hat während des ganzen Spiels auf ihrem Handy herumgetippt. Sie hat Tess nicht mal angeschaut, und sie sind gegangen, bevor das Spiel vorbei war.« Sie trank einen großen Schluck Wein und zupfte sich ein weiteres Taschentuch aus der mittlerweile fast leeren Box, die Dee-Dee mitgebracht hatte.

»Was haben denn die Mädchen gesagt, als ihr wieder zu Hause wart?«, wollte Erin wissen.

»Nicht viel. Sie wollten wohl nicht darüber sprechen, aber ich glaube, sie haben sich mehr Sorgen um mich gemacht als um sich selbst.«

»Das ist für euch alle Neuland«, sagte Erin. »Aber ihr schafft das. Du weißt, dass es unvermeidlich war, dass er sich wieder eine Freundin sucht. Das machen sie alle. Männer können nicht allein sein.«

Carli dachte an Ben und die Frau, die er neulich Abend mit nach Hause gebracht hatte, aber wenn sie das jetzt erwähnt hätte, dann hätten Erin und Dee-Dee nur einen falschen Eindruck bekommen.

»Mom!«, rief eine raue Stimme von oben herunter. Das war Dee-Dees ältester Sohn. »Wo ist mein Footballtrikot? Morgen werden die Fotos vom Team gemacht.«

»Hast du es in den Wäschekorb getan, oder liegt es irgendwo zusammengeknüllt in deinem Zimmer?«, brüllte sie zurück. »Wenn du es nämlich nicht in den Wäschekorb tust, dann wäscht Mama es auch nicht.«

Darauf folgten eine kurze Stille, dann schlurfende Schritte, knarrende Türen und ein Rums, der ganz so klang, als hätte jemand einen vollen Wäschekorb abgestellt. »Jetzt liegt es im Wäschekorb. Kannst du es waschen, damit ich es morgen anziehen kann?« Eine weitere Pause. »Bitte?«

Dee-Dee sah Carli und Erin an. »Seht ihr? Das ist es. Genau das ist der Grund, warum Männer nicht allein sein können. Weil Mütter wie ich ihnen nach Lust und Laune die Wäsche machen. Weil wir sie füttern und ihnen Socken und

Unterwäsche kaufen. Bin ich offiziell Teil des Problems, wenn ich jetzt gehe und ihm sein Trikot wasche?«

»Wahrscheinlich schon«, kommentierte Erin. »Aber ich erteile dir Absolution. Wenn du es nämlich nicht wäschst, dann zieht er es wahrscheinlich einfach trotzdem an und stinkt in dem Ding zum Himmel.«

»Ich muss sowieso nach Hause«, sagte Carli. »Ich muss morgen arbeiten und in aller Herrgottsfrühe los. Um sieben Uhr anzufangen ist echt hart.«

»Das ist der Preis des Ruhms, schätze ich«, bekräftigte Dee-Dee und stand auf. »Aber du bist fantastisch als Moderatorin, und ich bekomme immer noch Gänsehaut, wenn ich dich im Fernsehen sehe. Hey, apropos Gänsehaut, ist Troy Buckman gerade Single? Da würde ich unbedingt mal anklopfen.«

Zum ersten Mal an diesem Abend lächelte Carli. »Mit Troy Buckman möchtest du ganz sicher nichts zu tun haben. Versprochen. Aber ich kann ihm ja trotzdem mal deine Nummer geben.«

»Würdest du? Sag ihm, ich bin der absolute Oberknaller.«

»Das richte ich ihm auf jeden Fall aus.« Mit diesen Worten stand Carli auf und steuerte die Haustür an, dicht gefolgt von Erin.

»Es tut mir so leid wegen Steve«, sagte Erin, als sie Dee-Dees Grundstück verließen und die Straße entlang zu ihren eigenen Häusern liefen.

»Ich weiß. Es tut nur einfach viel mehr weh, als ich erwartet hätte, weißt du? Dieser Prozess ist kein bisschen linear. Es gibt Tage und Wochen, in denen alles super ist und ich mich gut fühle, aber dann passiert irgendetwas Dummes, und ich fange wieder bei null an. Neulich habe ich ein Hemd im Schaufenster gesehen, das Steve wirklich gefallen hätte, und ich habe gedacht: ›Oh, das kaufe ich ihm zu Weihnachten.‹ Nur ist mir dann wieder eingefallen, dass ich ihm nie wieder ein Geschenk kaufen werde. Das ist so … komisch.«

»Das verstehe ich. Du hast dir alles angewöhnt, was man eben tut, wenn man verheiratet ist, und jetzt musst du dich rekalibrieren. Das ist schwer.«

»Genau. Es ist nicht so, dass ich ihn zurückwill. Gott, auf keinen Fall. Aber … ich weiß auch nicht. Sie haben sich so wohl miteinander gefühlt, und es hat so gewirkt, als wäre es ganz normal für ihn, mit ihr da zu sein. Keine große Sache. Als wäre sein neues Leben schon perfekt auf der Bahn, und das, was wir miteinander geteilt haben, nur … Staub und Asche. Außerdem hat er eine neue Beziehung, ich aber nicht, was bedeutet, dass er durchaus beziehungsfähig ist, was bedeutet, dass *ich* der Grund bin, warum unsere Ehe nicht funktioniert hat.«

Erin streichelte ihr kurz über den Rücken, während sie weitergingen. »Ich verstehe, dass es sich für dich so anfühlt, Carli, aber das stimmt einfach nicht. Ich weiß, wie hart du daran gearbeitet hast, diese Ehe am Laufen zu halten. Ich habe gesehen, womit du zurechtkommen musstest, und so schwer das auch ist mit der Scheidung, ich glaube, dass du ohne ihn besser dran bist.«

Carli hielt den Blick auf ihre Füße gesenkt und schniefte beim Laufen wie ein kleines Kind. »Ich weiß. Ich glaube, ich fühle mich einfach etwas gedemütigt. Ich habe gedacht, er würde mir ein bisschen länger hinterhertrauern.«

»Ach, mach dir doch nichts vor. Natürlich vermisst er dich. Genau deshalb musste er sich doch so schnell eine andere suchen, um sich besser zu fühlen. Was sagt dir das? Frauen trauern und Männer ersetzen. Außerdem, nur weil er irgendeine Freundin hat, bedeutet das nicht, dass es eine Märchenromanze oder so was ist. Steve ist derselbe, der er immer war. Er hat jemanden gefunden, der bereit ist, es eine Weile mit seinem empfindlichen Ego auszuhalten, aber das wird nicht ewig halten. Er wird von einer oberflächlichen Beziehung zur nächsten wandern, weil es ungefährlich ist. Er ist unfähig, auf emotionaler Ebene zu wachsen, und deshalb wird er nie mit irgendjemandem eine tiefere Bindung eingehen. So ist er einfach nicht gepolt. Du aber schon, und du verdienst einen Mann, der dir auf Augenhöhe begegnet.«

»Ja, klar. Solche Kerle gibt's ja auch wie Sand am Meer.«

Erin nickte langsam, als sie vor Carlis Einfahrt ankamen. »Solche Männer sind wie Einhörner. Ich hatte echt Glück, Rick zu treffen, aber wir müssen trotzdem so einiges durcharbeiten. Wir müssen uns auch mit dem ganzen Mist des jeweils anderen auseinandersetzen, aber letztendlich steht er immer hinter mir, und ich vertraue ihm.«

Carli seufzte tief. »Vielleicht finde ich eines Tages ja auch einen Rick, aber ehrlich gesagt, selbst wenn genau jetzt einer auftauchen würde, wäre ich noch nicht bereit dafür. Schon bei dem Gedanken, mit jemandem auszugehen, wird mir ganz schwindlig. Ich kann mir gar nicht vorstellen, das alles noch einmal zu machen, dieses ganze mühsame Kennenlernen. Und selbst wenn ich mich mal mit einem Mann treffen sollte, was würde er erwarten? Ich bin nämlich nicht der Typ, der gleich mit dem Nächstbesten ins Bett springt. Ganz zu schweigen davon, dass mich seit dem College niemand außer Steve nackt gesehen hat. An mir ist nichts mehr da, wo es sein sollte.«

Erin lachte. »Die wirklich wichtigen Dinge sind bestimmt noch fast genau da, wo sie sein sollten, und wie oft muss ich dir denn noch sagen, dass du umwerfend aussiehst? Wir haben uns alle verändert, aber du bist immer noch ein super Fang. Jeder Mann kann glücklich sein, wenn er dich bekommt. Vielleicht solltest du mal eine kleine Testfahrt wagen, zum Beispiel mit deinem neuen Nachbarn.« Erin ruckte mit dem Kinn zu Bens Haus.

Das Küchenlicht brannte, und Carli erkannte seine Silhouette am Küchentisch. Sie lachte und schniefte gleichzeitig.

»Ja, klar. Ganz tolle Idee. Eine kleine Testfahrt mit einem Kerl, der sich mitten im Scheidungssumpf befindet. Und danach muss ich für immer und ewig neben ihm wohnen. Was kann da schon schieflaufen?«

»Vielleicht läuft es ja genau richtig?«

Carli schüttelte den Kopf. »Zu kompliziert. Er ist zu nah. Ich meine, rein physisch gesehen. Wir können ja nicht einfach miteinander ins Bett gehen und uns danach wieder am Briefkasten einen schönen Tag wünschen. Das wäre doch ein bisschen zu komisch für mich. Außerdem bin ich ziemlich sicher, dass er neulich Abend ein Date hatte.«

»Ach, wirklich?«

»Ich glaube schon. Sah so aus, als wäre sie betrunken gewesen, als sie aus dem Auto stieg.«

»Vielleicht war es ja seine Schwester.«

»Hoffentlich nicht, so wie sie ihn betatscht hat.«

»Hm. Na ja, ich würde ihn trotzdem noch nicht ganz abschreiben. Rick hat sich beim Grillen ein bisschen mit ihm unterhalten, und er findet, dass er ganz okay ist.«

»Ist notiert, aber ich bin trotzdem noch nicht bereit für eine neue Beziehung, und selbst wenn ich es wäre, wohnt er für meinen Geschmack doch ein bisschen zu nah bei mir.«

Erin zuckte mit den Schultern. »Okay, wenn du das sagst. Vergiss aber nicht, dass Dee-Dee ihn dir dann vielleicht wegschnappt.«

KAPITEL 20

»Katrina Hogan ist Digital Content Producer hier bei Channel 7«, erklärte Marlow an Carli gewandt, während sie im Konferenzzimmer warteten. »Sie ist für den ganzen Social-Media-Kram zuständig und hält uns über die neuesten Trends auf dem Laufenden. Sie ist erst sechsundzwanzig, also verstehe ich meistens nur die Hälfte von dem, was sie sagt, und sie findet, dass die meisten von uns rettungslos hinterher sind. Ein bisschen beleidigend ist das schon, aber ich schätze, genau deshalb brauchen wir sie. Sie kann auch ein bisschen gehässig und überheblich sein. Weißt du noch, wie du mit Mitte zwanzig warst? Damals, als wir alles wussten und niemandem über vierzig getraut haben?«

Carli nickte.

»Na ja, genau, das ist Katrina. Sie ist ziemlich unausstehlich, aber sie kennt sich aus in ihrem Bereich, und Jessica vertraut ihr.«

»Verstanden«, sagte Carli. »Worüber wollen die beiden denn mit mir sprechen?«

Marlow zuckte mit den Schultern. »Keine Ahnung, aber da sind sie schon, also finden wir's wahrscheinlich gleich heraus.«

Jessica betrat den Raum, ihren Laptop unterm Arm und einen Thermokaffeebecher in der Hand. »Lady Boss« schien ihr auf der Stirn zu stehen. Eine zierliche junge Frau folgte ihr dicht auf den Fersen. Ihr kastanienbraunes Haar war perfekt geglättet, und sie trug einen schwarzen Bleistiftrock mit hoher Taille und eine durchsichtige schwarze Seidenbluse mit einem Mieder darunter. Ihr Make-up war gewagt, aber es stand ihr. Auch sie trug sowohl Laptop als auch Kaffeebecher, allerdings schien auf ihrer Stirn »Dein Ernst?« zu stehen. Ihr Lächeln wirkte angestrengt, und Carli kam zu dem Schluss, dass dieses Treffen nicht sehr lustig werden würde. Jessica stellte alle einander vor, dann kam Katrina direkt zur Sache.

»Aaaaaaalso, erst mal müssen wir uns über Ihre Social-Media-Präsenz unterhalten«, sagte sie ohne Vorrede.

»Was ist denn mit meiner Social-Media-Präsenz?«, wollte Carli wissen.

»Sie haben keine«, antwortete Katrina. »Rezepte und Witze über lustige Dinge, die Ihre Kinder gesagt haben, sind keine Plattform. Das reicht nicht mal für eine Weihnachtskarte. Sie brauchen eine Marke. Wir wollen Sie zu einer Influencerin für die über Vierzigjährigen aufbauen, auch jenseits davon, was Sie während der Show tun. Das ist eigentlich etwas Gutes, also brauchen Sie sich nicht schlecht zu fühlen.«

Sie hatte sich nicht schlecht gefühlt ... bis jetzt. Nun grübelte sie darüber nach, warum Katrina offenbar der Meinung war, dass sie sich eigentlich doch wegen etwas schlecht fühlen sollte.

»Ich meine, dieses ganze Treffen ist ja eigentlich ein Kompliment, weil unsere ersten Daten zeigen, dass Sie bei Beliebtheit und Vertrauenswürdigkeit punkten, weshalb Jessica und ich wirklich der Meinung sind, dass wir Ihre Onlinepräsenz aufpeppen sollten. Sie wissen schon, Facebook, Snapchat, Instagram, Twitter.«

Carli freute sich nicht gerade, das zu hören. Sie hatte kein Talent für diese Dinge. Instagram war ihr ein Rätsel, und auf Twitter fühlte sie sich wie auf einer Party, bei der alle über Themen sprachen, mit denen sie nichts anfangen konnte. Und Snapchat mit diesen tausend blöden Filtern? Einmal hatte sie Steve aus Versehen ein Foto von sich geschickt, auf dem sie wie ein Höhlenmensch aussah, und das bekam sie heute noch zu hören. Er hatte in jenem Jahr ihre Geburtstagstorte mit dem Foto verziert. Immerhin hatte er daran gedacht, ihr einen Kuchen zu besorgen.

»Wir können Ihnen dabei helfen, wenn Sie nicht wissen, wie man diese Apps am besten einsetzt«, fuhr Katrina fort. »Ich weiß, das ist alles sehr verwirrend, wenn man nicht damit aufgewachsen ist, so wie ich. Aber hey, dafür habe ich gerade erst herausgefunden, was ein Wählscheibentelefon ist, das gleicht sich also wieder aus, oder?« Sie lachte, aber Carli nickte nur.

»Außerdem haben wir überlegt«, sagte sie so langsam, als wollte sie Spannung aufbauen, »dass wir Sie gern einige der Dinge ausprobieren lassen würden, die wir in der Show vorstellen. Zum Beispiel ein paar angesagte Beauty Treatments. Wenn unsere Zuschauer mitbekommen, wie Sie das machen, dann haben sie selbst weniger Bedenken. Außerdem wird das bestimmt lustig zum Zuschauen.«

»Beauty Treatments?«

»Ja, Sie wissen schon. CoolSculpting, Vampirlifting, Vaginalverjüngung.«

»Vaginal... wie bitte?« Carlis Stimme versagte vor Fassungslosigkeit. Sie wollten was?

Katrina rollte mit den Augen und warf sich das dichte kastanienbraune Haar über die Schulter. »Das ist hip. Wenn man eben schon älter ist und Kinder bekommen hat, keine Ahnung, ich schätze, die Farfallina kann genauso altern wie die restliche Haut, oder? Und mit dieser Behandlung wird sie wieder straff.

Oder so. Ich habe dieses Problem ja nicht, also habe ich mich noch nicht groß damit auseinandergesetzt, aber ich weiß, dass die Leiter von Divine Goddess Day Spa nächsten Monat in die Show kommen, und ich glaube, es wäre ein tolles Segment, wenn Sie ein paar der Behandlungen an sich selbst machen lassen würden. Dann können Sie unsere Vorher-nachher-Kandidatin sein.«

»Sie wollen Aufnahmen … von meiner Vagina?«

Katrinas Augen wurden groß, dann brach sie in schallendes Gelächter aus. »O mein Gott, nein. Das wäre echt eklig! Und wir dürften das nie ausstrahlen. Nein, wir filmen vorab, wie Sie etwas an Ihrem Gesicht und vielleicht am Bauch machen lassen, und dann zeigen wir Ihre Vorher-nachher-Bilder in der Show.« Katrina kicherte immer weiter und murmelte: »Im Ernst? Ihre Vagina im Fernsehen.«

Carli blickte zu Jessica hinüber, um herauszufinden, was sie davon hielt. Sie musste Mitte oder Ende vierzig sein, wenn nicht älter. Ihre Haut war zwar immer noch makellos und jugendlich, aber sie musste mindestens genauso alt sein wie Carli. Wie üblich blieb ihre News-Director-Miene ungerührt, und man konnte ihr unmöglich ansehen, was sie dachte, aber sie legte Katrina eine Hand auf den Arm.

»Kat, bei diesem Treffen soll es um Rahmenrichtlinien gehen, nicht um Details. Vielleicht wollen wir Carli einen allgemeineren Eindruck davon vermitteln, was wir uns gedacht haben.«

Wenn es dabei auch nur entfernt um ihre Vagina ging, dann würde Carli wohl passen müssen, aber Katrina nickte nur, dann tanzten ihre Finger über die Tastatur des Laptops vor ihr, und Sekunden später tauchte ein Bild auf dem Vorführungsbildschirm an der Wand des Konferenzraums auf. Es war eine Facebook-Seite mit einem von Carlis Werbefotos als

Profilbild und ihrem vollen Namen darunter: Carlisle Holmes Lancaster.

»Gut, zurück zu Ihrer Social-Media-Plattform. Wir sind der Meinung, Sie sollten Ihren zweiten Nachnamen ablegen. Lancaster war der Name Ihres Ex-Mannes, oder? Das lässt sich leicht rückgängig machen, und Carlisle Holmes klingt hübsch. Ich habe schon mit der Marketingabteilung gesprochen, und da ist man der Meinung, dass der Wechsel ohne größere Schwierigkeiten machbar wäre. Die Show läuft ja erst seit ein paar Wochen, und bis jetzt weiß wahrscheinlich kaum jemand, wie Sie überhaupt heißen. Die Zuschauer werden das verstehen.«

»Sie wollen, dass ich meinen Namen ändere?« Was nur unbedeutend weniger aufdringlich war, als ihr nahezulegen, sie solle sich ihre Vagina herrichten lassen.

Katrina schüttelte kaum merklich den Kopf. »Nicht ändern. Nur anpassen. Daraus könnten wir auch eine Story machen. Wir zeigen, wie Frauen nach einer grauen Scheidung ihre Identität wieder zurückerlangen.«

»Graue ... graue Scheidung?«

»Ja, damit liegen Sie voll im Trend. Menschen Mitte fünfzig lassen sich scheiden und beginnen damit sozusagen ihren dritten Akt. Die Leute, die in den Ruhestand gehen und ein leeres Nest zu Hause haben und denen vielleicht noch zwanzig Jahre bleiben, bevor sie zu alt dafür sind, um noch Spaß zu haben. Sie wollen ausgehen und die Zeit, die sie noch haben, genießen, anstatt in einer abgestandenen Ehe zu versauern. So wie Sie. Ein weiterer Trend ist, dass ältere Menschen mit Freunden zusammenziehen anstatt in eine Seniorensiedlung. Denken Sie vielleicht auch über so etwas nach?«

»Herrgott, Katrina. Ich bin zweiundvierzig, nicht zweiundsiebzig.« Carli brach der Schweiß aus, aber wenn sie jetzt begann, sich Luft zuzufächeln, dann würde Katrina mit Sicherheit ein Segment über Hitzewallungen vorschlagen. Sie hatte keine

Hitzewallungen. Sie war noch nicht in der Menopause, nicht einmal in der Perimenopause, und sie war durchaus noch nicht bereit, sich zur Ruhe zu setzen oder in ein Altenheim zu ziehen. Und sie würde ihren Nachnamen nicht ändern! Sie war beinahe schon genauso lange Carli Lancaster, wie sie Carli Holmes gewesen war, und sie teilte sich diesen Namen mit ihren Kindern.

»Jessica, wie stehen Sie denn zu all dem?«, wollte Carli wissen, und ihr Ton klang durchaus herausfordernd. Jeder Muskel in ihrem Körper war angespannt. »Legen Sie Troy auch nahe, dass er diese ganzen Sachen tun soll? Filmen wir ihn vielleicht dabei, wie er eine Prostatauntersuchung machen lässt oder Viagra ausprobiert?«

»Katrina, könnten Sie uns kurz allein lassen, bitte?«, fragte Jessica in ihrer unerschütterlichen Art.

»Ich habe aber noch jede Menge Folien, die ich Ihnen zeigen möchte. Ein paar potenzielle Instagramfotos und einige Ideen für Snapchat«, widersprach Katrina.

»Eine Minute«, gab Jessica ruhig, aber fest zurück. Wieder einmal musste Carli bei einer Besprechung gegen Tränen ankämpfen. Nein, nicht gegen Tränen. Eher gegen den Wunsch zu schreien. Das wäre eindeutig befriedigender gewesen. Ihre Frustration hatte ein Limit erreicht. Sie war doch kein Meerschweinchen, an dem sie herumexperimentieren konnten. Sie würde weder ihren Bauch noch ihre Krähenfüße im Fernsehen vorzeigen. Sie umklammerte die Armlehnen ihres Stuhls und machte sich kampfbereit. Zum Teufel, Jessica jagte ihr zwar immer noch eine Heidenangst ein, aber na und? Sie würde sich nicht für die Einschaltquoten zum Deppen machen lassen.

Nachdem Katrina den Konferenzraum verlassen hatte, seufzte Jessica und schenkte Carli das erste aufrichtige Lächeln, das sie je bei ihr gesehen hatte. »Meine Güte, das Mädel ist nicht ganz einfach, was? Ich werde später noch mit ihr sprechen, aber zuerst möchte ich Ihnen erklären, welche Ziele wir verfolgen.«

»Haben diese Ziele irgendetwas mit meiner Vagina zu tun?«, schoss Carli zurück.

Jessica brach tatsächlich in lautes Lachen aus, und Carli hatte bei diesem Geräusch das Gefühl, ein seismischer Schock hätte das Universum erfasst.

»Nein, eigentlich eher nicht. Was Katrina Ihnen so ungeschickt zu vermitteln versucht, ist, dass unsere Zuschauer Sie *mögen,* und wir wollen Kapital daraus schlagen. Nicht indem wir Sie zu irgendetwas zwingen, das Sie nicht wollen, sondern indem wir Ihnen eine Fangemeinde aus treuen Anhängern aufbauen, die sich mit Ihnen identifizieren und Ihnen vertrauen. Fans, die ein Produkt ausprobieren oder einen Ort besuchen würden, nur weil Sie diese Dinge empfehlen. So steigern wir unseren Marktwert. Nur darum geht es.«

»So hat es sich aber nicht angehört. Es klang eher so, als wäre ich ein wissenschaftliches Experiment, mit dem die Einschaltquoten hochgetrieben werden sollen.« Einigen Vorschlägen war sie nicht einmal abgeneigt – den Gesichtsbehandlungen zum Beispiel –, aber sie hatte keinerlei Interesse daran, sich Nadeln in die Haut stechen zu lassen, um am Ende auszusehen wie eine menschliche Barbie.

»Nein, das ist es ganz und gar nicht, was wir wollen, und ich werde mit Katrina über ihre Präsentationsfähigkeiten sprechen. Manchmal lässt sie sich ein bisschen zu sehr von ihrer Begeisterung mitreißen, und online ist sie eindeutig besser als live und in Farbe. Wie auch immer, wir planen jedenfalls, die Onlinepräsenzen sämtlicher Moderatoren bei Channel 7 zu verbessern, aber wir haben herausgefunden, dass Ihre demografische Gruppe zu den engagiertesten Followern gehört. Troy und Allie haben bereits eine Fangemeinde, aber da Sie neu an Bord sind, ist nun der Zeitpunkt gekommen, Ihre Anhängerschaft aufzubauen. Wie klingt das?«

»Jedenfalls eindeutig besser als ein Vampirlifting.«

KAPITEL 21

»Bist du sicher, dass ich einfach deine Sachen benutzen darf?«, fragte Ben, als Carli einen weiteren Plastikeimer voller Halloweendekorationsartikel aus der Garage brachte. Der Haufen grellorangeroter Supermarkteimer in ihrem Vorgarten war beschämend groß, aber nun, da schon mal alles draußen war, würde sie auch alles auspacken und nur das wieder einräumen, was sie auch wirklich haben wollte. Wie bei den meisten Dingen hatten Steve und sie auch in Sachen Feiertagsschmuck einen sehr unterschiedlichen Geschmack. Sie mochte Motive, während seine Devise lautete: je mehr, desto besser.

»Klar«, antwortete Carli. »Du würdest mir damit echt einen Gefallen tun. Wie du siehst, habe ich mehr Kram, als ich brauche. Eigentlich sollten meine Töchter hier sein und uns helfen. Sie sollten sich die Sachen anschauen und mir sagen, ob sie an irgendetwas davon hängen, aber ich schätze mal, dass ihnen das total egal ist.«

Carli zog ihr Handy aus der Tasche, um den Mädchen eine Nachricht zu schicken, obwohl sie zu Hause waren. Es war das effektivste Kommunikationsmittel und resultierte üblicherweise in weniger aufsässigen Antworten, weil die beiden zu faul waren, irgendwelche Frechheiten zu tippen.

Kommt raus und helft mir, die Halloweendeko aufzuhängen.

Sofort erschienen drei Pünktchen, dann kam Mias Antwort.

Wir hängen echt Deko auf? Du weißt schon, dass wir auf der Highschool sind, oder?

Carli schrieb zurück.

Ich mache das nicht für dich, geliebte Tochter, sondern für die Kinder in der Nachbarschaft. Schafft eure Hintern hier raus. Sofort.

Und weil sie einfach nicht widerstehen konnte, tippte sie noch hinterher:

Wenn wir fertig sind, lade ich euch zum Sushi ein.

Es war kühl im Freien. Die Oktobersonne spielte hinter ein paar Wolken Verstecken. Ein perfekter Herbsttag. Carli trug ein Sweatshirt der Glenville Highschool, das sie sich von Mia gemopst hatte, Ben dagegen schien mit einem langärmligen Shirt auszukommen. Es freute Carli, dass er keine Jacke trug, denn so bekam sie Gelegenheit, seine Schultern zu bewundern. Dass er vor Kurzem eine Frau mitgebracht hatte, bedeutete schließlich nicht, dass sie ihn nicht mehr anstarren durfte. Jedenfalls nicht, solange sie diskret war.

»Ich sehe mal zu, dass ich meine Kinder auch hier rausbekomme, damit sie uns helfen«, sagte Ben, zog ebenfalls sein Handy hervor und begann zu tippen. Addie erschien fast sofort und ein paar Minuten später auch ein wenig begeisterter Ethan, der eine karierte Flanellschlafanzughose und einen übergroßen Hoodie trug. Er hatte die Kapuze hochgezogen und seine Haare bauschten sich um sein Gesicht, sodass er aussah wie ein zerzauster Löwe. Als er dann auch noch den Mund zu einem gewaltigen Gähnen aufriss, konnte sich Carli ein leises Kichern über sein stummes Brüllen nicht verkneifen. Sie trugen ihm auf, die Eimer auszuleeren, damit Carli die Haufen durchgehen und sortieren konnte.

»Warum haben wir überhaupt so viel Zeug?«, brummte Mia, die kurz nach Ethan auftauchte. Sie nickten einander zu und murmelten irgendwelche gleichgültigen grummeligen Teenager-Begrüßungen. Volle zehn Minuten später erschien endlich auch Tess. Mascara und Lipgloss bestätigten Carli, dass ihre Tochter Ethan durchs Fenster entdeckt haben musste, bevor sie herausgekommen war. Die beiden hatten erst ein paar Worte miteinander gewechselt. Hauptsächlich hatten sie sich ein »Hi« von einer Einfahrt zur anderen zugerufen, aber Tess hatte die Hoffnung noch nicht aufgegeben, dass Ethan sie irgendwann einmal *richtig* bemerkte.

»Oh, hey, Ethan«, sagte sie und es klang ganz nach: »Ach, du wohnst nebenan? Ich hatte ja keine Ahnung.« Damit konnte sie vielleicht ihn, aber sonst eindeutig niemanden täuschen. Ben warf Carli einen Blick zu, und sie lächelte.

Zu sechst kamen sie schnell voran, und schon bald hatten sie alles in drei Haufen sortiert: Behalten, Wegwerfen und Verschenken. Ben durfte sich aus den beiden Letzteren aussuchen, was er wollte.

»Hängen wir das Zeug wirklich auf? Vor dem Haus? Wo es alle sehen?«, fragte Ethan und gähnte dann wieder.

»Genau das habe ich auch schon gefragt«, meldete sich Mia zu Wort und sah dann Carli betont nachdrücklich an.

»Jep, so hab ich mir das vorgestellt«, antwortete Ben schulterzuckend. »Ehrlich gesagt verstehe ich das auch nicht so richtig, aber es ist ein Befehl vom Nachbarschaftskomitee, also komm damit klar.«

»Mir gefällt's«, sagte Addie. »Ich finde das lustig.«

»Ja, weil du vierzehn bist«, gab Ethan zurück, woraufhin sie errötete.

»Wenn ihr bei der Heufahrt durch die Nachbarschaft mitmacht, dann seht ihr, dass alle coolen Häuser geschmückt sind«, sagte Carli, was die Kids aber nicht zu überzeugen schien. Sie galt wohl eindeutig nicht als *street smart*. Oder sagte man das schon nicht mehr?

»Was denn für eine Heufahrt?«, fragte Ethan.

»Am Samstagnachmittag vor Halloween«, antwortete Ben.

»An meinem Geburtstag«, sagte Ethan. »Meinem achtzehnten.« Er warf sich in die Brust, diese Bemerkung sollte also beeindrucken.

»Ich kann es gar nicht erwarten, endlich achtzehn zu sein«, erwiderte Tess und lächelte ihn an. Die ganze Zeit schon versuchte sie, möglichst in seiner Nähe zu bleiben, aber obwohl er nett zu ihr war, schien er sie nicht richtig zu bemerken, was Carli einen leichten Stich versetzte.

»Ehrlich gesagt war das eine etwas enttäuschende Erfahrung«, versicherte Mia. »Aber immerhin kann ich mir jetzt ein Tattoo stechen lassen, ohne vorher zu fragen.«

»Ähm, nein, kannst du nicht«, widersprach Carli.

»Na ja, mache ich auch nicht, aber ich könnte. Jedenfalls rechtlich gesehen.«

»Vielleicht sollte ich mir ja ein Tattoo stechen lassen.« Ethan grinste seinen Vater an. »Was meinst du, Dad? Vielleicht ein Sleeve über den ganzen Arm? Irgendwas mit vielen Totenköpfen?«

»Keine Chance.«

»Okay, wie wär's dann wenigstens mit einer Party? Ich dachte, ich könnte vielleicht ein Lagerfeuer im Garten machen. Ein paar Freunde zum Chillen einladen oder so?«

Ben hielt einen Moment inne, einen schwarzen Plastikraben in den Händen. »Klar, ich denke, das geht. Die Feuerstelle ist fertig, die könnt ihr benutzen. Aber ich bleibe den ganzen Abend hier und passe auf, dass ihr nicht zu viel oder die falsche Sorte Spaß habt.« Ben deutete auf seine eigenen Augen, dann auf die seines Sohnes, wie um »Ich sehe dich« zu sagen.

Ethan nickte, das Abbild der Gelassenheit. »Super. Danke, Dad. Es wird nur ein kleines Fest, ein paar hundert Leute oder so.«

»Oder wie wär's mit zwanzig?«

Ethan lächelte. »Okay, dreißig. Dreißig sind gut.«

Carli warf Tess heimlich einen Blick zu, der vor gespannter Erwartung förmlich knisterte. Doch da Ethan nun mal ein Junge war und ohnehin nicht zu der Sorte zu gehören schien, der so etwas auffiel, dauerte es noch geschlagene zwei Stunden, in denen sie sämtliche Dekorationen aufgehängt, aufgestellt und angeschlossen hatten, bis ihm endlich einfiel, seine Party ihren Töchtern gegenüber zu erwähnen.

»Also, ich weiß ja nicht genau, was es mit dieser Heuwagensache auf sich hat, aber wenn ihr zwei Lust habt, könnt ihr danach gern noch vorbeikommen. Wär cool.« Allmählich kam Carli der Verdacht, dass er vorher vielleicht nur zu schüchtern gewesen war, die Mädchen einzuladen. Ethan schien nicht einmal annähernd der Draufgänger zu sein, für den ihre Töchter ihn offenbar hielten. Abgesehen von dem Kommentar über ihre zarten vierzehn Jahre war er außerdem auch ziemlich nett zu seiner kleinen Schwester. Natürlich konnten nette, freundliche Jungen, die höflich zu der Mutter von nebenan waren, ein Mädchen genauso in Schwierigkeiten bringen wie die Herzensbrecher. Vielleicht waren sie noch gefährlicher.

Nachdem Ethan seine Einladung vorgebracht hatte, starrte Mia ihn an, als wäre er ein verwirrendes und unlösbares Matheproblem, aber Tess blieb bemerkenswert gelassen.

»Das wäre cool«, sagte sie und spielte mit einer Haarsträhne. »Ich bin an dem Abend eigentlich mit ein paar Freunden verabredet, aber wir haben noch nichts Festes vor.«

»Sind das coole Freunde?«, fragte er.

»Ich finde sie ziemlich cool.« Sie nickte.

»Dann bring sie doch einfach mit. Hey, ist Becca Sturgis nicht auch eine Freundin von dir? Sie kann kommen, wenn sie will.«

Bei diesen Worten sah Carli, wie die Blase der Hoffnung, die Tess umgeben hatte, einfach so zersprang, und sie wusste, dass das Herz ihrer Tochter dasselbe tat. Es war nie ein gutes Zeichen, wenn der Junge, den man anschwärmte, einen bat, ein anderes Mädchen zu seiner Party mitzubringen. Ganz ähnlich hatte sich Carli gefühlt, als sie mit ansehen musste, wie der attraktive Mann von nebenan nachts eine Frau mit nach Hause brachte.

* * *

»Also gut, ich gebe es nicht gern zu, aber die Dekoration sieht ... lustig aus«, verkündete Ben widerstrebend, nachdem sie das, was von Carlis gewaltigem Vorrat übrig geblieben war, in Kisten gepackt und diese in ihren SUV geladen hatten, um sie einem Wohltätigkeitsverein zu spenden. Nun standen Carli und er auf der Straße und betrachteten ihre dekorierten Hauseingänge. Addie war zu einer Freundin gefahren, bei der sie übernachten wollte, und Ethan spielte Basketball mit einem Jungen, der ein paar Häuser weiter wohnte. Carlis Kinder hatten ihre Einladung zum Sushi zugunsten eines Kinoabends mit Freunden sausen lassen.

»Wir machen schon noch einen echten Monroe-Circler aus dir«, antwortete Carli. »Du hast ja recht, es ist ein bisschen viel, aber ehrlich, als die Kinder klein gewesen sind, waren diese ständigen Veranstaltungen super. So viele schöne Erinnerungen. Wahrscheinlich wollte ich das Haus deswegen lieber behalten, als es zu verkaufen, obwohl mich die Reparaturkosten in den Ruin treiben.«

»Hast du Hunger?«, fragte er, als sich plötzlich sein Magen laut knurrend zu Wort meldete und verkündete, dass es Zeit fürs Abendessen war. Wem sollte er etwas vormachen? Er wollte nicht schon wieder allein essen, und er mochte Carlis Gesellschaft sehr. Was nichts damit zu tun hatte, dass sie es fertigbrachte, sogar in Jeans und Sweatshirt verlockend auszusehen.

Sie wurde rot. »Ich habe genug Geld für Essen. So habe ich das nicht gemeint.«

Er brauchte einen Moment, bis er begriff, aber dann prustete er los. »Oje, nein, deshalb habe ich nicht gefragt, ob du Hunger hast. Mir knurrt nur der Magen, deshalb. Möchtest du irgendwo was essen gehen?«

Ihre Wangen wurden noch eine Schattierung dunkler und sie strich sich eine Strähne zurück, die ihr der Wind immer wieder vors Gesicht blies. »Äh, klar. An was hast du denn gedacht?«

»Ist mir eigentlich egal. Ist das Woodfire Grill gut? An dem fahre ich oft vorbei, und es ist immer voll, also muss das Essen wohl ganz lecker sein.«

»Ist lecker. Wenn du möchtest, können wir gern da hingehen.«

»Super. Außer, du hast schon was anderes vor? Ich will dich nicht aufhalten.« Eigentlich wollte er das aber doch. Je länger er darüber nachdachte, mit ihr essen zu gehen, desto besser gefiel ihm die Idee, und das nicht nur, weil er Hunger hatte.

»Leider hatte ich heute keine anderen Pläne, außer Halloweendeko zum Vergnügen anderer Leute Kinder aufzuhängen. Also gern. Ich ziehe mich nur schnell um. Treffen wir uns in einer Viertelstunde wieder hier?«

»Klingt gut.«

Offensichtlich konnte Carli aus einer Viertelstunde eine ganze Menge herausholen, denn als sie wieder aus dem Haus trat, stockte Ben ein wenig der Atem. Sie trug eine enge Jeans und diese Stiefelchen, mit denen man gerade viele Frauen sah. Mit hohen, bleistiftdünnen Absätzen. Ihr Pullover war schwarz und dazu hatte sie sich ein buntes Tuch um den Hals geschlungen. Sie hatte sich sogar ein bisschen geschminkt, allerdings viel weniger als an den Tagen, wenn er sie von der Arbeit kommen sah. Sie wirkte niedlich und gleichzeitig sexy, eine Erkenntnis, die von jenem Ziehen im Bauch begleitet wurde, das allmählich zu Bens ständigem Begleiter zu werden schien.

Der heutige Tag hatte Spaß gemacht, nicht weil er das Schmücken für Halloween so toll fand, sondern weil er ihre Gesellschaft genoss und sie ihn zum Lachen brachte. Dann vergaß er den ganzen Mist, der sich gerade in anderen Bereichen seines Lebens abspielte. Er vergaß Sophia. Er vergaß Sophia wegen Carli. Eine Tatsache, über die er lieber nicht zu genau nachdenken wollte.

Das Restaurant war voll, also bestellten sie sich etwas zu trinken an der Bar. Carli saß auf einem Barhocker und Ben stand neben ihr. Vielleicht ein bisschen näher als unbedingt nötig. Was er aber leicht auf das Gedränge hier schieben konnte, und so hatte er Gelegenheit, ihr Parfum einzuatmen, einen subtilen, aber angenehmen Duft nach Blumen und Gewürzen.

»Weißt du, dass es da einen Ast gibt, der dich fast berührt?«, hörte er sich selbst fragen, obwohl er eigentlich überhaupt nicht darüber hatte sprechen wollen. Allerdings hatte ihr Oberschenkel soeben versehentlich den seinen berührt, und der daraufhin losjagende Stromstoß war direkt in seinen Lenden gelandet. Geschah ihm recht, warum stand er auch so dicht bei ihr. »Ich meine, einen Ast, der fast dein Dach berührt.«

Carli nickte und nippte an ihrem Lemon Drop. »Ja, dieser blöde Ast hängt schon eine ganze Weile so. Jedes Mal, wenn es ein bisschen windig ist, habe ich Angst, dass er durchs Dach kracht und mich aufs Bett drückt.« Sofort wurde sie wieder rot, als ihr die ungeschickte Wortwahl bewusst wurde, woraufhin Ben ein Bild durch den Kopf schoss, wie er selbst sie aufs Bett drückte. Einen Moment lang verlor er etwas die Fassung, dann räusperte er sich.

»Ich lasse einen Baumpfleger kommen, damit er sich mal ein paar meiner Bäume anschaut. Wenn du möchtest, schicke ich ihn dann auch zu dir.« *Herrgott, Ben. Tolles Gesprächsthema für einen Abend mit einer Frau.* Mit einer Frau, die soeben davon gesprochen hat, wie sie aufs Bett gedrückt wurde! Was für eine verlorene Chance. Wären da nicht ihre leuchtend roten Wangen gewesen, hätte er geglaubt, dass sie flirtete. Flirtete sie? Verdammt, er war einfach zu lange verheiratet gewesen! Er war völlig außer Form. Nicht, dass er wegen Carli in Form hätte sein müssen. Sie waren nur Nachbarn und genossen ein gemeinsames nachbarschaftliches Abendessen. Was aber nicht bedeutete, dass sie nicht auch ein bisschen harmlos miteinander flirten konnten. Hätte er sich doch nur daran erinnern können, wie man das machte!

»Da muss ich wohl echt mal etwas unternehmen«, sagte sie und meinte damit vermutlich wieder den Ast. »Also ja, wenn es dir nichts ausmacht, deinen Baumpfleger auch mal nach meinen Bäumen zu fragen, wäre das toll.«

Er nickte. Ein etwas peinlicher Moment des Schweigens verging, bevor er hinzufügte: »Ähm, wie wäre es mit ein paar Details über dieses Heufahrtdings?«

Sie wurden von einer Kellnerin zu einem der Tische geführt und redeten dort weiter über Maler und Gärtner, über ihre Kinder und die Schule. Sie erzählte ihm von ihrem neuen Job und davon, wie es mit dem Hundetraining voranging. Er sprach über seine Familie und die Arbeiten an seinem Haus. Alles Themen, die alltäglich genug waren, um ihn von der intensiven

Farbe ihrer Augen abzulenken. Von ihren vollen Lippen und der Haarsträhne, die ihr immer wieder über die Wange strich. Dummerweise lenkten ihn diese Themen aber nicht ab. Das Einzige, was ihn an diesem Abend ablenkte, war sie.

Was äußerst unpraktisch war.

Sie bestellten jeder einen weiteren Drink und warteten darauf, dass das Essen kam. Carli nippte an ihrem Martiniglas und sagte dann: »Okay, also, ich wollte wirklich nicht spionieren oder so, aber ich habe neulich Abend gesehen, dass du offenbar ein Date hattest.«

Ihre Worte und ihre implizierte, schüchterne Frage erwischten ihn auf dem falschen Fuß. Nicht weil sie ihn beleidigt hätte, sondern weil er dieses Ereignis nach besten Kräften aus seinen Gedanken verdrängt hatte. Aus irgendeinem Grund wollte er außerdem nicht, dass Carli glaubte, er habe ein Date gehabt. Es hatte zwar als eine Art Date begonnen, aber es hatte definitiv nicht so geendet.

»Äh, wenn du es so nennen willst.«

Sie schüttelte den Kopf, ihre Wangen wurden schon wieder rot. »Tut mir leid, das geht mich auch gar nichts an. Wir müssen nicht darüber sprechen, wenn du nicht willst.«

Ben lachte. »Nein, so meinte ich das nicht. Überhaupt nicht. Nur, dieser Abend hatte wirklich nur sehr, sehr entfernt etwas von einem Date.«

Sie stellte ihr Martiniglas ab. »Okay, jetzt bin ich neugierig.«

»Veronica DeMarco«, sagte er und trank einen herzhaften Schluck von seinem Craft Beer, denn diese Geschichte musste ein bisschen unterspült werden. »Eine langjährige Freundin der Familie, die ich fast schon vergessen hatte. Unseren Eltern gehörten benachbarte Ferienhäuser am Lake Michigan, und Roni und ich sind als Kinder zusammen losgezogen, haben Frösche gejagt und nach Grashüpfern und Seeglas gesucht. Dann, im Sommer vor der achten Klasse, hat sie sich, ähm …

weiterentwickelt, und auf einmal war ich nicht mehr cool genug für sie.«

Bei der Erinnerung daran musste er grinsen, denn wegen Veronica DeMarco im Bikini hatte er in jenem Juni gelernt, wie schwierig es war, einen Ständer zu verstecken, wenn man nur eine Badehose trug. Fast den ganzen Sommer über hatte er hüfthoch im eiskalten Seewasser gestanden, während sie sich im Sand rekelte.

»Sie hat mich für Braden Buckley fallengelassen, weil der zwei Jahre älter war als wir und weil er ein Brusthaar hatte.«

Carli lachte auf. »Ein Brusthaar? Einzahl?«

»Jep. Nur eins, aber das hat gereicht, um sie zu beeindrucken.«

»Verständlich.«

»Wie auch immer, meine Mutter hat das Treffen mit ihr in die Wege geleitet, weil Veronica aus einer guten Familie kommt. Damit meine ich viel altes Geld und nur sehr wenige Skandale. Wie sich herausgestellt hat, war die ganze Geschichte aber eher eine Spontanintervention als ein Date. Sie hat zwei Flaschen Merlot getrunken und mir dann ganz genau erklärt, warum sie Männer hasst. Sehr unterhaltsam.«

»Klingt ja super.«

»Ja, oder? Als ich dann vorgeschlagen habe, dass sie doch auch etwas von dem, was wir bestellt hatten, essen und vielleicht nicht noch einen Wein trinken sollte, hat sie mir unmissverständlich zu verstehen gegeben, dass ich ganz genauso tyrannisch wäre wie ihr Ex-Mann. Der gerade wegen Steuerhinterziehung vor Gericht steht.«

»So viel zu den wenigen Skandalen.«

»Ja, keine Ahnung, wie meiner Mutter das entgehen konnte. Na ja, danach wollte ich sie eigentlich nach Hause fahren, aber sie meinte, sie müsse ganz dringend pieseln. Sie hat wirklich ›pieseln‹ gesagt, und sie war sicher, dass sie es nicht mehr bis zu ihrem Haus schaffen würde. Also hat sie vorgeschlagen, dass wir doch einfach zu mir fahren könnten. Von da an ging es bergab.«

»Noch weiter bergab?« Carlis große dunkle Augen wurden noch größer.

»Jep. Sie ist in meinem Badezimmer umgekippt.« Dass er sie auf dem Boden liegend gefunden hatte, den Rock bis zur Taille hochgezogen, die Unterhose um die Knöchel, erwähnte er lieber nicht. Er hätte es gerne erzählt, weil es Carli sicher auf lustige Weise schockiert hätte, aber es wäre Veronica gegenüber einfach nicht fair gewesen. Er konnte Scherze darüber machen, dass jemand zu viel getrunken und sich im Allgemeinen ziemlich grässlich verhalten hatte, aber der letzte Teil war wirklich verdammt demütigend.

»O mein Gott. Und was hast du gemacht?«

»Tja, ich konnte sie schlecht einfach nach Hause fahren. Erstens, weil ich sie in ihrem Zustand nicht allein lassen wollte, und zweitens, weil ich keine Ahnung hatte, wo sie wohnt. Also habe ich sie in mein Gästezimmer getragen, damit sie ihren Rausch ausschlafen konnte. Mann, am nächsten Morgen hatte sie echt miese Laune.«

Genau genommen hatte er eine ganze Weile neben ihrem Bett auf einem Stuhl gesessen, um sicher zu sein, dass sie sich nicht übergeben musste. Dabei hatte er allerdings weniger an sie, sondern mehr an seinen neuen Teppich gedacht. Eine ganz tolle Nacht, gekrönt von der Erfahrung, ihr die Unterhose hoch- und den Rock runterziehen zu müssen, ohne dabei irgendetwas zwischen Taille und Knien anzuschauen. Nicht nur weil er ein Gentleman hatte sein wollen, sondern weil ihm die ganze Zeit durch den Kopf gegangen war, wie furchtbar peinlich ihr das alles am nächsten Morgen sein musste. Seltsamerweise war sie jedoch weniger entsetzt gewesen, als er angenommen hatte. Hauptsächlich hatte sie eine Stinklaune gehabt, weil er vorgeschlagen hatte, dass sie per Uber nach Hause fahren sollte.

»Vermutlich hatte sie Kopfweh«, kommentierte Carli, und in ihrem Tonfall schwangen zu gleichen Teilen Belustigung und Mitleid mit. »Weinkater sind furchtbar. Die schlimmsten von allen. Zum Glück hatte ich seit Ewigkeiten keinen mehr.« Sie klopfte auf den Holztisch.

»Wie schön für dich. Ich hatte während der letzten Monate so einige Kater, dank meiner Scheidung.« Er hob sein Glas. »Darauf, dass wir morgen keinen Kater haben.«

»Prost.«

Sie stieß mit ihrem zarten Martiniglas gegen seinen Bierkrug und trank dann einen Schluck. Er versuchte, nicht daran zu denken, wie sich ihre Lippen gegen das Glas pressten. Und auch nicht daran, dass dort neben ihrem Mund ein Grübchen erschien, wenn ihr Lächeln breit wurde, denn diese Gedanken liefen allmählich aus dem Ruder. Was war heute Abend nur mit ihm los? Warum war er so auf sie fixiert? Sie war weder die schönste Frau aller Zeiten noch die brillanteste Rednerin. Sie stellte ihre Sinnlichkeit nicht zur Schau und sie gab auch nicht vor, irgendetwas anderes zu sein als eine Freundin. Woran lag es also? Er hatte keinerlei Interesse an Veronica DeMarco oder an einer der anderen Frauen, die sich während der vergangenen Wochen bei ihm gemeldet hatten, aber bald würde er eines dieser Angebote wohl annehmen müssen, und sei es nur, um diese irrationalen und unbequemen Gefühle loszuwerden, die er für seine Nachbarin hegte.

* * *

»Sonderlich überraschend ist das nicht«, bemerkte Bens Schwester am nächsten Tag, während sie ihm dabei half, im Möbelmarkt ein paar Lampen und Vorhänge auszusuchen. »Carli ist süß und nicht bedrohlich. Sie ist wie ein Handschmeichler und steht für alles, von dem du geglaubt hast, du hättest es mit

Sophia. Ehefrau, Mutter, Freundin. Um ehrlich zu sein, seid ihr beide dabei, ein bisschen Vater-Mutter-Kind zu spielen.«

»Wir spielen nicht Vater-Mutter-Kind«, widersprach Ben, weil er glaubte, dass Kenzie damit auf Sex anspielte. Es gab keinen Sex. Nicht mal die Spur von Sex.

»Ich meine damit, dass ihr einander bei diesem und jenem helft. Ihr dekoriert für Halloween, ihr sprecht übers Elternsein, ihr spielt mit ihrem Hund. So etwas schafft Intimität. Vielleicht keine körperliche, aber eindeutig emotionale Intimität.«

»Emotionale Intimität klingt nach etwas ziemlich Kompliziertem. Für so was bin ich noch nicht wirklich bereit. Ich brauche nur ein bisschen ehrliche ... Transaktionsintimität.«

»Dann schlage ich Tinder vor«, antwortete sie trocken und warf zwei Vorhangschals mit Zickzackmuster in den Einkaufswagen.

»Tinder? Im Ernst? Das ist deine therapeutische Empfehlung?« Er holte die Vorhänge aus dem Wagen und legte sie zurück ins Regal. Die Farbe gefiel ihm nicht.

Kenzie lud sie wieder ein. »Die sind für mich, und nein, das ist nicht meine therapeutische Empfehlung. Als Therapeutin rate ich dir, erst mal einige Zeit allein zu verbringen, um dich mit deiner eigenen Gesellschaft wohlzufühlen. Oder, wenn dir das nicht gefällt, dann geh mit ein paar Freunden aus, mach viel Sport und fang vielleicht als ehrenamtlicher Helfer im Tierheim an oder so. Warte mindestens ein Jahr ab, bevor du wieder eine Beziehung eingehst.«

»Ein Jahr?« Das kam ihm wie eine ziemlich lange Zeit vor.

»Ja, so lautet die professionelle Empfehlung, aber ich weiß auch, dass es im echten Leben recht einsam werden kann und dass man in einer solchen Zeit gern ein bisschen ... Spaß hätte, um sich abzulenken. Also ... Tinder. Wo du jemanden finden kannst, der auch nach einem unverbindlichen Zeitvertreib sucht. Nur nicht deine Nachbarin. Für etwas Bedeutungsvolles bist du noch nicht in der Verfassung, und sie kommt mir nicht wie der Typ für ein bisschen Transaktionsintimität vor. Das wäre ihr gegenüber nicht fair, also schau dich lieber woanders um.«

Okay. Er würde sich also woanders umschauen.

Aber Tinder? *Gott!*

KAPITEL 22

Die zehnte jährliche Monroe-Circle-Halloween-Heufahrt war wie schon die im Vorjahr ein voller Erfolg, und sogar Ben schien es zu gefallen, wieder und wieder einen Heuwagen mit lauter Kindern an seinem Haus vorbei Richtung Renee fahren zu sehen. Auch Gus war mit von der Partie. Er trug ein Elchgeweih, was die Kinder zum Lachen und Winken brachte. Da der Wagen von einem Traktor gezogen wurde statt von einem Pferd, konnte Gus seinen Titel als größtes Tier der Nachbarschaft verteidigen.

»Siehst du, es macht Spaß, hab ich doch gesagt«, sagte Carli, während sie mit Ben zur Postheufahrtsparty die Straße hinunterschlenderte. Gus war mittlerweile sicher in seiner Hundebox untergebracht, mitsamt einem Kauspielzeug von den Ausmaßen eines Brontosaurieroberschenkelknochens, und sie und Ben freuten sich auf den obligatorischen Apfelsaft und einen Zucker-Zimt-Donut. Mia und Tess waren schon dort, weil sie sich dazu hatten überreden lassen, mit einigen der kleinen Kinder zu fahren.

»Hey, ihr beiden«, rief Renee ihr und Ben zu. »Wenn ihr einen Schluck Captain Morgan in euren Apfelsaft wollt, sagt Bescheid.«

»Ich auf jeden Fall«, sagte Ben. »Wo sind die Becher?«

»Ich hole uns einen«, antwortete Carli und folgte Renee ins Haus. Wie erwartet stürzte sich Renee auf sie, sobald sie die Küche betraten.

»Aaaalso, was läuft da zwischen dir und dem anbetungswürdigen Mr Chase?«, fragte sie, nahm zwei rote Plastikbecher von einem Stapel und füllte sie am Kühlschrank mit Eiswürfeln. »Ich weiß, du behauptest ja, dass da nichts ist, aber Lynette sagt, dass ihr zwei ständig entweder in seinem oder in deinem Garten herumsteht und dass ihr immer mal wieder für verdächtig lange Zeit in einem eurer Häuser verschwindet. Warum muss ich das von Lynette erfahren? Warum hast du es mir nicht selbst erzählt?«

Carli lachte und lehnte sich gegen den Quarztresen. »Erstens, warum bekommst du Spionageberichte von Lynette? Schäm dich. Und zweitens, ich habe dir nichts erzählt, weil es da nichts zu erzählen gibt. Wir sind nur Freunde. Vielleicht sollte ich mir das auf ein T-Shirt drucken lassen.« Carli griff nach der Flasche mit dem Gewürzrum und schraubte sie auf.

»Freunde, die zusammen im Woodfire Grill essen gehen? Hast du geglaubt, euch hätte da niemand gesehen?« Renee stellte die Becher neben die Spüle und nahm Carli die Flasche ab.

»Rein platonisch. Wir hatten Hunger, nachdem wir die Gärten für Halloween geschmückt hatten. Glaubst du denn, wenn da wirklich was laufen würde, wären wir ausgerechnet ins Woodfire Grill gegangen?«

Renee rollte mit den Augen. »Wenn das zwischen euch wirklich rein platonisch ist, dann bist du wirklich dumm. Er ist ein echter Fang.«

Wieder lachte Carli und ihre Wangen wurden heiß. »Ich bin nicht dumm. Ich bin sogar genau das Gegenteil von dumm. Er ist ein guter Kerl und ein guter Nachbar und ein guter ...

Freund. Hör zu, ich will ja nicht so tun, als hätte ich nicht auch schon daran gedacht, weil, komm schon, wer würde das nicht? Es hat sogar ein, zwei Momente gegeben, in denen ich dachte, dass er vielleicht nicht ganz so platonische Gedanken hegt, aber wir befinden uns in unterschiedlichen Phasen in unserem Leben, und keiner von uns ist bereit für … romantische Verwicklungen. Ich bin viel zu beschäftigt mit den Kindern und der Arbeit und dem Hund, und er ist beschäftigt mit seiner Scheidung und seinem Unternehmen und dem ganzen Mist. Glaub mir, er ist ein Hochrisikokandidat, aber ich bin eben eher eine Sicherheitsfanatikerin.«

Renee hob eine Braue. »Wer nicht wagt, der nicht gewinnt. Und selbst wenn es eine Katastrophe wird, dann wird es sicher eine fantastische Katastrophe. Du hast ein bisschen Spaß verdient.« Renee goss einen großzügig bemessenen Schluck Rum in jeden der Becher. »Außerdem kannst du mir dann alle skandalösen Details erzählen. Rob und ich machen gerade eine Dürrezeit durch, und ich könnte ein bisschen Pep vertragen.«

»Vielleicht brauchst du ja eine Vaginalverjüngung. Das ist offenbar gerade der letzte Schrei.«

Renee hielt mitten in der Bewegung inne und ihre Augen wurden groß. »Eine was?«

»Ach, nur so eine Geschichte, die ich bei der Arbeit gehört habe. So wie ich das verstehe, ist es wie eine Gesichtsbehandlung für dein Allerheiligstes.«

Renees Überraschung verwandelte sich in Skepsis. »O-kay. Das mache ich nicht, aber ich bin durchaus bereit, mir alles über deine Eskapaden anzuhören, falls du beschließt, ein bisschen Spaß mit Mr Right Next Door zu haben.« Sie füllte die Becher mit Apfelsaft auf.

»Ich fürchte, in dem Punkt kann ich dir nicht weiterhelfen. Du kennst mich und mein Blümchensexleben ja. Für Steve war es ja schon wild und verrückt, wenn wir es im Wohnzimmer getan haben.«

»Klar, Steve war langweilig, aber ich wette, dein sexy Nachbar hat ein paar Tricks im Ärmel. Oder in der Hose. Wo auch immer.«

»Na toll.« Carli nahm einen der Becher von Renee entgegen. »Jetzt muss ich den ganzen Nachmittag daran denken, was Ben in seiner Hose hat.«

»Damit bist du nicht allein, Süße.«

Lachend verließen sie das Haus und entdeckten Ben inmitten einer Gruppe von Ehemännern, die alle ebenfalls lachten. Es war nicht leicht, ernst zu bleiben, wenn überall kleine Kinder in Avengers- oder Eisköniginnenkostümen herumliefen. Carli trat zu der Gruppe und reichte Ben seinen Drink.

»Renee schenkt gern großzügig ein, also sei gewarnt.«

Lächelnd nahm Ben den Becher entgegen. »Danke.«

»Am zweiten Dezemberwochenende also«, sagte Rob.

»Was ist denn da?«, mischte sich Carli in das Gespräch ein.

»Die diesjährige Weihnachts-Pubtour.«

Die dritte jährliche Monroe-Circle-Weihnachts-Pubtour war recht neu zum Veranstaltungskalender hinzugekommen, da die Väter der Nachbarschaft sich und ihre Bedürfnisse als unterrepräsentiert empfunden hatten. Während dieser Orgiennacht fuhr ein Partybus durch Glenville und hielt bei diversen Pubs und Privatbrauereien, bevor die Nacht schließlich in einer rund um die Uhr geöffneten Bowlingbahn ausklang. Carli war selbst einmal dabei gewesen, hatte es aber nur bis zur dritten oder vierten Bar geschafft, bevor sie nach Hause gegangen war. Steve hatte bis zum bitteren Ende durchgehalten und ihr am nächsten Tag reichlich abstruse Geschichten darüber erzählt, was sich angeblich noch so alles ereignet hatte. Die Geschichten stimmten, aber abstrus waren sie trotzdem. Zum Beispiel war Dee-Dees zweiter Ex-Mann (bevor er ihr Ex-Mann geworden war) in einem stinkenden Weihnachtsmannkostüm nach Hause gekommen, das er einem ebenfalls stinkenden Weihnachtsmann in der Bowlingbahn abgekauft hatte – einem Weihnachtsmann aus dem Einkaufscenter, der sich nach Schichtende nur noch einen (weiteren?) Feierabenddrink hatte genehmigen wollen.

»Weihnachts-Pubtour, hm?«, fragte Ben. »Klingt lustig. Da bin ich dabei. Vor allem, wenn ich nichts fürs Büfett mitbringen muss.«

* * *

»Mom, wo ist unser Ouija-Brett?«, rief Tess zu Carlis Veranda hinauf, auf der Carli mit Ben, Erin und Erins Mann Rick saß. Sie behielten klammheimlich das Geschehen um Ethans Lagerfeuer im Auge, während sie so taten, als würden sie genau das nicht tun. Zwischenzeitlich waren es einmal über vierzig Jugendliche gewesen, aber als es auf Mitternacht zuging, waren die meisten von ihnen gegangen, und nun saß nur noch eine Handvoll von Ethans engsten Freunden dort drüben, gemeinsam mit Mia und Tess und drei ihrer Freundinnen. Seltsamerweise war Becca Sturgis nicht aufgetaucht, und Carli fragte sich, ob sie die Einladung jemals bekommen hatte.

Sie stand auf und beugte sich über das Geländer, um ihre Tochter sehen zu können. »Ich habe keine Ahnung. Irgendwo im Keller wahrscheinlich, warum?«

»Wenn ich es finde, kann ich es mit zu Ethan rüber nehmen? Ein paar von uns wollen gleich in den Wald und es mal ausprobieren.«

»Das klingt schrecklich. Ben, ist das in Ordnung für dich?« Sie blickte über die Schulter zu ihm.

»Wohin wollen sie?«

»In den Wald hinter deinem Haus.« Das Wäldchen erstreckte sich etwa fünfzig Meter weit bis zur Grundstücksgrenze eines grummeligen alten Mannes, der schon seit Ewigkeiten dort lebte. Ab und zu tauchte er in Carlis Garten auf und beschwerte sich über Partys in der Nachbarschaft, über den Verkehr, über Maulwürfe, Kaninchen, Rehe, Stromleitungen, Wassertürme, Regierungsverschwörungen – so ziemlich alles, was er von sich gab, war in irgendeiner Weise eine Beschwerde.

»Ich habe mich da hinten noch nicht richtig umgesehen. Ist es gefährlich dort?«, fragte Ben. »Gibt es da Treibsand oder Werwölfe oder irgendetwas anderes, das die Nacht unsicher macht?«

»Solange sie keinen Giftefeu anfassen oder ein Stinktier ärgern, kann eigentlich nichts passieren«, gab Carli zurück. »Abgesehen davon, dass sie in einem dunklen Wald Geister beschwören und Anweisungen von allen möglichen Dämonen erhalten.«

Er zuckte mit den Schultern. »Okay. Klingt doch nach Spaß.«

Carli drehte sich wieder zu Tess um und rief: »Alles klar, aber wenn ihr in die falsche Richtung lauft und in Mr VanderBrinks Garten landet, geht sein Flutlicht an, und wahrscheinlich hält er euch dann ein Gewehr unter die Nase, also bleibt bitte in der Nähe. Ihr braucht sowieso ein bisschen Licht, sonst seht ihr ja nichts, oder?«

»Ist gut, Mom. Danke.« Tess ging unter der Veranda durch, und Carli hörte, wie sie die Schiebeglastür zum Keller öffnete. Kurz darauf war sie wieder oben und eilte zurück zum Feuer.

»Natürlich gehen sie mit dem Ding tief in den Wald, das ist dir klar, oder?«, warf Ben ein, sobald Tess fort war.

Carli nickte. »Wahrscheinlich, aber ich habe sie wenigstens gewarnt. Und außerdem ist Mia auch da. Normalerweise ist sie die Stimme der Vernunft, und vielleicht kann sie die anderen ja davon abhalten, zu weit zu gehen.«

»Tja«, sagte Rick, stand auf und streckte sich. »Ich glaube, das ist unser Stichwort. Wir gehen lieber, bevor sie irgendetwas Böses heraufbeschwören. Ich möchte lieber nach Hause, bevor die Geister auftauchen.«

Auch Erin erhob sich. »Ich fände es eigentlich ziemlich spannend, einen Geist zu sehen. Solange es ein netter Geist ist, ihr wisst schon.«

»Ein netter Geist?«, fragte Ben.

»Ja, so einer wie Caspar oder der Geist der diesjährigen Weihnacht oder so. Keiner von denen, die ächzen und mit Ketten rasseln und dem ganzen Mist.« Sie schauderte. »Verflixt, jetzt habe ich gruselige Geister im Kopf, und wir müssen auf dem Heimweg noch an allen Halloweendekos vorbei.«

»Ich beschütze dich, Schatz«, sagte Rick und legte ihr einen Arm um die Schultern.

Sie küsste ihn auf die Wange. »Ich weiß, dass du das wirklich glaubst, aber wenn wir einen echten Geist sehen, dann wärst du so schnell weg, dass ich nur noch in deiner Staubwolke herumstehen würde.«

»Tja, das stimmt vielleicht, aber wir finden es hoffentlich nie heraus.«

Rick und Erin waren so etwas wie Rollenmodelle für eine gelungene Beziehung, und sie gaben Carli ein ganz kleines bisschen Hoffnung, dass sie vielleicht, möglicherweise, eventuell eines Tages einen Mann finden würde, mit dem sie den Rest ihres Lebens verbringen wollte. Nicht jetzt sofort natürlich. Aber später. Viel später. Wenn sie bereit dafür war.

Sie umarmte die beiden zum Abschied und sah ihnen nach, als sie die Stufen der Veranda hinunterstiegen und in der Dunkelheit verschwanden. Sekunden später stieß Rick ein böses »Mua-ha-ha« aus, und Erins Lachen schwebte durch die Nacht.

»Möchtest du auch ins Bett?«, fragte Ben. »Ich kann die Kids von meiner Terrasse aus überwachen, wenn es dir lieber ist.«

»Schon gut. Zwei von denen sind ja meine, also kann ich auch noch ein bisschen hier sitzen bleiben. Es sei denn, du möchtest gern rüber zu dir.« Sie wollte nicht, dass er ging. Sie wollte hier draußen auf ihrer Veranda bleiben, wo die kühle Nachtluft alles erfrischte und belebte. Sie hatte die Außenbeleuchtung nicht eingeschaltet, nur das schwache Licht aus dem Haus und das Flackern des Lagerfeuers von nebenan hüllte die Veranda in einen warmen, heimeligen Schein.

Sie genoss Bens Gesellschaft. Wahrscheinlich mehr, als sie sollte. Es war ein riskantes Spiel, auf das sie sich da einließ. Sich vorzustellen, dass zwischen Ben und ihr etwas beginnen könnte. Natürlich würde es das nicht, denn Carli wusste, dass es einfach der falsche Zeitpunkt dafür war, und wenn sie Ben noch so faszinierend und einfühlsam und ehrlich fand. Es war ein gewaltiger Unterschied, ob man geschieden war oder ob man sich gerade scheiden ließ, und Ben musste diese Schwelle erst noch überschreiten. Carli war sich nicht einmal sicher, dass sie selbst diese Schwelle schon überschritten hatte. Sie mussten vernünftig sein, und sie wusste, dass das, was sie beide im Augenblick am dringendsten brauchten, ein Freund war, keine Romanze.

Doch noch schwerer als das, schwerer als alle anderen Gründe, wog für Carli der Gedanke, dass Ben, selbst wenn er sich für sie interessierte, in Wahrheit vielleicht gar nicht *sie* meinte, sondern dass er auch nur jemanden suchte, der die Leere in seinem Innern füllte. Irgendeine Frau, die seinem verletzten Ego guttat oder sich um die Details seines Alltags kümmerte, damit er sich auf größere, wichtigere Dinge konzentrieren konnte. Das wollte sie nicht. Sich um Tess und Mia und Gus zu kümmern, war Arbeit genug. Ihr fehlten einfach die emotionalen Kapazitäten, um sich noch mehr aufzubürden.

Sie hatte wirklich alle Hände voll zu tun. So gern sie diese Hände auch einmal um Bens Hintern legen und fest zudrücken wollte … es war einfach nicht drin.

»Nein, ich bleibe gern noch ein bisschen hier«, sagte Ben und schob ihr die Decke, die sie sich vor etwa einer Stunde geholt hatte, wieder unter die Füße, nachdem sie sich gesetzt hatte. »Wie lange kann es schon dauern, bis die Kids schreiend aus dem Wald gelaufen kommen?« Ben grinste.

»Ungefähr eine Viertelstunde, schätze ich. Also eine Viertelstunde länger, als ich durchhalten würde.«

»Du bist also kein Geisterfan?«

»Glücklicherweise bin ich noch nie einem begegnet, und ich hoffe, das bleibt auch so.«

Er lachte leise, und sie saßen eine Weile in freundschaftlichem Schweigen nebeneinander, während die Stimmen der durch den Wald polternden Kinder heranwehten, begleitet vom süßen, erdigen Duft nach Herbstlaub und gefallenen Blättern.

»Was habt ihr denn sonst noch an Ethans Geburtstag gemacht?«, fragte Carli nach einer Weile. »Ich habe ihn den Tag über gar nicht gesehen.«

»Ich werde seinen Geburtstag erst morgen richtig mit ihm feiern. Gestern Abend und heute Morgen war er bei seiner Mutter, und als er heute kurz vor seiner Party bei mir aufgetaucht ist, war er stinksauer.«

»Warum denn?«

»Offenbar hat er seiner Mutter gesagt, dass er jetzt, wo er achtzehn ist, ganz bei mir wohnen will. Ihre Reaktion ist wohl erwartungsgemäß unerfreulich ausgefallen. Zu seiner Verteidigung muss gesagt werden, dass ihr Freund ständig dort ist, was Ethan ziemlich ätzend findet. Ich hatte ihn eigentlich gebeten, mir ein bisschen Zeit zu geben, um die Sache vorzubereiten, aber achtzehnjährige Jungs sind nun mal nicht die geduldigsten Wesen unter der Sonne.«

Carli lächelte wehmütig in die Dunkelheit. »Genauso wenig wie Mädchen in dem Alter. Wenn es dich tröstet, ich kann dich verstehen. Steve hat auch eine neue Freundin, und ich bin nicht sicher, was meine Kinder von ihr halten. Sie sprechen nicht viel darüber, aber ich glaube, das liegt daran, dass sie mich nicht kränken wollen.«

»Kränkt es dich denn?«, fragte er leise, fast zögerlich.

Carli ließ sich mit der Antwort Zeit. »Schon, aber nicht, weil ich eifersüchtig bin oder ihn zurückhaben möchte. Es ist nur so ... komisch und außerdem nicht leicht für die Mädchen.«

Er nickte langsam. »Jep. Das verstehe ich. Wenigstens hat dein Ex gewartet, bis er ausgezogen war, bevor er eine neue Beziehung angefangen hat. Sophia hat eine neue Beziehung angefangen, bevor ich überhaupt wusste, dass unsere vorbei ist.«

»Wie unhöflich.«

Ben grinste und seufzte dann. »Schon, oder?«

»Vielleicht solltest du dieser Veronica DeDingsbums noch eine Chance geben.« Sie wusste selbst nicht, warum sie das sagte. Sie wollte sich nicht vorstellen, wie er Zeit mit einer anderen Frau verbrachte, aber vielleicht hatte sie insgeheim austesten wollen, wie er reagierte.

Er schüttelte nachdrücklich den Kopf und trank einen Schluck aus seiner Bierflasche. »Nein, danke. Die hatte ihre Chance.«

Das war eine Erleichterung. »Pech für sie. Timing ist alles, hm?«

Wieder senkte sich Stille auf sie herab, doch dieses Mal war sie wegen all der Dinge, die ungesagt blieben, nicht so entspannt wie die letzte. Wenig später waren sie wieder bei unverfänglicheren Gesprächsthemen wie Renovierungsarbeiten und lustigen Geschichten aus ihrer Jugend. Als Mia eine halbe Stunde später aus dem Wald zurückkehrte und die Stufen zur Veranda heraufkam, begriff Carli, dass sich der Abend dem Ende zuneigte.

»Kein Interesse am Ouija?«, frage Carli.

»Ich hebe mir die wichtigen Fragen lieber für die Wahrsagekugel auf«, erwiderte Mia. »Das habt ihr jetzt nicht von mir, aber rein hypothetisch, wenn ein paar von denen da draußen Alkohol trinken würden, würdet ihr das dann gern wissen?«

Ben seufzte. »Allerdings. Ich schätze mal, die Party ist vorbei.«

»Tess trinkt nicht, oder?«, fragte Carli.

Mia zuckte mit den Schultern. »Es ist ziemlich dunkel da draußen. Man kann kaum was sehen. Außerdem war es ja eine rein hypothetische Frage.«

Ben und Carli wechselten Blicke, die so viel besagten wie »Elternsein ist schwer«, dann stand er auf.

»In dem Fall gehe ich rein hypothetisch mal rüber und schaue nach, was die Kids im Wald so treiben.«

»Sagst du Tess bitte, dass sie nach Hause kommen soll?«

»Natürlich, und es tut mir leid. Ethan sollte es wirklich besser wissen.«

»Wenn das etwas nützt: Er war es nicht, der die Flasche mitgebracht hat«, fügte Mia noch hinzu.

»Das ist immerhin etwas, aber er hat daraus getrunken, oder?«

»Hab ich erwähnt, dass es stockdunkel war?«

Ben grinste. »Ja, hast du. Danke, Mia.«

»Alles klar. Gute Nacht, Mr Chase. Nacht, Mom.«

Mia ging ins Haus und schloss die Tür fest hinter sich. Auch Carli stand auf. Das war ein reichlich abruptes Ende des Abends, aber vielleicht war es ja besser so. Nicht der Teil mit dem Alkohol, aber der Teil, in dem sie beide in ihre Häuser gingen, bevor sie noch etwas sagte, was sie lieber nicht sagen sollte. Wie zum Beispiel, dass es ihr gefiel, wie sein Haar über den Hemdkragen strich, oder dass sein Lächeln sie fröhlich machte.

»Tja, ich hoffe, du hast deine erste Monroe-Circle-Heufahrt genossen«, sagte sie.

»Habe ich. Danke, dass du bei mir geblieben bist und mir dabei geholfen hast, die Geburtstagsparty meines Sohns zu überwachen. Auch wenn ich dabei jämmerlich versagt habe.«

Sie standen nahe beieinander und waren dabei, sich zu verabschieden, also war die Umarmung so natürlich wie ein vom Baum wehendes Blatt, leicht und sanft. Seine Arme um sie fühlten sich fest und warm an, und sie musste ihre ganze Willenskraft aufbringen, um sich nicht gegen ihn zu lehnen und das Ende der Berührung hinauszuzögern. Es war genauso schnell vorbei, wie es begonnen hatte, aber Carlis Oberkörper prickelte noch lange, nachdem Ben gegangen war.

Ja, es wäre leicht, sich in Ben Chase zu verlieben und ihn in ihr Herz zu lassen, aber dann würde sie sich selbst wieder verlieren. Gerade in dem Moment, in dem sie begann, ihre Unabhängigkeit zu genießen. Sie konnte diesen Weg nicht noch einmal einschlagen, selbst wenn er sie zu einem schönen Mann mit einem warmen Lachen und saphirblauen Augen führte.

KAPITEL 23

Das Klingeln des Weckers um halb sechs Uhr morgens war nie ein willkommenes Geräusch, aber seit die Morning-Show die letzten Wochen live auf Sendung war, bekam Carli endlich das Gefühl, dass es *ihr* Leben war. Sie stand auf, wenn auch widerstrebend, und zerrte Gus aus dem Bett, denn sogar er war der Meinung, dass dieser Start in den Tag zu früh kam. Sie machten einen kurzen Spaziergang, damit er sein morgendliches Geschäft erledigen konnte, dann kehrte der faule Hund ins Bett zurück, während Carli duschte und ins Studio fuhr. An den Tagen, an denen ihre Töchter zu Hause und nicht bei Steve waren, hinterließ sie ihnen kleine Nachrichten, auf denen stand, dass sie ihre Brotzeitbox nicht vergessen oder an irgendeinen Termin nach der Schule denken sollten. Manchmal zeichnete sie auch einfach nur ein Smiley auf einen Zettel und schrieb »Hab euch lieb« daneben. Vielleicht fanden die Mädchen diese Notizen albern oder hielten Carli für zu nostalgisch, aber eines Tages würden sie hoffentlich selbst Kinder haben, und dann würden sie es verstehen.

An diesem Morgen zeigte Gus besonders wenig Interesse am Aufstehen, was sie ihm nicht verübeln konnte. Es war Mitte November und noch dunkel draußen. Und kalt. Sie zog sich den Mantel über den Schlafanzug und leinte Gus an, bevor sie zur Tür ging. Mittlerweile war er zwar bestens darauf trainiert, innerhalb der elektrischen Umzäunung zu bleiben, aber Carli hatte herausgefunden, dass er sehr viel schneller alles erledigte, wenn sie ihn an der Leine führte. Manchmal mussten sie nur bis zum Rand des Gartens gehen und konnten schon wieder umkehren.

An diesem Morgen hob er den Kopf und schnüffelte, bevor sie die zwei Eingangsstufen von der Veranda hinunterstiegen und durch das Gras in Richtung von Bens Grundstück schlenderten. Carli sah sich um. Nur in wenigen Häusern brannte Licht. Bei Ben war alles dunkel, aber eine Straßenlaterne neben dem Briefkasten erhellte seine Einfahrt, und auf einmal fühlte Carli so etwas wie einen dumpfen Schlag vor die Brust, als wäre sie von einem Paintball getroffen worden. Dort stand ein fröhlich gelber VW Käfer. Ethan gehörte er nicht. Er fuhr ein kleines schwarzes Auto, einen Camry vielleicht oder einen Impala oder so. Ein Teenagerauto mit mehr Rost und Dellen als sonst irgendwas. Ben hatte einen schwarzen Lexus, und sie konnte ihn sich beim besten Willen nicht in einem so mädchenhaften Fahrzeug vorstellen.

Was nur wenige andere Optionen übrig ließ. Entweder war dies ein frühes Geburtstagsgeschenk für Addie, die allerdings erst in eineinhalb Jahren sechzehn werden würde. Nicht sehr wahrscheinlich. Vielleicht gehörte das Auto ja Bens Schwester Kenzie, doch Kenzie war schon ein paarmal hier gewesen, und Carli hatte den Käfer noch nie gesehen. Dann war da noch die Möglichkeit, die Carli am wenigsten gefiel. Vielleicht hatte Ben Besuch. Möglicherweise war Veronica DeMarco ja wieder nüchtern geworden und zu Verstand gekommen, und nun war sie wieder aufgetaucht, um es noch einmal mit Ben zu versuchen. Oder es war eine weitere Freundin der Familie aus Bens

Vergangenheit. Oder jemand ganz Neues, eine Vorstellung, die Carli gar nicht mochte.

Natürlich ging sie das nichts an. Zwischen ihnen gab es keinerlei romantische Übereinkunft. Seit dem Abend nach der Heufahrt hatten sie sich ein paarmal unterhalten, wenn sie mit dem Hund draußen war oder als sie beide an Halloween Süßigkeiten verteilt hatten. Dann hatten sie noch gemeinsam kaffeetrinkend von ihrer Veranda aus zugesehen, wie Tess und Ethan sämtliche Dekorationsstücke wieder abgebaut hatten, als Strafe für die Trinkerei im Wald. Carli hatte Ben eine Plastikschüssel mit Chili con Carne rübergebracht, weil sie zu viel gekocht hatte, und er hatte seinen Baummenschen gebeten, zu ihr zu gehen und den Ast abzusägen, der über ihr Dach schrammte. Es war ungezwungen. Und freundlich. Und nachbarschaftlich. Weil sie beide nun mal ungezwungen waren. Freunde. Nachbarn.

Das Problem war nur, dass Ben auch lustig und einfühlsam und sanft war. Und unheimlich sexy. Weil er eben lustig und einfühlsam und sanft war. Und unheimlich gut aussah. Aus einer Laune heraus hatte Carli vor einer Woche online nach Fotos von ihm gesucht. Nur so zum Spaß und um ihre Neugier zu befriedigen. Wenn man ein Chase war, stand man im öffentlichen Interesse, und Carli hatte jede Menge Fotos entdeckt. Es gab Bilder von ihm allein oder mit seinen Geschwistern oder seinen Eltern. Er entstammte einer langen Linie biologisch attraktiver Menschen, und das sah man auch. Es gab Aufnahmen von ihm, wie er mit seiner Familie vor dem Regierungsanwesen des Gouverneurs oben auf Wenniway Island stand oder wie er ein Band vor der Wallace-Chase-Arena durchschnitt. Es gab Bilder von diversen Galas und Veranstaltungen in der Stadt, auf denen der Chase-Clan mit allem verkehrte, was in der Gegend Rang und Namen hatte. Natürlich gab es auch Fotos von seiner baldigen Ex-Frau. Sie war auch nicht gerade ein Mauerblümchen.

Eine statueske Blondine mit scharfen Wangenknochen und einem Schmollmund, der jedem Model Konkurrenz gemacht hätte. Im Grunde war sie der schlimmste Albtraum jeder Durchschnittsfrau und in jeder Hinsicht das genaue Gegenteil von Carli.

Wo sie schon beim Cyberstalking war, hatte Carli ihren Ex-Mann auf Facebook gerade lange genug entsperrt, um ein Dutzend Fotos von ihm mit seiner neuen Freundin zu sehen zu bekommen. Sie waren bei einer Weinprobe gewesen und bei einem Konzert. Es gab sogar Bilder, auf denen sie gemeinsam Kürbisse aushöhlten. Mit Mia und Tess. Das war hart gewesen. Carli hatte sich zwar mittlerweile von dem Schrecken, dass Steve eine andere hatte, erholt, aber diese Frau nun zu sehen, wie sie einen Arm um Mia legte, während alle in die Kamera lächelten, war ein Schlag in die Magengrube, den sie nicht erwartet hatte. Die Mädchen hatten nichts darüber erzählt. Das mussten sie wohl auch nicht. Schließlich hatten sie keinen Joint mit dieser Frau geraucht oder irgendetwas auch nur entfernt Außergewöhnliches getan. Dieser Eindruck von Familienidylle war es, der Carli so unter die Haut ging. Dee-Dee hatte ihr versichert, dass diese Gefühle ganz normal und verständlich waren und dass sie sich an so etwas eben gewöhnen musste, aber das hatte Carli nicht davon abgehalten, eine ganze Dose Ben & Jerry's auszulöffeln. Außerdem hatte sie Steve wieder blockiert und sich geschworen, nie wieder einen Blick auf seine Facebook-Seite zu werfen. Trotz allem machte ihr der Anblick dieses fröhlichen Mädchenautos in Bens Einfahrt aber noch mehr zu schaffen als das Foto von Steve und Jade bei einem Footballspiel der University of Michigan.

Gus hob den Kopf und stieß ein Wuffen aus. Der Wind raschelte in den wenigen Blättern, die noch an den Bäumen hingen. Carli hielt noch einen Moment inne und starrte weiter das Auto an. Sie überlegte, ob sie vielleicht einen Schritt in Bens Garten wagen sollte, um einen Blick hineinwerfen zu können, denn sicher würde der Wagen noch anderen Leuten in der Nachbarschaft auffallen, und die würden ihr dann alle möglichen Fragen stellen. Ben musste mittlerweile eigentlich registriert haben, wie schnell und effizient die Buschtrommel hier funktionierte, sodass alle über jeden seiner Schritte bestens im Bilde waren. Allerdings war es kalt, und sie trug unter dem Mantel nur ihren Schlafanzug, und Gus hatte sein Geschäft schon erledigt, also hatte sie keine Entschuldigung dafür, um diese frühe Stunde noch länger hier draußen herumzulungern. Auf gar keinen Fall wollte sie beim Spionieren erwischt werden. Wahrscheinlich war Lynettes Fernglas in genau diesem Moment fest auf sie gerichtet.

Außerdem ging es sie nichts an, wie sie sich selbst in Erinnerung rief. Bens Sozialleben war allein seine Sache. Sie hatten sich einmal umarmt, na und? Es war nur eine freundschaftliche Geste gewesen, in die sie offensichtlich zu viel hineininterpretiert hatte, ganz egal, wie atemlos und kribbelig sie die Berührung gemacht hatte. Ihre Freunde erzählten ihr die ganze Zeit, dass es Zeit für sie war, mal wieder auszugehen, so als könnte eine neue Beziehung die Narben der letzten irgendwie verschwinden lassen. Sie wusste, dass das nicht stimmte, aber vielleicht war es gar keine so schlechte Idee, sich ein bisschen Gesellschaft zu suchen. Ben tat das jedenfalls, also worauf zum Teufel wartete sie noch?

* * *

Ben starrte zur Zimmerdecke hinauf und fühlte sich genauso wie an seinem ersten Morgen in seinem neuen Haus. Seine Gedanken drehten sich im Kreis. Er war bereit, in eine neue Zukunft zu starten, aber er wusste nicht recht, wo er anfangen sollte. Eines wusste er allerdings genau: In seiner neuen Zukunft würde es keine Patricia Harrison geben. Irgendwie hatte er den Eindruck, dass ihr das nichts ausmachen würde.

Die vergangene Nacht war ein Desaster gewesen. Nicht ganz so schlimm wie Roni DeMarco bewusstlos auf seinem Badezimmerboden, aber das Abendessen und die zu vielen Drinks mit seiner Collegefreundin Patty waren kaum besser gewesen. Er hatte gedacht, wenn er Sex mit jemandem hatte, den er von früher kannte, würde es irgendwie ... leichter sein. Besser? Leidenschaftlicher und befriedigender? Gott, war er jetzt einer dieser Typen? Typen, die glaubten, dass guter Sex eine emotionale Bindung verlangte? Hatten zwanzig Jahre Ehe das aus ihm gemacht?

Patricia neben ihm gab ein leises, verächtlich klingendes Schnarchen von sich, und er konnte sich nur mit Mühe davon abhalten, sie ganz aus Versehen mit dem Ellbogen anzustoßen, damit sie aufwachte und nach Hause fuhr. Kein Wunder, dass sie müde war. Immerhin hatte sie viel Energie und Enthusiasmus in ihr Wiedersehen gesteckt. Vielleicht hatte sie versucht, seinen Mangel an Begeisterung irgendwie auszugleichen.

Verdammt noch mal. Was war los mit ihm? Er hatte Sex gewollt. Tatsächlich hatte er in letzter Zeit *sehr viel* daran gedacht, aber als es dann so weit gewesen war, hatte er die Sache buchstäblich nur durchexerziert, bis sein Körper schließlich die Kontrolle übernommen und das beendet hatte, was sein Geist begonnen hatte. Die fünf Minuten postkoitaler Befriedigung waren viel zu schnell von postkoitaler Reue abgelöst worden. Na ja, vielleicht war »Reue« ein zu starkes Wort. Immerhin war es Sex gewesen, und sogar mieser Sex war immer noch ... Sex. Also war es vielleicht eher postkoitale Gleichgültigkeit, denn es hätte auch jede andere sein können. Während der vergangenen Monate hatten ihn mindestens sieben Frauen gefragt, ob er mit ihnen ausgehen wolle. Er hatte sich für Patty entschieden, weil er auf dem College verrückt nach ihr gewesen war. Ungefähr vier Monate lang. Und jetzt konnte er sich an nichts anderes mehr erinnern als an ihr nervtötendes Lachen. Vielleicht hatte er deshalb damals mit ihr Schluss gemacht. Oder weil sie den kleinen Finger abspreizte, wenn sie an ihrem Cocktailstrohhalm nuckelte? Oder vielleicht hatte er sie auch fallenlassen, weil er Sophia kennengelernt hatte.

Oh. Ja. Sophia. Sie hatte sich in der vergangenen Nacht in seine Gedanken geschlichen, irgendwo zwischen dem vierten Glas Wein und kurz bevor ihm Patty das Hemd vom Leib gerissen hatte. Vielleicht war das angesichts der Umstände nicht einmal so seltsam, aber lästig war es auf jeden Fall gewesen. Und es war noch schlimmer gekommen. Nicht nur Sophia hatte sich in seinem Kopf herumgetrieben, Doug war auch dort gewesen. Sich seine Frau mit ihrem neuen Liebhaber vorzustellen, war für die Aufrechterhaltung einer Erektion nicht sonderlich förderlich. Patty musste es bemerkt haben, denn genau in diesem Moment hatte sie ihm auf den Hintern geklatscht und »Komm schon, Cowboy« gerufen.

Was auch nicht hilfreich gewesen war. Das Einzige, was geholfen hatte – das verrückte Gedankenkarussell, das seinen Körper schließlich über die Kante getrieben hatte –, war das Bild von Carli in diesem verflixten rosa T-Shirt beim Monroe-Circle-Grillen. Das und die Erinnerung daran, wie er sie am Abend nach der Heufahrt umarmt hatte. Sie hatte sich in seinen Armen so gut angefühlt. Tröstlich und einfach richtig, auch wenn ihn das ziemlich aus der Bahn geworfen hatte. An sie zu denken hatte ihm jedoch eine ganz andere Flut von potenziellen Problemen beschert. Gedanken, die er zu unterdrücken versuchte.

Er hatte ihr dabei geholfen, die riesige Halloweenspinne abzunehmen, nachdem Ethan und Tess das Ding bei ihren ungeschickten Versuchen beinahe zerstört hätten, und wieder einmal war sein Gesicht nur Zentimeter von ihrem Hintern entfernt gewesen, während sie auf der Leiter gestanden hatte. Was für eine Verlockung. Vor ein paar Tagen war ihm aufgefallen, wie gut ihr Haar duftete, als sie sich zu seinem Laptop vorgebeugt hatte, um ihm bei der Auswahl einiger Lampen zu helfen. Sie hatte ihm Chili vorbeigebracht, und er hatte es gegessen. In einigen Ländern galt das als Heiratsantrag, oder? Diese Frau war für ihn ein wandelnder Trigger, aber er musste sich in den Griff bekommen. Nur deswegen hatte er Patricia Harrison überhaupt zurückgerufen. Damit sie ihn von Carli ablenkte. Was sie aber nicht getan hatte. Was aber nicht ihre Schuld war. Sondern seine. Und Sophias. Und Dougs. Und Carlis. Vor allem Carlis.

Während Ben lustlos zur Decke hinaufstarrte, fragte er sich, wie viele Menschen wohl durch seinen Kopf spazieren konnten, bevor er offiziell als unzurechnungsfähig galt. Mittlerweile war es da oben ganz schön voll, und er hatte ganz eindeutig nicht das Sagen. Mit vollkommener Sicherheit wusste er nur, dass Carli Lancaster nicht nur nebenan wohnte. Sie war in seine Gedanken eingezogen, und er musste sie da irgendwie wieder herauskriegen.

KAPITEL 24

Troy Buckman in einem flauschigen weißen Bademantel war ein Anblick, den sich Carli in ihren wildesten Träumen nicht vorgestellt hätte, aber hier war er. Live und in Farbe saß er ihr in einem geschmackvoll eingerichteten privaten Warteraum von Divine Goddess, dem schon angekündigten Schönheitssalon, gegenüber. Dank Katrinas Intrigen durften sie hier diverse Entspannungsbehandlungen und Schönheitsanwendungen ausprobieren. Allie war diesem Abenteuer irgendwie entkommen, und Carli hatte Jessicas Ehrenwort, dass sie beim Filmmaterial ein uneingeschränktes Vetorecht bekam, bevor sie sich einverstanden erklärt hatte. Troy dagegen war bei allem dabei, was sich die herzallerliebsten Programmspezialisten für ihn ausdachten. Carli hatte so den Verdacht, dass er dieses Spa eher für eine Art Happy-End-Einrichtung hielt. Hui, das würde ein herbes Erwachen für ihn werden, wenn er herausfand, dass Manzilian Sugaring nicht ganz das war, was er erwartete.

Er rückte sich auf dem weichen blauen Samtsessel zurecht und zupfte an den Aufschlägen seines Bademantels. Carli sah weg, als sich seine Knie etwas weiter öffneten, als sie ertragen konnte, aber sie lachte, als er daraufhin sagte: »Ich merke doch, wie du mich mit deinen Blicken anziehst.«

»Tut mir leid, Captain Manspreader. Ich bin nur nicht daran gewöhnt, dich ohne … Kleider zu sehen.«

»Der menschliche Körper ist etwas Wunderschönes. Nichts, wegen dem man sich schämen müsste. Zeig du mir deinen, dann zeig ich dir meinen. Natürlich nur in vollkommenem beidseitigem Einverständnis.« Troy hatte noch einiges an Umprogrammierungsarbeit vor sich, bevor er ganz ausgereift sein würde, aber immerhin bemühte er sich.

»Da muss ich leider ablehnen, Troy.«

»Tja, selber schuld.«

»M-hm.«

Wieder rutschte er auf dem Sessel herum. »Also, wenn mir gleich die Intimgefilde gezuckert werden, dann tut das doch nicht weh, oder? Wenn etwas zuckrig ist, dann muss es doch eigentlich auch verdammt angenehm sein.«

Carli beschloss, dass Troy diese Entdeckungsreise allein antreten musste. »Du wirst sicher damit fertig«, antwortete sie. »Ehrlich gesagt wurde ich noch nie gezuckert, ich weiß es also nicht so richtig.«

»Du wurdest noch nie gezuckert? Willst du damit etwa sagen, dass du dich in deinem … ursprünglichen Zustand befindest?« Sie hatte Troy bisher noch nie erröten sehen. Dieser Moment war alle Peinlichkeit wert.

»Ich wurde schon gewachst, aber noch nie gezuckert.«

»Ah, dann ist es also auch für dich das erste Mal? Dann sind wir vermutlich so was wie Zuckerjungfrauen. Ich habe das Gefühl, dass wir uns gerade sehr nahe sind.«

»M-hm«, wiederholte Carli. »Klar.« Und obwohl es nicht viel gab, worüber sie noch weniger gern nachdenken wollte als über Troys *Intimgefilde,* war sie doch versucht, an der Tür zu lauschen, nur um sein Japsen zu hören, wenn er begriff, dass dieser Zucker so gar nicht süß war.

Es war ihre vierte Segmentvorbereitung diese Woche. Am Vortag hatten sie den neuen Hochseilgarten ausprobiert, wobei Carli herausgefunden hatte, dass ihre Höhenangst noch ausgeprägter war, als sie bisher geglaubt hatte. Sie hatte sich irgendwie durchgeschlagen, und Hannah hatte ein paar großartige Aufnahmen im Kasten. Gott sei Dank, denn das würde sie nie wieder machen. Am Tag davor hatten Troy und sie die neuen Pinguine im Zoo besucht, und Troy war im Smoking aufgetaucht, damit er sich neben den »todschicken Vögelchen«, wie er sie nannte, nicht underdressed vorkam. Und davor waren sie bei einem Podologen gewesen, um alles über Fußgesundheit zu erfahren. Dieses Segment war etwas aus dem Ruder gelaufen, weil Troy den Mann ständig mit »Doktor Hallux« angesprochen hatte.

Die vergangenen Wochen waren ein Wirbelwind aus Arbeitskram, Hundekram und Schulkram gewesen, worüber sie froh war, weil sie diese Dinge beschäftigt hielten und ihr dabei halfen, nicht an Ben und die Tatsache zu denken, dass er jemanden über Nacht bei sich gehabt hatte. Thanksgiving verbrachte sie mit Allie Winters und sie moderierten gemeinsam den traditionellen Fünf-Kilometer-Glenville-Truthahnlauf, danach war sie zum Essen bei Erin und ihrer Familie eingeladen, weil Mia und Tess bei ihrem Vater und seiner »XXS-Schlampe« (wie Dee-Dee sie getauft hatte) übernachteten. Mittlerweile befanden sie sich schon in der ersten Dezemberwoche, und Carli hatte beschlossen, die Spa-Behandlungen zu genießen. Sie hatte es sich verdient. Das hatte gestern sogar Jessica während der Nachbesprechung der Sendung gesagt.

»Unsere Zuschauer sprechen stark auf dich an, Carli«, hatte sie vor der ganzen Gruppe verkündet. »In den Posts auf den sozialen Medien findet man Ausdrücke wie ›authentisch‹, ›fantastisch‹, ›lebhaft‹ und ›ehrlich‹. Eine Zuschauerin hat sogar geschrieben: ›Es kommt mir so vor, als hätte ich eine neue beste

Freundin, die mir immer erzählt, was am Wochenende so alles Aufregendes passiert.‹ Genau darauf hatten wir gehofft. Gut gemacht!«

Ein »Gut gemacht!« von Jessica Jackson war wie ein Pulitzer, Oscar und Emmy gleichzeitig. Als Carli in der Spa-Lounge daran dachte, wie sie sich bei diesem Lob gefühlt hatte, wurde ihr wieder ganz warm. Und noch besser fühlte es sich an, dass sie sich allmählich auch Jessicas Respekt verdiente. So kam es ihr zumindest vor. Sie hatte unbedingt einen guten Job machen wollen, aber es war nicht leicht, ihre Leistungen zu messen. Sie bekam keine Note dafür und sie musste auch keine bestimmte Aufgabe erfüllen. Das Feedback der Zuschauer und die Anfragen von Werbekunden waren einige der wenigen Möglichkeiten, durch die der Sender ihren Erfolg einschätzen konnte. Aber so weit, so gut.

* * *

»Dad, du musst mich zum Supermarkt fahren.« Addie stand in der Tür zu Bens Schlafzimmer und trug eine zu große schwarze Jogginghose und ein Schlabbershirt. Ihre blauen Augen waren weit aufgerissen, und sie klang fest entschlossen.

»Zum Supermarkt? Addie, es ist gleich elf Uhr.«

Sie trat von einem Plüschsocken auf den anderen. »Ich weiß, aber … ich muss wirklich dahin. Dauert auch nicht lange. Wenn du mich einfach schnell hinfährst, gehe ich auch allein rein.«

Es war Samstagabend, und Ben hatte den ganzen Tag am Haus gearbeitet. Er war müde und wollte gerade ins Bett gehen. Er hatte vorgehabt, sich noch die Nachrichten anzusehen, bevor er (hoffentlich) einschlafen würde, statt durch ziellose Gedanken an Carli wach gehalten zu werden. »Das ist doch albern, Addie. Egal, was du brauchst, wir können es morgen holen. Ab ins Bett.«

Ihre Wangen leuchteten rot, und wieder trat sie von einem Fuß auf den anderen. Vielleicht war es auch ein Stampfen gewesen, aber das Geräusch wurde durch die Socken und den Teppich gedämpft. »Dad! Wenn ein Mädchen sagt, dass sie zum Supermarkt muss, dann muss sie zum Supermarkt. Das ist eine Mädchensache. Ich brauche … Mädchenbedarf.«

»Was zum Teufel ist denn Mädchenbedarf? Lipgloss?«

»O Mann, Dad. Du weißt schon. Mädchenbedarf. Wir haben nichts hier.«

Was zum … *Oh! Mädchenbedarf!* Endlich begriff er und kam sich trotzdem vor wie ein Höhlenmensch, weil er nicht früher geschaltet hatte. Mit Mädchenbedarf meinte sie weder Lipgloss noch Kaugummis. Sie redete von, Gott steh ihm bei, Frauendingen. Es war nicht ihre erste Periode. So viel wusste er immerhin, aber er war einfach nicht auf den Gedanken gekommen, derlei Vorräte in seinem Haus anzulegen. Er hätte ja nicht einmal gewusst, was er da kaufen sollte.

»Oh, verstehe. Okay.« Er schlug die Decke zurück und schwang die Beine aus dem Bett. Sich jetzt anzuziehen und in den nächsten durchgehend geöffneten Supermarkt zu fahren, war das Letzte, worauf er Lust hatte, aber ihm blieb keine andere Wahl. »Schreib mir einfach auf, was du brauchst, dann hole ich es dir.«

Sie schüttelte den Kopf, dass ihr Pferdeschwanz hin und her schwang. »Ich komme mit.«

»Addie, es ist elf Uhr. Du machst dich bettfertig, und ich bin gleich wieder da. Sollte ja nicht lange dauern.«

Sie blieb hartnäckig, senkte die Stimme aber zu einem leisen Murmeln. »Gott, Dad. Das ist zu peinlich. Lass mich einfach mitkommen.«

»Da gibt es nichts, was dir peinlich sein müsste. Das ist alles ganz natürlich.« Er war erwachsen. Er konnte damit umgehen.

»Es ist nicht natürlich, sich von seinem Vater … Tampons kaufen zu lassen.« Jetzt flüsterte sie, und Ben kämpfte um eine ernste Miene. Wenn er jetzt grinste, würde sie sich ausgelacht fühlen.

Auch er senkte die Stimme. »Ich sage auch niemandem, dass sie für dich sind.«

»Oh. Mein. Gott. Das ist ja noch schlimmer. Für wen solltest du sie denn sonst kaufen. Gott!« Damit stürmte sie davon. Er war nicht sicher, wohin sie wollte, aber er stand auf und zog sich eine Jeans an. Gerade als er sein Hemd zuknöpfte, kam sie wieder in sein Zimmer.

»Vergiss es, ich habe alles im Griff«, sagte sie.

»Ach ja? Wie das?«

»Ich habe Mia geschrieben, und sie bringt mir ein paar Sachen. Sie kommt gleich.«

»Bist du sicher? Ich fahre gern für dich zum Supermarkt, weißt du. Ich bin ein sehr moderner Vater, und ich kann mit diesen Dingen total gut umgehen.«

Der Hauch eines Lächelns zupfte an ihrem Mundwinkel, und Ben sah, wie sie dagegen ankämpfte. Diese Seite von ihr machte ihm am meisten Sorgen. Ihre absolute Entschlossenheit, sich keine Fröhlichkeit anmerken zu lassen. Sie gab sich solche Mühe, ernst zu wirken.

»Ja, ich habe alles im Griff. Du kannst wieder ins Bett gehen, und bitte, erwähne diese Sache nie wieder.«

»Du meinst die Tatsache, dass ich fast in den Supermarkt gefahren wäre, um dir Maxi-Binden zu holen?«

»O mein Gott, du bist so eklig.«

»Und Tampons?«

»Bitte sei still.«

»Weil du menstruierst?«

»Ich gehe jetzt, weil du ein Idiot bist.« Aber da zupfte wieder dieses Lächeln an ihren Lippen. Sie hatte die Tür fast schon hinter sich geschlossen, als sie noch einmal den Kopf durch den Spalt steckte. »Du weißt, dass das mit dem Idioten nur ein Scherz war, oder?«

Er lächelte sie an. »Natürlich weiß ich das. Ich bin fantastisch.«

»Gott«, murmelte sie und schloss die Tür.

Zehn Minuten später klingelte es. »Ich gehe schon!«, rief Addie, aber Ben hörte, wie die Tür geöffnet würde, bevor Addie überhaupt unten war, und Ethan sagte: »Hey, Mia, wie geht's?«

»Mann, Ethan, ich hab doch gesagt, ich mach auf«, rief Addie.

Ben spähte durch die Schlafzimmertür und sah gerade noch, wie seine Tochter ihren Bruder beinahe umrempelte und Mia eine Papiertüte aus der Hand schnappte.

»Vielen, vielen Dank, Mia. Du hast mir das Leben gerettet.«

»Hey, kein Problem. Ich kenne das. Damit solltest du ein paar Tage über die Runden kommen.« Mia nickte Addie ermutigend zu und schenkte Ethan, der offenbar restlos verwirrt danebenstand, ein scheues Lächeln.

»Was ist denn in der Tüte?«, fragte er.

»Nichts«, fauchte Addie. »Kümmer dich um deinen Kram.«

»Wie fandest du den Physiktest gestern?«, fragte Mia und lenkte Ethan damit geschickt ab.

»Beschissen«, antwortete Ethan. »Aber für dich kein Problem, oder?«

Sie zuckte mit den Schultern. »Schauen wir mal, aber das nächste Thema wird wahrscheinlich ziemlich schwierig.«

Er fuhr sich durch sein zerzaustes Haar. »Oh-oh. Wenn du es schwierig findest, habe ich echt ein Problem. Hast du vielleicht Lust auf Nachhilfe? Ich könnt's gebrauchen.«

Selbst vom oberen Ende der Treppe sah Ben, wie ihre Wangen rot wurden.

»Klar. Sitzt du gerade dran?«

Ethan grinste. »Nicht samstagabends. Ich schaue einen Film. Wie wär's mit morgen? Würde das passen?«

Mia nickte. »Klar. Gegen Mittag muss ich zu meinem Dad, aber davor bin ich zu Hause.«

»Super. Danke. Ich schreibe dir.«

»Okay. Hey, weißt du, wie man Luft in Autoreifen füllt?«

»Weiß das nicht jeder?«

»Äh, nein. Nicht wirklich. Und meine Reifen sehen irgendwie so platt aus.«

»Okay, ich schau's mir morgen mal an. Deal.«

Wieder lächelte sie. »Cool. Bis morgen. Mach's gut, Addie«, fügte sie ein kleines bisschen verspätet noch hinzu, bevor sie sich abwandte und ging. Ben lächelte, als Addie die Treppe heraufkam und ihm mit der Papiertüte zuwinkte.

»Krise abgewendet, hier gibt's nichts zu sehen«, sagte seine Tochter, beugte sich vor und gab ihm einen Kuss auf die Wange. Eine süße, zärtliche Geste, die ihm mehr bedeutete, als sie begreifen konnte. Dann sah er, wie Ethan die Tür noch einmal aufriss.

»Hey, Mia«, rief er.

»Ja?«, kam ihre Stimme aus der Ferne.

»Hast du Lust auf einen Film? Hat gerade erst angefangen.«

»Äh … da muss ich erst Mom fragen. Ich schreibe dir so in zwei Minuten.«

Ethan nickte und schloss die Tür, dann drehte er sich zu Ben um. »Das ist doch in Ordnung, oder, Dad? Können Mia und ich uns einen Film anschauen?«

Das war eine überraschende Wendung der Ereignisse. Mia Lancaster war so weit von Ethans Typ entfernt, wie Ben es sich nur vorstellen konnte, aber wenn sie ihm dabei helfen konnte,

Physik zu bestehen, dann war er dafür. Außerdem wusste er ja inzwischen, dass Mia nicht trank, also übte sie bestimmt auch einen guten Einfluss auf Ethan aus.

»Klar, wenn es für ihre Mom in Ordnung ist.«

In sich hineinlächelnd kehrte Ben in sein Zimmer zurück. Endlich begann sich Addie hier wohlzufühlen, und Ethan war eindeutig schon ganz zu Hause. Das Leben fühlte sich allmählich wieder ein klein bisschen … normal an. *Wumm!,* machte sein Herz einen Moment später, als eine Nachricht von Carli auf seinem Handydisplay erschien.

Hat Addie alles, was sie braucht?

Er tippte eine Antwort.

Ich glaube schon, aber ich darf nicht zu viele Fragen stellen. Kommt Mia noch mal zum Filmschauen rüber?

Eine lange Pause entstand, bevor Carlis Antwort aufpoppte.

Ich glaube schon. Ist das in Ordnung für dich?

Jep.

Er dachte darüber nach, noch etwas hinzuzufügen. Etwas wie: »Hey, komm doch auch vorbei, dann können wir noch was trinken.« Er tippte die Worte. Löschte sie und tippte sie dann wieder. Seine Versuche, sie aus seinen Gedanken zu löschen, hatten es nur noch schwieriger gemacht, nicht an sie zu denken. Vielleicht machte er es sich unnötig schwer? Vielleicht sollten sie einfach herausfinden, ob da etwas zwischen ihnen war? Warum dagegen ankämpfen?

Möchtest du noch auf einen Schlummertrunk vorbeikommen?

Gott, ging es noch ein bisschen geschmackloser? Sein Herz schlug doppelt so schnell, während er auf ihre Antwort wartete. Nach dem Desaster mit Patty hatte er versucht, mit Alicia Newhaven auszugehen, einer Frau, die er von … irgendwoher kannte, aber ihre Unterhaltung war gestelzt und peinlich gewesen, und er hatte den Abend für beendet erklärt, als sie begonnen hatte, über ihren Webstuhl zu sprechen und Ausdrücke wie »Querfaden«, »Kette« und »Schuss« oder »Litze« gebraucht hatte. Danach hatte er sich mit Candice Collins zum Lunch getroffen, der Managerin der Wallace-Chase-Arena, aber sie hatte darin ganz eindeutig eher ein Geschäftsessen als eine private Verabredung gesehen, denn sie hatte ihren Laptop und eine Präsentation all der Veranstaltungen mitgebracht, die im kommenden Jahr in der Arena stattfinden würden. Bisher hatte er noch nicht nachgegeben und war nicht in die Tinder-Falle getappt, aber die Zeiten wurden allmählich hart. Ein Glas Wein mit Carli konnte entspannend und nett werden. Und wenn sich mehr daraus ergab? Noch besser.

Tut mir leid. Kein Schlummertrunk für mich.

Sein Magen zog sich zusammen bei dieser knappen Antwort. Das wars. Etwas abrupt. Kein »Danke, aber ich kann nicht, weil ich müde bin« oder ein »Vielleicht ein anderes Mal«. Nicht einmal ein »Schönen Abend noch«. Einfach … nein. Und keine Emojis. Mittlerweile hatten sie einander oft genug geschrieben, und er wusste mit Sicherheit, dass sie eine blindwütige Emoji-Nutzerin war. Entweder steckte sie gerade mitten in irgendwas oder sie war vielleicht schon im Bett. Es war immerhin elf Uhr, und sie musste morgen sehr früh raus. War es seltsam, dass er so genau über ihren Zeitplan Bescheid wusste? War es seltsam und stalkerisch, dass er jetzt auch noch aus dem Fenster spähte, um zu sehen, ob in ihrem Zimmer noch Licht brannte?

Er tippte eine weitere kurze Nachricht.

Okay. Dann vielleicht ein anderes Mal. Gute Nacht.

Er wartete auf eine Antwort, aber dann ging das Licht in ihrem Zimmer aus, und er fragte sich, wie lange es wohl dauern würde, bis er einschlafen konnte, obwohl er wusste, dass sie in diesem Moment in ihrem Bett lag, das dunkelbraune Haar über das rosa Kopfkissen gebreitet. Er wusste, dass sie rosa Kopfkissen und rosa Wände hatte, weil er ihr im letzten Monat eine Glühbirne ausgewechselt hatte, kurz nachdem ihr Zimmer gestrichen worden war. Dabei war ihm auch aufgefallen, dass das Familienbild mit ihrem Volltrottel von Ex-Mann über dem Bett verschwunden war. Dort hing nun ein Bild von einer großen Blume. Als Ben die Augen schloss, konnte er sich sein eigenes Zimmer kaum vorstellen, ihres dagegen war fest in seiner Erinnerung verhaftet. Vielleicht sollte er sich einfach seine Ausziehleiter holen und mal wieder durch ihr Fenster steigen …

KAPITEL 25

Wenn Mia und Tess von Steve zurückkamen, dann dauerte es immer ein bisschen, bis sie sich wieder eingewöhnt hatten, und Carli hatte mittlerweile gelernt, ihnen genügend Raum zu geben, bevor sie fragte, wie es bei ihrem Vater gewesen war. Aber an diesem Tag waren die beiden seltsam still und genau genommen auch ein bisschen zickig. Tess hatte Mia angefaucht, weil diese ihre Schuhe genau vor der Tür hatte stehen lassen, und Mia hatte zurückgefaucht, weil sich Tess einen Pulli von ihr ausgeliehen hatte, ohne vorher zu fragen. Es gab zwar auch sonst so einiges Schwesterngezanke unter ihnen, aber Carlis Mutterinstinkt sagte ihr, dass da noch etwas anderes dahintersteckte.

»Und ... wie war's bei Dad? Habt ihr was Schönes unternommen?«, fragte sie, nachdem sie sich alle drei zum Abendessen hingesetzt hatten.

Mia warf Tess einen Blick zu, die aber plötzlich sehr an dem Pilaw auf ihrem Teller interessiert zu sein schien.

»War schon okay«, antwortete Mia schließlich. »Wir haben aber nicht viel zusammen gemacht. Er war ziemlich beschäftigt, und wir hatten beide eine Menge Hausaufgaben.«

»Er hat den Baum ohne uns geschmückt«, platzte es aus Tess heraus.

»Den Baum?«, fragte Carli.

»Ja. Jade und er haben einen Weihnachtsbaum gekauft und ihn geschmückt, ohne uns auch nur zu fragen, ob wir dabei sein wollen. Er war schon geschmückt, als wir gekommen sind.«

Wie in den meisten Familien war das Schmücken vor den Feiertagen, vor allem das Baumschmücken, immer ein großes Ereignis bei ihnen gewesen, und obwohl Carli erwartet hatte, dass das erste getrennte Weihnachten neu und seltsam und teilweise vielleicht auch schwierig werden würde, war dies etwas, was sie nicht hatte kommen sehen.

»Und wenn er euch damit vielleicht nur überraschen wollte?«

Mia schnaubte. »Das hat er jedenfalls behauptet, nachdem er gemerkt hat, dass wir sauer waren, aber ich nehm's ihm nicht ab. Jade und er geben eine Weihnachtsparty am Wochenende, und ich glaube, er wollte, dass seine Wohnung dafür geschmückt ist, also haben sie lauter Kram aufgehängt, aber es sieht komisch und total hässlich aus. Überall Glitzerzweige und Federgirlanden. Und die Christbaumkugeln sind alle weiß. Wer will denn einen ganz weißen Christbaum? Als ob Jade mit bunten Farben nicht klarkommt.«

Carlis Herz zog sich zusammen, und ihr wurde leicht schwindlig. Das Vokabular reichte schon, damit sich alles um sie herum drehte. Steve und Jade waren jetzt »sie«. *Sie* hatten den Baum geschmückt. Keine zwei Individuen, sondern ein Paar. Eine Einheit. Eine Einheit, die seine Kinder nicht einschloss. Die eindeutig wütend darüber waren. Und warum auch nicht? An Weihnachten ging es um die Familie, und Jade gehörte nicht zur Familie. Sie war nur irgendeine Frau in *seinem* Leben.

»Tja, die gute Nachricht ist wohl, dass wir über die Weihnachtsferien nicht zwischen diesen potthässlichen

Federdingern rumsitzen müssen«, sagte Tess und schob ihr Pilaw auf dem Teller herum. Das sah nach dem genauen Gegenteil von guten Nachrichten aus.

»Was soll das heißen?«, fragte Carli, und ihr Herz zog sich noch fester zusammen.

Tess sah zu Mia hinüber, und das lange Schweigen hing schwer in der Luft, bis Mia endlich sagte: »Dad ist über Weihnachten nicht zu Hause. Jade und er fliegen nach Aruba.«

Das verschlug Carli den Atem. Sie hatte geglaubt, er könne sie nicht mehr schockieren oder ihre Gefühle verletzen. Aber das hier traf sie doch.

»Sie fliegen nach … Aruba? Über Weihnachten?« Jedes Wort schien in ihrem Mund zu kleben wie pappige, bittere Bonbons, die sie nur mit Mühe ausspucken konnte. Denn Steve und sie hatten immer darüber gesprochen, einmal nach Aruba zu fliegen, hatten es aber nie geschafft, weil er immer arbeiten musste oder es für zu teuer hielt. *Jetzt* flog er hin? Mit Jade?

Mia nickte finster, und Carli konnte nicht ausmachen, welches Gefühl sich in ihrer Miene ausdrückte. Wahrscheinlich weil ihre eigenen Augen vor lauter Fassungslosigkeit, Wut und Herzschmerz verschleiert waren. Sie blinzelte zu schnell und war drauf und dran, zu hyperventilieren.

»Er hat gesagt, wir sollen es dir nicht verraten, aber das würde mir vorkommen, als würden wir dich anlügen. Er wollte es dir aber noch sagen, er hatte nur noch nicht die Zeit dazu«, fügte Mia hinzu.

Aber die Zeit, um es den Mädchen zu sagen, hatte er? Und die Zeit, die beiden in eine Lage zu bringen, in der sie Geheimnisse vor Carli haben mussten. *Nicht cool, Steve.* Außerdem hatte er genug Zeit, um einen Baum zu kaufen, eine Party zu planen und seine Wohnung zu schmücken, aber seine Töchter waren nicht eingeplant? *Auch nicht cool, Steve.* Sie fragte sich, ob es denselben Effekt hatte, wenn man in seine Serviette statt in eine Papiertüte atmete. Vielleicht. Aber damit hätte sie ihre Töchter erschreckt.

»Und wann sollt ihr beide dann Weihnachten mit ihm feiern? Er hat doch bestimmt wenigstens *irgendetwas* vor, oder?« Sie klang angespannt, und sie wusste, dass sie das eigentlich Steve fragen sollte, nicht die Mädchen, aber die Worte waren heraus, bevor sie sich beherrschen konnte, in einem Ton, den sie selbst nicht wiedererkannte.

»Darüber möchte er auch noch mit dir sprechen«, antwortete Mia. »Er will, dass wir über Silvester bei ihm sind. Er hat darauf bestanden, obwohl ich ihm gesagt habe, dass wir eigentlich schon was mit unseren Freunden vorhaben, aber er meinte, das würde nicht zur Debatte stehen. Er sagt, weil wir schließlich während der ganzen Weihnachtsferien bei dir sind, sollten wir Silvester bei ihm verbringen.«

Tess starrte hinunter auf ihren Teller, die Hände im Schoß, aber Carli sah, wie sie sich eine Träne abwischte. Nur allzu gern hätte sie jetzt selbst einen Wutanfall bekommen, aber sie musste sich zusammenreißen und den emotionalen Scherbenhaufen aufräumen, den Steve hinterlassen hatte. Es war schließlich nicht das erste Mal, dass er so etwas tat, und immerhin war sie technisch gesehen die Erwachsene im Raum. Sie konnte später still und allein für sich zusammenbrechen.

»Tja … Ich bin sicher, dass Dad euch damit nicht verletzen wollte. Vielleicht hat er geglaubt, dass wir hier etwas ganz Besonderes planen und dass der Baum nicht so wichtig ist. Was den Urlaub angeht, weiß ich auch nicht so recht.«

»Eine Familie, zwei Häuser«, murmelte Tess.

»Wie bitte?«

»Das habt ihr beide uns versprochen, als ihr uns gesagt habt, dass ihr euch scheiden lasst. Dass wir immer noch eine Familie sind, nur mit zwei Häusern, aber so fühlt es sich nicht an. Ich meine, ich weiß, dass du hier unseretwegen lange alles so gelassen hast, wie es war, aber eigentlich hättest du auch gleich an dem Tag, an dem Dad ausgezogen ist, alles umstellen können. Es hat zwar noch genauso ausgesehen, aber es hat sich ganz anders angefühlt. Ehrlich gesagt bin ich sogar erleichtert, dass du endlich die Wände gestrichen und ein paar neue Sachen gekauft hast, aber bei Dad ist alles neu und anders, und wenn wir da sind, ist es eher so, als wären wir zu Besuch. Wir *wohnen* nicht dort.«

Carli streckte den Arm aus und drückte die Hand ihrer Tochter, aber Tess war noch nicht fertig.

»Und seit Dad mit Jade zusammen ist, hat er immer andere Sachen im Kopf. Sie ist ja ganz nett, aber sie tut so, als wäre es ihre Wohnung. Sie hat uns gesagt, dass wir unsere Jacken mit in unsere Zimmer nehmen müssen, weil an der Garderobe im Flur kein Platz dafür ist. Und neulich hat sie mir verboten, Popcorn in der Mikrowelle zu machen, weil es so stinkt, und Dad hat einfach nur dagestanden, als hätte sie das Sagen. Und als wir versucht haben, mit ihm darüber zu reden, hat er gemeint, wir wären selbstsüchtig.«

»Das hat er gesagt?« Sie konnte nicht verhindern, dass ihre Stimme vor Fassungslosigkeit schrill wurde. Steve hatte zwar einen Haufen Fehler, aber seine Töchter liebte er über alles. Auf seine eigene Art. Ihnen vorzuwerfen, selbstsüchtig zu sein, war grob, sogar für ihn.

Tess wischte sich eine weitere Träne ab, und Mia übernahm das Wort: »Ja, das hat er gesagt. Er hat auch gesagt, dass wir auf Jade hören sollen, weil sie sonst glaubt, dass wir sie nicht mögen, und weil das ihre Gefühle verletzen würde.«

Ihre Gefühle? Darum sorgte er sich? Um Jades Gefühle statt um die seiner Töchter?

Wo welche Jacken hingen und ob es Mikrowellen-Popcorn geben sollte, war im Grunde nebensächlich, aber Carli konnte zwischen den Zeilen lesen, und was sie sah, waren zwei Mädchen, die sich nach der Aufmerksamkeit ihres Vaters sehnten. Seine Prioritäten hatten sich geändert, und wie immer mussten sie sich anpassen.

»Es tut mir leid, ihr beiden«, sagte sie. »Das ist Neuland für uns alle, und ich wünschte, ich könnte es euch leichter machen. Ich weiß nur nicht, wie. Was ich euch aber versprechen kann, ist, dass ihr nicht selbstsüchtig seid. Ich bin so stolz auf euch beide, auch darauf, wie ihr mit all diesen Veränderungen umgegangen seid. Ich spreche mit eurem Vater darüber.«

Tess reckte trotzig das Kinn und schniefte. »Mach dir keine Mühe. Ich bin drüber weg. Ich hoffe, er holt sich auf Aruba einen Sonnenstich.«

Das hoffte Carli auch. Tatsächlich hoffte sie sogar irgendwie, dass er von einem Hai gefressen wurde. In kleinen Häppchen.

KAPITEL 26

»Wie ist denn Steves E-Mail-Adresse?«, wollte Dee-Dee wissen, als sie beim ersten Busstopp der dritten jährlichen Monroe-Circle-Weihnachts-Pubtour Pfefferminz-Martinis schlürften. »Ich trage ihn für jeden Newsletter ein, den ich im Internet finden kann.«

Carli war von ihren Freundinnen umringt und hatte sie gerade in Steves Pläne für die Feiertage eingeweiht, woraufhin Dee-Dee zur Höchstform aufgelaufen war und prompt damit begonnen hatte, passende Rachestrategien zu erarbeiten. Es war zwar nicht so, dass Steves Verhalten sie derart entsetzte, aber sie liebte es nun mal, andere auf nicht nachverfolgbare Weise zu quälen. Wenn es in der Nachbarschaft je einen verdächtigen Todesfall gab, dann würde Dee-Dees Browserverlauf sie mit Sicherheit ins Gefängnis bringen.

»Ich leite dir seine Adresse weiter«, sagte Carli. »Und sämtliche Passwörter, die ich noch habe. Er ist zu faul, sie zu ändern.«

Dee-Dee rieb sich erfreut die Hände. »Wunderbar. Zeit für ein bisschen Shopping. Ich stehe drauf, mit den Amazon-Accounts meiner Ex-Männer herumzuspielen. Letzte Woche habe ich eine ganze Ladung Herrenunterwäsche in Gregs Einkaufswagen geladen, aber keine normale Unterwäsche, sondern rosa Jocks und limettengrüne, knallenge Badehöschen und noch ein paar durchsichtige Teile und was mit Netz. Ist ihm wohl gar nicht aufgefallen, als ich nämlich gestern nachgeschaut habe, hatte er alles gekauft!«

Erin, Renee und Lynette lachten, und Carli lachte mit.

»Vielleicht hat er ja geglaubt, dass du ihm damit etwas sagen willst«, orakelte Erin und gab dem Kellner ein Zeichen, ihnen noch eine Runde zu bringen.

Dee-Dee schüttelte den Kopf, dass ihr Rentiergeweih wackelte. »Glaube ich nicht. Der Typ würde nicht mal mit einem ganzen Team Kryptologen dahinterkommen, dass ihm irgendjemand vielleicht etwas sagen will. Ich würde wirklich zu gern sein Gesicht sehen, wenn er die Päckchen aufmacht und den Leopardenstring findet.«

»Oho!«, sagte Erins Mann, der gerade hinter Dee-Dee aufgetaucht war. »Was war das mit dem Leopardenstring?«

»Ich schenke dir einen zu Weihnachten«, antwortete Erin.

»So ein Zufall«, gab er ungerührt zurück. »Genau so einen wollte ich dir auch schenken.«

Der Abend plätscherte dahin. Sie waren etwa ein Dutzend Paare aus dem Monroe Circle und dazu noch Ben und Carli. Sie genossen ihre Drinks und unterhielten sich angeregt. Getroffen hatten sie sich bei Renee, die allen einen selbst gemachten Eierflip in Gläsern mit Muskatrand serviert hatte, bevor sie in den Bus gestiegen waren, der aussah wie die Werkstatt des Weihnachtsmanns auf Rädern. Die Stimmung war froh und munter, und obwohl Carli immer noch wütend auf ihren Ex war und sich ein bisschen um ihre Töchter sorgte, war sie bereit für einen schönen Ausgehabend. In letzter Zeit war sie sehr mit ihrer Arbeit beschäftigt gewesen, und sie war schon ewig nicht mehr mit Freunden ausgegangen. Der heutige Abend war eine willkommene, ja heiß ersehnte Abwechslung, und sie hatte sich mit ihrem Erscheinungsbild besondere Mühe gegeben. Weil es nun mal eine Party werden sollte und natürlich nicht, weil Ben da war. Der sich immer irgendwo in ihrer Nähe aufzuhalten schien. Seit sie den gelben VW in seiner Einfahrt gesehen hatte, war es zwischen ihnen nur ein-, zweimal zu einer kurzen Unterhaltung gekommen. Nicht weil sie wütend auf ihn war, sondern weil es einfach leichter war, dieser Sache und ihren eigenen chaotischen Gefühlen aus dem Weg zu gehen. Sich in seiner Nähe aufzuhalten fühlte sich so ... *groß* an. Verwirrend auf eine sehr ... na ja, verwirrende Weise. Sie wollte keine Energie darauf verschwenden, an ihn zu denken, und die einzige Möglichkeit, das zu vermeiden, bestand darin, sich von ihm fernzuhalten. Also hatte sie es versucht. Sie war mit Gus in die andere Richtung zum Spazieren gegangen, damit sie nicht an Bens Garten vorbeilaufen musste, und sie hatte seine Einladung zu einem Drink neulich Abend abgelehnt. Sie hatte sogar die Gelegenheit sausen lassen, sich mit Mia und Tess bei ihm ein Footballspiel anzusehen, als Ethan die Mädchen eingeladen hatte. Sie hatte behauptet, sie müsse sich um andere Dinge kümmern. Stattdessen hatte sie sich auf die Arbeit konzentriert. Und auf ihre Töchter und das Hundetraining und den Umgang mit Steve, und das war bei Gott auch wirklich genug.

An diesem Abend konnte sie Ben jedoch nicht aus dem Weg gehen, weil sie irgendwie ständig mit ihm zusammentraf. Machte er das absichtlich?

»Du siehst hübsch aus«, sagte er, als sie wieder in den Bus stiegen und zum zweiten Pub fuhren. Dann zwängte er sich neben sie, obwohl er in der freien Bankreihe gegenüber wesentlich mehr Platz gehabt hätte. Sein Oberschenkel drückte sich gegen ihren, als der Bus ruckend anfuhr und seine feuchtfröhliche Feiergemeinde durchschüttelte. Wie sollte sie diesen Abend über die Bühne bringen, ohne ihn nach seinem nächtlichen Besuch zu fragen? Immerhin ging es sie nichts an, auch wenn es sich so anfühlte.

Ben trug einen dunkelblauen Pullover zu einer grauen Hose, und irgendwie sah dieses Outfit an ihm attraktiver aus als an jedem anderen Mann. Vielleicht lag es daran, dass das Blau seiner Augen dadurch noch betont wurde, oder daran, wie sich der Kaschmir um seine schönen breiten Schultern schmiegte. Natürlich trugen die meisten anderen Männer hässliche Weihnachtspullis, aber selbst wenn sie im Sonntagsanzug erschienen wären, hätte Ben – da war sich Carli sicher – trotzdem noch besser ausgesehen als sie alle. Genau da lag das Problem.

Im dritten Pub, nach ihrem dritten Martini, hörte sie schließlich damit auf, ihm aus dem Weg zu gehen. Sie hörte auf, sich zu fragen, ob er nur deshalb ihre Nähe suchte, weil sie die einzige nicht vergebene Frau in der Gruppe war und er der einzige Singlemann, denn falls das wirklich der Grund war, dann war das schon okay für sie. Jedenfalls an diesem Abend. Weil sie ihn nämlich vermisste. Sie vermisste die Gespräche mit ihm. Sie waren Freunde, und sie mochte ihn, auch wenn sie ihm bei der Vorstellung, dass er es wahrscheinlich mit einer anderen Frau trieb, die einen gelben VW fuhr, am liebsten vors Schienbein getreten hätte. An diesem Abend war sie in wodkaseliger Weihnachtslaune, also war alles vergeben und vergessen.

»Ich wünschte, ich könnte diese Weihnachten irgendetwas wirklich Besonderes für meine Kinder tun«, vertraute sie ihm an, während sie ein Stück abseits der Gruppe an der Bar saßen. »Du weißt schon, um irgendwie wiedergutzumachen, dass Steve dieses Weihnachten buchstäblich ins Wasser fallen lässt. Ins karibische Wasser nämlich.«

»Was schwebt dir denn da so vor?« Er beugte sich ein wenig zu ihr, um sie besser verstehen zu können. Als würden sie etwas Vertrauliches besprechen. Sein Rasierwasser roch angenehm. Das war ihr schon früher aufgefallen, als sie sich über seine Schulter gebeugt hatte, um auf seinem Laptop ein paar

Lampen zu begutachten, aber an diesem Abend wusste es ihre Nase besonders zu schätzen. Ein- oder zweimal waren ihre Knie aneinandergestoßen, und vielleicht würde der eine oder andere behaupten, dass er näher bei ihr saß, als unbedingt notwendig war. Natürlich würde keine ihrer Freundinnen das sagen. Dee-Dee lag ihr seit Wochen damit in den Ohren, dass sie diesen blöden VW vergessen und sich Ben einfach auf den Schoß setzen sollte. Sogar Erin hatte angedeutet, dass es vielleicht an der Zeit wäre, dass Carli ein bisschen Action bekam, und dass Ben vielleicht gar keine so üble Option war, Nachbar hin oder her. Allerdings hatten die beiden gut reden. Carli würde es schließlich sein, die mit den Konsequenzen zurechtkommen musste. Also würde sie sich an unverfängliche Themen halten wie die Weihnachtsgeschenke für ihre Kinder.

»Ich weiß es auch nicht richtig. Ich habe so den schleichenden Verdacht, dass mein Backofen bald den Geist aufgibt, also kann ich ihnen nichts wahnsinnig Teures kaufen, aber es wäre schön, wenn mir etwas einfällt, an das sie sich später gern erinnern. Etwas Einzigartiges, dieses Weihnachten wird nämlich schwierig. Ich weiß, dass Tess unbedingt zum Konzert von Nolan Hart im Januar gehen möchte, aber es gibt nur noch Karten für die richtig schlechten Plätze, auf denen man ohne Sauerstoffmaske nicht mal Luft bekommt, oder Karten, die fünfhundert Dollar pro Stück kosten. Vielleicht beiße ich einfach in den sauren Apfel und besorge Karten für die billigen Plätze. Hoffentlich findet sie das immer noch besser, als gar nicht hinzugehen.«

»Nolan Hart? Warum kommt mir der Name so bekannt vor?«, grübelte Ben.

»Wahrscheinlich hast du Addie schon mal über ihn reden hören. Tess zufolge ist er der heißeste Typ, der je auf Erden gewandelt ist. Er hat bei Disney Channel angefangen, aber dann hatte er offenbar einen *Glow-up,* wie Mia sagt. Das nennt man so, wenn die Pubertät eine peinliche Vogelscheuche in einen Grammy-gekrönten Mädchenschwarm verwandelt.«

»Den sollte ich wohl mal googeln. Klingt ja nach einem echten Märchenprinzen.« Lächelnd zog Ben sein Handy hervor und tippte etwas ein. Kurz darauf erschienen zahllose Fotos auf dem Display. »Gottverdammt. Das ist ein echter Märchenprinz. Wo ist denn das Konzert?«

»In der Wallace-Chase-Arena. Von der hast du vielleicht schon mal gehört.«

»Kommt mir vage bekannt vor.«

»Hey, Kumpel!« Mike Barker kam auf sie zugetorkelt und drosch Ben herzhaft auf den Rücken. Seine Wangen waren dunkelrot und seine Stirn glänzte vor Schweiß. Offenbar hatte Lynettes Ehemann schon ein paar Drinks intus. Wer konnte es ihm verübeln? Wenn Carli mit Lynette verheiratet wäre, dann wäre sie ständig blau.

»Ich hab gehört, dass es heute was zu feiern gibt«, brüllte Mike fast, aber die Worte wurden von seiner bierschweren Zunge etwas verformt und klangen eher nach: »Dasses heute wussu feian gibt.«

»Feiern?«, hakte Carli nach, doch Bens Lächeln wirkte auf einmal etwas gedimmt.

»Jep, vermutlich schon«, antwortete Ben, und sein Blick huschte kurz zu Carli. Er wirkte etwas verlegen.

Mike schlug ihm ein weiteres Mal auf den Rücken. »Leg lieber ein bisschen Lippenstift auf, Carli, denn vor dir sitzt ein freier Mann.«

Wieder huschte Bens Blick zu ihr. »Die Scheidung ist durch, seit heute Mittag.«

Oooh, an dieses Gefühl erinnerte sie sich. Der Tag, an dem die Scheidung rechtskräftig geworden war. Als würde man einen stockdunklen Raum betreten, in dem man sich noch nie befunden hatte und von dem man nicht wusste, ob er voller

Gruselmonster war oder ob gleich jemand das Licht einschalten und »Überraschung! Willkommen in der Zukunft!« rufen würde. Im Laufe des vergangenen Jahres hatte sie gelernt, dass es allmählich heller in diesem Raum werden würde, aber an den meisten Tagen war es immer noch dunkel genug, um über irgendwelchen Mist zu stolpern, von dem man nicht einmal gewusst hatte, dass er da war. Sie wusste auch, dass der »Scheidungsfeiertag« so etwas war wie der Tag, an dem einem die Ärzte sagten, dass sie alle Krebstumore hatten beseitigen können.

»Lass mich dir'n Drink spendier'n!«, sagte Mike, wankte zur Seite und schlug Ben noch einmal auf den Rücken.

»Wie wäre es, wenn ich dir stattdessen ein Glas Wasser besorge?«, fragte Ben.

»Klar. Is gut.« Mike nickte wie ein Wackeldackel, wandte sich dann ab und torkelte ziellos zurück in die Menge.

»Jetzt weißt du auch, warum wir für diesen Abend immer einen Bus mieten«, bemerkte Carli.

»Schätze schon.«

Sie nippte an ihrem Drink, während Ben immer noch Mike nachblickte.

»Möchtest du darüber reden?«, fragte sie schließlich.

»Eigentlich nicht.« Er wandte ihr den Blick zu. »Ich meine, ich glaube, ich habe darüber alles gesagt, was es zu sagen gibt. Ich habe mein Bestes versucht. Sophia wollte etwas anderes. Jetzt ist der Zeitpunkt gekommen, wo jeder seiner Wege geht.«

Als er die letzten Worte aussprach, sah er sie unverwandt an, und sie fragte sich, ob er ihr damit zeigen wollte, dass er wirklich komplett über die Sache hinweg war, oder ob er darüber nachdachte, dass die neuen Wege möglicherweise auch sie beinhalten könnten.

»In die Zukunft blicken ist gut«, entgegnete sie nur lahm.

Ben nickte. »Finde ich auch.« Wieder sah er sie an.

Sie wollte ihn nach dem gelben VW fragen und danach, ob er vorhatte, die unangenehmen Scheidungsgefühle durch einen konstanten Strom von One-Night-Stands zu lindern, denn das war nichts für sie. Sie wollte nicht seine Übergangs- und Lückenbüßerfreundin sein. Seine Scheidung war buchstäblich erst ein paar Stunden her, und sie war keine Notlösung. Sie war nicht dazu da, das Brennen seiner Wunden zu lindern, um dann sitzen gelassen zu werden, wenn die Nächste des Weges kam. Sie war nicht Jade. Trotzdem blickte er sie immer noch an, als wollte er noch etwas sagen. Etwas Wichtiges.

* * *

Er sollte es ihr einfach sagen. Er sollte ihr sagen, dass er an sie dachte. Oft. Er hatte an diesem Mittag an sie gedacht, als er die Papiere unterzeichnet hatte. Im Grunde dachte er jeden Tag an sie, seit … tja, seit ihr verdammter Hund sein Steak geklaut hatte. Natürlich würde es kompliziert werden. Natürlich gab es tausend Dinge, die man bedenken musste, aber er wusste, was er fühlte, und er konnte es nicht einfach ignorieren. Das alles sollte er ihr einfach sagen. Jetzt. Doch in diesem Moment begann sein Handy zu vibrieren, das auf der Theke lag, seit er die Fotos von Nolan Hart betrachtet hatte. Er nahm es und wollte es in die Tasche stecken, ohne den Anruf anzunehmen, aber es war Ethan. Ethan rief ihn nie an. Er schrieb Nachrichten, und auch das nur, wenn es wirklich wichtig war.

»Ähm … tut mir leid. Das ist Ethan. Da sollte ich wohl rangehen.«

»Natürlich.« Carli war Mutter. Sie verstand das.

Er hob das Handy an ein Ohr und hielt sich das andere mit dem Finger zu. Es war laut in der Bar.

»Hey, Kumpel, was ist los?«

»Dad. Ist Mrs Lancaster bei dir?«

»Ja.« Das war eine seltsame Frage, und allmählich wurde Ben nervös.

»Okay.« Ethan holte auf der anderen Seite der Leitung tief Luft. »Gut. Denke ich. Ähm, Mia hatte einen Unfall.«

Ben rutschte vom Barhocker und drehte Carli den Rücken zu, damit sie sein Gesicht nicht sehen konnte. Er wollte sie nicht beunruhigen, bevor er weitere Informationen hatte.

»Was für einen?«

»Einen Autounfall. Sie ist mit einem Reh zusammengestoßen. Wir sind okay, aber das Auto ist Schrott, und Mia ist total fertig.«

»Warst du bei ihr?«

»Ja, wir haben uns einen Film angeschaut, aber dann musste Brenden nach Hause, und sie hat angeboten zu fahren, weil mein Tank leer ist, und ich schwöre bei Gott, Dad, sie ist sehr vorsichtig gefahren, und wir waren angeschnallt, aber dieses Reh war einfach plötzlich da.«

Ben atmete tief durch. »Okay. Okay. Bist du sicher, dass ihr alle in Ordnung seid?«

»Ja. Ich meine, hier ist alles voller Glassplitter, weil das Reh über die Motorhaube geflogen und gegen die Windschutzscheibe gekracht ist, aber uns geht's gut. Was soll ich jetzt tun?«

Ben rühmte sich damit, ein schneller Denker zu sein, aber auf einmal schien seine Fähigkeit, Entscheidungen zu treffen, auf Zeitlupe geschaltet zu haben. Immerhin, sein Mund stellte Fragen, und irgendwo in seinem Hinterkopf fand jemand, dass sie sinnvoll klangen.

»Wo seid ihr? Kannst du mir eine Adresse geben?«

»Ähm, hier sind nirgendwo Häuser. Brenden wohnt am Arsch der Welt, aber wir sind auf der Canfield Road zwischen Linden und Parkway. Glaube ich. Kannst du nicht einfach mein Handy orten?«

»Ja, das kann ich versuchen. Ruf bis dahin die Polizei an und bleib, wo du bist. Wir sind da, so schnell wir können. Okay?«

»Jep. Okay. Danke, Dad.« Ethan klang ruhig, aber verunsichert, und in Bens Bauch rumorte es. So hatte er sich diesen Abend ganz und gar nicht vorgestellt. So etwas wollte man als Vater oder Mutter auf keinen Fall erleben. Und jetzt musste er es Carli sagen. Er holte noch einmal tief Luft, bevor er sich wieder zu ihr umdrehte.

»Alles in Ordnung?«, fragte sie, weil sie ihm seine Sorge wohl sofort ansah. Ein Pokerface zu wahren schien nicht seine Stärke zu sein.

»Eigentlich nicht. Mia und Ethan haben einen Freund nach Hause gefahren, und offenbar ist ihr ein Reh vors Auto gerannt. Ethan sagt, es geht ihnen gut«, fügte er rasch hinzu, als Carli alarmiert aufsprang.

»Es geht ihnen gut? Bist du sicher?«

»Ethan kam mir recht ruhig vor, aber ich habe ihm gesagt, dass er die Polizei anrufen soll.« Er tippte auf sein Handy, um das von Ethan zu orten. »Sie sind auf der Canfield Road. Ich habe ihm gesagt, dass wir unterwegs sind.«

»Wir haben kein Auto hier«, sagte Carli, und ihre Stimme klang vor Anspannung höher als sonst. »Wie sollen wir zu ihnen kommen?«

Die Vorstellung, dass die gesamte Truppe angeheiterter Monroe-Circle-Nachbarn im Partybus zur Rettung der Kinder raste, ließ ihn beinahe laut auflachen. Allerdings eher vor Stress als aus Belustigung.

»Ich rufe uns ein Uber«, sagte er. »Hol dir deine Jacke aus dem Bus, ich besorge uns eine Fahrgelegenheit.«

Die zehn Minuten, die sie auf das Uber warten mussten, waren die längsten in Bens Leben. Nun saßen Carli und er auf dem Rücksitz, auf dem Weg zu Ethan und Mia. Als Carli ihr

Handy aus der Handtasche gefischt hatte, sah sie die drei entgangenen Anrufe von Mia.

»Sie hat versucht, mich zu erreichen, aber ich bin nicht rangegangen«, sagte Carli. Er konnte die Schuldgefühle aus ihrer Stimme heraushören, obwohl dafür kein Grund bestand. Rasch wählte sie Mias Nummer, und da Ben neben ihr saß, konnte er beide Seiten der Unterhaltung hören.

»Mom?«

»Schatz, geht's dir gut? Was ist passiert?«

Mias Stimme bebte vor Anspannung. »Mir geht's gut. Es war nur ein ganz schöner Schreck. Ich habe auf die Straße geschaut, wirklich, aber dieses Reh ist einfach plötzlich da gewesen. Es tut mir so leid.«

»Ich weiß, Schatz. Du musst dich nicht entschuldigen. Es war ein Unfall, und Rehe tun so was manchmal. Wichtig ist nur, dass ihr nicht verletzt seid.«

»Wir sind nicht verletzt, nur ein paar kleine Schnitte von den Glasscherben, die uns um die Ohren geflogen sind, aber Dad ist bestimmt stinksauer wegen dem Auto. Die Motorhaube ist total eingedellt, und die Windschutzscheibe ist zersplittert, und das Reh …« Ben hörte, wie Mia in Tränen ausbrach, und fühlte Carli neben sich zittern. Er legte ihr einen Arm um die Schultern und zog sie an sich. Sie ließ es zu. Ein paar Minuten lang redete sie noch mit Mia, sprach ihr Mut zu, den sie, wie er ahnte, selbst nicht empfand, und beendete das Telefonat dann, damit Mia ihren Akku schonen konnte.

»Ich glaube … ich bekomme vielleicht eine Panikattacke«, sagte sie leise und atmete viel zu schnell neben ihm.

Ben zog sie noch enger an sich. »Das wird schon. Ich verspreche dir, dass alles gut wird.«

»Wie kannst du mir das versprechen?«

»Weil die Polizei unterwegs ist und beide Kinder gefasst wirken und in der Lage sind zu telefonieren. Und wir sind in« – er warf einen Blick auf die App seines Handys – »dreizehn Minuten da.«

»Ich sorge dafür, dass meine Kinder Decken im Auto haben, sogar im Sommer. Und zwanzig Dollar in bar und einen Erste-Hilfe-Kasten. Und Überbrückungskabel. Ich versuche sie zu beschützen, aber dann passiert so etwas.«

Ihre Stimme brach, und allmählich machte sich Ben genauso viele Sorgen um sie wie um die Kinder. Sie zitterte, ob nun vor Kälte oder Nervosität, und ein überwältigendes Verlangen, sie zu beschützen, erfasste ihn. Er wollte es in Ordnung bringen, irgendwie.

»Ich reagiere bestimmt über«, sagte sie, wie um sich selbst zu überzeugen.

»Ich bin sicher, dass die beiden in Ordnung sind, aber ich schätze, du hast ein Recht darauf, ein bisschen überzureagieren. Möchtest du gern reden oder lieber still sein? Ich könnte dir die Geschichte erzählen, wie meine Brüder und ich uns einmal ein Einradrennen geliefert haben.«

Sie lachte auf und wischte sich eine Träne aus dem Auge. »Ich glaube, das würde ich gern hören.«

Die nächsten zehn Minuten verbrachte Ben damit, sich eine vollkommen frei erfundene Geschichte aus den Fingern zu saugen, in der es um seine Brüder und ihn und ein paar Einräder ging, die sie zu Weihnachten bekommen und mit denen sie sich daraufhin ein Rennen geliefert hatten, an dessen Ende Terrance ein blaues Auge und Bill ein gebrochenes Handgelenk vorzuweisen hatte. Davon war kein Wort wahr, aber je verwickelter die Erzählung wurde, desto mehr entspannte sich Carli neben ihm und desto mehr wuchs sein Verlangen, sie in einen schützenden Kokon zu hüllen. Irgendwann würde er ihr erzählen, dass er das alles frei erfunden hatte, aber in dieser Nacht war es einfach eine zweckdienliche Ablenkung.

Das pulsierende Blaulicht eines Streifenwagens verriet ihnen, dass die Polizei bereits eingetroffen war, und Carli war schon auf dem Weg und halb bei Mia, bevor er auch nur seine Tür öffnen konnte.

»An einem so komischen Ort habe ich noch nie irgendwen abgesetzt«, verkündete der Fahrer. »Soll ich lieber warten? Ich glaube, der Kleinbus da fährt ohne Abschleppwagen nirgendwo mehr hin.«

»Würden Sie?«, fragte Ben. »Das wäre fantastisch.«

Der Fahrer nickte. »Kein Problem. Ich habe selbst Kinder.«

»Danke.« Ben stieg aus und überquerte die Straße. Glasscherben knirschten unter seinen Füßen. Es war dunkel und windig, und nur ein paar spärliche Straßenlaternen erhellten die Gegend. Dazu kam das Blaulicht, durch das alles tatsächlich so unwirklich wirkte, wie es sich anfühlte. Die Motorhaube des Minivans war zusammengeknautscht wie ein Akkordeon, die Windschutzscheibe war abgesehen von ein paar Scherbenresten an den Rändern verschwunden. Ein Beben durchlief Ben, als er begriff, wie viel Glück sie gehabt hatten und wie die Sache ohne Sicherheitsgurte hätte ausgehen können. Als er Ethan erblickte, überlief ihn die Erleichterung wie eine warme Dusche. Da erst wurde ihm bewusst, dass er seit dem Ende des Telefonats mit seinem Sohn vor Anspannung kaum zu atmen gewagt hatte.

»Hey, Dad«, begrüßte ihn Ethan gelassen, aber dann umarmte er ihn fest und drückte das Gesicht an Bens Schulter. Meine Güte, war der Junge groß. Und es ging ihm gut. Allen ging es gut. Nur dem Reh nicht. Das arme Ding war erledigt.

Mia stand neben dem Streifenwagen, eingehüllt in eine Decke und Carlis Arme, während zwei Polizisten den Kleinbus mit ihren Taschenlampen ableuchteten. Ein leichter Regen hatte eingesetzt, in den sich winzige Schneeflocken mischten.

»Hältst du durch?«, fragte er die schniefende Mia. Sie nickte.

»Und du auch?«, fragte er Carli, die ihm ein schwaches Lächeln und ein knappes Nicken schenkte. Wenn er noch eine Decke gehabt hätte, dann hätte er auch sie darin eingewickelt, aber es gab keine, und in diesem Moment galt alle Sorge in erster Linie den Kindern. Er sprach mit den Polizisten, um zu bestätigen, dass das Auto ohne Pannendienst nirgendwo mehr hinfahren würde. Sie gaben alle ihre Namen an, und Mia und Ethan berichteten aus ihrer jeweiligen Sicht, was passiert war. Ihre Aussagen entsprachen dem, was sie auch schon Ben und Carli berichtet hatten. Ein Polizist mit buschigem Schnurrbart und einer Drahtgestellbrille machte sich Notizen, fragte Mia nach ihrem Führerschein und stieg dann wieder in seinen Wagen, während der andere Polizist den toten Körper von Bambis Mutter anleuchtete.

»Essen Sie gern Wildbraten?«, fragte er in heiterem Ton, woraufhin Mia wieder in Tränen ausbrach.

»Nein, ich esse keinen Wildbraten, ich bin Veganerin«, heulte sie. Carli sah Ben an, und er nahm mit Erleichterung ein kleines, nachsichtiges Lächeln in ihrem Mundwinkel wahr, während sie Mia über den Rücken strich.

KAPITEL 27

Die Heimfahrt im Uber verlief größtenteils schweigsam. Mia saß zwischen Ben und Carli und hatte den Kopf auf Carlis Schulter gelegt. Ethan mit seinen ellenlangen Beinen saß vorn. Es hatte zu regnen begonnen und die Tropfen trommelten auf das Autodach. Carli war dankbar, dass das Wetter immerhin so lange gehalten hatte, bis sie sich wieder auf dem Heimweg befanden. Das Einzige, was die vergangene halbe Stunde noch grässlicher gemacht hätte, wäre ein eiskalter Wolkenbruch gewesen. Außerdem war sie dankbar dafür, dass Ben bei ihr war. Er hatte mit der Polizei gesprochen und sich um einen Abschleppwagen gekümmert. Er hatte ihr dabei geholfen, Mias Habseligkeiten aus dem demolierten Minivan zu holen und in den Kofferraum des Ubers zu laden. Und er hatte Mia versichert, dass sie nichts hätte tun können, um den Zusammenprall mit dem Reh zu verhindern. Ethan hatte ihm dabei den Rücken gestärkt.

»Du bist einfach nur gefahren, Mia«, hatte Ethan gesagt. »Die Straße war frei, und dann, zack, war das Reh plötzlich da. Wie ein Patronus.«

»Wenn es ein Patronus gewesen wäre, dann hätte ich einfach durchfahren können«, hatte sie geantwortet, aber seine Worte schienen ihre Schuldgefühle, die sie wegen des versehentlichen

Rehmords verspürte, etwas zu lindern. Sein Verweis auf Harry Potter hatte ihr sogar ein Lächeln entlockt, und auch Carli hatte gelächelt über die unwahrscheinliche Freundschaft, die zwischen den beiden entstand. Am Anfang hatte sie schon geglaubt, dass mehr dahinersteckte – etwas Romantisches –, aber dann hatte sie gehört, wie sie sich über ein anderes Mädchen und einen anderen Jungen unterhalten und einander ihre Hilfe dabei versprochen hatten, die beiden *klarzumachen*. Also waren sie sowohl Freunde als auch Verbündete. Wie auch immer, Ethan brachte etwas in Mia zum Vorschein, das Carli gern sah. Eine Lebhaftigkeit, die Carli seit Steves Auszug an ihrer Tochter vermisst hatte.

Oh, verdammt! Steve. Sie musste ihm sagen, was passiert war. Natürlich hatte er ein Recht darauf, es zu erfahren, aber wenn man ihn in eine Sache verwickelte, dann wurden selbst die einfachsten Dinge schrecklich kompliziert. Erst als er fort gewesen war, hatte sie begriffen, wie viel Energie es sie gekostet hatte, seine Erwartungen zu erfüllen und mit seinen Reaktionen auf bestimmte Dinge umzugehen. Vielleicht sollte sie ihn lieber erst morgen anrufen, wenn sich alles etwas beruhigt hatte. Nur, wäre die Situation andersherum gewesen, hätte sie es sofort wissen wollen. Sie entschied sich dafür, ihm eine kurze Nachricht zu schicken.

Mia hatte einen Wildunfall, aber es ist alles geregelt. Ihr geht es gut. Dem Auto nicht so. Ich rufe dich morgen an.

Schließlich setzte der Fahrer sie alle in Carlis Einfahrt ab, und die Kinder gingen in ihre jeweiligen Häuser. Carli blieb stehen und wartete, während Ben den Fahrer in leisem Tonfall dazu überreden wollte, Geld anzunehmen.

»Wie schon gesagt, ich habe auch Kinder«, sagte der Fahrer. »Diese Fahrt war ein kleiner Gefallen von Elternteil zu Elternteil.«

»Tja, wenn Sie Kinder haben, dann weiß ich, dass Sie das Geld gut gebrauchen können«, gab Ben zurück. »Vielen Dank, dass Sie uns so geholfen haben.«

Letztendlich akzeptierte der Fahrer großmütig das Geld. »Also gut. Ich gebe es meiner Frau. Die hat es sicher schneller wieder ausgegeben, als ich gucken kann. Haben Sie einen schönen Abend. Oder wenigstens das, was noch davon übrig ist.« Er legte den Rückwärtsgang ein, lenkte aus der Einfahrt und fuhr davon, seine roten Rücklichter glühten wie verglimmende Kohlen in der Dunkelheit.

Dann wandte sich Ben an sie und sah sie an. Während sie zu ihm hinaufschaute, klopfte und stolperte ihr Herz in ihrer Brust herum, angefeuert von Adrenalin und zu vielen Gefühlen, um sie sortieren zu können.

»Tja«, sagte er nach einem Moment. »Das war mal ein Abend.«

»Allerdings. Danke für deine Hilfe bei allem«, antwortete sie. »Keine Ahnung, ob ich das ohne dich hinbekommen hätte.«

Aus dem Regen war nun wieder leichter Schneefall geworden, und die Straßenlaternen in der Nachbarschaft leuchteten viel heller als die am Unfallort, sodass sie ihn deutlich sehen konnte. Seinen Gesichtsausdruck konnte sie allerdings nicht deuten.

»Du hättest das prima hinbekommen. Ich habe ja gar nicht viel getan.« Er zuckte mit den Schultern.

»Natürlich hast du das. Du hast den Abschleppdienst angerufen und das Uber organisiert und mit der Polizei gesprochen. Du hast mich während der Fahrt davon abgehalten, vor Angst verrückt zu werden. Das war echt gut.« Sie lachte nervös, und auf einmal war sie vollkommen erschöpft und hätte sich am liebsten hingesetzt und sich gründlich ausgeheult, weshalb ihr Lachen eher zu so etwas wie einem Schluchzen geriet. Ben trat vor und nahm sie in die Arme. Wie sehr sie das brauchte

– seine feste Gegenwart, seine Wärme, seine Unterstützung. Sie lehnte sich gegen ihn und schlang die Arme um seine Taille. Ihre Wange lag an dem feuchten Wollstoff seiner Jacke, und sie fragte sich, ob er sie wohl küssen würde, wenn sie jetzt zu ihm hochblickte. Sie wollte es. Und irgendwie glaubte sie, dass auch er sie küssen wollte. Aber dann brüllte ihr Handy wie Chewbacca. Der Klingelton, den sie Steve zugewiesen hatte.

»Mist«, murmelte sie gegen Bens Jackenaufschlag. »Ich habe Steve eine Nachricht geschrieben wegen dem Unfall. Eigentlich habe ich ihm gesagt, dass ich ihn morgen anrufe, aber vielleicht sollte ich lieber gleich mit ihm sprechen.«

»Hm«, sagte Ben, rührte sich aber nicht. Sie blieb noch weitere fünfzehn Sekunden genau dort, wo sie war, und es waren die besten fünfzehn Sekunden in einer sehr langen Zeit. Dann löste sie sich widerstrebend von ihm.

»Ich glaube auch, du solltest mit ihm sprechen«, sagte er. »Er macht sich bestimmt Sorgen.«

»Ich wette fünfzig Dollar, dass er zuallererst nach dem Auto fragt.«

»Diese Wette lasse ich lieber aus, aber ich hoffe, dass du dich irrst.«

»Ja, hoffentlich.« Wieder brüllte ihr Handy, und sie zog es aus ihrer Handtasche. »Ich muss da wirklich rangehen. Gute Nacht, Ben. Und danke noch mal.«

»Gute Nacht, Carli.« Er wandte sich ab und ging langsam auf sein Haus zu.

* * *

Tja, das war eher enttäuschend. Der ganze Abend war ein totaler Reinfall gewesen. Zuerst war sie ihm in den ersten beiden Bars aus dem Weg gegangen, obwohl er immer noch keine Ahnung hatte, warum, und als er sie endlich in die Ecke getrieben hatte, war der Anruf von Ethan gekommen. Für den Unfall hatte natürlich niemand etwas gekonnt, und allein das wäre genug gewesen, um jeden Abend scheitern zu lassen, aber dass Steve dann noch ausgerechnet in diesem Moment angerufen hatte? Das war einfach nur Pech. Ben hatte die Umarmung genossen. Er hatte sich gewünscht, sie würde länger dauern, und um der Wahrheit die Ehre zu geben, wäre auch ein kleiner Kuss schön gewesen.

Drei weitere Dates im Laufe der vergangenen beiden Wochen hatten Ben bewiesen, dass es keinen Sinn hatte, Carli aus seinem Kopf vertreiben zu wollen. Die einzige Möglichkeit, mit seiner Vernarrtheit in sie umzugehen, war die, es einfach frontal anzugehen und zu schauen, was daraus wurde. Natürlich würde das auch ein gewisses Maß an Beteiligung ihrerseits erfordern. Oder zumindest eine sehr entschiedene Absage. Doch für sie beide war das Leben in letzter Zeit recht turbulent gewesen, und obwohl sie nebeneinander wohnten, war sie schwerer zu fassen als jemals zuvor. Sie hatte in letzter Zeit eine Reihe von Dreharbeiten vor Ort gehabt, was er wusste, weil er sich jeden Morgen ihre Sendung ansah und weil er ihr Auto zu jeder Tageszeit ankommen und abfahren sah.

Ab nächster Woche würde er wieder bei Chase Industries arbeiten, als neuer stellvertretender Geschäftsführer im Bereich für grüne Technologie. Passend dazu, dass seine Scheidung am heutigen Tag rechtskräftig geworden war, hatte er auch die Verhandlungen über den Verkauf seiner Unternehmensanteile an Doug abgeschlossen. Es war ein enormer Schritt gewesen, und Ben hatte erwartet, ein überwältigendes Gefühl des Versagens oder der Enttäuschung beim Unterzeichnen der rechtlichen Dokumente zu empfinden – immerhin beendete er seine Ehe, gab das Eigentumsrecht an seinem Unternehmen auf und kappte damit letztendlich seine Verbindungen zu Sophia und Doug –, doch seltsamerweise hatte er überhaupt nichts empfunden. Keine Niedergeschlagenheit, keine Trauer, keine Reue. Auch keine Freude oder Erleichterung. Nur eine vage Ahnung von … Freiheit. Als würde man an einem Sonntagmorgen aufwachen und hätte buchstäblich nichts zu tun und würde sich fragen, wie man den Tag nun am besten füllen könnte. Nicht, dass er sich an einen solchen Sonntag erinnern konnte, aber er konnte ihn sich vorstellen.

»O Mann, das war krass«, sagte Ethan, als Ben die Küche betrat. Er stand neben dem Kühlschrank und trank Orangensaft direkt aus der Packung, was er eigentlich nicht tun sollte. Doch angesichts der Ereignisse an diesem Abend ließ Ben es einfach durchgehen.

»Ja, allerdings.« Ben war ziemlich sicher, dass sie von zwei verschiedenen Dingen sprachen. »Ich bin nur froh, dass es nicht schlimmer gekommen ist, und ich bin stolz auf dich, weil du dich so wacker geschlagen hast.« Er zog seine Jacke aus und hängte sie über einen Stuhl.

Ethan zuckte mit den Schultern. »Danke. Ich glaube, wir haben es ganz gut hinbekommen, aber Mia war total durch den Wind, weil sie Angst hatte, was ihr Dad dazu sagen wird. Danke, dass du nicht so ein Typ bist.«

Ben hatte genug Geschichten über Steve gehört, um sehr froh darüber zu sein, dass er nicht so ein Typ war, und er fragte sich, wie Carli wohl gerade am Telefon mit ihm fertigwurde. Dieses hartnäckige Verlangen, sie zu beschützen, überkam ihn ein weiteres Mal, und er fragte sich, woher es wohl kam. Für Sophia hatte er so etwas im Grunde nie empfunden, aber für Carli? Tja, da schon. Was ziemlich ironisch war, denn Carli kam mit den allermeisten Dingen gut allein klar. Außer vielleicht, wenn sie ihre Schlüssel verloren hatte.

KAPITEL 28

»Nolan Hart? Im Ernst?« Tess' Begeisterung war fast greifbar und bestätigte Carli, dass sie wohl ein ziemlich schönes Weihnachtsfest auf die Beine gestellt hatte, obwohl der Haufen Geschenke, der an diesem Weihnachtsmorgen unter dem Baum lag, nicht ganz so groß ausgefallen war, wie es die Mädchen gewohnt waren. Das Haus war von oben bis unten geschmückt, wozu natürlich auch ein Weihnachtsbaum von beachtlicher Größe gehörte, den sie und die Mädchen ganz allein aufgestellt hatten. Es gab Lebkuchenmänner und Geschenke, und im Hintergrund spielten leise Weihnachtsgesänge. Für die Konzertkarten, das eine große Geschenk für die beiden, hatte Carli die ganze Geschenkschachtel-in-Geschenkschachtel-Geschichte durchgezogen, damit die Mädchen länger etwas zum Auspacken hatten. Aus der Reaktion schloss sie, dass sich die Mühe gelohnt hatte.

»Tut mir leid, dass ich uns keine Plätze näher an der Bühne besorgen konnte«, sagte Carli. »Es gab nicht mehr viele Karten, und die Wiederverkäufe für die guten Sitze sind unglaublich teuer.«

»Die sind fantastisch, Mom«, rief Tess sofort, sprang auf und schloss sie in eine rippenbrecherische Umarmung. Ihre

Augen leuchteten vor Aufregung, und ihre Wangen waren gerötet. »Diese Plätze sind perfekt. Einfach nur da zu sein wird super, und ich weiß, wie schwer es ist, an Karten zu kommen. Die meisten seiner Konzerte sind schon nach fünf Minuten praktisch ausverkauft.«

Mia lächelte genauso strahlend. »Blöd ist nur, dass wir noch bis Januar warten müssen. Ich würde am liebsten gleich morgen hingehen.«

»O mein Gott, ich auch!«, quietschte Tess. »Was sollen wir anziehen?«

Wieder lachte Carli und sagte: »Packt doch mal die anderen Geschenke aus, vielleicht findet ihr da ja was Passendes.«

»Vielleicht solltest du auch mal unter den Baum gucken, Mom«, sagte Mia. »Für dich liegen da auch ein paar Sachen.«

»Für mich?« Insgeheim hatte sie sich Geschenke gewünscht, weil, mal ehrlich, wer würde das nicht? Sie hatte allerdings nichts erwartet, weil die Mädchen sonst immer mit ihrem Dad etwas für sie gekauft hatten. Dieses Jahr war Steve allerdings *zu beschäftigt* dafür gewesen, und danach war er in seine dämlichen Ferien nach Aruba geflogen, zusammen mit diesem Strichmännchen von einer Freundin. *Ups. So viel also zu den Weihnachtsgefühlen!*

Tess reichte ihr eine Geschenktüte mit einer großen roten Schleife an der Seite. »Mach mal das da auf. Das ist von mir. Etwas, was wir uns teilen können.«

Carli grinste, denn nur ein Teenager konnte einem ein Geschenk überreichen und es im selben Atemzug zur Hälfte für sich beanspruchen. In der Tüte lagen zwei Schlüsselanhänger in Form von Lamas. Auf dem einen stand »Mamalama« und auf dem anderen »Dramalama«.

»Rat mal, welches für mich und welches für dich ist«, sagte Tess und kicherte.

»Ich glaube, die würden beide gut zu mir passen, aber ich nehme mal das Mamalama. Danke, Schatz.« Sie beugte sich vor und küsste Tess auf die Wange.

»Ich habe auch was zum Teilen«, sagte Mia und reichte ihr eine weitere Geschenktüte. Diese war silbern mit Goldgeschenkbändern, die Mia zu kunstvollen Spiralen gedreht hatte. »Es ist ein Geschenk aus zwei Teilen. Mach auf, dann verrate ich dir, wie man es benutzt.« Mia setzte sich auf die Armlehne von Carlis Sessel.

Carli löste das Geschenkband und öffnete die Tüte. Darin fand sie zwei burgunderrote, ledergebundene Tagebücher, ein paar Sticker und eine Handvoll Stifte.

»Tagebücher«, sagte Carli lächelnd. »Die sind aber schön. Und ziemlich selbsterklärend. Ich glaube, ich weiß schon, wie man die benutzt.«

»Das sind aber nicht einfach nur Tagebücher. Ich habe einen Artikel über eine Mutter und ihre Tochter gelesen, von denen jede so ein Tagebuch hatte«, berichtete Mia. »Und jede hat in eines davon geschrieben, dann haben sie die Bücher getauscht und in das andere geschrieben. So ähnlich wie eine Unterhaltung, aber eben nicht ganz. Ich dachte, du weißt schon, wenn ich nächstes Jahr zum Studieren gehe, dann könnten wir mit den Tagebüchern vielleicht in Verbindung bleiben. Außer Telefonieren, meine ich natürlich.«

Carli stiegen die Tränen in die Augen angesichts dieses tiefsinnigen Geschenks. »Oh, das ist eine wunderschöne Idee!«

»Findest du? Da bin ich aber froh. Diese beiden, von denen ich gelesen habe, die haben das echt jahrelang gemacht. Die Tochter hat in Paris oder so gewohnt, und sie mussten die Bücher immer hin und her schicken. Die Mutter hat gesagt, sie hätte immer in den Büchern gelesen, wenn sie ihre Tochter vermisst hat.«

Das traf Carli mitten ins Herz, denn sie würde Mia nächstes Jahr sehr vermissen. Sie war an allen Colleges angenommen worden, an denen sie sich beworben hatte, sogar an der University of Michigan, und bei jeder neuen Zusage hatte Carli eine Woge des Stolzes empfunden. Dicht gefolgt von einer Welle eines Unvermeidbarkeitsgefühls. Ihre Küken würden das Nest verlassen, und sie würde eben damit klarkommen müssen. Aber nicht heute. Heute feierten sie ihr Familienweihnachten.

»Und hier ist der nächste Teil.« Mia reichte ihr einen unmarkierten Umschlag, doch bevor Carli ihn öffnen konnte, platzte sie heraus: »Rate mal, wer ein volles Stipendium am Fairfield College bewilligt bekommen hat? Ich!«

»Ein volles …« Wie war das überhaupt möglich? »Ich wusste nicht mal, dass du dich um ein Stipendium beworben hast.«

»Tja, habe ich. Und ich hab's gekriegt. Es basiert auf den Noten, und ich musste vier verschiedene Aufsätze verfassen und Empfehlungsschreiben von meinen Lehrern einreichen. Offenbar haben sie alle ziemlich nette Sachen über mich gesagt, weil ich es nämlich bekommen habe. Ich weiß es schon eine Weile, aber ich hab's bis heute geheim gehalten, damit ich dich überraschen kann. Frohe Weihnachten! Sieht aus, als würde ich wirklich aufs College gehen!«

Mia beugte sich vor und schlang die Arme um Carlis Hals, sodass sie kaum noch Luft bekam. Sie wusste allerdings nicht, ob das an der Umarmung lag oder daran, dass Fairfield eine sechsstündige Autofahrt entfernt war.

»Ich bin so stolz auf dich, Mia«, sagte Carli und keuchte ein bisschen, bis Mia sie losließ. »Hast du dich denn entschieden, dass du nach Fairfield möchtest?«

»Vielleicht? Mir gefällt die Vorstellung, dass mir mein Studium dort bezahlt wird. Dir nicht?«

»Ich möchte nur, dass du dorthin gehst, wo du am glücklichsten bist.« Nun ergab das Geschenk mit den beiden

Tagebüchern noch mehr Sinn. Wenn Mia gehen wollte, dann würde Carli sie nicht aufhalten, aber verdammt, das war so weit weg. Vielleicht hätte sie auf Steve hören und Mia dazu überreden sollen, auf die University of Michigan zu gehen. Die war nämlich nur eine halbe Stunde entfernt. Und dort war Mia ebenfalls angenommen worden.

Mia zuckte mit den Schultern. »Ich muss es nicht heute entscheiden. Aber es ist gut, zu wissen, dass ich an einem College kostenlos studieren könnte.«

Nachdem alle Geschenke geöffnet waren, folgte ein Brunch, gekrönt von den Süßigkeiten aus den Weihnachtssocken. Dann führten Mia und Tess ihre neuen Outfits vor, woraufhin sie es sich zusammen gemütlich machten, Weihnachtsfilme schauten und über lauter alberne Dinge kicherten. Carli sog jeden Moment in sich auf. Sie war voller Nostalgie, und obwohl es seltsam war, ohne Steve zu feiern, war es nicht allzu schlimm. Sie vermutete, dass sich die Mädchen entschieden darauf konzentrierten, was sie alles hatten, statt darauf, was ihnen fehlte, und sie war stolz auf die beiden.

Am späten Nachmittag schrieb Carli ihrem Vater eine kurze Nachricht. »Schöne Feiertage« stand darin. Ein paar Stunden später antwortete er mit dem üblichen »Dir auch, Kleine«, aber von Ben bekam sie ein »Frohe Weihnachten«, gefolgt von mindestens zwei Dutzend Emojis, angefangen bei Weihnachtsmännern über Schneeflöckchen bis hin zu Geschenken und Engeln. Er war mit Addie und Ethan nach Colorado geflogen, um ein großes Familienweihnachten des ganzen Chase-Clans zu feiern, und Carli konnte nicht leugnen, dass er ihr fehlte. Seit der Nacht mit dem Wildunfall hatten sie keine Zeit mehr gehabt, sich zu treffen, weil er mit seiner Arbeit bei Chase Industries begonnen hatte und weil sie mit anderen Dingen beschäftigt gewesen war. Sie hatten sich hier und da eine freundschaftliche Nachricht geschrieben, aber nichts, was in irgendeiner Weise bedeutungsvoll gewesen wäre. Allmählich fragte sie sich, ob all die Gefühle, die seit der Pubtour in ihr brodelten, vielleicht nur ihrer Fantasie entsprangen, die Romantik erschaffen wollte, wo eigentlich keine war.

Wie auch immer, sie freute sich schon darauf, wenn er zurückkam. Vielleicht, wenn sie ihre Karten richtig ausspielte, konnte sie ihn noch unter einen Mistelzweig lotsen.

KAPITEL 29

Carli hatte Silvester noch nie sonderlich gemocht. Es lastete einfach zu viel Druck auf diesem Abend, denn es musste schließlich immer die beste Nacht aller Zeiten werden. Manchmal war es passiert, und dann war es fantastisch, aber meistens hatten entweder Steve oder sie oder auch beide zu viel getrunken und durchlitten den folgenden Tag mit einem permanent wattigen Gefühl im Mund. Ein brutaler Kater war keine Art, wie man ein neues Jahr beginnen sollte, und sie hatte nicht die Absicht, an diesem Abend zu viel zu trinken, obwohl es eine Menge zu feiern gab. Allein, dass sie die vergangenen zwölf Monate überstanden hatte, war ein großer Sieg. Ein Jahr der tiefsten Tiefen, aber auch der großen Erfolge, und sie hatte beschlossen, sich auf Letzteres zu konzentrieren.

Nun war der 31. Dezember gekommen, der letzte Abend, bevor das neue Jahr begann, und sie hatte das Gefühl, dass damit auch ihr neues Selbst geboren wurde. Sie hatte nicht nur einen neuen Job, sondern eine neue Karriere. Eine neue Haltung. Sie lernte und wuchs, und sie wusste mit absoluter Sicherheit, dass das neue Jahr sie zumindest nicht mehr so emotional auslaugen würde wie das alte. Und wenn doch? Tja, dann würde sie eben auch damit fertigwerden.

Sie schlüpfte in ein rotes Glitzertop, steckte sich lange Klimperohrringe an und betrachtete sich im Spiegel. Sie fühlte sich verdammt gut. Der einzige Wermutstropfen des Abends war, dass sich Ben immer noch in Colorado befand und es deswegen keine Chance auf einen Kuss um Mitternacht gab. Nicht einmal auf einen Kuss von ihren Kindern, denn die verbrachten das Wochenende widerwillig mit Steve und Jade. Beide zweifellos braun gebrannt und entspannt von ihrem Tropenurlaub. Zu schade für die Mädchen, denn so verpassten sie einen bestimmt sehr lustigen Abend.

Die fünfzehnte jährliche Monroe-Circle-Wandersilvesterparty würde um acht Uhr bei Dee-Dee beginnen, dann ging es gegen neun weiter zu Renee, und schließlich versammelten sich alle um elf bei Erin, wo sie sich gemeinsam das Feuerwerk anschauen konnten. Carli hatte vor, sich unter die Feiernden zu mischen, Spaß zu haben, ein, zwei Drinks zu genießen und spätestens um 0.05 Uhr im Bett zu liegen. Morgen, wenn es allen ihren Freunden dann so richtig dreckig ging, würde sie sich einfach nur fantastisch fühlen.

So lautete jedenfalls der Plan. Dee-Dee begrüßte sie an der Tür mit einer so überschwänglichen Umarmung, dass Carli fast rückwärts die Eingangsstufen hinuntergestolpert wäre.

»Oh, ich bin ja so froh, dass du da bist. Ich war nicht sicher, ob wir dich heute Abend zu sehen kriegen würden.«

Carlis fehlende Begeisterung für diese spezielle Nacht der gezwungenen Heiterkeit war allgemein bekannt, und es hatte schon Jahre gegeben, in denen sie einfach geschwänzt hatte.

»Jep, hier bin ich.« Sie zog sich den Mantel aus und hängte ihn in den Schrank im Flur. »Brauchst du Hilfe bei irgendwas?«

»Nein, ich muss nur kurz in der Küche noch ein paar Sachen fertig machen. Bist du sicher, dass es dir gut geht?« Dee-Dee drückte ihr die Schulter.

»Ja, bestens. Allerbestens. Geh ruhig in die Küche, ich hole mir einfach selbst was zu trinken.«

»Ist das Carli?« Renee kam um die Ecke und schloss sie in eine Umarmung, die der von Dee-Dee in nichts nachstand. Freundinnenliebe lag in der Luft! Vielleicht hatten die anderen ja schon mit dem Trinken angefangen, was nichts Gutes verheißen hätte. Wenn es eine Nacht im Jahr gab, in der man es langsam angehen lassen sollte, dann war es Silvester.

»Ich bin so froh, dass du da bist«, sagte Renee und drückte sie ein zweites Mal. »Was für ein Tag, hm? Ziemlich hart, vermute ich. Wie schlägst du dich?« Mitgefühl lag in ihrer Stimme, und Carli fragte sich, ob ihre Silvesterabneigung wirklich *so* offensichtlich war.

»Ich schaffe das schon«, versicherte sie und lächelte.

Dann kam Erin aus der Küche, und Carli wurde in eine weitere warme Umarmung gezogen. So viel Liebe. So viel. Sie fühlte eine Woge der Dankbarkeit für ihre Freundinnen. Sie wollten ihr an diesem Abend beistehen, und das war ein gutes Gefühl.

»Wie gehen die Mädchen damit um?«, fragte Renee.

»Denen geht es gut. Wir hatten ein wirklich schönes Weihnachten, obwohl Steve mit Jade in diesen Megaurlaub gefahren ist und so, ihr wisst schon. Aber die Mädchen sind nicht gerade begeistert darüber, dass sie dieses Wochenende bei Steve festsitzen. Sie wollten eigentlich nicht zu ihm, aber in diesem Punkt war er ziemlich stur. Typisch Steve. Eigentlich sollte er ja verstehen, dass eine Sechzehn- und eine Achtzehnjährige an Silvester etwas Besseres vorhaben, als mit ihrem Vater zu feiern, aber ihr kennt ihn ja. Die Welt dreht sich um ihn und seine Bedürfnisse.«

Renee und Erin tauschten Blicke, und ein leises Unbehagen begann sich in Carli zu regen. Sie nahm sich vor, den Abend positiver anzugehen. Immerhin war es eine Party, und ihr

Neujahrsvorsatz lautete, sich auf das Positive zu konzentrieren. Dee-Dee kehrte aus der Küche zurück. Erin und Renee fingen Dee-Dees Blick auf und winkten sie herüber. Ziemlich nachdrücklich. Wow, es war doch nur ein kleiner Kommentar gewesen. Sie hatten doch alle schon viel Schlimmeres über Steve gesagt, und jetzt auf einmal betrachteten sie Carli mit sorgenvoller Miene. Ihr Magen vollführte einen Sturzflug in die tiefste aller tiefen Gruben.

»Was?«, fragte sie. Gute Güte. *Bitte lass das hier nicht zu einer Art Interventionsversuch werden.* Sie wollte doch nur etwas trinken und einen schönen Abend haben.

»Gehen wir ins Arbeitszimmer«, sagte Erin und legte Carli den Arm um die Schultern. In dem kleinen Raum scharten die drei sich um sie, und was auch immer ihnen zu schaffen machte, es schien nichts Gutes zu sein.

»Allmählich macht ihr mir Angst. Was soll das?«, wollte Carli wissen, als Dee-Dee die Tür hinter ihnen schloss.

»Vielleicht solltest du dich lieber setzen«, sagte Renee und legte ihr eine Hand auf die Schulter.

»Oder vielleicht bleibe ich einfach stehen und ihr sagt mir endlich, was los ist. Warum schaut ihr mich so an?«

»Weißt du denn nicht, warum Steve die Mädchen an diesem Wochenende bei sich haben wollte?«, fragte Renee.

»Äh, doch, ich weiß, warum. Weil er zwei Wochen lang weg war und Weihnachten verpasst hat und er deshalb jetzt mit ihnen feiern möchte.« *Ist ja nicht so kompliziert.*

Wieder tauschten die drei bedeutungsschwere Blicke, und Carlis Magen legte einen weiteren Tauchgang hin.

»Im Ernst, sagt mir jetzt, was los ist. Ihr schaut mich an, als hättet ihr eine Krebsdiagnose für mich oder so.«

Während sie das sagte, zog Dee-Dee ihr Handy aus der Tasche und tippte auf das Display. Langsam reichte sie es ihr. Carli bemerkte, dass ihre Hand zitterte, obwohl sie nicht wusste, warum, und als sie das Foto auf dem Handy betrachtete, begann auch ihr ganzer Körper zu zittern. Alle Luft wich aus ihren Lungen. Und aus dem Zimmer. Und aus der ganzen Welt. Es war ein Bild von Steve in seinem besten schwarzen Anzug. Neben ihm stand Jade in einem kurzen weißen Kleid. Und einem Schleier. Einem Schleier? Auf einmal war ihre Sicht zu verschwommen, um die Bildunterschrift lesen zu können, und ihr Magen fühlte sich an, als wäre er voller heißer Lava, die jeden Moment hochkochen konnte.

Sie starrte in die besorgten Gesichter ihrer Freundinnen. »Hat er ... hat er sie geheiratet?«

Erin nickte. »Es tut mir so leid, Liebes. Anscheinend haben sie auf Aruba geheiratet, aber sie haben das Foto da erst vor etwa einer Stunde gepostet. Es gibt noch ein paar andere von der Hochzeit und auch ein paar von heute Abend. Offenbar geben sie eine Silvesterparty und haben die Gäste dann damit überrascht, dass es eigentlich eine Hochzeitsfeier ist. Von uns hat das aber niemand gewusst, also sind wohl nur ihre Freunde eingeladen.«

Wo war der Sauerstoff? Im Ernst? Wo war er?

»Er ist doch erst seit, keine Ahnung, zwei Monaten mit ihr zusammen. Was zum Teufel denkt er sich dabei? Er kann sie nicht heiraten. O Gott, wann, glaubt ihr, haben es die Mädchen erfahren?« Der Boden wankte, oder vielleicht lag es auch an ihren Beinen. Sie wusste es nicht, ließ sich aber vorsichtshalber auf einen Stuhl sinken.

So viele Fragen und Gefühle explodierten in ihr, dass sie glaubte, ihr Kopf würde platzen, aber vor allem beschäftigte sie die Frage, wie Mia und Tess mit dieser Nachricht fertigwurden. Das war heftig! Und sie konnten es vor diesem Abend noch nicht gewusst haben. Er musste es ihnen als eine Art Riesenüberraschung verkauft haben. *Überraschung!* Ihr habt eine neue Stiefmutter. *Überraschung!* Ich weiß, ihr kennt sie so gut wie gar nicht, aber sie gehört jetzt zu eurem Leben. *Überraschung!* Ich bin ein gefühlloses Arschloch. Ach, Moment! Der letzte Teil war ja gar keine Überraschung.

»Wenn es dich tröstet«, sagte Dee-Dee. »Du bist viel hübscher.«

»Und viel klüger«, fügte Renee hinzu.

»Und viel stärker«, bekräftigte Erin. »Und außerdem bist du so besser dran.«

Das war sie. Carli wusste das, irgendwo tief in sich, aber in diesem Punkt gab es eine Menge zu verarbeiten. Wie sollte sie sich jetzt fühlen? Sie hatte keine Ahnung. Sie schwitzte, gleichzeitig war ihr kalt. Sie war verwirrt und fassungslos. Steves Leben war Steves Leben, aber das hier wirkte sich auch auf die Kinder aus, und die beiden hatten etwas Besseres verdient. Das alles war so spontan und impulsiv und dumm.

»Ich muss meinen Kindern schreiben«, sagte sie atemlos. »Kann mir mal jemand meine Handtasche holen?«

Dee-Dee eilte los und war eine Sekunde später wieder da. Oder vielleicht hatte es auch eine Stunde gedauert, aber Carli konnte es nicht sagen, denn die Zeit war eingefroren und bedeutungslos. Ihr Herz tat weh, obwohl sie nicht so recht begriff, warum. Ihre Finger wollten ihr nicht richtig gehorchen, aber sie tippte ungeschickt eine Nachricht an Tess und Mia. Darin stand nur: »Ich habe gerade von Dad und Jade erfahren. Ich liebe euch beide sehr. Ruft mich an, wenn ihr möchtet.«

»Also, was willst du jetzt tun?«, fragte Renee sanft. »Du kannst hierbleiben und dich fürstlich betrinken, was ich für deine beste Option halte, oder, wenn du möchtest, komme ich mit dir nach Hause. Dann können wir Eis essen und Steve die schlimmsten Spitznamen geben, die uns einfallen. Was brauchst du?«

»Betrinken«, antwortete Carli nachdrücklich. »Ich will mich definitiv betrinken.«

* * *

»Danke, dass du extra früher mit mir heimgeflogen bist, Dad«, sagte Ethan, als Ben vom Parkplatz des Flughafens fuhr und sich durch den Abendverkehr von Glenville schlängelte. Addie war immer noch in Colorado und würde übermorgen mit seinen Eltern zurück nach Hause fliegen, aber Ethan und er waren früher abgereist, weil sein Sohn mit seinen achtzehn Jahren natürlich unbedingt auf irgendeine Riesenparty musste. Ben ließ ihn in dem Glauben, dass er aus reiner Großzügigkeit gehandelt hatte und seinetwegen früher aus dem Urlaub zurückgekehrt war, aber um ehrlich zu sein, wollte er selbst gerne nach Hause.

Vielleicht war es seinen Nachbarn ja tatsächlich gelungen, einen Monroe-Circler aus ihm zu machen, denn immerhin hatte er seine Familie früher verlassen, nur um bei etwas dabei zu sein, das sich »Wanderparty« nannte. Wenn er das richtig verstanden hatte, bedeutete das, seine Nachbarn würden den ganzen Abend von Haus zu Haus ziehen, trinken und feiern. Das schien für einen Dezemberabend in Michigan nicht die beste Entscheidung zu sein, aber was sollte es. Carli war dort. Also wollte er auch dort sein.

Er duschte schnell und zog sich in Rekordzeit an, da ihm seine Uhr verriet, dass es schon fast zehn war. Dem roten Flyer mit den schimmernden Goldlettern zufolge, der auf seinem Küchentresen lag, sollten sich nun alle bei Renee befinden. Perfekt. Das war nur ein kleines Stück die Straße runter.

Carli war ein ganz kleines bisschen beschwipst, als er ankam, und begrüßte ihn mit einer festen, langen Umarmung, nach der er sowohl atemlos als auch ziemlich aufgewühlt war. Es kostete ihn seine gesamte Willenskraft, sie nicht einfach festzuhalten und an Ort und Stelle zu küssen. Doch die Silvesterregeln besagten, dass er dafür bis Mitternacht warten und erst die Klänge von »Auld Lang Syne« vernehmen musste. Sie trug ein rotes Seidentop, und als sie sich zu ihm vorbeugte, konnte er einen Blick auf ihren Spitzen-BH erhaschen. Er kam sich vor wie ein Fünfzehnjähriger, vollkommen gebannt von etwas so Unschuldigem und zugleich so gefährlich Verlockendem. Es würde ein langer Abend werden, obwohl es schon nach zehn war.

Er brauchte einen Drink. Einen starken. Er drehte eine Runde, begrüßte einige seiner Nachbarn, mit denen er sich mittlerweile angefreundet hatte, und schenkte sich einen anständigen Wodka Tonic ein, wobei er Carli nie aus den Augen ließ. Ihre Wangen waren gerötet, und sie lachte laut und ausgelassen über etwas, was Erin gerade gesagt hatte. Ihm wurde heiß, und er fragte sich, ob sie beide an diesem Abend wie durch ein Wunder endlich ihren Moment bekommen würden. Es war voll hier, und jeder kannte buchstäblich jeden, also würde er einen Plan brauchen, wenn er sie allein erwischen wollte. Eine Herausforderung, der er sich stellen würde.

Etwa eine Viertelstunde später bekam er seine Chance, als sie das leere Wohnzimmer betrat, in dem die Jacken und Mäntel in einem Haufen auf dem Sofa lagen.

»Hi«, sagte er und trat zu ihr, während sie aus dem Fenster sah.

Sie drehte sich zu schnell um und verschüttete ihr Getränk, doch sie schien es nicht einmal zu bemerken, und er fragte sich, wie viele von denen sie wohl schon gehabt hatte. Worüber er sich kein Urteil erlaubte. Immerhin war Silvester.

»Hi«, erwiderte sie, etwas zu laut. Dann senkte sie die Stimme, kam auf ihn zu und tippte ihm mit dem Zeigefinger auf die Brust. »Rat mal?«

»Was?« Irgendwie war eine betrunkene Carli ziemlich süß. Sie kam noch näher, und er neigte den Kopf, um sie besser zu verstehen.

»Steve hat geheiratet. Rum Bar.«

»Was?«

»Rum Bar. Ich meine, er hat auf Aruba geheiratet.«

Sie sprach es wie *Ah-ruuuuuu-bah* aus und wankte beim Sprechen leicht zur Seite. Da begriff Ben, dass Carli mehr als nur ein bisschen angeheitert war. Carli war sturzbetrunken. Kein Wunder. Als er das mit Sophia und Doug herausgefunden hatte, war ein ganzes Fass Whisky fällig gewesen.

»Steve? Dein Steve?«

Sie schüttelte den Kopf und nahm einen großen Schluck aus ihrem Glas, wobei sie zur anderen Seite schwankte. »Nicht mehr mein Steve. Das is mal sicher.«

»Wow. Das ist … wow. Ich weiß nicht mal, was ich dazu sagen soll.« Abgesehen von: *Was für ein Idiot.* Ben wusste von Carli, dass er die Frau erst seit ein paar Monaten kannte. Oder waren es Wochen? Jedenfalls nicht lange genug, um zu heiraten.

Carli beugte sich wieder zu ihm vor. »Weißt du, was ich dazu sage?«

»Was denn?« Er lächelte, weil sie wirklich hinreißend war. Gleichzeitig zog sich ihm jedoch das Herz zusammen, denn er wusste, dass es sie mitgenommen hatte. Wen auch nicht?

Sie nickte übertrieben nachdrücklich und pikte ihm wieder den Zeigefinger vor die Brust. »Ich sage, dass du und ich zu mir gehen sollten.«

Sein Lächeln gefror. *Scheiiiiiße. Scheiße, Scheiße, Scheiße.* Das war seine Chance. Seine Chance, sie zu küssen und zu sehen, wohin das führte. Ihre Haut zu berühren und ihren Mund zu kosten und all die Dinge zu tun, an die er dachte, seit sie mit ihrem Hund in seinem Garten gestanden hatte. Nur … war sie sternhagelvoll. Und in dieser Hinsicht gab es sehr eindeutige Regeln. Ja, er wollte sie küssen, und ja, er wollte mit ihr schlafen, aber wenn sie gerade erst erfahren hatte, dass ihr Ex mit einer anderen durchgebrannt war, dann dachte sie im Augenblick vielleicht nicht klar. Er wollte nicht zu einem Fehler werden, den jemand im betrunkenen Zustand beging. Schon gar nicht Carli.

Oder doch? Das Teufelchen auf seiner Schulter stach ihm eine glühend heiße Mistgabel ins Hirn, während er fieberhaft überlegte. Sollte er sie nach Hause bringen und ihre Welt auf den Kopf stellen? Oder sollte er sie nach Hause bringen und ins Bett stecken, allein, damit sie ihren Rausch ausschlafen konnte? Er wollte nicht vor diesem Dilemma stehen, besonders nicht, während sein Körper ihr so bedingungslos zustimmte. Zum Teufel mit seiner Moral.

Carli spürte sein Zögern und straffte die Schultern so abrupt, dass ihr Glas schon wieder überschwappte. Ihr kokettes Lächeln verschwand und machte einer leicht entsetzten Miene Platz.

»Oder auch nicht. War nur 'n Scherz.« Sie versuchte, zu lächeln, was ihr aber misslang. Sie hatte sein Zögern falsch verstanden, sie glaubte, dass er nicht wollte, weil er *sie* nicht wollte. Nichts konnte weiter von der Wahrheit entfernt sein. Er wollte sie unbedingt. Aber er wollte auch, dass sie ihm dieses Angebot mit klarem Kopf machte, denn wenn sie nun diesen Schritt wagten und sie es am nächsten Morgen bereute, dann würde er sich das nie verzeihen. Konnte er ihr vielleicht vorschlagen, sich eine Tasse Kaffee zu holen, etwas nüchterner zu werden und ihm das Angebot in einer Stunde noch einmal zu machen?

Er wollte sie am Arm nehmen, aber sie lachte gezwungen und entwand sich ihm.

»Carli«, sagte er leise. »Ich würde gern. Ehrlich, es gibt nichts, was ich lieber tun würde, als mit zu dir zu gehen, aber ich weiß nicht, ob du das gerade auch wirklich ernst meinst.«

»Stimmt. Ich hab's nicht ernst gemeint. Ich dachte nur, weißt du? Was soll's? Zwei Erwachsene an Silvester? Aber ist schon gut. Hab's verstanden.«

Genau das hatte sie nicht. Kein bisschen. Er tat hier gerade das Richtige, warum also kam er sich dann vor wie ein Scheißkerl, weil er sie abwies?

»Nein, du verstehst es nicht, Carli. Es ist nicht so, als würde ich es nicht wollen. Es ist nur …« Er wollte sagen, dass sie gerade nicht richtig denken konnte wegen des vielen Alkohols, aber Betrunkene begriffen selten, dass sie betrunken waren, und er bezweifelte, dass diese Erklärung es ihr leichter machen würde. Sie hob die Hand, um ihn zu unterbrechen.

»Hey, nein heißt nein, weißt du? Ist schon gut. Vielleicht willst du ja lieber mit der Frau mit dem gelben VW feiern gehen. Willst du noch was trinken? Ich glaube, ich hol mir noch was.«

Der Kommentar über den VW ließ ihn stutzen, und schon war Carli weg, bevor er sie aufhalten konnte. Da beschloss er, dass dies nicht das Ende des Abends sein würde. Er folgte ihr und packte sie am Handgelenk, gerade als sie das Esszimmer betreten wollte. Sie drehte sich um, und ihr Stirnrunzeln verwandelte sich in Unsicherheit, als er ihr das Glas aus der Hand nahm und es auf einen Tisch abstellte. Zum Glück war niemand hier, der sie sehen konnte.

»Komm mit«, sagte er leise und zog sie den Gang entlang, als wüsste er genau, was er da tat. Als würde sein Herz nicht wie wild hämmern und das Blut wie elektrischer Strom durch seine Adern rauschen.

Der Grundriss des Hauses war fast identisch mit seinem, und wenn er Glück hatte, dann sollte hinter der zweiten Tür links eine Wäschekammer liegen. Er drehte den Türknauf, und nein, keine Wäschekammer. Eher eine Art Büro, aber immerhin war es leer, also zog er Carli hinter sich hinein und schloss die Tür. Sie sank gegen ihn und sah zu ihm auf. Ein Nachtlicht in einer Ecke tauchte den Raum in ein bläuliches Schimmern, und ihre Augen wirkten dunkel und geheimnisvoll, ihre Lippen voll und kussbereit.

Mit beiden Händen umschloss er ihr Gesicht, und sie seufzte und legte die Hände an seine Hüfte.

»Gott, bist du schön«, sagte er. Dann küsste er sie, und seine Welt löste sich auf.

* * *

Carli war sich ziemlich sicher, dass noch nicht Mitternacht war, ziemlich sicher, dass es keinen Countdown gegeben hatte, und ziemlich sicher, dass sie sich in Renees Bastelzimmer befand. Ganz sicher war sie sich allerdings, dass Ben sie gerade küsste. Ein fantastischer, durchaus gründlicher Kuss, der ihre Knie in Wasser verwandelte und ihr Herz in Flammen setzte. Sein Haar war genauso weich, wie sie es sich vorgestellt hatte, aber alles andere an ihm war fest. Von den Muskeln unter seinem Hemd bis zu der Entschlossenheit, mit der er die Arme um sie schlang. Sie schmolz dahin, während er ihren Mund in Besitz nahm, und sie versuchte, sich daran zu erinnern, worüber sie gerade gesprochen hatten. Nicht, dass es wichtig gewesen wäre. Wichtig war nur, wie er sich anfühlte. Die Hitze und die Dringlichkeit. Sie wollte mehr. Viel mehr.

Scheiß auf Steve und seine junge, dürre Braut und auf ihre Überraschungshochzeit. Scheiß auf ihn und seine schicke, pflegeleichte Wohnung und auf seine einfarbige Weihnachtsdeko und sein hundefreies Leben. Sie hatte alles, was sie brauchte, genau hier. Sie hatte Ben. Sie ließ die Hand zwischen ihnen hinabgleiten und rieb über seinen Reißverschluss. Er stieß ein kehliges Grollen aus. Ihre Sinne sprühten Funken. Denn Renee hatte recht gehabt. Ben Chase hatte tatsächlich ein paar beachtliche Tricks in der Hose. Carli wollte es wissen. Mit der freien Hand zog sie am Bund seiner Jeans und versuchte, den Knopf zu öffnen, aber da hörte Ben auf, sie zu küssen, und blickte auf sie herab.

»Nicht hier«, flüsterte er. Seine Stimme klang rau und verführerisch.

»Doch, hier.«

»Im Ernst?«

Warum widersprach er ihr?

Sie zupfte an seinem Reißverschluss, und Ben gab vor Überraschung ein weiteres sexy Grollen von sich.

»Ja, im Ernst«, sagte sie. »Jetzt. Hier.«

KAPITEL 30

Lange hatte Carli geglaubt, dass man das neue Jahr nicht schlimmer beginnen konnte, als mit einem Kater aufzuwachen. Nun begriff sie, dass es etwas noch viel Schlimmeres gab. Nämlich aufzuwachen und sich in Grund und Boden zu schämen. Wie peinlich. Oh, bei allen Göttern, wie peinlich! Sie hatte sich Ben an den Hals geworfen wie eine verzweifelte nymphomanische Studentin bei ihrer ersten Collegeparty. Zuerst hatte er gar nicht gewollt. Sie hatte ihn *überreden* müssen. Ihr Magen rumorte, und ihr Kopf pochte. Sie sollte einfach niemals, niemals Tequila trinken. Das wusste sie, aber sie hatte das Zeug trotzdem getrunken. Sie hatte einen so miesen Geschmack im Mund, dass sie am liebsten in Mundwasser gebadet hätte. Hatte sie vielleicht den Tequilawurm gegessen? Musste sie wohl. Und das alles nur, weil Steve nach Aruba geflogen war und dort geheiratet hatte.

Es musste schon morgens sein in Anbetracht des Winterlichts, das durch ihr Schlafzimmerfenster hereinfiel, und sie lag verdreht wie eine Brezel ganz am äußersten Rand ihres Betts, in ihre Decke verwickelt und eingeklemmt von etwas, was vielleicht sogar noch schlimmer war. Ihr Arm war taub, und sie konnte die Beine nicht ausstrecken, weil sich etwas, oder *jemand,* an sie drückte und fast diagonal über dem Bett zu liegen schien. Es war Zeit, zu allen Heiligen zu beten, in deren Fachbereich Situationen wie diese eventuell fallen konnten. Sie betete, dass dieses unbewegliche Ding Gus und nicht Ben war. Leider war sie nicht katholisch, also würden ihre Gebete vermutlich nicht zu den richtigen Heiligen durchgestellt werden, aber einen Versuch war es wert, weil Ben unbedingt schon weg sein musste. Sie konnte ihm einfach nicht in die Augen sehen. Nicht jetzt. Vielleicht nie wieder.

Sie versuchte vergeblich, das Hindernis mit dem Fuß anzustupsen, in der Hoffnung, Gus' Hundemarke klingeln zu hören, aber nichts. Gegen alle ihre Selbsterhaltungsinstinkte öffnete sie langsam ein Auge, und eine frische Welle der Scham überrollte sie. Denn ihre schlimmste Angst wurde bestätigt. Ben Chase lag neben ihr im Bett. Quer über der Matratze lag Gus, die langen Hundebeine ausgestreckt. Es war, als wollte er Ben noch zusätzlich in ihre Richtung schubsen. Dieser verdammte Hund sollte wirklich allmählich anfangen, in seinem Korb zu schlafen.

Wie war es dazu gekommen? Was in aller Welt hatte sie getan? In ihrer Erinnerung an die vergangene Nacht klafften große Lücken. Da war natürlich die Nachricht von Steves Heirat gewesen, dann ein paar Drinks. Gefolgt von noch ein paar Drinks. Gefolgt von ein paar Runden Pfefferminzschnaps und Whiskylikör. Dieses Gemisch rumorte nun in ihrem Magen herum. Sie wusste noch, dass Ben aufgetaucht war, und dann … Ihr Gesicht wurde heiß, als Bilder vor ihrem inneren Auge auftauchten. Sie hatte ihn zu sich eingeladen, sie hatte ihm mit beiden Händen durchs Haar gestrichen und an seinen Kleidern gezerrt, in – o Gott! – Renees Bastelraum. Himmel hilf! Wenn Renee jemals herausfand, was Carli und Ben da in ihrem geliebten Bastelraum getrieben hatten, dann wäre es aus mit ihrer Freundschaft. Aber hatten sie denn überhaupt? Dieser Teil war besonders vernebelt. Sie hatten einander geküsst, nachdem sie ihn praktisch angefleht hatte, und dann war da noch die vage Erinnerung daran, wie er sie gegen die Wand drückte. Vielleicht hatte sie auch die Hand in seine Hose geschoben … aber vielleicht war das auch reine Einbildung, denn sie wusste noch genau, dass er Nein zu ihr gesagt hatte.

Das war demütigend. Sich einem Mann an den Hals zu werfen und dann trotzdem abgewiesen zu werden. Nur … wenn er sie abgewiesen hatte, warum lag er dann neben ihr im Bett? Und warum trug sie ihr verruchtestes Nachthemd? Das Ding, das sie sich gekauft hatte, als es ihr noch wichtig gewesen war, dass Steve sie zur Kenntnis nahm? Das Ding, das seit zehn Jahren in der hintersten Ecke ihrer Kommodenschublade lag? Ihr Herz setzte vor Nervosität jeden zweiten Schlag aus. Ihr fiel ein, dass sie draußen in der Kälte gewesen und Ben neben ihr hergegangen war, zurück zu ihrem Haus. Er hatte sie in der Tür zu ihrem Schlafzimmer geküsst. Daran erinnerte sie sich noch ganz genau, denn er hatte etwas darüber gesagt, dass der Hund in ihrem Bett lag. Und dann … nichts. Sie konnte sich nicht erinnern, was danach passiert war. Ganz sicher wusste sie nur, dass Ben nun neben ihr lag. Er musste verschwinden. Er musste aus ihrem Haus hinaus und zurück in seines, bevor Lynette ihn erspähte. Außerdem musste sie Mia und Tess anrufen und herausfinden, wie es ihnen ging, denn immerhin hatten sie das neue Jahr mit einer Stiefmutter begonnen.

Eins nach dem anderen. Sie musste Ben wecken, und dafür nutzte sie die einzigen Mittel, die ihr zur Verfügung standen.

»Hey«, sagte sie leise und stieß ihn mit dem Ellbogen an. Er lag flach auf dem Rücken und regte sich nicht. Wenn sie nicht dermaßen mit ihrer Verwirrung und ihren Schuldgefühlen beschäftigt gewesen wäre, hätte sie sich vielleicht einen Moment Zeit genommen, um seine Brustmuskeln zu bewundern. Eine verschwommene Erinnerung meldete sich. Irgendwann hatte sie mit beiden Händen über seine Brust gestrichen, und es hatte ihr gefallen. Wieder wurde ihr heiß, und sie schob diese Gedanken beiseite.

»Hey«, sagte sie etwas lauter und stieß ihn wieder und dieses Mal nicht ganz so sanft mit dem Ellbogen an. Dieses Mal funktionierte es. Er öffnete die Augen und rieb sich übers Gesicht. Gus hob den Kopf.

»Hi.« Seine Stimme klang noch rau vom Schlaf, und ein verlegenes Lächeln erschien auf seinem Gesicht.

»Hi.« Sie mied seinen Blick und zog die Decke noch etwas höher, so als würde sie das irgendwie weniger verwundbar machen.

»Ähm … frohes neues Jahr«, sagte er, und das verlegene Lächeln verwandelte sich in ein breites Grinsen. Dafür hatte sie keine Zeit. Nicht jetzt.

»Klar. Äh, hör zu. Ich will nicht grob sein oder so, aber du musst verschwinden, und zwar sofort.«

»Warum? Ich weiß zufällig, dass du heute überhaupt nichts vorhast.«

»Warum weißt du das?«

»Weil du es mir gesagt hast. Das und noch eine ganze Menge mehr. Du redest wirklich viel, wenn du betrunken bist.«

»O Gott. Könntest du bitte einfach heimgehen?«

Er rollte sich auf die Seite, aber wenigstens bewegte sich endlich auch der Hund, sodass Carli die Beine ausstrecken konnte. Sie begannen zu prickeln, als das Blut wieder darin zu zirkulieren begann. Allerdings waren die Schmerzen in ihren Beinen gar kein Vergleich zu den Schmerzen in ihrer Brust.

»*Jetzt* soll ich also heimgehen?«, fragte er.

»Ja.«

»Gestern Nacht wolltest du jedenfalls nicht, dass ich heimgehe.« Er wollte sie ganz offensichtlich ein bisschen aufziehen, aber dazu war sie nicht in der Stimmung. Sobald sich ihr Körper von dem Alkohol befreit hatte, würden ihr all die gruseligen, grässlichen Details sicher wieder einfallen, und das geschah ihr ganz recht. Aber sie brauchte nicht auch noch ihn, damit er ihr die vergangene Nacht unter die Nase rieb.

»Tja … letzte Nacht war letzte Nacht, und jetzt ist jetzt, und du musst genau jetzt gehen.«

»Okay«, sagte er langsam. »Leider bin ich nicht sicher, ob ich meine Hose finde. Ich glaube, du hast sie irgendwo nach da hinten geworfen.« Er deutete in eine Ecke des Zimmers, und ihre Wangen brannten.

Davon wusste sie nichts mehr. Sie wusste auch nicht mehr, wie sie sich ausgezogen hatten oder was danach passiert war. Typisch. Möglicherweise war sie zum ersten Mal nach über einem Jahr flachgelegt worden, und nun konnte sie sich nicht einmal daran erinnern.

»Gus«, sagte er und stieß den Hund an. »Steh auf, du Faulpelz.«

Der Hund bewegte sich in Zeitlupe und rollte sich am Bettende zu einer Kugel zusammen. Dabei seufzte er schwer, so als hätten sie ihn ernstlich in seinen zweiundzwanzig Stunden Schlaf gestört. Ben stand vom Bett auf, und Carli verspürte immerhin einen Hauch von Erleichterung. Er trug Unterwäsche. Stretchige Baumwolle, die seinen Hintern perfekt zur Geltung brachte. Er ging ein paar Schritte, hob seine Jeans auf und wandte sich dann wieder ihr zu. Sein Haar war zerzaust, wodurch die Ähnlichkeit mit Ethan noch deutlicher wurde, aber der Bartschatten auf seinem Kinn war ganz und gar Ben. Erwachsen, sexy, attraktiv. Kein Wunder, dass sie sich ihm an den Hals geworfen hatte.

Er steckte ein Bein in die Jeans und sagte: »Also, wegen letzter Nacht …« Doch seine Worte wurden von einem leisen Klappern unterbrochen, und Carli sah im Bruchteil einer Sekunde ihr gesamtes Leben an sich vorbeiziehen, bevor die

Schlafzimmertür aufschwang … und Tess und Mia vor ihr standen.

»Mom?«, rief Mia, und ihre Augen wurden groß.

»Mr Chase?«, keuchte Tess, und ihre Augen wurden sogar noch größer, ehe sie beide Hände davor schlug und einen entsetzten Quietschlaut von sich gab.

Die Zeit schien stillzustehen, während Carli von Mia zu Tess zu Ben und dann wieder zu Mia blickte. Die schockierte Miene ihrer älteren Tochter wurde zu einem finsteren Stirnrunzeln, dann machte sie auf dem Absatz kehrt und rief: »Herrgott noch mal! Was zum Teufel ist eigentlich gerade mit euch Erwachsenen los?«

KAPITEL 31

Eigentlich hatte er es nicht so weit kommen lassen wollen. Ben hatte gedacht, er könnte sie einfach in diesem Büro auf der Party küssen und es damit gut sein lassen. Vielleicht würde später bei ihr noch ein weiterer Kuss folgen, zu folgenreicheren Entscheidungen war sie einfach nicht in der Lage, doch dann hatte Carli seinen Kuss erwidert, und sein Herz hatte beinahe aufgehört zu schlagen. Dann hatte sie ein Bein um ihn geschlungen und den Reißverschluss seiner Jeans geöffnet, und da war er verloren gewesen. Und nun war genau das passiert, was er befürchtet hatte. Sie waren im Bett gelandet, und jetzt bereute sie es.

Natürlich hatten sie dort gar nichts *getan*.

Sie hatte gewollt, so viel war klar, und eigentlich hätte er eine Tapferkeitsmedaille dafür verdient gehabt, dass er hatte widerstehen können, denn er hatte sie genauso gewollt. Verdammt, und wie er sie gewollt hatte, aber sie war betrunken gewesen und er nicht. Außerdem hatte er auch nicht seine eventuellen Chancen auf lange Sicht verspielen wollen, indem er die Situation ausnutzte.

Als sie das Büro bei Renee nach dem Kuss verlassen hatten, war die gesamte Partygesellschaft bereits zum nächsten Haus weitergezogen, also hatte er die ehrenhafte Absicht gehabt, sie nach Hause zu bringen und an der Türschwelle zu verlassen. Oder möglicherweise, sie ins Bett zu stecken, um sicherzugehen, dass sie auch dort landete, aber Gus hatte zum Pinkeln hinausgemusst, und nachdem Ben und er von dem kurzen Hundespaziergang zurückgekommen waren, hatte Carli in einem kaum vorhandenen Nachthemd gesteckt und ihn eingeladen, doch zu bleiben.

Im Ernst, da musste doch eine Medaille drin sein. Die hatte er sich verdient. Und dazu noch eine Art Ehrenpriesterschaft, denn das Nachthemd war transparent gewesen und hatte sich an sie geschmiegt. Sie nur darin zu sehen war fast zu viel für ihn gewesen. Allerdings hatte sie immer noch hin und her geschwankt und über Steve und seine Hochzeit und über ihre Töchter und ihr drohendes leeres Nest geredet. Ihr Körper sagte »Komm, und hol's dir« aber ihre Worte waren ein absoluter Rauschkiller. Sie wollte keinen Sex. Sie suchte nach Trost, und so gern er ihr auch zu Willen gewesen wäre – wenn sie Sex gehabt hätten, dann wäre sie am Morgen wahrscheinlich wütend auf ihn gewesen.

Nur war sie jetzt so oder so wütend auf ihn. Obwohl sie nicht mehr getan hatten, als zu reden. Natürlich war es unerhörtes Pech, dass ihre Töchter sie ertappt hatten. Carli war aus dem Bett gesprungen, hatte den größten, omahaftesten Bademantel übergezogen, den er je gesehen hatte, und dann damit begonnen, ihn mit seinen Kleidern zu bewerfen. Er war barfuß durch den Schnee nach Hause gelaufen, mit nichts als seiner Jeans und seiner Jacke an. Die Schuhe und alles andere hatte er getragen. Als er die Haustür öffnete, erwartete ihn Ethan bereits. Offenbar hatte es nur knappe dreißig Sekunden gedauert, bis Mia ihn auf den neuesten Stand gebracht hatte.

»Ich schätze mal, du hast ein paar Fragen«, sagte Ben zu seinem Sohn, während er sich die eiskalten Füße mit einem Geschirrtuch abtrocknete und sich dann den Pullover überzog.

»Ein paar«, kommentierte Ethan trocken. »Es sieht nämlich so aus, als hättest du gestern mit Mrs Lancaster verantwortungslos viel getrunken. Ich überlege, ob ich dir Hausarrest erteile.«

Ben warf seinem Sohn, der das breiteste und überheblichste Grinsen aller Zeiten im Gesicht hatte, einen Blick zu. »Ist das alles?«

Ethan lachte. »Was soll ich denn sagen, Dad? Mom treibt sich jetzt schon seit Monaten mit Doug herum. Ich bin froh, dass du endlich gleichziehst.«

Ben warf sein Handtuch in Richtung Wäschekammer. »Was? Nein. Nein. So ist das nicht, Ethan. Gott, ich brauche Kaffee.« Er trat zum Tresen, um seine Espressomaschine einzuschalten, und Ethan folgte ihm in Hausschuhen und Bademantel, den er über seiner Flanellschlafanzughose trug.

»Wie ist es denn dann?«, fragte er, zog den Orangensaft aus dem Kühlschrank und trank direkt aus der Packung.

»Hey. Hey, du sollst ein Glas benutzen. Bakterien und Krankheitserreger und so.«

»Ja, apropos Krankheitserreger. Hast du ein Kondom benutzt?«

Ben drehte sich um und starrte ihn an. Im Augenblick konnte er ihm kaum eine Moralpredigt halten, nachdem er soeben den Walk of Shame durch seinen eigenen Vorgarten absolviert hatte.

»Hör zu, es ist wirklich nicht das, wonach es aussieht«, sagte er. »Also, lass mir ein bisschen Luft, okay? Ich bin gerade wirklich nicht in der richtigen Verfassung für beißende Kommentare.«

»Alles klar.« Ethan schnappte sich ein Glas aus dem Schrank und setzte sich mit dem Orangensaft an den Tisch. »Aber …

kannst du mir wenigstens erklären, wie zum Teufel du mit Mrs Lancaster im Bett gelandet bist?«

Ben füllte Kaffee und Wasser in die Maschine und drückte alle erforderlichen Knöpfe, bevor er sich wieder Ethan zuwandte. »Okay, ich gebe zu, dass ich bei Carli im Bett war, aber ich war nicht *mit ihr im Bett,* wenn du verstehst, was ich meine.«

Ethan schüttelte den Kopf. »Nein, tut mir leid. Ich habe keine Ahnung, was du meinst.«

»Es ist nichts passiert«, erklärte Ben entschieden. Nicht weil es Ethan irgendetwas anging, sondern weil es Carli verdiente, dass man ihre Ehre verteidigte. »Folgendes musst du wissen«, fuhr Ben fort. »Ich mag Carli. Ich mag sie sehr. Sie war gestern Abend ein bisschen angeheitert, und ich bin bei ihr geblieben, aber ich habe meine Hände bei mir behalten, okay? Und das hat nichts mit irgendetwas zu tun, was mit mir und deiner Mutter passiert ist, außer der Tatsache, dass wir nicht mehr zusammen sind. Sie lebt ihr Leben weiter, also möchte ich jetzt auch meines weiterleben.«

»Und wird Mrs Lancaster dazugehören?«

Schwer ließ sich Ben auf einen Stuhl sinken. »Ganz ehrlich? Ich weiß es nicht. Ich hoffe es, aber … der Morgen war ziemlich holprig. Dass Tess und Mia reingeplatzt sind, hat sie ziemlich durcheinandergebracht, also glaube ich nicht, dass sie mich gerade sehen möchte.«

»Das war aber doch nicht deine Schuld.«

Ben seufzte und stützte die Ellbogen auf den Tisch. »Ein kleiner Rat zu Frauen, mein Sohn. Es muss gar nicht deine Schuld sein, sie können trotzdem stinksauer auf dich werden. Manchmal werden sie sauer wegen irgendwas, mit dem du überhaupt nichts zu tun hast.«

»Das ist ja blöd.«

»Ja, aber das sind die meisten Männer auch, also gleicht sich das wohl irgendwie aus. Außerdem war ich gerade dabei, meine Hose anzuziehen, als die Mädchen reingekommen sind.«

Ethan grinste. »Du hattest keine Hose an?«

»Meine Jeans war nass, weil ich mit dem Hund draußen war, also habe ich sie ausgezogen.« Ben war sich seines trotzigen Tonfalls und der ganzen Absurdität dieses Gesprächs sehr wohl bewusst.

»Du weißt schon, dass du mich auf mein Zimmer schicken würdest, wenn ich dir mit so einer Ausrede kommen würde, oder?«

Ben nickte. »Stimmt, aber so war es nun mal und ich bleibe dabei.«

»Okay, also, was willst du dagegen tun, dass Mrs Lancaster sauer ist?«

»Keine Ahnung, aber du musst mir versprechen, dass du das alles für dich behältst. Wenn es sein muss, dann kannst du mit Tess und Mia darüber reden, aber sag nichts zu Addie, und erzähl es nicht deinen Freunden. Das muss unter Verschluss bleiben, bis ich die Chance hatte, mit Carli zu sprechen und herauszufinden, was daraus wird.«

»Cool«, sagte Ethan. »Kann ich jetzt wieder ins Bett?«

»Klar.« Ben stand auf und goss sich eine Tasse Kaffee ein, doch als Ethan schon an der Tür war, drehte er sich noch einmal um und lächelte.

»Hey, Dad?«

»Ja?«

»Wenn es dich interessiert, ich finde auf jeden Fall, dass du und Mrs Lancaster cool zusammen wärt. Sie ist echt nett, und ich weiß, dass Addie sie auch mag.«

»Gut zu wissen. Danke.«

»Klar. Und frohes neues Jahr.«

»Ja, dir auch.«

Ethan schlurfte davon, und Ben zog sein Handy hervor. Er war felsenfest davon überzeugt, dass Carli nicht rangehen würde, wenn er sie jetzt anrief, aber hoffentlich würde sie wenigstens seine Nachricht lesen.

Kapitel 32

Carli las die Nachricht und war nicht sicher, ob sie sich nun besser oder schlechter fühlte. Sie wollte nicht mit ihm reden. Nicht jetzt. Und *warum* hatten sie keinen Sex gehabt? Sie erinnerte sich an genug, um zu wissen, dass sie gewollt hatte. Vielleicht hatte er kein Interesse an ihr. Oder vielleicht war er auch nur ein Gentleman. So oder so, ihre Kinder hatten ihn ohne Hose in ihrem Schlafzimmer gesehen, also musste sie mit ihnen sprechen. Auch darüber, dass Steve wieder geheiratet hatte. Bisher fing das neue Jahr noch nicht sonderlich gut an!

Sie zog sich das erotische Nachthemd aus und warf es in den Müll. Sie hatte keine Ahnung, warum sie das Ding überhaupt noch besaß, und sie würde es todsicher nie wieder tragen. Sie schlüpfte in den flauschigsten Pulli und die weichste Jogginghose, die sie finden konnte, denn ihr Magen fühlte sich an, als würde er Achterbahn fahren und als würden all die Shots, die sie gekippt hatte, wieder herauswollen. Sie trank ein Glas Wasser im Bad und ging dann hinunter, um nach ihrem traumatisierten Nachwuchs zu sehen.

»Ben und ich sind letzte Nacht zwar wirklich nicht zu weit gegangen, aber trotzdem ist das nicht das Verhalten, das ich euch vorleben möchte. Ich habe einen schlimmen Fehler gemacht, indem ich zu viel getrunken und nicht über die Konsequenzen nachgedacht habe, und ich möchte euch sagen, dass nichts von dem, was ich letzte Nacht getan habe, akzeptabel war«, verkündete Carli, sobald sie sich im Wohnzimmer versammelt hatten.

»Klasse Ansprache, Mom. Man sollte sich also lieber nicht betrinken und dann keinen Sex mit dem Nachbarn haben«, sagte Mia. »Ich glaube, das kann ich mir merken.«

»Ich glaube, eigentlich ist die Moral von der Geschichte doch, dass man immer seine Schlafzimmertür abschließen sollte«, fügte Tess hinzu. »Ich werde jedenfalls nie wieder irgendwo reingehen, ohne vorher zu klopfen.«

Zogen ihre Töchter ... zogen sie Carli etwa gerade auf? Carli rühmte sich damit, die beste Mutter aller Zeiten zu sein, und jetzt führte sie tatsächlich so eine Unterhaltung? Habt keinen Sex mit euren Nachbarn? Oder keinen Beinahe-Sex? Das war ihr Fazit? Ihr vom Alkohol dehydriertes Hirn tat sich schwer, den Tonfall ihrer Töchter zu entschlüsseln. Doch Tess lächelte, und Mia wirkte amüsiert, und keiner hier schien auch nur annähernd so traumatisiert zu sein, wie sie erwartet hatte. Außer ihr selbst vielleicht. Carli war traumatisiert von buchstäblich jedem Aspekt der letzten Nacht und dieses Morgens.

»Ich bin verwirrt«, gab sie schließlich zu. »Und, um ehrlich zu sein, ich habe den schlimmsten Kater aller Zeiten. Mein Leben ist zu einem Negativbeispiel für euch beide geworden, und ich weiß nicht, was ich jetzt tun soll.«

»Entspann dich, Mom«, sagte Mia. »Uns geht's gut. Ich meine, mir hätte in meinem Leben nichts gefehlt, wenn ich Mr Chase nie in Unterhosen gesehen hätte, aber es ist alles gut.«

»Der Anblick hat sich in meine Netzhäute eingebrannt«, bekräftigte Tess. Aber ihr Grinsen besagte, dass sie das alles ziemlich witzig fand. Nicht ganz die Reaktion, die Carli erwartet hatte.

Mia fuhr fort: »Immerhin ist er ein netter Kerl. Ich meine, er war wirklich toll, als ich das Reh überfahren habe, und er hat es ziemlich cool genommen, als Tess und Ethan im Wald getrunken haben. Du hättest es schlimmer treffen können. Glaub's mir. Ich habe Freundinnen, deren Mütter mit echten Trotteln zusammen sind, also wenn ihr beide … was auch immer wollt, dann ist das schon okay für mich.«

»Für mich auch«, fiel Tess ein. »Das mit Ethan und mir wird wohl nichts, aber so wird er dann wenigstens mein Stiefbruder.«

»Moment, Moment, Moment.« Carli hob die Hände. »Keine Stiefbrüder. Ben und ich sind ja noch nicht mal miteinander ausgegangen, und wenn wir das jemals tun, dann, na ja, keine Stiefbrüder. Ich habe nicht vor, wieder zu heiraten.«

»Das hat Dad wahrscheinlich auch geglaubt, bis Jade vorbeigekommen ist«, sagte Tess, und ihr Lächeln verschwand.

»Was das betrifft«, sagte Carli. »Ich bin gerade nicht in der allerbesten Verfassung, um darüber zu sprechen, aber wie war euer Abend? Ich meine, wart ihr … überrascht?«

Mia nickte. »Ja, wir waren ziemlich geschockt. Und es ist irgendwie ganz schön krass, aber eigentlich haben wir uns am meisten darüber Sorgen gemacht, wie du mit der Nachricht zurechtkommst. Ehrlich gesagt weiß ich jetzt nicht, ob du sie sehr schlecht oder sehr gut aufgenommen hast.«

Carli hatte Kopfweh, ihr war übel und sie war erschöpft, gedemütigt und beschämt. Bisher hatte sie nicht mal Zeit gehabt, sich darüber klar zu werden, was sie in Bezug auf Steves Heirat empfand. Eines aber wusste sie. Es hatte sie nicht umgebracht. Schließlich war es ja nicht so, als bestünde die Chance, dass sie sich jemals wieder versöhnen würden. Ohne einander waren sie beide besser dran. Keiner von ihnen war in ihrer Ehe glücklich gewesen, und wenigstens konnten sie jetzt beide ihrer Wege gehen. Steve tat, was er wollte, und nun konnte sie das auch.

Sie musste nur noch herausfinden, was genau sie denn wollte.

KAPITEL 33

Die folgenden zwei Wochen verbrachte Carli damit, sich auf ihren Job zu konzentrieren und zu versuchen, ihren Kindern das bestmögliche Vorbild zu sein. Obwohl die beiden behaupteten, dass alles in Ordnung sei, schloss Carli aus einigen subtilen Bemerkungen, dass Steves Heirat und ihr lausiges Urteilsvermögen in der Silvesternacht doch ihre Spuren hinterlassen hatten. Kein Wunder. Sie hielten sich für erwachsen, aber Mia und Tess mussten sich mit großen Lebensereignissen auseinandersetzen, und das aus ihrer Teenagerperspektive. Das war schwer. Also stellte sie ihnen morgens selbst gemachtes Müsli und Muffins auf den Küchentisch, damit sie vor der Schule frühstücken konnten und damit sie wussten, dass Carli an sie dachte. Sie kochte sämtliche Lieblingsessen der Mädchen und sorgte dafür, dass ihre Wäsche ordentlich zusammengelegt und einsortiert war. Sie kümmerte sich um alle Hundeaufgaben, was sie sowieso meistens tat, aber nun ließ sie ihre Töchter ganz damit in Ruhe. Es gelang ihr sogar, Gus (endlich) beizubringen, seine Spielzeuge wieder in den Korb zu räumen. Sie trank keinen Wein, fluchte nicht und leistete sich auch sonst keinen Fehler in Gegenwart der Mädchen. Was alles in allem verdammt anstrengend war.

Keine ihrer Freundinnen wusste, was passiert war. Oder beinahe passiert war, und Carli nahm an, dass sie alle glaubten, ihre übereifrigen Bemühungen, eine perfekte Mutter und Hausfrau zu sein, würden irgendwie mit Steves Hochzeit zusammenhängen. Oder vielleicht auch einfach mit ihren Neujahrsvorsätzen. Renee gefiel diese Version von ihr, und sie verbrachten einen ganzen Tag damit, hübsche Etiketten für ihre Gewürzgläser zu entwerfen. Und diese dann alphabetisch anzuordnen.

Doch die ganze Zeit über, die Carli in Renees Bastelzimmer verbrachte, fühlte sie sich schuldig und beschämt. Was in dieser Nacht passiert war, passte so überhaupt nicht zu ihr. Das zügellose Trinken, das Heranmachen an Ben, das Entdecktwerden von ihren Kindern. Wenn sich das in der Nachbarschaft herumsprach, würde ihr das ewig nachhängen. Alle würden denken, dass sie nur deshalb so abgestürzt war, weil Steve geheiratet hatte, und sie wollte nicht, dass irgendjemand glaubte, dass ihr das etwas ausmachte.

Ironischerweise war der eine Mensch, mit dem sie wohl über alles sprechen sollte, natürlich Ben. Aus irgendeinem Grund war sie jedoch noch nicht bereit dazu. Denn sie hatte durchaus nicht alles vergessen, was in der Nacht passiert war. Ab und zu fiel ihr etwas wieder ein. Zum Beispiel hatte sie in ihrem Nachthemd einen kleinen Tanz für ihn aufgeführt und dabei den Saum angehoben, um ihn zu verführen. Woraufhin er sie in die Sofadecke gewickelt und ihr ein Glas Wasser geholt hatte. Sie erinnerte sich auch daran, dass sie sich an seiner Schulter ausgeheult und gejammert hatte, Steve habe nie etwas Besonderes in ihr gesehen. Dann, als Ben sie ins Bett gesteckt hatte, war sie wieder in Tränen ausgebrochen und hatte ihn gebeten, bei ihr zu schlafen. Nur zu schlafen. Und er war ein so guter Kerl, dass er es tatsächlich getan hatte.

Seither schickte er ihr jeden Tag Nachrichten und fragte sie, wie es ihr ging. Woraufhin sie zurückschrieb, ihr gehe es gut, aber sie sei sehr beschäftigt und wünsche ihm noch einen schönen Tag. Und jedes Mal, wenn er andeutete, dass sie endlich miteinander sprechen sollten, ignorierte sie ihn. Genau das hätte sie am liebsten auch getan, als er schließlich am Donnerstag vor ihrer Tür stand. Andererseits wollte sie ihn sehen. Weil sie ihn vermisste.

Was für ein Dilemma! Sie konnte sich nicht ewig vor ihm verstecken, also öffnete sie die Tür und sah die Erleichterung auf seinem schönen Gesicht. Er war wirklich verdammt schön. Und wie!

»Hi.« Seine Stimme klang ein wenig atemlos, so als wäre er von sehr viel weiter weg gekommen als nur von nebenan. Hinter ihm fielen Schneeflocken, und der Wind blies in ihr Haus. Sie würde ihn entweder hereinlassen oder erfrieren müssen.

»Hi«, antwortete sie und fröstelte. »Komm rein.«

Er tat es, blieb aber auf der Fußmatte stehen. »Danke. Ähm. Ich habe etwas für die Mädchen und dich«, sagte er. »Ich glaube, es wird dir gefallen.«

»Ist es eine Zeitmaschine? So eine könnte ich nämlich wirklich gut gebrauchen.«

Ben grinste, und die Anspannung wich aus seinen Zügen. »Keine Zeitmaschine. Tut mir leid. Aber trotzdem gut. Es geht um das Konzert von Nolan Hart am Wochenende. Das in der Arena, du weißt schon?«

»Ja.«

»Tja, ich konnte eure Karten ein bisschen aufwerten. Ich habe da ein paar Verbindungen.«

»Das wäre nicht nötig gewesen.«

»Ich weiß, aber ich wollte es gern. Nachdem du mir erzählt hast, dass ihr zu dem Konzert geht, habe ich ein paar Räder in Gang gesetzt. Wie schon gesagt, das habe ich schon vor ein paar Wochen gemacht. Ich habe mir und meinen Kindern auch Karten besorgt, und ich weiß, dass du aufgebracht bist wegen … allem, aber ich hoffe, dass du mich das trotzdem für dich machen lässt. Und für Mia und Tess.«

Das war ein gemeiner Trick. Er brachte die Mädchen ins Spiel, damit sie nicht Nein sagen konnte.

»Danke. Das ist sehr nett von dir. Ich nehme der Kinder wegen dankend an.«

Ein Lächeln erhellte sein Gesicht, und sie fragte sich, wie sie ihn nur jemals unfreundlich hatte finden können. »Super. Ich hole euch ab. Seid am Samstag um zwei bereit.«

»Zwei Uhr? Das Konzert beginnt doch erst um sieben.«

»Stimmt. Aber ich dachte, die Kinder würden vorher vielleicht gern eine Tour durch die neue Arena machen. Addie, Ethan und ich machen das jedenfalls, also könnt ihr genauso gut mitkommen. Meine Kinder haben mehr Spaß, wenn Tess und Mia auch dabei sind, und ehrlich gesagt habe ich mehr Spaß, wenn du dabei bist. Bitte.«

Wie konnte sie da Nein sagen?

»Okay. Dann um zwei. Nur Freunde, die zusammen mit ihren Kindern auf ein Konzert gehen, richtig?«

»Klar«, sagte er. »Bis Samstag.«

KAPITEL 34

»Ich dachte, ihr würdet vielleicht gern eine der neuen Suiten sehen«, sagte Ben, nachdem sie das Büro der Geschäftsleitung und das Hauptfoyer besichtigt hatten. »Eigentlich sind sie nichts Besonderes, aber ich dachte, wir könnten vor dem Rest der Tour einen Happen essen. Was meint ihr?« Er führte sie einen breiten Gang entlang, von dem beidseitig übergroße schwarze Türen mit Metallnummern abgingen.

»Das ist ja so cool«, sagte Tess und hüpfte beinahe neben Addie her. »Vielen Dank, dass wir mitkommen durften.«

»Gern geschehen.« Er stieß eine der Türen auf, und beim Hineingehen bemerkte Carli ein Schild, auf dem »William Geoffrey Chase Suite« stand. Bens Vater. Ganz schön protzig. Fast hätte auch sie angefangen zu hüpfen, genau wie ihre Tochter. Die älteren Kinder taten cooler, aber Mias Augen leuchteten, als sie Carli anblickte.

»Hier rein«, sagte Ben, trieb sie in den Raum und ließ die Tür dann los. Leise schloss sie sich hinter ihnen. Die Suite war fast so groß wie Carlis Schlafzimmer und in verschiedenen Creme- und Weißtönen gehalten, mit rustikalen Akzenten und einer bequemen Ledersofaecke. Eine gesamte Wand bestand aus Schiebeglastüren, durch die man in die Arena hinuntersehen konnte. Ein perfekter Blick auf die Bühne. Vor den Glastüren befand sich eine weitere private Sitzreihe. Abgesehen von der ersten Reihe vor der Bühne waren dies die besten Plätze im Haus. Die Kinder eilten zu den Glastüren und spähten hinaus.

»Das ist fantastisch«, sagte Mia und gab ihre Zurückhaltung auf.

»Schon, oder?«, fragte Ethan. »Privilegien haben offenbar so ihre Privilegien.«

An einer Seite des Raums stand ein Tisch, beladen mit Minisandwiches, Keksen, Chipstütchen und anderen Leckereien. Es gab auch einen Getränkespender, eine Kaffeemaschine und einen Kühlschrank mit Glastür, durch die man Wein- und Bierflaschen sehen konnte.

»Hier ist es wohnlicher als in meinem Haus«, sagte Carli und drehte sich langsam im Kreis, um alles zu begutachten.

»Es ist sehr hübsch hier«, stimmte Ben ihr zu. »Aber nicht hübscher als in deinem Haus. Ich mag dein Haus.«

Sie errötete unter seinem Blick, denn er schien nicht über Ästhetik zu sprechen, sondern darüber, wie gemütlich und heimelig er ihr Haus fand. Schon den ganzen Tag über hatte er respektvoll mit ihr geflirtet, und allmählich kam sie sich sehr zur Kenntnis genommen und wertgeschätzt vor.

»O Mann«, murmelte Tess ihrer Schwester zu. »Kannst du dir vorstellen, wie es sein muss, wenn man sich das Konzert von hier oben ansieht?«

»Würdet ihr das gern?«, fragte Ben.

Tess drehte sich zu ihm um, ihre Augen waren weit aufgerissen und sie nickte, als hätte er sie gefragt, ob sie gern auf einem fliegenden Einhorn reiten würde.

»Okay, dann schauen wir es uns hier an.« Er versuchte, möglichst beiläufig zu klingen, aber Carli sah, wie zufrieden er mit sich war – wozu er auch allen Grund hatte. Das war ein fantastisches Angebot.

»Im Ernst?«, riefen Mia und Addie gleichzeitig, und ihre Stimmen klangen eine ganze Oktave höher als sonst.

»Niemals.« Tess brachte vor Unglauben kaum ein Hauchen heraus.

Ben zuckte mit den Schultern. »Klar. Das hier ist die Chase Suite. Wir können sie benutzen, wann immer wir wollen.«

Die drei Mädchen hopsten auf der Stelle und kicherten so laut, dass sie um ein Haar das leise Klopfen an der Tür überhört hätten.

* * *

Das war das Herzstücks von Bens Großangriffsplan, und er konnte es kaum erwarten, die Tür zu öffnen. Den ganzen Tag über war er nicht von Carlis Seite gewichen, er hatte dabei zugesehen, wie ihre Begeisterung gewachsen und ihre Abwehrmauern gesunken waren. Er hatte den Klang ihres Lachens genossen, und jedes Mal, wenn sich ihre Blicke trafen, hatte sein Herz schneller geschlagen. Was ihn in seiner Überzeugung bestärkte, dass er drauf und dran war, sich in sie zu verlieben. Er vermutete das nun schon seit einer ganzen Weile, aber nachdem sie ihm nun zwei Wochen lang aus dem Weg gegangen war, wusste er mit Gewissheit, dass er sie in seinem Leben haben wollte. Seit dem katastrophalen Neujahrsmorgen vermisste er sie wie verrückt, und je mehr er sich selbst davon zu überzeugen versuchte, dass daran nur die Biologie schuld war, desto deutlicher spürte er, dass es so viel mehr war als das. Wenn der heutige Tag nach Plan lief, dann würde auch sie begreifen, dass sie dabei war, sich in ihn zu verlieben. Gott, jedenfalls hoffte er, dass es so war.

»Hey, ihr alle«, rief er und versuchte, die Kids wenigstens für die Dauer einer Millisekunde zu beruhigen. »Da ist jemand, den ihr vielleicht gern kennenlernen würdet.«

Damit öffnete er die Tür, und herein trat ein Riese mit Glatzkopf und tätowierten Armen. Hinter ihm stand der Popstar und berüchtigte Herzensbrecher Nolan Hart.

»Hallo zusammen, wie geht's?« Nolan trat ein, winkte und lächelte überraschend scheu. Er hatte wippendes blondes Haar und die Kieferpartie eines Disneyhelden. Ehrlich, eins musste man dem Jungen lassen: Er war wirklich ein Märchenprinz.

Stille senkte sich über den Raum, so vollkommen, dass man eine Feder auf eine Wolke hätte fallen hören können. Dann folgte das kollektive Kieksen dreier Teenager-Mädchen in einer Frequenz, die Ben um die kugelsicheren Glasscheiben bangen ließ. Die Kinder waren so schockiert und verblüfft, dass er von diesem Bonus noch jahrelang zehren würde. Das musste er sich für die Zeiten aufheben, in denen Addie ihm Kummer machte.

»Weißt du noch, dass ich dich Nolan Hart vorgestellt habe? Gut, dann räum jetzt die Spülmaschine aus.«

Das war natürlich nicht der Grund, warum er sich so viel Mühe gemacht hatte. Er warf einen Blick zu Carli hinüber, in der Erwartung, dass sie vielleicht auch drauf und dran wäre, loszuquietschen. Doch sie starrte nicht Nolan Hart an. Ihr Blick ruhte auf Ben, und darin lag so viel Freude und Unglauben, dass er wusste, er hatte genau ins Schwarze getroffen. Denn er hatte dies hier auf die Beine gestellt. Er hatte diesen Moment für sie geschaffen, und sie schien zu verstehen, dass es genau das war, was er beabsichtigt hatte. Er hatte sie zum Lächeln bringen und sie glücklich machen wollen.

Tess war die Erste, die sich dem Sänger näherte. Ihre Stimme war kaum mehr als ein Flüstern. »Hi. Äh, was machst du denn hier?«

Grinsend deutete Nolan auf Ben. »Ich bin für den Soundcheck schon früher hergekommen, und der da hat mich eingeladen. Er hat gesagt, hier gibt's Brownies und dass ich doch kommen und mit euch mittagessen soll.«

»Omeingott«, sagte Addie und machte einen Hopser nach vorn. »Du musst unbedingt mit uns mittagessen. Du kannst alle Brownies haben und alle Kekse, wenn du willst.«

»Ein paar Brownies reichen schon«, antwortete er. »Aber danke. Und, wo geht ihr zur Schule?«

Da traten auch Mia und Ethan vor, und kurz darauf bombardierten sie ihn alle mit Fragen, und er gab mindestens genauso viele zurück. Er war kaum älter als die anderen, und wenn man die Umstände nicht gekannt hätte, dann hätte man sie einfach für Freunde gehalten, die den Samstagnachmittag zusammen verbrachten. In einer sehr exklusiven Suite.

Mit klopfendem Herzen trat Ben zu Carli. »Na, gefällt dir die Überraschung?«

Sie strahlte ihn an. »Sehr sogar. Gut gemacht.«

»Gern geschehen«, sagte der tätowierte Hulk, der Nolans überdimensionierter Bodyguard war und dicht bei ihnen stand.

Ben lachte. »Danke, dass du ihn hergebracht hast, Hank.«

»Kein Problem. Danke für die hundert Piepen.«

Da musste auch Carli lachen. »Ist das der aktuelle Verkehrswert? Hundert Dollar und ein paar Brownies?«

Hank der Hulk nickte und pickte sich einen Keks vom Tisch. »Jep, solange es für einen guten Zweck ist.«

»Ach ja? Welcher gute Zweck wäre das denn?«

Hank lächelte und nickte zu Ben hinüber. »Der da hat gesagt, dass er eine Lady beeindrucken will. Ich schätze mal, das sind Sie.«

KAPITEL 35

»Du musstest wirklich nicht so schwere Geschütze auffahren, um mich zu beeindrucken«, sagte Carli später am Abend, als Nolan Hart auf der Bühne einen temporeichen und zugleich schon fast lächerlich romantischen Lovesong schmetterte und die Kinder wie gebannt auf ihren Plätzen saßen und zusahen. Ben zog sie in die dunkle Suite und nahm sie in die Arme, wogegen sie sich nicht sträubte.

»Es ging eigentlich nicht so sehr darum, dich zu beeindrucken, obwohl es mich natürlich freut, wenn das geklappt hat. Ich wollte nur, dass du weißt ...« Er verstummte und sie lehnte sich gegen ihn.

»Dass ich was weiß?«

»Dass du etwas Besonderes bist. Ganz besonders für mich.«

»Das ist ein wirklich schönes Kompliment.«

»Na ja, es stimmt eben. Ich weiß, Silvester ist ... nicht ideal gelaufen, aber wenn du es wissen willst, ich hatte viel Spaß mit dir. Ich habe immer viel Spaß mit dir.« Er nahm eine ihrer Haarsträhnen zwischen die Finger und spielte damit. »Und Ethan findet dich ziemlich cool, so viel dazu.«

Carli lächelte. »Wirklich? Na ja, meine Mädchen wollen dich zwar nie wieder in Unterwäsche sehen, aber abgesehen davon finden sie dich auch ziemlich cool. Und nach der Sache hier?« Sie machte eine Geste, mit der sie die Suite einschloss. »Ich bin mir ziemlich sicher, dass du sie für dich gewonnen hast.«

»Das freut mich, aber eigentlich habe ich es nicht auf die Zuneigung der Mädchen abgesehen. Sondern auf deine. Ich könnte sagen, dass ich dich mag, Carli, aber es ist so viel mehr als das. Ich versuche schon lange, dir das klarzumachen, aber entweder bin ich echt lausig darin oder du bist ziemlich widerspenstig.«

Sie fragte sich, ob er sie in diesem schwachen Licht erröten sehen konnte. »Ich war widerspenstig, aber ich glaube, so langsam kriegst du mich rum.« Und wie. Sie war schon halb in ihn verliebt.

»Das hoffe ich doch. Mich wirst du nämlich nicht mehr los.« Er seufzte, legte die Hände an ihre Hüften und zog sie noch enger an sich.

»Du meinst, weil wir Nachbarn sind?«

»Nein, du wirst mich nicht mehr los, weil ich verrückt nach dir bin. Meinst du nicht, dass du allmählich mal darüber nachdenken solltest, dich in mich zu verlieben? Ich finde, es wird wirklich Zeit.« Sein Lächeln war so süß wie sexy.

Gelächter sprudelte in ihr empor wie die Bläschen im Champagner. Seine Worte und sein Lächeln und das Gefühl, in seinen Armen zu liegen, ließen ihre Sinne vibrieren und ihren Puls rasen. »Ach, findest du?«

Er nickte. »Jep, aber ich bin geduldig und bereit, etwas dafür zu tun. Glaubst du, ich habe irgendwelche Erfolgschancen?«

»Bei deinem Vorhaben, mich dazu zu bringen, dass ich mich in dich verliebe?«

»Genau.« Sein Tonfall blieb leicht, doch sein Blick war intensiv, und Hoffnung füllte ihr Herz.

»Ich glaube schon. Ich würde sagen, das hier ist ein guter Anfang.« Und was für ein guter Anfang!

Und dann küsste sie ihn.

EPILOG

Es war ein wunderschöner Sonnentag im Mai, an dem sich die ganze Nachbarschaft versammelt hatte, um die einmalige Monroe-Circle-Abschlussparty für den Exzellenten Ethan und die Märchenhafte Mia im Garten zwischen den zwei Häusern zu feiern.

»Ein wirklich seltsames Arrangement, das ihr da habt«, kommentierte Renee von ihrem Liegestuhl aus. »Warum verkauft ihr denn nicht eins der Häuser?«

»Weil ich mein Haus mag und weil Ben seins mag«, antwortete Carli. »Außerdem haben die Kinder alle ihre eigenen Zimmer, und für uns funktioniert es gut. Wir sind gern mal hier und mal da. Das ist unsere Art von normal.«

»Irgendwelches Hochzeitsgeflüster?«, wollte Dee-Dee wissen.

»Geflüster.« Carli lachte. »Nur Geflüster, und das ist für mich in Ordnung. Mir gefällt es so, wie es jetzt ist, und ehrlich, ich liebe ihn so sehr. Ist schon fast albern, wie sehr ich ihn liebe.«

Erin lächelte strahlend. »Ich finde es wunderschön, wie sehr du ihn liebst, und man kann nicht übersehen, dass es ihm genauso geht. Ihr beide funkelt ja schon fast, wenn ihr zusammen seid. Ich freue mich so für dich. Das hast du verdient. Du hast dein Einhorn gefunden.«

»Habe ich wohl. Ich bin so ein Glückspilz.«

»*Er* ist so ein Glückspilz«, sagte Renee.

Carli lachte. »Verdammt richtig. Er ist so ein Glückspilz.« Sie stießen miteinander an, und Ben lächelte ihr von der anderen Seite des Gartens zu, wo er Burgerpattys auf seinem riesigen Nobelgrill briet. Ihr Herz vollführte diesen tollpatschigen Stolperschritt, den es immer machte, wenn sich ihre Blicke trafen. Jep, sie war bis über beide Ohren verliebt. Sie warf ihm eine Kusshand zu, und er warf ihr eine zurück.

»Genau genommen kann einem echt übel werden, wenn man euch zuschaut«, sagte Dee-Dee. »Aber mir gefällt's.«

»Jep«, sagte Carli lachend. »Mir gefällt's auch.«

DANKSAGUNG

Zuallererst möchte ich meinen treuen Lesern danken, die mich immer nach weiteren Geschichten fragen, die mir schreiben, wie gut ihnen meine Bücher gefallen, und die mich bis spät in die Nacht über der Tastatur brüten lassen. Ich werde immer noch mehr Geschichten für euch haben; wenn ihr also weiter lest, dann werde ich weiter schreiben.

Danke an Nalini Akolekar, weil du mich in so vielen Dingen unterstützt, die ich hier gar nicht alle aufzählen kann. Ich würde dir gern einen Welpen dafür schenken, aber von denen hast du ja schon zu viele. Danke an Melody Guy, für dein Vertrauen in mich und in den Prozess und dafür, dass du mir immer, immer beim Verwursten hilfst. Danke an Anh Schluep dafür, dass du mir *nur noch eine Woche mehr* gegeben hast, und danke an das gesamte Team von Montlake Publishing, ihr verwandelt meine Worte in *echte* Bücher.

Ein herzliches Dankeschön an meine Autorenschwestern bei »Fiction From the Heart« – Jamie Beck, Sonali Dev, Kwana Jackson, Donna Kauffman, Sally Kilpatrick, Falguni Kothari, Priscilla Oliveras, Barbara Samuel, Hope Ramsey und Liz Talley –, weil ihr mich jeden Tag etwas Neues lehrt (oder mich zum Lachen bringt). Dank euch ist einfach alles besser.

Danke an alle Freunde und Schriftsteller, die mich inspiriert, herausgefordert und mich ab und zu auch vor einer Dummheit bewahrt haben: Catherine Bybee, Marina Adair, Kimberly Kincaid, Alyssa Alexander und Elizabeth Essex. Grüße und Küsse an euch.

Danke an Jane für deinen virtuellen Rotstift und dafür, dass du immer bereit bist, über Plotentwicklungen mit mir zu sprechen. Ich bin sicher, dass ich dir noch mehr Kaffee schulde.

Danke an Terri DeBoer für deine Freundschaft und die vielen großartigen Details über den Alltag bei einem TV-Sender.

Und schließlich und endlich: Danke an Webster Girl und Tenacious D, weil mit euch alles mehr Spaß macht, sogar die Sachen, die eigentlich gar keinen Spaß machen. Ohne euch wäre alles andere egal.

ANMERKUNG

Wer mehr über die Lovestory der von der Wetterfee zur Moderatorin der Morning-Show avancierten Allie Winters erfahren möchte, kann das alles in meiner Novelle »Weather or Knot« nachlesen.

Zeitfracht Medien GmbH
Ferdinand-Jühlke-Straße 7
99095 Erfurt, Deutschland
produktsicherheit@kolibri360.de

Druck:
CPI Druckdienstleistungen GmbH
im Auftrag der
Zeitfracht Medien GmbH
Ein Unternehmen der Zeitfracht - Gruppe
Ferdinand-Jühlke-Str. 7
99095 Erfurt